李商隱詩集

【唐】李商隐 著
【清】朱鹤龄 笺注
田松青 点校

上海古籍出版社

國學典藏

图书在版编目(CIP)数据

李商隐诗集/(唐)李商隐著;(清)朱鹤龄笺注;田松青点校. —上海:上海古籍出版社,2015.6(2025.2重印)
(国学典藏)
ISBN 978-7-5325-7635-7

Ⅰ.①李… Ⅱ.①李… ②朱… ③田… Ⅲ.①唐诗—诗集 Ⅳ.①I222.742

中国版本图书馆CIP数据核字(2015)第094982号

国学典藏

李商隐诗集

[唐]李商隐 著
[清]朱鹤龄 笺注
田松青 点校
上海古籍出版社出版發行
(上海市闵行区号景路159弄1-5号A座5F 邮政编码201101)
(1)网址:www.guji.com.cn
(2)E-mail:guji1@guji.com.cn
(3)易文网网址:www.ewen.co
江阴市机关印刷服务有限公司印刷
开本890×1240 1/32 印张12.625 插页5 字数336,000
2015年6月第1版 2025年2月第10次印刷
印数:26,301—28,400
ISBN 978-7-5325-7635-7

I·2924 定价:48.00元

前　言

曹光甫　田松青

一

李商隐（约812—858），字义山，号玉溪生，又号樊南生。祖籍怀州河内(今河南沁阳)，后迁居郑州。郑州有商隐祖坟祖产，故商隐也视郑州为故乡。他早年习业玉阳王屋山。据元耶律楚材《王屋道中》诗："行吟想象覃怀景，多少梅花坼玉溪。"又据商隐《奠相国令狐公文》："故山峨峨，玉溪在中。"可推知玉溪即在王屋山，《玉溪生诗集》命名缘此。唐文宗开成中，商隐移家关中，居住长安京郊樊南。他在《樊南甲集序》中自称"樊南生"，又云："十年京师寒且饿，人或目曰：韩文杜诗，彭阳章檄。樊南穷冻，人或知之。"后即以樊南命名其文集。

商隐自述"我系本王孙"，确是事实。他是晋凉武昭王李暠的苗裔，唐高祖李渊是李暠第七代孙，可见家世曾非常显赫。而从他高祖李涉起，几代人都官卑职微，门庭衰落。他父亲李嗣，曾任获嘉（今属河南）县令，后为镇浙者辟为幕僚。商隐就出生在这式微的书香门第。他从小颖悟，"五年诵经书，七年弄笔砚"（《上崔华州书》）。家境贫寒，随父宦游飘泊。十岁时父亲去世，境况顿显狼狈。《祭裴氏姊文》述当年情状："某年方就傅，家难旋臻。躬奉板舆，以引丹旐。四海无可归之地，九族无可倚之亲。"商隐奉母护丧回郑州，其间从堂叔某处士受经习文。商隐十二岁父丧除服，为养家糊口，"乃占数东甸，佣书贩舂"（《祭裴氏姊文》），卜居东都洛阳，靠替人抄写文书和出卖劳力谋生，相当艰辛。

唐文宗太和三年（829），商隐十八岁。三月，令狐楚任东都留守。商隐登门献文，大为令狐楚赏识。令狐楚让商隐与其子令狐绹等交往，切磋艺文。同年十一月，令狐楚任天平军节度使，招商隐为幕僚，辟署巡官。从此“将军樽旁，一人衣白”（《奠相国令狐公文》），商隐依傍恩师令狐楚习吏习文。当时官场文书通行今体（即骈文），令狐楚是今体章奏高手，商隐得令狐楚悉心指点，很快精于此道，且能青出于蓝。他又感激，又自豪，以为从此取青紫如拾芥。不料从太和六年（832）起，他屡次应试，屡次被黜，颇感愤愤不平。

太和七年（833），崔戎任华州刺史，很器重商隐。次年崔戎改任兖海观察使，辟商隐至幕府，掌章奏。不久崔戎卒，商隐痛失所依。开成二年（837），令狐父子作奥援，商隐得中进士。《上令狐相公状》（五）就表达了他的感恩之情。当年冬，令狐楚卒，商隐驰赴兴元，护丧归京师。途中写下名篇《行次西郊作一百韵》。

开成三年（838），商隐二十七岁，入泾原节度使王茂元幕。王茂元厚爱商隐，后商隐娶其女为妻，琴瑟甚谐。王茂元属李德裕党，而令狐楚则属牛僧孺党，其时牛李党争激烈，商隐投靠王茂元，由此跌入不能自拔的政治漩涡，遭牛党谗忌，终其一生厄运缠身。当年商隐试博学宏词科即被某中书抹名，他有感而作《安定城楼》诗，有“不知腐鼠成滋味，猜意鹓雏竟未休”之句。

开成四年（839），李商隐正式登上仕途，任秘书省校书郎，不久即调补弘农尉。审案时因不愿株连滥杀而邀功，活囚数人，大拂观察使孙简之意，遭训斥。商隐愤而作诗《任弘农尉献州刺史乞假归京》，欲辞职不干。后姚合取代孙简，商隐才继续留任。不过“俸微五斗”的九品尉职备受屈辱，所以商隐于开成五年（840）移家关中后辞尉从调，赴潭州刺史杨嗣复之招，游江潭，数月后回京。

唐武宗会昌二年（842），李德裕秉政。商隐以书判拔萃，授秘书省正字。遽遭母丧，回家守制。会昌四年（844）返故乡营葬，后移家永乐县。会昌五年（845）十月，商隐服阕入京，重官秘书省正字。第二年春，武宗驾崩，李德裕遭贬，政治形势急转直下。秘省清资，可通天阶，一因母丧，一因驾崩，失尽时机，商隐懊丧不已："谁料苏卿老归国，茂陵松柏雨萧萧。"（《茂陵》）

唐宣宗大中元年（847），商隐三十六岁。二月，李德裕亲信郑亚遭贬外任，出为桂州刺史、桂管防御观察等使。郑亚辟商隐入幕，奏掌书记。是年冬，商隐奉命出使南郡。二年正月自南郑归，摄守昭平郡事。虽然是临时代职，商隐却极其认真，有施政雄心。这是商隐一生唯一一次独当一面的行政机会，虽因时间短暂而未见实绩，但从他写的《异俗二首》中可见其胆识与勇气。二月，郑亚再贬为循州刺史，商隐留滞荆巴。冬初还京，选为周至尉。

大中三年（849）十月，武宁军节度使卢弘止镇徐州，招商隐入幕，奏为判官，直至大中五年（851）卢弘止卒于镇。时令狐绹官至相位，商隐写文求情，被补为太学博士，"在国子监太学，始主事讲经，申诵古道，教太学生为文章"（《樊南乙集序》）。这年秋初，妻王氏卒，商隐心灵留下一道伤痕，不少情真意挚的悼亡诗即由此而发。时柳仲郢任梓州刺史、东川节度使，奏辟商隐节度书记，后又改判上军，旋检校工部郎中。冬，商隐被差赴西川推狱。

商隐在东川幕，"五年从事霍嫖姚"（《梓州罢吟寄同舍》），虽宾主尚相得，生活亦安定，仍感孤独落寞，心境苍凉空寂，渐耽禅悦。《樊南乙集序》云："三年以来，丧失家道，平居忽忽不乐，始克意事佛。方愿打钟扫地，为清凉山行者。"他常与衲子往来吟唱，还在长平山慧义精舍经藏院，自出财俸，特创石壁五间，金字勒《妙法莲花经》七卷，虔心礼佛。商隐还精于书法，令狐绹曾令他"书元和旧诗"（《上兵部相公启》）。《宣和书谱》收商隐作品《正书月赋》、《四六本藁草》，赞云："字体妍媚，意气飞动，亦可尚也。"《玉堂嘉话》载："李阳冰篆二十八字，后有韦处厚、李商隐题。商隐字体绝类《黄庭经》。"《金石录》也载商隐所书碑数种，惜皆已不传。

大中十年（856），柳仲郢入朝任兵部侍郎兼御史大夫，充诸道盐铁转运使。商隐随柳进京，任盐铁推官。为执行公务，商隐于大中十一年（857）游历江东，感六朝兴亡而多咏史。大中十二年（858），盐铁转运使易人，商隐废罢，还郑州，未几病卒。时人伤悼，赋诗吊唁。崔珏《哭李商隐》七律二首，其警句为："词林枝叶三春尽，学海波澜一夜干。"赞誉备至。又云："虚负凌云万丈才，一生襟抱未曾开。"才高命蹇，商隐九原有知，读了也当唏嘘呜咽。

二

晚唐社会情势岌岌可危。与李商隐"平生风义兼师友"的刘蕡，于文宗太和二年（828）应贤良方正直言极谏科试对策道："今海内困穷，处处流散，饥者不得食，寒者不得衣……官乱人贫，盗贼并起。土崩之势，忧在旦夕。"决非危言耸听。李商隐为数不多的现实政治诗，较全面真实地反映了这一时代。

敢于直言极谏的刘蕡还在对策中猛烈抨击"黄门太横，将危宗社"，力主"揭国权以归其相，持兵柄以归其将"。宦官专权误国，成为中晚唐一大弊病。"自元和末，阍寺权盛，握兵宫闱，横制天下。天子废立，由其可否，干挠庶政。"（《旧唐书·刘蕡传》）唐宪宗、敬宗皆为宦官所弑。刘蕡的对策博得士林的震惊和感佩，然而触怒黄门，刘蕡被黜，后遭宦官诬陷，贬为柳州司户参军，含冤死去。李商隐闻讯后，冒风险，披肝胆，接连写四诗哭奠刘蕡。如："上帝深宫闭九阍，巫咸不下问衔冤。"（《哭刘蕡》）"路有论冤谪，言皆在中兴。"（《哭刘司户蕡》）"已为秦逐客，复作楚冤魂。"（《哭刘司户二首》）颂扬刘蕡，为他鸣冤叫屈，同时揭露朝廷昏聩，其矛头直指宦官集团。

《旧唐书·文宗纪》载，"帝以累世变起禁闱，尤侧目于中官，欲尽除之”。太和九年(835)十一月,在文宗授意下,宰相李训、凤翔节度使郑注伏兵内廷,诈言金吾仗舍石榴树有甘露。帝令左右军中尉仇士良、鱼弘志率诸内臣往视,想乘机将阉竖一网打尽。不料机事不密,反遭其祸,李训、郑注被杀,连未曾预谋的宰臣王涯、贾餗、舒元舆等也遭族灭,同时株连者千馀人,酿成“流血千门,僵尸万计”的惨祸,史称“甘露之变”。事变后,宦官气焰更加嚣张,“迫胁天子,下视宰相,陵暴朝士如草芥”(《通鉴》)。慑于淫威,一班文人学士大抵噤若寒蝉,三缄其口。商隐独具风骨,既撰文,又作诗,鲜明表达对“甘露事变”的见解。《邵氏闻见后录》载商隐佚文,并评论道:“李义山《樊南四六》集载《为郑州天水公言甘露事表》云云。当北司愤怒不平,至诬杀宰相,势犹未已;文宗但为涯等流涕,而不敢辩。义山之表谓‘徒思改作,未可与权’,独明其无反状,亦难矣。”商隐不仅文章难能可贵,还有不少诗分析评价这一时事,肯綮而犀利,如《有感二首》、《重有感》、《故番禺侯以赃罪致不辜事觉母者他日过其门》等,指斥宦官的凶残屠杀,对无辜受害者则深表同情,对唐文宗则惋惜其用人不当,功亏一篑,对首事的李训、郑注之流则基本持批判态度。《有感二首》是直接反映“甘露事变”的政论性佳作。

晚唐的另一心腹之患是藩镇割据,商隐诗对此亦颇关注。藩镇崛起,中央政权衰弱,双方对峙或激战。这一局面的形成,有其深刻的政治历史原因,中央政权的腐败、权力再分配的角逐等,都有可能导致“官逼官反”,而新王朝的建立也往往肇始于割据。唐王朝的最终覆灭,藩镇割据无疑起到了推波助澜的重要作用。希望和平稳定,反对割据分裂,是当时大多数人的心态,商隐同样如此。他早年的《韩碑》诗就用浓墨重彩颂扬贤相良将平定淮西之役的煌煌战功。太和元年(827)横海军节度副使李同捷抗命,成德军节度使王庭凑助乱,唐文宗命七道兵马征讨,旷日持久,直至太和三年方臻底平。商隐《随师东》诗反映了这一事件。对由于王师的腐败,造成“积骸成莽”百姓遭殃的严重后果,李商隐有清醒的批判意识，与杜甫有些战争诗的批判现实主义精神完全吻合。商隐还认为："但须鸑鷟巢阿阁，岂假鸱鸮在泮林。"意谓朝廷小人秉政，致使藩镇猖獗，也是诛心之论。但就总体而言，商隐还是赞同中央政府平叛的。武宗会昌三年(843)，昭义镇刘稹拒旨反叛，朝廷用兵，商隐积极声讨。《行次昭应县道上送户部李郎中充昭义攻讨》诗："鱼游沸鼎知无日，鸟覆危巢岂待风。"可谓旗帜鲜明。相反，如果朝廷对藩镇姑息迁就，商隐则予以讥刺。开成二年(837)，唐文宗命寿安公主下嫁成德军节度使王元逵，意图联姻怀柔。商隐当即直言此举荒唐："事等和强虏，恩殊睦本枝。四郊多垒在，此礼恐无时。"(《寿安公主出降》)

晚唐边患未靖，吐蕃、回鹘、党项先后入寇，朝廷穷于应付。原因固然很复杂，国势衰微是根本，边帅侵扰滋事也是导致纷争的重要缘由。会昌五、六年(845—846)间，党项反，攻陷邠宁盐州界城堡。武宗发诸道兵征讨，至宣宗大中四、五年(862—863)连年无功，戍馈不已。最后党项虽平，而国家元气也大伤。商隐对穷兵黩武持厌恶态度，《汉南书事》诗云："几时拓土成王道，从古穷兵是祸胎。"与杜甫诗《兵车行》嘲讽"武皇开边意未已"主旨一脉相承。

宦官专权、藩镇抗命、四郊多垒，唐王朝内外交困，风雨飘摇。对这一时期作忠实、全面而深刻反映的力作，不能不首推商隐《行次西郊作一百韵》。题中西郊指京西凤翔府。映入眼帘的农村景象是触目惊心的，一派荒芜凋敝。王畿尚且如此，外府州县当然更甚。诗歌不仅描绘现象，更通过一个老农之口夹叙夹议，深层次地揭示出现象背后隐藏着的各种社会危机。大要有藩镇闹事，王权旁落；外族入侵，御侮乏术；官吏贪酷，税赋繁重；上层穷侈极欲，下层受冻挨饿；官逼民反，盗贼蜂起，等等。应当说这些揭示都相当真实、尖锐和愤激，跳动着诗人忧国忧民的赤子之心。诗人感叹是人为因素造成这一切混乱局面，多少地看到了那个动荡社会的症结。这首诗落笔如椽，在广阔的背景上综述一代时事，巨细毕现，情理交织，不愧是一幅气势恢宏的时代长卷图。它是继杜甫《北征》、《奉先县咏怀五百字》后又一长篇诗史杰作。

咏史诗是准政治诗，可看作是政治诗的一个分支，因为咏史的归宿往往在于讽今。商隐的少量咏史诗也不例外。如唐明皇与杨贵妃事，白居易写《长恨歌》，哀感顽艳，虽有戒讽，但大意还在于颂扬明皇对于贵妃的痴情。商隐则不然，《华清宫》云：

华清恩幸古无伦，犹恐蛾眉不胜人。

未免被他褒女笑，只教天子暂蒙尘。

在轻松幽默的揶揄中，包含极严肃的批判主题，几乎直接将唐明皇与周幽王、杨贵妃与褒女划上等号。如此吟咏当朝至尊，除唐代而外，历朝罕见。这当然缘于唐代政治较为宽松开明，但更主要的还是李商隐的胆识与勇气，这种毫无顾忌“指斥乘舆”的诗毕竟在唐代也并不太多。题旨与此相类的尚有《马嵬二首》，讥笑唐明皇“如何四纪为天子，不及卢家有莫愁”。

商隐对于亲历的晚唐诸帝如敬宗、文宗、武宗、宣宗，当然不便直露指斥，则借咏古帝王史事以讽。他的《咏史》警句云：“历览前贤国与家，成由勤俭破由奢。”既是历史经验教训的总结，也是对当世君王奢靡之风敲响的警钟。如唐敬宗少年继位，童昏失德，只知夜猎、击球、宴饮。唐文宗初即位时下诏有“别诏宣索纂组雕镂不在常贡内者，并停”之语，显指前帝敬宗常别诏需索此类喜好物。综合上述各点，再来看商隐《富平少侯》诗，不难发现，诗中的“富平少侯”明显是在替敬宗画像。集中一些咏古帝王醉生梦死之作如《吴宫》、《北齐二首》等，大抵影射敬宗。

晚唐诸帝或虔奉释典，或笃信道教，而疏于任贤使能，即商隐《贾生》诗所讽“可怜夜半虚前席，不问苍生问鬼神”。以唐武宗为例，在禁中筑望仙馆，于三殿修金箓道场，召道士赵归真、刘玄靖等入宫，封以高官厚禄，师事之。武宗崇道黜佛，会昌五年（845）下诏拆毁天下寺庙四千六百馀所，招提、兰若四万馀所，二十六万馀僧尼还俗。他还服食金丹膏药，企图长生，结果是年仅三十三岁即短寿夭折。商隐《汉宫词》“青雀西飞竟未回，君王长在集灵台”、《茂陵》“玉桃偷得怜方朔，金屋修成贮阿娇”等，都是专讽学仙妄求，有很强的针对性。

商隐还有些诗吟咏古迹名胜，兼感慨史事，也有很深寓意，如七律《井络》咏诸葛亮八阵图，咏蜀君杜宇、先主刘备，结句最为警策：“将来为报奸雄辈，莫向金牛访旧踪。”这是对藩镇割据蠢蠢欲动而发的警告。清屈复《玉溪生诗意》述此诗云：“以山川之险，武侯之才，昭烈之主，尚不能一统天下，而况其它哉！所以深戒后来也。”清田篑山也评论道：“足褫奸雄之魄，而冷其觊觎之心。”（冯浩《玉溪生诗集笺注》引）可见玉溪生的咏史诗并非逞才矜博的泛泛之作，而是融入了批判现实的忧国忧民之心，这与他的政治诗在本质上是相通的。

上述诗反映的是现实世界，虽然也很可观，但就其深度广度而言，毕竟要逊杜甫一筹，还不足代表商隐诗的主要成就。商隐诗最擅胜场的是对心灵世界的发掘与开拓，把对生活、理想、爱情、婚姻等方面的丰富感情表达得婉曲尽致，他不愧是位抒情大师。

李商隐善写梦。人生如梦，梦也如人生，商隐把这两种境界搅动得水乳不分，将梦与人生打成了一片。这其实是很可悲的，现实的窒息与碰壁，使他不得不在梦中求得慰藉与解脱。如他的写梦名作《过楚宫》：

巫峡迢迢过楚宫，至今云雨暗丹枫。
微生尽恋人间乐，只有襄王忆梦中。

这是在借咏襄王的酒杯，浇自己心头的垒块。宋玉《高唐赋》中的襄王并不如此可怜巴巴，除了云雨梦，他还有许多可以想象的人间乐。缺少人间乐，而苦忆梦境中悲欢离合的，只能是商隐自己。商隐一生有许多梦。早年有颇为自负的青云梦：“我是梦中传彩笔，欲书花叶寄朝云。”（《牡丹》)“十年长梦采华芝。”(《东还》)中年寄人篱下，四海飘泊，又颇多思乡梦：“归期过旧岁，旅梦绕残更。”(《五言述德抒情诗》)还有名心未泯的乞怜梦：“山驿荒凉白竹扉，残灯向晓梦清晖。右银台路雪三尺，凤诏裁成当直归。”(《梦令狐学士》)晚年则心境枯寂，不乏禅梦：“炎方忆初地，频梦碧琉璃。”(《五月十五夜忆往岁秋与彻师同宿》)很明显，这些都是在借梦抒情。梦可能有真有假，而寄托的情则是绝对的真。商隐的七言长诗《七月二十八日夜与王郑二秀才听雨后梦作》，沈厚塽《李义山诗集辑评》引何焯批语：“述梦即所以自寓。”冯浩《玉溪生诗集笺注》也笺道：“假梦境之变幻，喻身世之遭逢也。”商隐的梦诗，大抵皆可作如是观。

商隐也还有绮梦。他学仙玉阳时，曾与女冠有过恋情，《燕台四首》、《常娥》诗所咏均与此有关。后又与洛中里娘柳枝相爱，好事未谐，柳枝为东诸侯取去，商隐赋《柳枝五首》并有长序，俱道其事。此外尚有“寻芳不觉醉流霞，倚树沉眠日已斜。客散酒醒深夜后，更持红烛赏残花”(《花下醉》)等绮诗。因而商隐时有“春梦乱不记”(《乐游原》)、“别馆觉来云雨梦”(《少年》)等绮梦也在情理之中。他最奇特的一首记绮梦的诗是《闺情》：

红露花房白蜜脾，黄蜂紫蝶两参差。
春窗一觉风流梦，却是同袍不得知。

闺中少妇在同衾裯的丈夫身边做了一个风流梦，与她的情人幽会寻欢，丈夫虽然近在贴身，却全然无知。是的，禁锢形体容易，禁锢思想万难，恋情是如此，亲情、友情、宦情等等又何尝不是如此？就“闺情”而言，此诗“这个题材，恐怕是古今闺情诗中绝无仅有的”(施蛰存《唐诗百话·李商隐七言绝句四首》)，可见商隐对绮梦非凡的想象力与开拓力。

说到绮情，商隐最为人称道和最为聚讼纷纭的，就是他的无题诗。以“无题”命诗，是商隐的独创，尤多用于七律。凡叙写爱情、艳遇、隐衷、感遇，或对时事政治、社会生活诸方面寓以寄托，作者不愿显言或不便明言的，则有意隐讳，画龙而不点睛，概以“无题”命篇。此类诗集中共有十五首。有些诗仿效《诗经》，摘取诗篇首句开头二字命题，如《锦瑟》、《碧城》之类，似有题而实亦无题。此类诗集中有近三十首。这些无题诗，在作者避实就虚不落痕迹，固是别出心裁绝顶聪明的处理；而在读者，在逆反心理驱动下，偏要猜透哑谜就虚坐实，想当点睛手，却难免弄巧成拙。无题诗同商隐其他诗一样，“味无穷而炙愈出，钻弥坚而酌不竭”（葛立方《韵语阳秋》引杨亿语）。正因为无题诗神秘莫测，愈益激发起历代学人才子如痴似醉地探赜索隐，笺注阐说连篇累牍，歧见百出莫衷一是，于是形成一门积淀深厚的“无题诗学”。

其实，商隐无题诗大抵皆叙恋情，而又多为失恋的单相思。那种刻骨铭心的相思如此无望，如此痛苦，却又那么执着，那么充满哀伤的美感。试看以下无题诗名句：

春蚕到死丝方尽，蜡炬成灰泪始干。

身无彩凤双飞翼，心有灵犀一点通。

春心莫共花争发，一寸相思一寸灰。

刘郎已恨蓬山远，更隔蓬山一万重。

千百年来不知被多少人兜上心头，传诵着，咀嚼着，品味着，在它的巨大魅力中倾倒、镇静、反思、缓解。它形象地表达了人类共通的感受，因而在历史的长河中普遍引起共鸣，有无穷的生命力。商隐无题诗中的优秀作品，堪称爱情之绝唱。

然而，无题诗也绝不仅仅是恋情诗。商隐曾多次在诗文中表白自己的诗歌有底蕴：“楚雨含情皆有托。”（《梓州罢吟寄同舍》）“一自《高唐》赋成后，楚天云雨尽堪疑。”（《有感》）“巧啭岂能无本意？”（《流莺》）“盖以徘徊胜境，顾慕佳辰，为芳草以怨王孙，借美人以喻君子。”（《谢河东公和诗启》）清纪昀云：“《无题》诸诗，大抵祖述美人香草之遗，以曲传不遇之感，故情真调苦，足以感人。”（转引自张采田《李义山诗辨正》）是很有斟酌、很有分寸的评论。因此，商隐的无题诗，又可说是无题之《离骚》。

商隐另有一类咏物写景诗，在处理这类题材时同样将它浸染上浓厚的心灵色彩，不但重在神似，而且重在抒情。早年在崔戎兖海幕中，商隐赋《初食笋呈座中》七绝，对食用“嫩箨香苞”的新笋表示了深深的惋惜与不平：“皇都陆海应无数，忍剪凌云一寸心！”新笋不受剪伐，即能凌云挺拔，以比喻才士不受摧抑，自能展翅青云。唐人常称年轻而有才的人为“玉笋”（见《新唐书·李宗闵传》），则此诗咏物与咏人已密勿无间。名篇《蝉》诗，咏物不即不离，借蝉之清高悲嘶托寓自己襟怀，备受后世激赏，清朱彝尊曾誉此诗为“咏物最上乘”。另一首名篇《流莺》曰：

流莺飘荡复参差，度陌临流不自持。
巧啭岂能无本意？良辰未必有佳期。
风朝露夜阴晴里，万户千门开闭时。
曾苦伤春不忍听，凤城何处有花枝？

末句从初唐诗人李义府《咏乌》“上林多少树，不借一枝栖”化出。诗当作于客乡异地，思念京城，眷恋功名，可惜“凤城”（即京师）不借一枝栖息，故“伤春”而哀苦。一片流落飘荡之情，借咏莺和盘托出。汪辟疆《玉溪诗笺举例》云此诗“义山借流莺寓感也”（《中华文史论丛》1963年第4期），极为中肯。商隐的咏物诗形神兼备，物我交融，确乎是上乘之作。

商隐的写景诗也有上述特点，寓情于景，借景摅情。他的五绝压卷之作《乐游原》云：“夕阳无限好，只是近黄昏。”瑰丽之景，寓衰飒之情，既是大唐帝国回光返照的绝妙写真，也是老骥伏枥、前途无望的自身境遇的艺术再现。浅显白描的语言蕴含如此形象深厚的情愫，使人叹为观止。商隐对描写黄昏情有独钟，因为斜阳西下，韶华转瞬即逝，他既留恋惋惜，又惆怅无奈，与他的遭际与心境最为吻合。所以他的写景名句“天意怜幽草，人间重晚晴”（《晚晴》）、“参差连曲陌，迢递送斜晖”（《落花》）、“虹收青嶂雨，鸟没夕阳天”（《河清与赵氏昆季讌集得拟杜工部》）等，都与之结下不解之缘。举一可以更三，商隐诗的景语大抵皆含情语，着有我之色彩。

三

以上择要介绍了商隐反映现实与反映心灵的两大部分诗作。以下简要归纳一下商隐诗的艺术风格和创作特色。

秾艳绮丽的外衣包裹着愤懑凄苦的内核，这是商隐诗的基本风格。商隐《戏题枢言草阁三十二韵》诗自道“我有苦寒调”、“听我苦吟诗”，准确地为他的诗歌创作定下了基调。他深深挖掘内心世界的种种创伤，给予精致包装，让人隽永回味。外在形式的美与思想感情之苦在商隐诗中得到了有机的、和谐的统一。对于商隐诗的秾丽，前人也有非议，敖陶孙《诗评》云：“李义山（诗）如百宝流苏、千丝铁网，绮密瑰妍，要非自然。”这其中有的是误解，有的则是对商隐少量齐梁体格的艳体诗的批评。诗歌发展到晚唐，齐梁声色内容又渐渐回潮，这与衰世耽溺淫乐有关，也与朝廷倡导有关。《云溪友议》载：“开成元年秋，高锴复司贡籍。上（文宗）曰：‘所试赋，则准常规，诗则以齐梁体格。’乃试《琴瑟合奏赋》、《霓裳羽衣曲》诗。”上行下效，在世风趋会中，商隐难免浸染，也确有如“百宝流苏”、“要非自然”的瑕疵。但从总体上看，商隐诗是金玉其外，精粹其中，完全适用于题旨的表达。正如范元实《诗眼》所说：“义山诗，世人但称其巧丽与温庭筠齐名。盖俗学只见其皮肤，其高情远意，皆不识也。”

商隐少量诗用通俗质朴白描的语言直抒胸臆，也不失为佳作。但他偏爱（或不得不）创造朦胧曲折的诗境，费人猜详，很难一眼破译，甚至永远无法破译。他的朦胧诗与白居易“老妪能解”的通俗诗有着强烈反差，然而各有独诣，各领千秋。有人则对商隐“半明半暗”的朦胧诗风持否定态度。清毛奇龄《诗话》引张杉（南士）语说：“生平不喜观李商隐诗。旧谓商隐堆垛馔砌，号獭祭鱼，此病犹小。其最不足处是半明半暗，近通近塞，迷闷不得决。”如果朦胧而至于晦涩，甚或不知所云，那末张杉的批评也不无道理。可是商隐的朦胧诗决非空洞无物的故弄玄虚或文字游戏，而是有着丰富的内核，撩开云幌雾纱，自可睹见国色天香。张杉的“迷闷”，其考语施之于商隐，可谓无的放矢。

造成诗意朦胧的原因是多方面的，如意象的不确定和多义性，意象间难以捉摸的跳跃性等。意象的多义性，体现了商隐诗多用比兴的另一特色。贺裳《载酒园诗话》云：“魏晋以降，多工赋体，义山犹存比兴。”朱鹤龄笺本序也称“义山之诗，乃风人之绪音，屈宋之遗响”。由于比兴的大量运用，由《诗经》而引出“诗无达诂”的著名论断。商隐诗托物寓意，言此意彼，很难切实准确把握其脉搏，也可归入“诗无达诂”之列。

钱锺书先生以为：“樊南四六与玉溪诗消息相通，犹昌黎文与韩诗也。”（引自周振甫《李商隐选集·前言》）道出了商隐以骈文入诗的一大特色，它正如韩愈以散文入诗一样，备受世人瞩目。商隐诗多律体，严格注意音韵、对仗，选声设色，极有讲究，带有明显的骈文胎记，这与他是骈文高手密切相关。以骈体入诗，还表现在商隐诗大量用典，有些诗“一篇之中，用事者十七八”（黄彻《䂬溪诗话》）。商隐用典还有避熟就新、活用反用巧用等特点，使之推陈出新，境界顿异。用典也是造成商隐诗含蓄隽永、朦胧曲折的重要原因。商隐用典高明贴切，为历代所叹赏，也为历代所诟病。叹赏者膜拜规摹之，如北宋初西昆诸公。诟病者则指责商隐，谓“诗到义山谓之文章一厄，以其用事僻涩”（《苕溪渔隐丛话》前集卷二十二引《冷斋夜话》）。其实，对于商隐用典盲目崇拜，亦步亦趋，流于以学问为诗的恶果，不啻买椟还珠，不足为训。至于抓住其少数篇章用事堆砌僻涩而予以全盘否定，未免因噎废食，有失公允。当然，用典过多，造成读者阅读和理解上“隔”的弊端，商隐诗也难辞其咎。

宋初杨亿《谈苑》云：“义山为文，多简阅书册，左右鳞次，号‘獭祭鱼’。”“獭祭鱼”说因而成为商隐诗文创作的定评。事实上这恐怕是杨亿的臆测或夫子自道，商隐未必在创作时“简阅书册，左右鳞次”。商隐学富五车，才情具赡，不会如村学究般文思蹇涩，临渴掘井。佐证有三：其一，《安平公诗》：“丈人博陵王名家，怜我总角称才华。……顾我下笔即千字，疑我读书倾五车。”其二，《咏怀寄秘阁同僚二十六韵》：“自哂成书簏。”其三，《旧唐书·文苑传》：“自是（商隐）始为今体章奏，博学强记，下笔不能自休。”细味之，商隐自诩“书簏”，又“博学强记”，实无需“獭祭鱼”式枯涩创作。杨亿厚诬，后人沿波众喙一辞，恐是一宗错案。

商隐诗特色简述如上。从承传关系来看，商隐诗“比兴”取法《诗经》，“香草美人”仿效《离骚》，继承了古典诗歌创作的优秀传统。对商隐最有直接影响的当数杜甫。商隐诗中从内容、制题到句律都有意追慕杜甫，不仅临摹得真，而且得杜家神髓。蔡宽夫《诗话》云：“王荆公晚年亦喜称义山诗，以为唐人知学老杜而得其藩篱者，唯义山一人而已。”当非虚誉。商隐对后世多有影响，晚唐韩偓的《香奁集》已露端倪，大量模仿商隐艳体诗。到了宋初，商隐诗备受尊崇。刘攽《中山诗话》云：“祥符、天禧中，杨大年（亿）、钱文僖（惟演）、晏元献（殊）、刘子仪（筠）以文章立朝，为诗皆宗尚李义山，号‘西昆体’。后进多窃义山诗句。尝内宴，优人有为义山者，衣服败裂，告人曰：‘吾为诸馆职挦撦至此。’闻者欢笑。子仪画义山像，写其诗句列左右，贵重之如此。”由于这些达官贵人的倡导，“西昆体”曾风靡一时。但它生吞活剥，模拟剽窃，专注词章秾艳和堆砌典故，正所谓得其皮毛而遗其精髓。西昆之失，其咎不能怪罪于商隐，因而将商隐视为西昆鼻祖，一并加以攻讦，显然有失偏颇。

四

现存李商隐的诗集，由北宋人搜求编订为三卷，刊刻为《李义山诗》和《李商隐诗集》。为其诗集做注亦从宋代始，如刘克注（见宋人蔡絛《西清诗话》载），后明代有张文亮注（见明人张觐《延州笔记》载），惜皆佚失。

至清初，李商隐诗得到了重新审视，王夫之、钱谦益、朱彝尊、叶燮、宋荦等一批清初文学家、文学批评家对李诗作出了高度评价和肯定，认为义山接过了杜诗的衣钵，为晚唐第一诗人。“少陵之志直，其词危。义山当南北水火，中外箝结，不得不纡曲其指，诞谩其词，此风人、《小雅》之遗，推原其志义，可以鼓吹少陵。”（朱彝尊《静志居诗话》）

然而，李商隐诗命意幽深隐晦，用典繁复僻奥，诸如《无题》等诗颇难解读。杜诗于宋代即有千家注之盛况，而义山诗在清代以前竟一直没有完备的注本，以致元好问有“诗家总爱西昆好，独恨无人作郑笺”之叹。明代著名批评家胡震亨也说：“唐诗不可注也。……有两种不可不注，如老杜用意深婉者须发明，李贺之谲诡，李商隐之深僻，及王建宫词自有当时宫禁故实者，并须作注，细与笺释。……而商隐一集迄无人能下手，始知实学之难，即注释一家，亦未可轻议也。”（《唐音癸签》卷三十二）正是在这种情况下，第一本完整的李商隐诗集注本——朱鹤龄的《李义山诗集注》应时而生。

朱鹤龄（1606–1683），字长孺，号愚庵，又号松陵居士、松陵散人。江苏吴江（今江苏苏州市吴江区）人。明诸生。颖敏好学。明清易代之际，“闭户著书，长于笺疏之学”（《松陵文献》卷十）。除了《李义山诗集注》，他还有一本力作，就是《杜工部诗集辑注》。

《李义山诗集注》的成书，应该说和当时的文坛巨擘钱谦益有很大的关系。在朱鹤龄之前，已经有两种义山诗的注本，一种是释道源的注本，一种是钱龙惕的《李义山诗笺》。两位注者是同时人，且都与钱谦益有密切关系。道源是钱氏好友，多有交往。钱龙惕（1609—？）字夕公，号子健，乃钱谦益之侄。他注义山诗，先是受到钱谦益的影响，后来结识了也正在注义山诗的僧人道源，便互相切磋，并有意识地做了分工：道源注以释词意为主，而钱注以笺疏史实、创作背景为主。道源注成书后，钱谦益有《注李义山诗集序》，但一直没有机会刊印，道源死后，书稿亦为钱氏收藏，后佚。《李义山诗笺》成于顺治五年（1648），三卷，计46首，国内未见其刊本，上海图书馆藏有清乾隆二十年（1755）沈氏抄本。

朱鹤龄先是专注于注杜诗，一直有心注杜诗并且已经开始草创工作但又因故中断的钱谦益，于顺治十一年（1654）看到朱鹤龄出示的杜诗注本后，对朱可谓一见倾心，不仅主动把朱推荐给同乡著名的藏书家毛晋（汲古主人），更是在第二年便将朱鹤龄延至家中任私塾老师，一直待到顺治十四年（1657）。正因为如此，朱鹤龄得以很方便地见到道源注本和钱龙惕的《李义山诗笺》，并且使得之前已经开始的李商隐诗集的注释工作得以顺利而迅速地完成，并于顺治十六年（己亥年，1659）刊印。

作为李商隐诗集第一部笺释完备的注本，"刻成即风行海内，几于家有其书，是真足为玉谿生功臣"（汪增宁《李义山诗集笺注例言》）。朱注以简要为宗，"习见者简之"，对于义山诗的旨意亦不作深度疏解，以免穿凿附会。但是，对于诗中涉及的史实、地理等，朱注则考释精审，显示出深厚的功力和严谨的治学态度。而书中援引道源注和钱注之处，皆标明作者，绝不掠美。正因为如此，道源注也有幸得以保留了174条。

此次整理，我们以清摛藻堂本《李义山诗集注》为底本。朱注的引文我们尽量找到原文加以校核。凡是校改之处，错衍之字标以（），校改及补字标以〔〕，如需特别说明，则加以校记。

目　录

卷一下

卷二上

卷二下

卷三上

卷三下

新添集外诗

附　录

序

朱鹤龄

申、酉之岁，予笺注杜工部诗于红豆山庄。既卒业，有友人谓予曰："玉溪生诗沉博绝丽，王介甫称为善学老杜，惜从前未有为之注者。元遗山云：'诗家总爱西昆好，只恨无人作郑笺。'子何不并成之，以嘉惠来学？"予因翻核新、旧《唐书》本传，以及笺启序状诸作，所载于《英华》、《文粹》者，反复参考，乃喟然叹曰："嗟乎！义山盖负才傲兀，抑塞于钩党之祸，而传所云'放利偷合'、'诡薄无行'者，非其实也。"

夫令狐绹之恶义山，以其就王茂元、郑亚之辟也；其恶茂元、郑亚，以其为赞皇所善也。赞皇入相，荐自晋公，功流社稷。史家之论，每曲牛而直李。茂元诸人，皆一时翘楚，绹安得以私恩之故，牢笼义山，使终身不为之用乎？绹特以仇怨赞皇，恶及其党，因并恶其党赞皇之党者，非真有憾于义山也。太牢与正士为仇，绹父楚比太牢而深结李宗闵、杨嗣复。绹之继父深险尤甚。会昌中，赞皇擢绹台阁，一旦失势，绹与不逞之徒竭力排陷之，此其人可附离为死党乎？义山之就王、郑，未必非择木之智，涣丘之公。此而目为"放利偷合，诡薄无行"，则必将朋比奸邪，擅朝乱政，如八关十六子之所为，而后谓之非偷合，非无行乎？且吾观其活狱弘农，则忤廉察；题诗九日，则忤政府。于刘蕡之斥则抱痛巫咸；于乙卯之变则衔冤晋石。太和东讨，怀积骸成莽之悲；党项兴师，有穷兵祸胎之戒。以至《汉宫》、《瑶池》、《华清》、《马嵬》诸作，无非讽方士为不经，警色荒之覆国。此其指事怀忠，郁纡激切，直可与曲江老人相视而笑，断不得以"放利偷合"、"诡薄无行"嗤摘之者也。

或曰：义山之诗半及闺闼，读者与《玉台》、《香奁》例称，荆公以为善学老杜，何居？予曰：男女之情，通于君臣朋友，《国风》之螓首蛾眉，云发瓠齿，其辞甚亵，圣人顾有取焉。《离骚》托芳草以怨王孙，借美人以喻君子，遂为汉魏六朝乐府之祖。古人之不得志于君臣朋友者，往往寄遥情于婉娈，结深怨于蹇修，以序其忠愤无聊、缠绵宕往之致。唐至太和以后，阉人暴横，党祸蔓延。义山阨塞当涂，沉沦记室。其身危，则显言，不可，而曲言之；其思苦，则庄语，不可，而谩语之。计莫若瑶台璚宇，歌筵舞榭之间，言之可无罪，而闻之足以动。其《梓州吟》云“楚雨含情俱有托”，早已自下笺解矣。吾故曰：义山之诗，乃风人之绪音，屈宋之遗响。盖得子美之深而变出之者也。岂徒以征事奥博，撷采妍华，与飞卿、柯古争霸一时哉？学者不察本末，类以才人浪子目义山。即爱其诗者，亦不过以为帷房昵媟之词而已，此不能论世知人之故也。予故博考时事，推求至隐，因笺成而发之，以复于友人，且以为世之读义山集者告焉。

顺治己亥二月朔，朱鹤龄书于猗兰堂。

卷一上

锦瑟

锦瑟无端五十弦[①]，一弦一柱思华年。
庄生晓梦迷蝴蝶[②]，望帝春心托杜鹃[③]。
沧海月明珠有泪[④]，蓝田日暖玉生烟[⑤]。
此情可待成追忆，只是当时已惘然。

①《周礼乐器图》："雅瑟二十三弦，颂瑟二十五弦，饰以宝玉者曰宝瑟，绘文如锦曰锦瑟。"《汉书·郊祀志》："秦帝使素女鼓五十弦瑟，悲，帝禁不止，故破其瑟为二十五弦。"或曰：《吕氏春秋》云："朱襄氏作五弦瑟，以采阴气，以定群生。瞽叟乃拌五弦，为十五弦之瑟，命之曰大章。舜立，乃益八弦以为二十三弦之瑟。"此诗五十弦，当倒其文为十五弦，与下"思华年"相应。一云："五十"疑作"廿五"，正用素女事。廿，人汁切，音入。古人书"二十"字，多并省为"廿"。颜之推《稽圣赋》："中山何夥，有子百廿。"但诗家罕用。

②《庄子》："昔者庄周梦为蝴蝶，栩栩然蝶也。"

③《水经注》：来敏本《蜀论》："望帝者，杜宇也，从天下。女子朱利自江源出，为宇妻。遂王于蜀，号曰望帝。"《蜀王本纪》："望帝使鳖灵治水，与其妻通，惭愧，且以德薄，不及鳖灵，乃委国授之。望帝去时，子规方鸣，故蜀人悲子规鸣而思望帝。"《成都纪》："望帝死，其魂化为鸟，名曰杜鹃，亦曰子规。"

④《文选》注："月满则珠全，月亏则珠阙。"郭宪《别国洞冥记》："(珠)〔味〕勒国在日南，其人乘象入海底取宝，宿于鲛人之宫，得泪珠，则

鲛人所泣之珠也，亦曰泣珠。”《博物志》：“南海外有鲛人，水居如鱼，不废绩织，其眼泣则能出珠。”

⑤《长安志》：“蓝田山在长安县东南三十里，其山产玉，亦名玉山。”《困学纪闻》：“司空表圣云：‘戴容州叔伦谓诗之景，如蓝田日暖，良玉生烟，可望而不可置于眉睫之间也。’李义山‘玉生烟’之句，盖本于此。”

按，义山《房中曲》：“归来已不见，锦瑟长于人。”此诗寓意略同，是以锦瑟起兴，非专赋锦瑟也。《缃素杂记》引东坡“适、怨、清、和”之说，吾谓不然，恐是伪托耳。《刘贡父诗话》云：“锦瑟，当时贵人爱姬之名。”或遂实以令狐楚青衣说，尤诬妄，当亟正之。

重过圣女祠①

白石岩扉碧藓滋，上清沦谪得归迟②。
一春梦雨常飘瓦③，尽日灵风不满旗④。
萼绿华来无定所⑤，杜兰香去未移时⑥。
玉郎会此通仙籍⑦，忆向天阶问紫芝⑧。

①《水经注》：“武都秦冈山悬崖之侧，列壁之上，有神像状妇人之容，其形上赤下白，世名之曰圣女神。福应愆违，方俗是祷。”按，武都，今汉中府略阳县地。

②《灵宝本元经》：“四人天外曰三清境：玉清、太清、上清。亦名三天。”《太真经》：“三清之间，各有正位：圣登玉清，真登上清，仙登太清。”释道源注：“上清蕊珠宫，大道玉宸君居之。”

③梦雨，用巫山神女事。《九歌》：“东风飘兮神灵雨。”

④陶贞白《真诰》：“英王夫人歌：‘阿母延轩观，朗肃蹑灵风。’”道源注：“《云笈七签》：‘灵风扬音，绿霞吐津。’”

⑤《真诰》：“萼绿华者，自云是南山人。女子，年可二十许上下，青衣，颜色绝整。以晋穆帝升平三年十一月夜，降于羊权家。自此往来，一月之中

辄六过其家，授权尸解药，亦隐景化形而去。”

⑥《墉城仙录》：“杜兰香者，有渔父于湘江之岸见啼声，四顾无人，惟一二岁女子，渔父怜而举之。十馀岁，天姿奇伟，灵颜姝莹，天人也。忽有青童自空下，集其家，携女去。临升天，谓渔父曰：‘我仙女也，有过，谪人间，今去矣。’其后降于洞庭包山张硕家。”《搜神记》：“汉时有杜兰香者，自称南康人氏。以建业四年春，数诣张硕，言本为君作妻，情无旷远，以年命未合，其小乖，太岁东方卯，当还求君。”

⑦《真诰》：“北元中玄道君，太保玉郎李灵飞之小妹。”道源注：“《云笈七签》：‘登命九天司命、侍仙玉郎，开紫阳玉笈、云锦之囊，出《九天生神玉章》。’”

⑧《茅君内传》：“句曲山有神芝五种，其三色紫，形如葵叶，光明洞彻。服之，拜为太清龙虎仙君。”

寄罗劭兴①

棠棣黄花发②，忘忧碧叶齐③。
人闲微病酒，燕重远兼泥。
混沌何由凿④，青冥未有梯⑤。
高阳旧徒侣⑥，时复一相携。

①兴，一作“舆”。

②棠棣，疑即唐棣。《本草》不言花黄，候考。

③《博物志》：“合欢蠲忿，萱草忘忧。”

④《庄子》：“凿七日而混沌死。”

⑤《楚词》：“据青冥而摅虹兮。”注：“青冥，云也。”谢朓诗：“共登青云梯。”

⑥《史记》：“郦生叱使者曰：‘入言沛公，吾高阳酒徒也。’”

令狐舍人说昨夜西掖玩月因戏赠[1]

昨夜玉轮明[2]，传闻近太清[3]。
凉波冲碧瓦[4]，晓晕落金茎[5]。
露索秦宫井[6]，风弦汉殿筝[7]。
几时绵竹颂，拟荐子虚名[8]。

①《唐书》:“令狐绹字子直,楚之子。大中三年拜中书舍人,袭封(平)〔彭〕阳男。”《初学记》:“中书省在右,因谓中书,为右曹,又称西掖。”

②一作“门”,误。○李贺诗:“玉轮轧露湿团光。”

③《世说》:“会稽王道子斋中夜坐,于时天月明净,都无纤翳,叹以为佳。谢景重曰:‘意谓不如微云点缀。’王因戏谢曰:‘卿居心不净,乃复强欲滓秽太清耶?’”

④《汉·(郊祀)〔礼乐〕志》:“月穆穆以金波。”刘騊駼诗:“缥碧以为瓦。”

⑤《广韵》:“晕,日月旁气也。”《汉武故事》:“帝作金茎,擎玉杯,承云表露,和玉屑服之,以求仙。”《西都赋》:“擢双立之金茎。”注:“金茎,铜柱也。”

⑥《广韵》:“绠,井索。”古乐府:“桃生露井上。”曹植《述行赋》:“濯予身于秦井。”

⑦杜甫诗:“风筝吹玉柱。”《丹铅录》:“古人殿阁,檐棱间有风琴、风筝,皆因风动成音,自叶宫商。”

⑧《汉书》:“绵竹县属广汉郡。”蔡梦弼《杜注》:“绵竹,产汉州绵竹县之紫岩山。”扬雄《甘泉赋序》:“孝成帝时,客有荐雄文似相如者。”翰注:“雄尝作《绵竹颂》。成帝时,直宿郎杨庄诵此文,帝曰:‘似相如之文。’庄曰:‘非也。此臣邑人扬子云。’帝即召见,拜黄门侍郎。”按,子云《答刘歆书》云:“先作《县邸铭》、《王佴颂》、《阶闼铭》及《成都四隅铭》。蜀人杨庄为郎诵之于成帝,帝以为似相如。后又作绣补、灵节、龙骨之

铭诗三章。成帝好之，遂得尽意。”不及《绵竹颂》。翰注云云，不知何本。五臣注极为东坡所讥，然间有可采者，如此事。义山亦引用之矣。

崔处士

真人塞其内，夫子入于机①。
未肯投竿起，惟欢负米归②。
雪中东郭履③，堂上老莱衣④。
读遍先贤传，如君事者稀。

①《庄子》：“万物出乎机，入乎机。”

②《家语》：“昔者由也为亲百里负米。”

③《史记》：“东郭先生行雪中，履有上无下，足尽践地。”

④《列士传》：“老莱子行年七十，作婴儿娱亲，着五采褊襕衣。”

自 喜

自喜蜗牛舍①，兼容燕子巢。
绿筠遗粉箨②，红药绽香苞③。
虎过遥知穽，鱼来且佐庖。
慢行成酩酊，邻壁有松醪④。

①《古今注》：“蜗牛，陵螺也。野人为圆舍，如其壳，曰蜗舍。”《魏志》：“焦先自作一蜗牛庐，净扫其中。”

②《韵会》：“筠，竹青皮。”白居易诗：“筠粉污新衣。”

③谢朓诗：“红药当阶翻。”

④《本草》：“松叶、松节、松胶皆可为酒，能已疾。”裴硎《传奇》：“酒名松醪春。”

题僧壁

舍生求道有前踪，乞脑剜身结愿重①。
大去便应欺粟颗②，小来兼可隐针锋③。
蚌胎未满思新桂④，琥珀初成忆旧松⑤。
若信贝多真实语⑥，三生同听一楼钟⑦。

①道源注："知玄《三昧忏》：'舍头目髓脑，如弃涕唾。'"《报恩经》："有婆罗门往乞其头，王许之。婆罗门寻断王头，持还本国。"又："转轮圣王为求佛法，有一婆罗门言：'若能就王身上剜作千疮，灌满膏油，安施灯炷，然以供养者，我当为汝解说佛法。'"

②陈启源曰："佛偈'一粒粟中藏世界'，即此句义。"

③道源注："《维摩经》：'如持一针锋，举一枣叶，而无所娆。'《涅槃经》：'尖头针锋，受无量众。'"

④未，一作"永"。〇《吕氏春秋》："月望则蚌蛤实，群阴盈；月晦则蚌蛤虚，群阴缺。"《吴都赋》："蚌蛤珠胎，与月亏全。"虞喜《安天论》："俗传月中有仙人桂树，今视其初生，见仙人之足，渐已成形，桂树后生。"李贺诗："新桂如蛾眉。"

⑤陈藏器《本草》："旧说松脂入地千年，化为琥珀。今烧之亦作松气。"〇按，新桂、旧松，即未来、过去之喻。

⑥《酉阳杂俎》："贝多出摩伽陀国，西土用以写经。长六七丈，经冬不凋。"《齐民要术》："《嵩山记》云：嵩高寺中忽有思维树，即贝多也。一年三花。"《翻译名义集》："贝多形如北方棕榈，直而且高，长八九十尺，花如黄米子。"《西域记》云："南印建那补罗国北不远，有多罗树林三十馀里，其叶长广，其色光润。诸国书写，无不采用。"《般若经》："如来是真语者，实语者。"

⑦道源注："过、未、现为三生。"

霜　月

初闻征雁已无蝉，百尺楼高水接天。
青女素娥俱耐冷[①]，月中霜里斗婵娟。

①耐，《文苑英华》作“奈”。〇《淮南子》：“秋三月，青女乃出，以降霜雪。”高诱注：“青女，青腰玉女，主霜雪也。”谢庄《月赋》：“集素娥于后庭。”注：“常娥窃药奔月。月色白，故曰素娥。”

异俗二首[①]

鬼疟朝朝避[②]，春寒夜夜添。
未惊雷破柱[③]，不报水齐檐。
虎箭侵肤毒[④]，鱼钩刺骨铦[⑤]。
鸟言成谍诉[⑥]，多是恨彤襜[⑦]。

①原注：“时从事岭南。”〇本传：“给事中郑亚廉察桂州，请为观察判官，检校水部员外郎。”

②《后汉书·礼仪志》注：“颛顼氏有三子，生而亡去为疫鬼。一居江水，为疟鬼。”《宾退录》：“高力士流巫州，李辅国授谪制，力士方逃疟功臣阁下。”则避疟之说，自唐已然。

③《世说》：“夏侯太初尝倚柱作书，时大雨霹雳，破柱，衣服焦燃，神色无变。”

④《桂海虞衡志》：“蛮箭以毒药濡箭锋，中者立死。药以蛇毒草为之。”

⑤《岭表志》：“鳄鱼大如船，牙如锯齿，尾有三钩，极利，遇鹿豕即以尾戟之。”

⑥诉，一作“许”。〇韩愈文：“小吏十馀家，皆鸟言夷面。”《北山移

文》："牒诉倥偬装其怀。"注："牒，文牒也。诉，告也。"

⑦幨，一作"襜"。○《周礼·巾车》有"容盖"。郑司农云："容，谓幨车。山东谓之裳帏。以帏障车旁，如裳为容饰。其上有盖，四旁垂而下，謂之幨。"[1]《职(原)〔源〕》："皂盖分辉，彤幨昭彩。"

户尽悬秦网①，家多事越巫②。
未曾容獭祭③，只是纵猪都④。
点对连鳌饵⑤，搜求缚虎符⑥。
贾生兼事鬼⑦，不信有洪炉⑧。

①《地理志》："桂林郡，本秦置。"网罟之利开于秦，故曰秦网。

②《汉·郊祀志》："命越巫立越祝祠，安台无坛，亦祠天神、帝、百鬼，而以鸡卜。"

③《月令》："孟春之月，獭祭鱼，然后虞人入泽梁。"

④《酉阳杂俎》："伍相奴，或扰人，许于伍相庙多已。旧说一姓姚，二姓王，三姓汪。昔值洪水，食都树皮，饿死，化为鸟都，皮骨为猪都，妇女为人都。在树根居者名猪都，在树半可攀及者名人都，在树尾者名鸟都。南中多食其巢，味如木芝。窠表可为履屜，治脚气。"

⑤《列子》："龙伯之国有大人，一钓而连六鳌。"

⑥《抱朴子》："道士赵昞能禁虎，虎伏地，低头闭目，便可执缚。"《真诰》："道家有制虎豹符。"南中多虎，故求符禁之。

⑦《汉·贾谊传》："上方受釐，坐宣室。因感鬼神事，问以鬼神之本，谊具道所以然之故。"

⑧《庄子》："今一以天地为大炉。"贾谊《鵩鸟赋》："天地为炉兮造化为工。"杜甫诗："汩没听洪炉。"

[1]"以帏障"云云，实为《毛诗正义》语。

归 墅[1]

行李逾南极，旬时到旧乡。
楚芝应遍紫[2]，邓橘未全黄[3]。
渠浊村春急[4]，旗高社酒香[5]。
故山归梦喜，先入读书堂。

①按，诗有“逾南极”之句，时必归自桂林。

②《十道志》：“商洛山在商州东南九十里，亦名楚山。”《高士传》：“四皓避秦，入商洛山，作歌曰：‘晔晔紫芝，可以疗饥。’”

③《唐书·地理志》：“邓州南阳郡属山南东道。”王维诗：“商山包楚邓。”张衡《南都赋》：“穰橙邓橘。”

④杜甫诗：“村舂雨外急。”

⑤《广韵》：“青帘，谓之酒旗。”张载《酒赋》：“拟酒旗于玄象。”白居易诗：“青旗沽酒趁梨花。”

商 於[1]

商於朝雨霁，归路有秋光。
背坞猿收果，投岩麝退香[2]。
建瓴真得势[3]，横戟岂能当？
割地张仪诈[4]，谋身绮季长[5]。
清渠州外月，黄叶庙前霜。
今日看云意，依依入帝乡。

①《唐书》：“商州上洛郡属关内道，即古商於地。”

②《埤雅》：“麝绝爱其香，为人追逐，即自投高岩，举爪剔出其香。”

③《汉书·高帝纪》：“下兵于诸侯，譬犹居高屋之上建瓴水也。”

④《史记》："张仪说楚：'能闭关绝齐，请献商於之地六百里。'楚果绝齐，求地，仪与六里。"

⑤《三辅旧事》："汉惠帝为四皓立碑，一曰〔东〕园公，二曰绮里季，三曰夏黄公，四曰角里先生。"

和孙朴韦蟾孔雀咏[①]

此去三梁远[②]，今来万里携。
西施因网得[③]，秦客被花迷[④]。
可在青鹦鹉[⑤]，非关碧野鸡[⑥]。
约眉怜翠羽[⑦]，刮目想金篦[⑧]。
瘴气笼飞远，蛮花向坐低[⑨]。
轻于赵皇后[⑩]，贵极楚悬黎[⑪]。
都护矜罗幕[⑫]，佳人炫绣袿[⑬]。
屏风临烛扣[⑭]，捍拨倚香脐[⑮]。
旧思牵云叶[⑯]，新愁待雪泥[⑰]。
爱堪通梦寐，画得不端倪。
地锦排苍雁[⑱]，帘钉镂白犀[⑲]。
曙霞星斗外，凉月露盘西[⑳]。
妒好休夸舞[㉑]，经寒且少啼[㉒]。
红楼三十级[㉓]，稳稳上丹梯[㉔]。

①《唐诗纪事》："韦蟾字隐珪，下杜人，表微之子。大中七年进士，为徐商掌书记。咸通末，官尚书左丞。"〇按义山《樊南乙集序》云："大中二年，自桂府归，为盩厔尉，与孙朴、韦蟾同官。"诗当作于是时。

②三梁在桂管。本集《为郑亚桂州谢上表》："三梁路阻，九峤山遥。"

③《西溪丛语》："《吴越春秋》云：'吴亡，西子被杀。'杜牧之诗：'西子下姑苏，一舸逐鸱夷。'后人遂云，范蠡将西子去。尝疑之，别无所据。"

杨慎曰：“《修文御览》引《吴越春秋》逸篇云：‘吴亡后，越浮西施于江。令随鸱夷以终。’浮，沉也，反言耳。随鸱夷者，子胥谮死，盛以鸱夷。西施有功焉，今沉之江，所以报子胥之忠。”〇按，西施沉江，事容有之。但此云“西施因网得”，他诗又云“莫将越客千丝网，网得西施别赠人”，皆言初得西施，非吴亡后事也。其故实未详，疑出小说家，今逸之耳。

④秦客，未详。集内赠人诗“岂知一夜秦楼客，偷看吴宫苑内花”，疑即此秦客。

⑤《山海经》：“黄山有鸟焉，青羽赤喙，人舌，能言，名曰鹦鹉。”《南方异物志》：“鹦鹉有三种：一种青，大如乌鹯；一种白，大如鸱鸮；一种五色，大于青者。交州巴南尽有之。”

⑥《汉·郊祀志》：“秦文公获若石，于陈仓北坂城祠之。其神从东方来，若雄雉，其声殷殷云，野鸡皆鸣。”又云：“宣帝时，或言金马、碧鸡之神，可醮祭而致，于是遣王褒持节求焉。”〇言孔雀如青鹦鹉之可玩，非若碧野鸡之形声恍惚也。

⑦《登徒子好色赋》：“眉如翠羽。”

⑧目，一作“膜”。〇《涅槃经》：“有盲人诣良医，医即以金錍刮其眼膜。”

⑨《续汉书》：“西南夷曰滇池，出孔雀。”是从蛮瘴中来也。《稗雅》：“《博物志》云：孔雀尾多变色，有金翠，始春而生，三四月后复凋，与花萼相荣衰。”杜甫诗：“翠尾金花不辞辱。”

⑩《西京杂记》：“赵后体轻腰弱，善行步进退。”《白帖》：“飞燕体轻，能为掌上舞。”

⑪《战国策》：“梁有悬黎，楚有和璞。”

⑫《杜氏通典》：“汉置西域都护。唐永徽中，始于边方置安东、安西、安南、安北四大都护府。”

⑬袿音圭。〇《释名》：“妇人上服曰袿。”《广雅》：“长襦也。”沈约诗：“先表绣袿香。”

⑭《说文》：“扣，金饰器口。”

⑮《乐府杂录》："琵琶以蛇皮为槽，厚二寸馀，鳞介亦具，以楸木为面，其捍拨以象牙为之。"《海录碎事》："金捍拨在琵琶面上当弦，或以金涂为饰，所以捍护其拨也。"《说文》："麝如小麋，脐有香。"

⑯陆机《云赋》："金柯分，玉叶散。"梁简文帝诗："云开玛瑙叶。"

⑰卢纶《送张少府诗》："判词花落纸，拥吏雪成泥。"

⑱郑嵎《津阳门诗》："锦凫绣雁相追随。"注："温泉汤中，缝缀锦绣为凫雁。"

⑲李贺诗："玳瑁钉帘薄。"《东观汉记》："章帝元和元年，日南献白雉白犀。"《广志》："犀角之好者，称鸡昧白。"

⑳《三辅故事》："武帝于建章宫立铜柱，高二十丈，上有仙人掌承露盘。"

㉑《纪闻》："孔雀自喜其尾而甚妒，遇妇人童子好衣服，必逐而啄之。闻管弦笙歌，必舒张翅尾，盼睇而舞。"

㉒顾有孝曰：北地多寒，戒之以少啼。即子美《花鸭》诗"作意莫先鸣"意也。

㉓《酉阳杂俎》："长乐坊安国寺红楼，睿宗在藩时舞榭也。"李白诗："紫殿红楼觉春好。"王建宫词："禁寺红楼内里通。"

㉔谢灵运诗："蹝步凌丹梯。"注："丹梯，陛阶也。"○后四语全是寓意。

人 欲

人欲天从竟不疑，莫言圆盖便无私①。
秦中久已乌头白②，却是君王未备知。

①《刘氏正历问》："黄帝为盖天，以天象盖。"宋玉《大言赋》："方地为车，圆天为盖。"

②《艺文类聚》："《燕丹子》曰：秦止燕太子丹为质，曰：'乌头白，乃

可归。’丹仰天叹，乌即白头。”

华山题王母祠

莲华峰下锁雕梁①，此去瑶池地共长②。
好为麻姑到东海，劝栽黄竹莫栽桑③。

①《华山记》：“山巅有池，生千叶莲花，服之羽化，因名华山。”

②《穆天子传》：“天子觞王母于瑶池之上。”

③《神仙传》：“麻姑谓王方平曰：‘接侍以来，见东海三变为桑田。向到蓬莱，水浅于往时略半也，岂将复还为陆陵乎？’方平笑曰：‘圣人皆言：海中行复扬尘也。’”《穆天子传》：“天子游黄台之丘，猎于苹泽，有阴雨。天子乃休。日中大寒，北风雨雪，有冻人，天子作诗三章以哀之，曰：‘我徂黄竹负閟寒。’”

华清宫①

华清恩幸古无伦②，犹恐蛾眉不胜人。
未免被他褒女笑③，只教天子暂蒙尘④。

①《唐书》：“天宝六载，改骊山温泉宫曰华清宫。治汤为池，环山列宫殿。”

②《唐书》：“太真得幸，进册贵妃。三姊皆美，帝呼为姨。帝幸华清，贵妃与三夫人皆从，遗簪堕舄，瑟瑟玑琲，狼籍于道，香闻数十里。”

③女，一作“氏”。

④言褒姒能灭周，而玄宗不久便归国，是贵妃之倾城，犹在褒氏下也。二语深着色荒之戒，意最警策。

楚泽

夕阳归路后，霜野物声干。
集鸟翻渔艇，残虹拂马鞍[①]。
刘桢元抱病[②]，虞寄数辞官[③]。
白袷经年卷[④]，西来及早寒[⑤]。

①虹，一作“红”。

②刘桢诗：“余婴沉痼疾，窜身清漳滨。”

③《南史》：“虞寄字次安，性冲静，有栖遁志。大同中，闭门称疾，惟以书籍自娱。陈宝应既擒，文帝敕章昭达发遣还朝。衡阳王出阁，手敕用为掌书记，后除东中郎建安王咨议，加昭戎将军。寄辞以疾，王于是命长停公事，其有疑议，就以决之。”

④《说文》：“袷，(夹)衣无絮。”亦作“裌”。《真诰》：“许长史着葛帴，单衣白袷。”李贺诗：“白袷王郎寄桃叶。”

⑤及，一作“又”。

蝉

本以高难饱，徒劳恨费声。
五更疏欲断，一树碧无情。
薄宦梗犹泛，故园芜已平。
烦君最相警，我亦举家清。

江亭散席循柳路吟归官舍

春咏敢轻裁，衔辞入半杯。
已遭江映柳，更被雪藏梅。

寡和真徒尔，殷忧动即来。
从诗得何报，惟感二毛催[①]。

①感，一作“看”。

潭　州[①]

潭州官舍暮楼空，今古无端入望中。
湘泪浅深滋竹色[②]，楚歌重叠怨兰丛[③]。
陶公战舰空滩雨[④]，贾傅承尘破庙风[⑤]。
目断故园人不至，松醪一醉与谁同。

①《唐书》：“潭州长沙郡，属江南西道。”《元和郡(国)〔县〕志》：“隋平陈，改湘州曰潭州，取昭潭为名。”

②《博物志》：“舜二妃曰湘夫人。舜崩，二妃啼，以泪挥竹，竹尽斑。”

③《楚词·九歌》称澧兰、秋兰者不一，故曰“重叠怨兰丛”。

④《晋·陶侃传》：“刘弘为荆州刺史，以侃为江夏太守，又加督护，使与诸军并力拒陈恢。侃乃以运船为战舰，所向必破。后讨杜弢，进克长沙，封长沙郡公。”

⑤《西京杂记》：“贾谊在长沙，鵩鸟集其承尘。俗以鹏鸟至人家，主人死。谊作《鵩鸟赋》。”《释名》：“承尘施于上，以承尘土也。”《寰宇记》：“贾谊庙在长沙县南六十里，庙即谊宅。宅中有井，上圆下方。”

赠刘司户[①]

江风吹浪动云根[②]，重碇危樯白日昏[③]。
已断燕鸿初起势，更惊骚客后归魂。
汉廷急诏谁先入[④]，楚路高歌自欲翻。

万里相逢欢复泣，凤巢西隔九重门[5]。

①刘司户，蕡。○《唐书》："刘蕡字去华，昌平人。太和二年策试贤良，蕡切论黄门太横，将危宗社，考官不敢留蕡在籍中。人读其文，至有相对垂泣者。令狐楚在兴元，牛僧孺在襄阳，皆辟为从事。中人嫉之，诬以罪，贬柳州司户。"

②张协诗："云根临八极。"注："云根，石也。云触石而生，故曰云根。"

③《韵会》："碇，镇舟石。"

④诏，一作"召"。

⑤《帝王世纪》："黄帝时，凤凰止帝东园，或巢于阿阁。"《九辨》："君之门兮九重。"道源曰："东坡诗'九重新扫旧巢痕'，本此。"

哭刘司户二首[1]

离居星岁易，失望死生分。
酒瓮凝馀桂[2]，书签冷旧芸[3]。
江风吹雁急，山木带蝉曛。
一叫千回首，天高不为闻。

①蕡卒于贬所。

②《楚词》："奠桂酒兮椒浆。"

③杜甫诗："书签映夕曛。"鱼豢《魏略》："芸香辟纸鱼蠹，故藏书台曰芸台。"

有美扶皇运，无谁荐直言。
已为秦逐客，复作楚冤魂[1]。
湓浦应分派[2]，荆江有会源。

并将添恨泪，一洒问乾坤。

①谓屈原。杜甫诗："应共冤魂语，投诗赠汨罗。"

②《庐山记》："江州有青盆山，故其城曰湓城，浦曰湓浦。"《一统志》："湓浦在今九江府城西。"《江赋》："流九派乎浔阳。"

悼伤后赴东蜀辟至散关遇雪[①]

剑外从军远[②]，无家与寄衣。
散关三尺雪，回梦旧鸳机。

①本传："柳仲郢镇东川，辟为节度判官、检校工部郎中。"《方舆胜览》："大散关在梁泉县，为秦蜀要路。"《通志》："在凤翔府宝鸡县城南，通褒斜大路，属汉中府。"

②剑外，剑阁之外也。杜甫诗："草木变衰行剑外。"

乐游原[①]

向晚意不适，驱车登古原。
夕阳无限好，只是近黄昏。

①《两京新记》："汉宣帝乐游庙，一名乐游苑，亦名乐游原。基地最高，四望宽敞。"

北齐二首

一笑相倾国便亡，何劳荆棘始堪伤[①]。
小怜玉体横陈夜[②]，已报周师入晋阳[③]。

①堪，一作“悲”。○《吴越春秋》：“夫差听谗，子胥垂涕曰：‘以曲为直，舍谗攻忠，将灭吴国。城郭丘墟，殿生荆棘。’”

②《北齐书》：“后主冯淑妃名小怜，大穆后从婢也。穆后爱衰，以五月五日进之，号曰续命。慧黠，能弹琵琶，工歌舞。后主惑之，愿得生死一处。”宋玉《讽赋》：“主人之女为臣歌曰：内怵惕兮徂玉床，横自陈兮君之旁。”释德洪《楞严合论》引司马相如《好色赋》曰“花容自献，玉体横陈”。今此赋不传，或出假托。

③《北齐书》：“武平七年十二月，周武帝来救晋州，齐师大败。帝弃军先还，留安德王延宗等守晋阳，帝走入邺。辛酉，延宗与周师战，大败，为周师所虏。”

巧笑知堪敌万几，倾城最在着戎衣。
晋阳已陷休回顾，更请君王猎一围①。

①《北(齐书)〔史〕》：“周师取平阳，帝猎于三堆。晋州告急，帝将还，淑妃请更杀一围，从之。”[1]

街西池馆①

白阁他年别②，朱门此夜过③。
疏帘留月魄，珍簟接烟波。
太守三刀梦④，将军一箭歌⑤。
国租容客旅，香熟玉山禾⑥。

①杜牧有《街西》诗。《鼓吹》注：“长安领街西五十四坊及西市，多王公贵戚之家。”

②《通志》：“紫阁、白阁、黄阁三峰俱在圭峰东。紫阁旭日射之，烂

[1] 此条当出自《北史·冯淑妃传》。

然而紫；白阁阴森，积雪不融；黄阁不知所谓。三峰相去不甚远。”杜甫诗：“错磨终南翠，颠倒白阁影。”

③《晋书》：“《麹游歌》：‘南开朱门，北望青楼。’”

④《晋书》：“王濬梦悬三刀于梁上，须臾又益一刀。李毅曰：‘三刀为“州”，又益者，明府其临益州乎？’果迁益州刺史。”

⑤《唐诗纪事》：“杨巨源诗：‘三刀梦益州，一箭取辽城。’由是知名。”此诗“三刀”、“一箭”，即用巨源语，但下事未详。

⑥张协《七命》：“琼山之禾。”善曰：“琼山，即昆仑山。《山海经》：‘昆仑之上有木禾，长五寻，大五围。’”鲍照诗：“远食玉山禾。”

南 朝

玄武湖中玉漏催①，鸡鸣埭口绣襦回②。
谁言琼树朝朝见③，不及金莲步步来④。
敌国军营漂木柹⑤，前朝神庙锁烟煤⑥。
满宫学士皆颜色⑦，江令当年只费才⑧。

①《宋书》：“元嘉二十三年，筑北堤，立玄武湖于乐游苑北。”《建康实录》：“吴开城北渠，引后河水流入新宫，又名练湖。”徐爰《释（文）〔问〕》曰：“本桑泊，晋大兴三年始创北（海）〔湖〕。筑长堤以壅北山之水，东自覆舟山，西至宣武城六里馀。宋元嘉中，有黑龙见，因改玄武湖。”张衡《浑天制》：“以玉虬吐漏，水入两壶。”李兰《刻漏（赋）〔法〕》：“以玉壶、玉管、流珠，马上奔驰行漏。”

②《南史》：“齐武帝数幸琅琊城，宫人常从早发，至湖北埭，鸡始鸣，故呼为鸡鸣埭。”《一统志》：“在（晋）〔青〕溪西南潮沟之上。”

③《陈书》：“后主制新曲，有《玉树后庭花》、《临江乐》等，其略云：‘璧月夜夜满，琼树朝朝新。’大抵美张贵妃、孔贵嫔之容色。”二句乃江总词也。

④《齐书》:“东昏侯凿金为莲花，贴地，令潘妃行其上，曰:‘此步步生莲花也。’”

⑤《隋书》:“文帝将伐陈，命大作战船。或请密之，文帝使投柹于江，曰:‘若彼能改，吾又何求?’”

⑥《陈书》:“后主于郭内大皇佛寺起七层塔，未毕，火从中起，飞至石头，烧死者甚众。”

⑦颜，一作“莲”。○《陈书》:“后主起临春、结绮、望仙等阁，珠帘宝帐，服玩瑰丽，近古未有。上自居临春，张贵妃居结绮，孔、龚二贵嫔居望仙，复道往来，以宫人袁大舍等为女学士。”

⑧《陈书》:“江总字总持，后主授尚书令。总为宰辅，不亲政务，侍宴后庭，谓之狎客。与诸嫔妃及女学士共赋诗，采其尤艳丽者，被以新声。”

复 京①

虏骑胡兵一战摧，万灵回首贺轩台②。
天教李令心如日③，可要昭陵石马来④。

①《唐书》:“德宗建中四年十月，泾原卒拥朱泚叛，上如奉天。兴元元年二月，如梁州。五月戊戌，李晟收复京城。七月壬子，上至自兴元。”

②《艺文类聚》:“《山海经》曰:西王母之山，有轩辕台，射者不敢西向。”梁元帝《临终》诗:“寂寥千载后，谁畏轩辕台。”

③《唐书》:“兴元元年六月，加李晟司徒，兼中书令，实封一千户。”

④《唐书》:“京兆府醴泉县有九嵕山，太宗昭陵在西北六十里。”《唐会要》:“上欲阐扬先帝徽烈，乃刻石，为尝所乘破敌马六匹于昭陵阙下。”《安禄山事迹》:“潼关之战，我军既败，贼将崔乾祐领白旗引左右驰突。又见黄旗军数百队，官军潜谓是贼。不敢逼之。须臾，见与乾祐斗。黄旗军不胜，退而又战者不一，俄不知所在。后昭陵奏:是日灵宫前石人马汗流。”

浑河中[①]

九庙无尘八马回[②]，奉天城垒长春苔[③]。
咸阳原上英雄骨，半向君家养马来[④]。

①《唐书》："浑瑊，本铁勒九姓之浑部也。与李晟同平朱泚。德宗还宫，以瑊为河中尹、晋绛节度使，河中、同、陕、虢等州及管内行营副元帅，封咸宁郡王。贞元十五年薨。"

②八马，八骏也。

③《唐书》："奉天县属京兆府。文明元年，分醴泉置。"

④《汉书》："金日磾以父不降见杀，与母阏氏、弟伦俱没入官，输黄门养马。后以讨莽何罗功，封秺侯。"按《旧唐书》："瑊忠勤谨慎，功高不伐，时论方之金日磾。"故末语云然。

鄠杜马上念汉书[①]

世上苍龙种，人间武帝孙。
小来惟射猎，兴罢得乾坤[②]。
渭水天开苑[③]，咸阳地献原[④]。
英灵殊未已，丁傅渐华轩[⑤]。

①一云《五陵怀古》。○《汉书》："宣帝尤乐鄠、杜之间。"注："杜属京兆，鄠属扶风。"

②《汉书》："宣帝，武帝曾孙，戾太子孙也。高材好学，然亦喜游侠，斗鸡走狗。上下诸陵，周遍三辅。昌邑王废，霍光与诸大臣迎，即皇帝位。"

③《三辅黄图》："汉有三十六苑。"《羽猎赋序》："武帝广开上林，北绕黄山，滨渭而东。"

④《长安志》："长安、万年二县之外，有毕原、白鹿原、少陵原、高阳

原、细柳原。”吴融诗：“咸阳一火便成原。”

⑤《汉书》：“哀帝时，帝舅丁明封阳安侯，皇后父傅晏封孔乡侯。”《说文》：“轩，曲辀轓车也。”

柳

动春何限叶，撼晓几多枝。
解有相思苦[1]，应无不舞时。
絮飞藏皓蝶，带弱露黄鹂。
倾国宜通体[2]，谁来独赏眉[3]。

①道源注：“梁刘邈《折杨柳》诗：‘春来谁不思，相思君自知。’”

②《北史·柳昂传》：“杨素尝于朝堂见昂子调，因独言曰：‘柳条通体弱，独摇不须风。’”

③梁元帝诗：“柳叶生眉上。”唐太宗《柳》诗：“半翠几眉开。”

巴江柳[1]

巴江可惜柳，柳色绿侵江。
好向金銮殿[2]，移阴入绮窗。

①《三巴记》：“阆、白二水南流，自汉中经始宁城下入涪陵，曲折三回如巴字，曰巴江。经峻峡中，谓之巴峡。”

②《两京记》：“大明宫、紫宸殿北曰蓬莱殿，西龙首山支(庞)〔陇〕起平地，上有殿，名金銮殿，殿旁坡名金銮坡。”《五代会要》：“殿因金銮坡以为名，与翰林院相对。”

咸阳

咸阳宫阙郁嵯峨，六国楼台艳绮罗[①]。
自是当时天帝醉[②]，不关秦地有山河[③]。

①《史记》："始皇每破诸侯，写放其宫室，作之咸阳北阪上。殿屋复道，周阁相通。所得美人钟鼓，以充入之。"

②天，一作"秦"，非。〇《西京赋》："昔者大帝悦秦缪公而觐之，飨以钧天广乐。帝有醉焉，乃为金策，锡用此土，而翦诸鹑首。"薛综曰："大帝，天也。"虞喜《志林》："谚曰：'天帝醉秦暴，金误陨石坠。'"谓秦缪公梦天帝，奏钧天乐时有此谚。事详《史记》。

③秦，一作"天"，非。〇言暴秦之兼并六国，实天帝畀之，非以其地有山河之固也。

同崔八诣药山访融禅师[①]

共受征南不次恩[②]，报恩惟是有忘言。
岩花涧草西林路[③]，未见高僧只见猿。

①道源注："《稽古略》：'药山在澧州。'"惟俨禅师为初祖，太和六年入寂，融禅师或其后也。

②《杜氏通典》："征南将军，汉光武建武二年置，以冯异为之。"

③《高僧传》："沙门慧永居在西林，与慧远同门游好，遂邀同止。刺史桓伊以学徒日众，更为远建东林寺。"

闻著明凶问哭寄飞卿[①]

昔叹谗销骨，今伤泪满膺。

空馀双玉剑[②]，无复一壶冰[③]。
江势翻银砾[④]，天文露玉绳[⑤]。
何因携庾信，同去哭徐陵。

①《旧唐书》："温庭筠字飞卿，大中初应进士，累年不第。徐商镇襄阳，往依之，署为巡官。咸通初，迁隋县令，卒。"

②曹植《七启》："步光之剑，错以荆山之玉。"卢思道诗："犀渠玉剑良家子。"剑有雌雄，故言双也。

③鲍照诗："清如玉壶冰。"

④砾，一作"汉"。○《说文》："砾。小石也。"梁简文帝《雪》诗："晚霰飞银砾。"

⑤《春秋元命苞》："玉衡北两星为玉绳。"

听　鼓

城头叠鼓声[①]，城下暮江清。
欲问渔阳掺[②]，时无祢正平[③]。

①《卫公兵法》："鼓三百三十三槌为一通，鼓止角动。吹十二声为一叠。"

②掺，七勘切。

③《后汉书》："祢衡字正平，善击鼓，曹操召为鼓吏。着岑牟单绞之衣，为《渔阳掺挝》，容态有异，音节悲壮。"徐锴曰："掺，三挝鼓也。"

送崔珏往西川[①]

年少因何有旅愁，欲为东下更西游。
一条雪浪吼巫峡[②]，千里火云烧益州[③]。

卜肆至今多寂寞④，酒垆从古擅风流⑤。
浣花笺纸桃花色⑥，好好题诗咏玉钩⑦。

①《唐书·艺文志》："崔珏字梦之，大中进士。有诗一卷。"

②徐凝《瀑布》诗："一条界破青山色。"

③卢思道《纳凉赋》："火云赫而四举。"

④《高士传》："严君平卖卜成都市中，日阅数人，得百钱足自养，则闭肆下帘而讲老子。"

⑤《史记》："相如与文君俱之临邛买酒舍，令文君当垆。"

⑥《寰宇记》："浣花溪在成都西郭外，属犀浦县地，名百花潭。大历中，崔宁镇蜀。其夫人任氏，本浣花溪人，后薛涛家其旁，以潭水造纸，为十色笺。"《资暇录》："元和初，薛涛尚松花笺，而好制小诗，惜其幅大，乃命匠狭小为之，蜀中才子以为便，后减诸笺亦如是，特名曰'薛涛笺'。"

⑦《招魂》："砥室翠翘，挂曲琼些。"王逸注："挂，悬也。曲琼，玉钩也。雕饰玉钩，以悬衣服。"

代赠

杨柳路尽处，芙蓉湖上头。
虽同锦步障①，独映钿箜篌②。
鸳鸯可羡头俱白，飞去飞来烟雨秋。

①《晋书》："石崇与王恺奢靡相尚，恺作紫丝步障四十里，崇以锦步障五十里敌之。"《拾遗记》："石虎为浴室，列凤文锦步障萦蔽于浴所。"

②映，一作"应"。〇《风俗通》："箜篌，一名坎侯。汉武帝令乐人侯调作坎侯，言其坎坎应节。侯以姓冠章也。或曰：箜篌，取其空中，以钿饰之，曰钿箜篌。"

桂　林[1]

城窄山将压[2]，江宽地共浮[3]。
东南通绝域[4]，西北有高楼[5]。
神护青枫岸[6]，龙移白石湫[7]。
殊乡竟何祷，箫鼓不曾休[8]。

①《山海经》：“桂林八树在贲隅东。”注：“八桂成林，言其大也。”《旧唐书》：“江源多桂，不生杂木，故秦时立为桂林郡。武德四年，置桂州总管府。后置桂管经略观察，使治桂州。”

②柳宗元记：“桂州多灵山，发地峭竖，林立四野。”

③《方舆胜览》：桂州有湘、漓二江，荔江、阳江。

④《方舆胜览》：桂州东接诸溪，南浮琼崖。

⑤《桂海虞衡志》：“灵川、兴安之间有严关，朔雪至此辄止，大盛则度关至桂州城下，不复南矣。北城旧有楼曰雪观，所以夸南州也。”

⑥道源注：“《南方草木状》：‘五岭之间多枫木，岁久则生瘤瘿。一夕遇暴雷骤雨，其树赘暗长三五尺，谓之枫人。越巫取之作术，有通神之验。取之不以法，则能飞去。’”《述异记》：“南中有枫子鬼，枫木之老者人形，亦呼为灵枫焉。”

⑦《一统志》：“白石湫在桂林府城北七十里，俗名白石潭。”

⑧宋李彦弼《八桂堂记》：“民俗笃信阴阳，多尚巫卜，病不求医药。”

夜雨寄北

君问归期未有期，巴山夜雨涨秋池。
何当共剪西窗烛，却话巴山夜雨时。

陈后宫

茂苑城如画[①]，阊门瓦欲流[②]。
还依水光殿，更起月华楼[③]。
侵夜鸾开镜[④]，迎冬雉献裘[⑤]。
从臣皆半醉，天子正无愁[⑥]。

①《吴都赋》："（带）〔佩〕长洲之茂苑。"虞世南诗："高台临茂苑。"按，茂苑，非必吴地始可称。《南史》：宋有乐游苑，齐起新林、芳乐等苑，皆在台城内，所谓"茂苑城如画"也。若《吴地记》之"茂苑"，其名立于贞观中，有引此者非是。

②《宋书》："元嘉（十二）〔二十五〕年，新作阊阖、广莫二门。"

③《陈书》："后主盛修宫室，无时休止，税江税市，征取百端。"

④范泰《鸾鸟诗序》："昔罽宾王结罝峻卯之山，获一鸾鸟，王甚爱之。三年不鸣，其夫人曰：'尝闻鸟见其类而后鸣，何不悬镜以映之？'王从其言。鸾睹影悲鸣，冲霄一奋而绝。"

⑤晋咸宁《起居注》："太医司马程据上雉头裘一领，诏于殿前焚之。"

⑥《北齐书》："后主好弹琵琶，自为《无愁》之曲，民间谓之'无愁天子'。"

属疾

许靖犹羁宦[①]，安仁复悼亡[②]。
兹辰聊属疾，何日免殊方。
秋蝶无端丽，寒花只暂香[③]。
多情真命薄，容易即回肠。

①《蜀志》:“许靖字文休。避难走交州,与相随中外同其饥寒。后因刘璋招入蜀。先主即尊号,以靖为司徒。”

②《潘岳集》有《悼亡诗》二首。

③只暂:一作“更不”。

石 榴

榴枝婀娜榴实繁,榴膜轻明榴子鲜。
可羡瑶池碧桃树[①],碧桃红颊一千年[②]。

①道源注:“《尹喜内传》:喜从老子西游,省太真王母,共食碧桃紫梨。”

②桃,一作“眉”。

明 日

天上参旗过[①],人间烛焰销。
谁言整双履,便是隔三桥[②]。
知处黄金锁[③],曾来碧绮寮[④]。
凭栏明日意,池阔雨萧萧。

①《史·天官书》:“参为白虎,其西有句曲九星。一曰天旗。”《正义》曰:“参旗,九星在参,西天旗也。”过,即所谓参横。

②三桥,三渭桥也。《三辅黄图》:“渭水贯都,以象天汉。横桥南渡,以法牵牛。”《史记索隐》:“今渭桥有三所:一在城西北咸阳路,曰西渭桥;一在东北高陵邑,曰东渭桥;其中渭桥在古城之北。”《唐书》:“德宗至自兴元,李晟戎服,谒见于三桥。”

③锁,门锁也。

④来，一作“求”。○《魏都赋》：“皎日笼光于绮寮。”注：“寮，窗也。”

饮席戏赠同舍

洞中屐响省分携[①]，不是花迷客自迷。
珠树重行怜翡翠[②]，玉楼双舞羡鹍鸡[③]。
兰回旧蕊缘屏绿[④]，椒缀新香和壁泥[⑤]。
唱尽阳关无限叠[⑥]，半杯松叶冻颇黎[⑦]。

①《长安志》：“莲花洞在神禾原，郑驸马潜曜所居。”子美有《郑驸马宅宴洞中》诗。

②行，音杭。○《山海经》：“三珠树在厌火国北，生赤水上，树如柏，叶皆为珠。”《尔雅》：“翠，鹬也。”《说文》：“翡，赤雀；翠，青雀。”

③《十洲记》：“昆仑山有天墉城，四方千里。城上安金台五所，玉楼十二。”《楚词》注：“鹍鸡，似鹤，黄白色。”杜甫诗：“沙僻舞鹍鸡。”

④缘屏：一作“屏缘”。

⑤《西京杂记》：“温室以椒涂壁。”《世说》：“石崇以椒为泥涂室。”

⑥阳关，一作“关山”，非。○《东坡志林》：“旧传《阳关三叠》，然今世歌者，每句再叠而已。若通一首言之，又是四叠，皆非是。或每句三唱，以应三叠之说，则丛然无复节奏。余在密州，有文勋长官以事至，自云得古本《阳关》，其声宛转凄断。及在黄州，偶读乐天《对酒》诗云‘听唱《阳关》第四声’，自注云：‘第四声：劝君更尽一杯酒。’以此验之，若一句再叠，则此句为第五声。馀为第四声，是首句不叠，审矣。”

⑦道源注：“《本草》：松叶六十觔，细剉。哎咀水四石，煮取四斗九升，以酿五斗米，如常法。煮松叶汁浸米，并饙饭，泥酿封头。七日发，饮之。得此酒力者甚众。”《韵会》：“玻瓈，宝玉名。《本草》作‘颇黎’，云西国宝。或云是水玉，千岁冰为之。”《乐史》：“《太白集序》：‘白进《清平调》词三

章，太真妃持颇黎七宝杯，酌西凉蒲萄酒，笑领歌意。’”

西　溪

近郭西溪好，谁堪共酒壶。
苦吟防柳恽①，多泪怯杨朱②。
野鹤随君子③，寒松揖大夫④。
天涯常病意，岑寂胜欢娱。

①《梁书》：“柳恽字文畅，河东解人。少工篇什。为诗曰：‘亭皋木叶下，陇首秋云飞。’琅琊王融书之斋壁。入梁，为秘书监，终吴兴太守。”

②《淮南子》：“杨朱见岐路而哭之，为其可以南、可以北。”

③《抱朴子》：“周穆王南征，一军尽化，君子为猿鹤，小人为沙虫。”

④《汉官仪》：“秦始皇上封泰山，风雨暴至，休于松下，因封其树为‘五大夫’。”《汉书》注：“五大夫，秦第九爵名。”

忆　梅

定定住天涯①，依依向物华。
寒梅最堪恨，常作去年花。

①住，一作“任”。

赠　柳

章台从掩映①，郢路更参差②。
见说风流极③，来当婀娜时④。
桥回行欲断⑤，堤远意相随。

忍放花如雪⑥，青楼扑酒旗⑦。

①《汉书》："张敞为京兆尹，时罢朝会，走马章台街。"唐人诗有《章台柳》。

②《史记》注："楚都于郢，今江陵县北，纪南城是。至平王更城郢，在江陵东北，故郢城是。"《世说》："桓温自江陵北征，经金城，见少为琅琊时所种柳，皆已十围，慨然叹曰：'木犹如此，人何以堪！'"

③《南史》："刘悛之为益州刺史，献蜀柳数株，枝条状如丝缕。武帝植于灵和殿前，尝赏玩咨嗟曰：'此杨柳风流可爱，似张绪当年。'"

④魏文帝《柳赋》："柔条婀娜而蛇伸。"

⑤行，音杭。

⑥晋伍辑之《柳〔花〕赋》："扬零花而雪飞。"

⑦《齐书》："武帝兴光楼上施青漆，谓之青楼。"白居易《杨柳枝》词："红板江桥青酒旗。"

谑　柳

已带黄金缕①，仍飞白玉花。
长时须拂马，密处少藏鸦。
眉细从他敛②，腰轻莫自斜③。
玳梁谁道好，偏拟映卢家④。

①刘禹锡《杨柳枝词》："千条金缕万条丝。"

②柳眉，注见前。

③杜甫诗："隔户杨柳弱袅袅，恰似十五女儿腰。"

④沈佺期《古意》："卢家少妇郁金堂，海燕双栖玳瑁梁。"

北 禽

为恋巴江好，无辞瘴雾蒸。
纵能朝杜宇，可得值苍鹰①。
石小虚填海②，芦铦未破矰③。
知来有乾鹊④，何不向雕陵⑤？

①值，治去声。

②《山海经》："赤帝之女名女娃，游于东海，溺而不返，化为精卫鸟，常取西山木石，以填东海。"

③《淮南子》："雁衔芦而飞，以避矰缴。"

④《埤雅》："鹊取木杪枝，不取堕地枝，名乾鹊。"《淮南子》："乾鹊知来而不知往，此修短之分也。"

⑤《庄子》："庄周游雕陵之樊，睹一异鹊自南来，翼广七尺，目大运寸，感周之颡，而集于栗林。周执弹而留之。"

初 起

想象咸池日欲光①，五更钟后更回肠。
三年苦雾巴江水，不为离人照屋梁②。

①《淮南子》："日出于旸谷，浴于咸池。"

②《神女赋》："耀乎如白日，初出照屋梁。"

楚 宫①

复壁交青琐②，重帘挂紫绳。
如何一柱观③，不碍九枝灯④。

扇薄常规月[5]，钗斜只镂冰[6]。
歌成犹未唱，秦火入夷陵[7]。

①《风赋》："楚襄王游于兰台之宫。"

②《汉书》注："青琐，户边刻为连琐文，以青涂之。"

③《渚宫故事》："宋临川王义庆镇江陵，于罗公洲立观，甚大，而惟一柱。"《一统志》："一柱观在松滋县东丘家湖中。"

④《西京杂记》："汉高祖入咸阳，有青玉五枝灯。"《汉武内传》："七月七日王母至，帝扫除宫内，然九光之灯。"王筠《灯檠》诗："百花曜九枝。"

⑤班婕妤《怨歌行》："裁为合欢扇，团团似明月。"梁简文帝诗："青山衔月规。"

⑥《盐铁论》："如画脂镂冰，费日损功。"道源注："刻水玉作钗，如镂冰然。"李贺诗："寒鬓钗斜玉燕光。"

⑦《史记》："秦昭襄二十一年，白起伐楚，拔郢，烧夷陵。"《唐书》："峡州夷陵郡属山南东道。"

柳

柳映江潭底有情，望中频遣客心惊。
巴雷隐隐千山外，更作章台走马声。

石　城

石城夸窈窕[1]，花县更风流[2]。
簟冰将飘枕[3]，帘烘不隐钩[4]。
玉童收夜钥[5]，金狄守更筹[6]。
共笑鸳鸯绮[7]，鸳鸯两白头。

①乐府《莫愁乐》：“莫愁在何处，莫愁石城西。”《唐书·乐志》：“石城在竟陵，有女子名莫愁，善歌谣。”

②《白帖》：“潘岳为河阳令，遍树桃李。”庾信《枯树赋》：“若非金谷满园树，定是河阳一县花。”

③冰，卑病切。一作“水”，非。○《唐·韦思谦传》：“涕泗冰须。”冰谓涕着须而凝也，读去声。包佶诗：“晓漱琼浆冰齿寒。”

④萧诠诗：“珠帘半上珊瑚钩。”

⑤李白诗：“双鬟白玉童。”

⑥陆倕《新漏刻铭》：“铜史司刻，金徒抱箭。”注：“张衡《浑仪制》：‘铸金人居壶之左，金胥徒居壶之右，以左手把箭，右手指刻，别天时早晚。’”《西京赋》：“列坐金狄。”善曰：“金狄，金人也。”道源注：“筹，即漏箭也。”王褒《洛都赋》：“挈壶司刻，漏樽泻流。指日命分，应则唱筹。”

⑦《古诗》：“客从远方来，遗我一端绮。文彩双鸳鸯。裁为合欢被。”

韩碑

元和天子神武姿，彼何人哉轩与羲。
誓将上雪列圣耻，坐法宫中朝四夷。
淮西有贼五十载[①]，封狼生貙貙生罴[②]。
不据山河据平地，长戈利矛日可麾[③]。
帝得圣相相曰度[④]，贼斫不死神扶持[⑤]。
腰悬相印作都统[⑥]，阴风惨淡天王旗。
愬武古通作牙爪[⑦]，仪曹外郎载笔随[⑧]。
行军司马智且勇[⑨]，十四万众犹虎貔。
入蔡缚贼献太庙[⑩]，功无与让恩不訾[⑪]。
帝曰汝度功第一，汝从事愈宜为辞[⑫]。
愈拜稽首蹈且舞，金石刻画臣能为。
古者世称大手笔，此事不系于职司。

当仁自古有不让，言讫屡颔天子颐。
公退斋戒坐小阁，濡染大笔何淋漓。
点窜《尧典》《舜典》字，涂改《清庙》《生民》诗。
文成破体书在纸⑬，清晨再拜铺丹墀。
表曰臣愈昧死上，咏神圣功书之碑。
碑高三丈字如斗⑭，负以灵鳌蟠以螭。
句奇语重喻者少，谗之天子言其私。
长绳百尺拽碑倒，粗砂大石相磨治⑮。
公之斯文若元气，先时已入人肝脾。
汤盘孔鼎有述作，今无其器存其辞。
呜呼圣皇及圣相，相与烜赫流淳熙。
公之斯文不示后，曷与三五相攀追。
愿书万本诵万遍，口角流沫右手胝。
传之七十有二代⑯，以为封禅玉检明堂基⑰。

①按史，肃宗宝应初，以李忠臣镇蔡州。大历末，为军中所逐。历李希烈、陈仙奇、吴少诚、吴少阳、元济，据有淮西凡五十馀年。

②貙，音区。○《思玄赋》："射嶓冢之封狼。"注："封，大也。"《说文》："貙似狸，能捕兽。"一云，虎五指为貙。《尔雅》："罴如熊，黄白文。"柳宗元《罴说》："鹿畏貙，貙畏虎，虎畏罴。"

③《旧唐书》："吴少诚阻兵三十馀年，王师未尝及其城下。尝走韩全义，败于頔，骄悍无所顾忌。又恃陂浸阻回，故以天下兵环攻三年，所得者一县而已。"

④原注："《晏子春秋》：仲尼，圣相也。"○《唐书》："元和十年六月，上召裴度入对，拜中书侍郎、同平章事。"

⑤李师道遣客杀武元衡，击裴度，伤首，堕沟中。度毡帽厚，得不死。

⑥元和十二年七月，度请自往督战。上悦，以度充淮西宣慰招讨处置使。

⑦元和十一年十二月，李愬为唐邓隋节度使。十年九月，韩弘为淮西都统，弘请使子公武以兵万三千会蔡下。十一年，李道古为鄂岳观察使。十年二月，李文通为寿州团练使。《碑》文：光颜、重胤、公武合攻其北，道古攻其东南，文通战其东，愬入其西。

⑧《旧唐书》："以司勋员外郎李正封、都官员外郎冯宿、礼部员外郎李宗闵皆兼侍御，从度出征。"

⑨度奏右庶子韩愈兼御史中丞，充彰义军行军司马。

⑩十二年十月己卯，李愬执吴元济，送长安。帝御兴安门受俘，以元济献庙社，徇于市斩之。

⑪度策勋进金紫光禄大夫、上柱国，封晋国公，户三千。

⑫《旧书·韩愈传》："淮蔡平。十二月，随度还朝，以功授刑部侍郎，仍诏撰《平淮西碑》。"

⑬道源注："破体，破当时为文之体。"

⑭三，一作"二"。斗，一作"手"。

⑮《旧书·韩愈传》："碑辞多叙裴度事。时入蔡擒吴元济，李愬功第一。愬不平之。愬妻，唐安公主女也。出入禁中，因诉碑辞不实，诏令磨去愈文，命翰林学士段文昌重撰文勒石。"

⑯《史记》："古者封太山禅梁父者七十二家。"

⑰《封禅仪》："玉牒长一尺三寸，广、厚五寸。玉检如之，厚减三寸。其印齿如玺，缠以金绳五周。"

令狐八拾遗绹见招送裴十四归华州①

二十中郎未足希②，骊驹先自有光辉③。
兰亭宴罢方回去④，雪夜诗成道韫归⑤。
汉苑风烟吹客梦，云台洞穴接郊扉⑥。
嗟予久抱临邛渴⑦，便欲因君问钓矶。

①《唐书·令狐绹传》:“太和四年登进士第,开成初为左拾遗。”《地理志》:“华州华阴郡属关内道。”

②希,一作“稀”。○《晋书》:“谢万弱冠,辟抚军从事中郎。”《世说》:“谢中郎万,是王蓝田女婿。”

③古乐府:“何以识夫婿,白马从骊驹。”

④《海录》:“山阴县西南二十里有兰渚,渚有亭,曰兰亭,羲之旧迹。何延之《兰亭记》:‘永和九年三月三日,琅琊王羲之与太原孙统、孙绰,广汉王彬之,陈郡谢安,高平郄昙,太原王蕴,释支遁,并其子凝之、徽之、操之等,四十有二人,会于会稽山阴之兰亭,修祓禊之礼。’”《晋书》:“郄愔,字方回。鉴之子。官会稽内史,加镇军都督。”

⑤《晋书》:“王凝之妻谢氏,字道韫。安西将军奕之女也。尝内集,俄而雪骤下。叔父安曰:‘何所似也?’安兄子朗曰:‘撒盐空中差可拟。’道韫曰:‘未若柳絮因风起。’”○按,郄愔不与兰亭四十二人之数。《晋书》:“王羲之娶郄鉴女。”愔又羲之姊夫。裴十四必令狐氏之婿,时携内归华州。故有此二语耳。

⑥《华山志》:“岳东北有云台峰。其山两峰峥嵘,四面悬绝,上冠景云,下通地脉,嶷然独秀,有若云台。下有穴,昔有人入此穴,出东方山行,云:‘经黄河底。上闻流水声。’”

⑦《西京杂记》:“相如素有消渴疾。”

离 思

气尽《前溪》舞①,心酸《子夜歌》②。
峡云寻不得,沟水欲如何③。
朔雁传书绝④,湘篁染泪多⑤。
无由见颜色,还自托微波⑥。

①《寰宇记》:“前溪在乌程县南,东入太湖,谓之风渚,夹溪悉生箭

箬。晋车骑将军沈玩家于此。乐府有《前溪曲》，玩所制。”[1]《乐府解题》：“《前溪》，舞曲也。”

②《唐书·乐志》：“《子夜歌》者，晋曲也。晋有女子名子夜，造此歌，声过哀苦。”《乐府解题》：“后人更为四时行乐之词，谓之《子夜四时歌》。又有《大子夜歌》、《子夜警歌》、《子夜变歌》。”

③文君《白头吟》：“今日斗酒会，明旦沟水头。躞蹀御沟上，沟水东西流。”

④《汉书·苏武传》：“天子射上林中，得雁，足有系帛书，言武等在某泽中。”

⑤注见前。

⑥《洛神赋》：“托微波而通辞。”

宿骆氏亭寄怀崔雍崔衮①

竹坞无尘水槛清，相思迢递隔重城。
秋阴不散霜飞晚，留得枯荷听雨声。

①《唐年补录》：“长庆元年二月，王庭凑使河阳回，及沇水，酒困，寝于道。有济源骆山人熟视之，曰：‘贵当列土，在今年秋。’既归，遇田弘正之难，军士拥为留后。访骆山人，待以函丈之礼。乃别构一亭，去则悬榻，号‘骆氏亭’。”又《唐语林》：“骆浚者，度支司书手，李吉甫擢用之。后典名郡，有令名。于春明门外筑台榭，食客皆名人。卢申州题诗云‘地甃如拳石，溪横似叶舟’，即骆氏池馆也。”此诗“骆氏亭”未知在何地。《唐书》：“崔雍字顺中，戎之子。由起居郎出为和州刺史。庞勋劫乌江，雍遣人持牛酒劳之，密表其状。民不知，诉诸朝，宰相路嵓傅其罪，赐死。”衮，字炳章，雍之弟。见集内《安平公诗》。

[1] 此条见《太平御览》卷六七引《吴兴记》。“沈玩”作“沈充”。

风 雨

凄凉宝剑篇[①]，羁泊欲穷年。
黄叶仍风雨，青楼自管弦。
新知遭薄俗，旧好隔良缘。
心断新丰酒，销愁斗几千[②]。

①《唐书》："武后索郭元振所为文章，上《宝剑篇》。"

②王维诗："新丰美酒斗十千。"

梦 泽[①]

梦泽悲风动白茅，楚王葬尽满城娇。
未知歌舞能多少，虚减宫厨为细腰[②]。

①云、梦，楚二泽名。《汉阳图经》："云在江之北，梦在江之南。"

②《墨子》："楚灵王好细腰，其臣皆三饭为节。"《后汉·马廖传》："楚王好细腰，宫中多饿死。"

赠歌妓二首

水精如意玉连环[①]，下蔡城危莫破颜[②]。
红绽樱桃含白雪，断肠声里唱《阳关》。

①《拾遗记》："吴孙和尝于月下舞水精如意，误伤邓夫人颊。"《战国策》："始皇遗齐襄王后玉连环，后引椎破之。"

②《登徒子好色赋》："嫣然一笑，惑阳城，迷下蔡。"注："阳城、下蔡，二县名。"《水经注》："蔡城公自新蔡迁于州来，谓之下蔡。"

白日相思可奈何[1]，严城清夜断经过。
只知解道春来瘦，不道春来独自多。

①可，一作“不”。

谢　书

微意何曾有一毫，空携笔砚奉《龙韬》[1]。
自蒙半夜传衣后[2]，不羡王祥得佩刀[3]。

①《太公六韬》，一曰《龙韬》。

②李舟《能大师传》：“五祖弘忍告之曰：‘汝缘在南方，宜往教授。持此袈裟以为法信。’一夕南逝，公灭度后，诸弟子求衣，不获。始相谓曰：‘此非卢行者所得耶？’使人追之，已去。”《宝林传》：“能大师传法衣处，在曹溪宝林寺。”

③《晋书》：“吕虔有佩刀，工相之曰：‘当为三公。’虔以赠别驾王祥，祥果为太傅。”

寄令狐学士[1]

秘殿崔嵬拂彩霓，曹司今在殿东西。
赓歌太液翻黄鹄[2]，从猎陈仓获碧鸡[3]。
晓饮岂知金掌迥[4]，夜吟应讶玉绳低[5]。
钧天虽许人间听[6]，阊阖门多梦自迷。

①《令狐绹传》：“大中二年，召拜考功郎中，寻知制诰，充翰林学士。”

②《西京杂记》：“始元元年，黄鹄下太液池，帝为歌曰‘黄鹄飞兮下建章’。”

③《唐书》："凤翔府宝鸡县，本陈仓，至德二载更名。"《晋太康地志》："秦文公时，陈仓人猎，得兽如彘，不知名，牵以献之。逢二童子，童子曰：'此名为媦，常在地中，食死人脑。'即欲杀之，拍捶其首。媦亦语曰：'二童名陈宝，得雄者王，得雌者霸。'陈仓人乃逐之，化为雌雉，上陈仓北阪为石，秦祀之。"《水经注》："昔秦文公感伯王之言，游猎陈仓，遇之于此阪，得若石焉，其色如肝，归而宝祠之，故曰陈宝。"

④《三辅旧事》："仙人掌在甘泉宫。"《长安志》："仙人掌，大十围，以铜为之。"

⑤谢朓诗："玉绳低建章。"

⑥《史记》："赵简子疾瘖，语大夫曰：'吾之帝所，甚乐，与百神游于钧天，广乐九奏万舞，不类三代之乐，其声动人心。'"

酬令狐郎中见寄

望郎临古郡①，佳句洒丹青。
应自丘迟宅②，仍过柳恽汀③。
封来江渺渺，信去雨冥冥。
句曲闻仙诀④，临川得佛经⑤。
朝吟搘客枕，夜读漱僧瓶。
不见衔芦雁，空流腐草萤⑥。
土宜悲坎井⑦，天怒识雷霆⑧。
象卉分疆近⑨，蛟涎浸岸腥⑩。
补羸贪紫桂⑪，负气托青萍⑫。
万里悬离抱，危于讼阁铃⑬。

①《魏书》："孝文曰：'吏部郎必使才望兼允者。'"本集《为郑亚谢上表》[1]："极望郎于南省。"

[1]即《为荥阳公桂州谢上表》。

②《梁书》:“丘迟,字希范,吴兴人,丘灵鞠之子。八岁能属文。累官中书郎。迁司徒。从事中郎。卒。

③白居易记:“湖州城东南二百步,抵雪溪。溪连汀洲,洲一名白蘋,梁吴兴太守柳恽于此赋诗云‘汀洲采白蘋’,因以名洲也。”○按,丘迟宅、柳恽汀,皆在苕、霅间。此必令狐绹官湖洲时,有诗寄义山,而以此酬之也。《唐史》:“开成中,绹累迁库部户部员外郎,出为湖州刺史。”

④《真诰》:“勾曲洞天,东通林屋,北通岱宗,西通峨眉,南通罗浮。”《南史》:“陶弘景止于句容之勾曲山。此山下是第八洞,宫名金陵华阳之天,周回一百五十里。乃于山中立馆,自号华阳陶隐居。遍游名山,访求仙药。既得神符秘诀,以为神丹可成,而苦无药物。帝给黄金、朱砂、曾青、雄黄等,复合飞丹,色如霜雪,服之体轻。”

⑤《宋书·谢灵运传》:“帝不欲复使东归,以为临川内史。”《庐山记》:“灵运一见远公,肃然心服,乃即寺翻《涅槃经》,名其台曰‘翻经台’。”

⑥《月令》:“腐草化为萤。”

⑦坎井,见《易》。

⑧吴武陵《与孟简书》:“霆砰电射,天怒也,不能终朝。”

⑨《海录》:“乌荒象卉,寻隔于皇风。”

⑩《北梦琐言》:“蛟形如马蟥,涎沫腥粘,掉尾缠人,而噬其血。”

⑪道源注:“《拾遗记》:‘闇河之北有紫桂成林,群仙饵焉。’”韩终《采药诗》:“闇河之桂,实大如枣。得而食之,后天而老。”

⑫陈琳《答曹植笺》:“君侯秉青萍、干将之器。”注:“青萍,剑名。”

⑬阁,一作“閤”。○铃阁风摇,离绪如之。

“句曲”以下,皆自序。时义山羁宦桂管,故有“象卉”、“蛟涎”等句。

七月二十八日夜与王郑二秀才听雨梦后作

初梦龙宫宝焰然,瑞霞明丽满晴天。

旋成醉倚蓬莱树，有个仙人拍我肩[1]。
少顷远闻吹细管[2]，闻声不见隔飞烟。
逡巡又过潇湘雨，雨打湘灵五十弦[3]。
瞥见冯夷殊怅望[4]，鲛绡休卖海为田[5]。
亦逢毛女无憀极[6]，龙伯擎将华岳莲[7]。
恍惚无倪明又暗，低迷不已断还连。
觉来正是平阶雨，独背寒灯枕手眠[8]。

①郭璞诗："右拍洪崖肩。"

②管，一作"笛"。

③打，都领切，又都历切。〇《楚词》："使湘灵鼓瑟兮。"

④《山海经》："冰夷，人面，乘两龙。"注："冰夷，冯夷也。"《搜神记》："冯夷，潼乡堤首人。八月上庚日死，上帝署为河伯。"

⑤《博物志》："鲛人水居如鱼，不废织绩，时出人家卖绡。"《说文》："(销)〔绡〕，生丝缯也。"

⑥憀，音聊。〇《列仙传》："毛女字玉姜，在华阴山中。形体生毛，自言始皇宫人也，秦亡入山，道士教食松叶，遂不饥寒。"《韵会》："憀，悲恨也。"按，唐人用"无憀"，皆与"无聊"同。《通鉴》注："无憀，无聊赖也。其义未详。"

⑦《河图玉版》："昆仑以北九万里，龙伯国人长三十丈，万八千岁。"

⑧独，一作"未"。

寄令狐郎中

嵩云秦树久离居，双鲤迢迢一纸书[1]。
休问梁园旧宾客，茂陵秋雨病相如[2]。

①古诗："客从远方来，遗我双鲤鱼。呼儿烹鲤鱼，中有尺素书。"

②《史记》："司马相如客游梁，梁孝王令与诸生同舍。后为孝文园令，病免，家居茂陵。"

漫成三首

不妨何范尽诗家[①]，未解当年重物华。
远把龙山千里雪[②]，将来拟并洛阳花[③]。

①《南史》："何逊字仲言，八岁能赋诗，弱冠举秀才。范云见其对策，大相称赏，结为忘年友。"

②鲍照诗："胡风吹朔雪，千里度龙山。"注："龙山在云中。"

③《何逊集·范广州宅联句》："洛阳城东西，却作(今)〔经〕年别。昔去雪如花，今来花似雪。"范广州，即云也。云尝迁广州刺史。

沈约怜何逊[①]，延年毁谢庄[②]。
清新俱有得，名誉底相伤。

①《南史》："沈约尝谓逊曰：'吾每读卿诗，一日三复，犹不能已。'"

②《南史》："谢庄字希逸，七岁能属文。孝武尝问颜延之曰：'谢希逸《月赋》何如？'答曰：'美则美矣，但庄始知"隔千里兮共明月"。'帝召庄以延之语语之，庄应声曰：'延之作《秋胡诗》，始知"生为久离别，没为长不归"。'帝抚掌竟日。"

雾夕咏芙蕖，何郎得意初[①]。
此时谁最赏？沈范两尚书[②]。

①《何逊集·看伏郎新婚诗》："雾夕莲出水，霞朝日照梁。何如花烛夜，轻扇掩红妆。"

②沈约，领中书令，迁尚书令。范云，领太子中庶子，迁尚书右仆射。杜甫诗："沈范早知何水部。"

无　题①

白道萦回入暮霞②，斑骓嘶断七香车③。
春风自共何人笑？枉破阳城十万家④。

①无题，一云"阳城"。

②李白诗："日日采蘼芜，上山成白道。"

③斑骓，注别见。魏武帝《与杨彪书》："今赠足下画轮四望通幰七香车二乘。"乐府："青牛白马七香车。"

④阳城，一作"洛阳"，非。

槿花二首①

燕体伤风力，鸡香积露文②。
殷鲜一相杂③，啼笑两难分④。
月里宁无姊⑤，云中亦有君⑥。
三清与仙岛⑦，何事亦离群⑧。

①《说文》："舜，木槿也，朝华暮落。"《广志》："日及木槿也。"

②鸡香，鸡舌香也。《梦溪笔谈》："按《齐民要术》云：'鸡舌香，世以其似丁子，故一名丁子香，即今丁香是也。'"○燕体，比其条之轻；鸡香，比其色之艳。

③殷，乌闲切。○《广韵》："殷，赤黑色。"《罗浮山记》："木槿，一名赤槿。花甚丹，四时敷荣。"

④江总《木槿赋》："啼妆梁冀妇，红妆荡子家。若持花并笑，宜笑不

胜花。”

⑤《春秋感精符》：“人君，父天，母弟，兄日，姊月。”宋均注：“兄日于东郊，姊月于西郊。”

⑥《九歌》有《云中君》。

⑦三清，注见前。仙岛，蓬莱三山也。

⑧言云月之质，宜在三清、仙岛之间，何为亦离群在此耶？

珠馆熏燃久①，玉房梳扫馀②。
烧兰才作烛③，襞锦不成书④。
本以亭亭远，翻嫌脉脉疏⑤。
回头问残照，残照更空虚。

①《楚词》：“紫贝阙兮珠宫。”或曰，《江赋》：“鲛人构馆于悬流。”鲛人能泣珠，故曰“珠馆”。

②汉《郊祀歌》：“神之出，排玉房。”晋庾阐《游仙诗》：“玉房石橡磊砢。”白居易诗：“蝉鬓加意梳，蛾眉用心扫。”又《三梦记》：“唐末，宫中髻为闹扫妆，犹盘鸦、堕马之类。唐人诗：‘还梳闹扫学宫妆。’”

③《招魂》：“兰膏明烛。”逸曰：“以兰香练膏也。”

④《晋书》：“窦滔妻苏若兰，织锦为《回文璇玑图诗》以赠滔，辞甚凄惋。”

⑤《尔雅》：“脉，相视也。”《古诗》：“脉脉不得语。”

哭刘蕡

上帝深宫闭九阍①，巫咸不下问衔冤②。
广陵别后春涛隔，湓浦书来秋雨翻。
只有安仁能作诔③，何曾宋玉解招魂④？
平生风义兼师友，不敢同君哭寝门⑤。

①宫，一作“居”。

②《初学记》：“《世本》曰：巫咸作筮。”○按，《招魂》：“帝告巫阳云云，乃下招曰。”王逸注：“巫阳受天帝之命，因下招屈原之魂。”此诗“巫咸”恐当作“巫阳”。

③《潘岳传》：“岳词藻绝丽，尤善为哀诔之文。”集有夏侯常侍及冯汧督诸诔。

④《招魂》注：“宋玉怜屈原魂魄放佚，厥命将落，故作《招魂》。”

⑤《檀弓》：“孔子曰：‘师吾哭诸寝，朋友吾哭诸寝门之外。’”

杜司勋①

高楼风雨感斯文，短翼差池不及群。
刻意伤春复伤别，人间惟有杜司勋②。

①《旧唐书》：“杜牧字牧之，太和二年擢进士第，累官膳部比部员外郎，出牧黄、池、睦三郡，迁司勋员外郎、史馆修撰，又授湖州刺史，迁中书舍人，卒。有集二十卷行于世。”

②杜牧《惜春》诗：“春半年已除，其馀强为有。即此醉残花，便同尝腊酒。怅望送春杯，殷勤扫花帚。谁为驻东流，年年常在手。”又《赠别》诗二首：“娉娉袅袅十三馀，荳蔻梢头二月初。春风十里扬州路，卷上珠帘总不如。”“多情却似总无情，惟觉罇前笑不成。蜡烛有心还惜别，替人垂泪到天明。”

荆门西下①

一夕南风一叶危，荆云回望夏云时②。
人生岂得轻离别，天意何曾忌崄巇。
骨肉书题安绝徼，蕙兰蹊径失佳期。
洞庭湖阔蛟龙恶，却羡阳朱泣路歧。

①盛弘之《荆州记》:“郡西泝江六十里南岸,有山曰荆门。”《水经注》:“荆门在南,上合下开,状似门。”

②云,疑作“门”。

碧瓦

碧瓦衔珠树[①],红轮结绮寮[②]。
无双汉殿鬓[③],第一楚宫腰[④]。
雾唾香难尽,珠啼冷易销。
歌从雍门学[⑤],酒是蜀城烧[⑥]。
柳暗将翻巷,荷欹正抱桥。
钿辕开道入[⑦],金管隔邻调[⑧]。
梦到飞魂急,书成即席遥[⑨]。
河流冲柱转[⑩],海沫近槎飘[⑪]。
吴市蠀蠵甲[⑫],巴賨翡翠翘[⑬]。
他时未知意,重叠赠娇饶[⑭]。

①碧瓦、珠树,注俱见前。

②轮,一作“纶”。〇按,沈约诗:“画扇迎初暑,红轮映早寒。”庾肩吾诗:“粉白映轮红。”庾信诗:“红轮帔角斜。”红轮不知是何物。杨用修云:“想是妇女所执如暖扇之类。”又,唐太宗《白日半西山》诗“红轮不暂驻”,此则谓红日也。绮寮,注见前。

③《太平御览》:“《史记》曰:卫皇后字子夫,与武帝(传)〔侍〕衣得幸。头解,上见其发鬓,悦之,因立为后。”按,今本《史记》无此语。

④细腰,注见前。

⑤《列子》:“韩娥东之齐,遗粮,过雍门,鬻歌假食而去,馀响绕梁,三日不绝。雍门人至今善歌,效娥之遗声也。”

⑥萧子显诗:“朝酤成都酒,暮数河间钱。”《唐国史补》:“酒则剑南

之烧春。”

⑦《搜神记》：“杜兰香数诣张硕，有婢子二人。大者萱支，小者松支。钿车青牛上，饮食皆备。”白居易诗：“曲江碾草钿车行。”

⑧沈约诗：“金瑄玉柱响洞房。”李白诗：“玉箫金管坐两头。”

⑨遥，一作“招”。

⑩柱，一作“树”。〇《书传》：“河水分流，包山而过，山见水中如柱然，故曰砥柱。”

⑪《博物志》：“有人居海上，年年八月见浮槎去来，不失期。”

⑫蟕，一作“蠙”。〇蠵，一作“蛦”，《海录》作“蠙蛦”。〇道源注：“《岭表录异》：蟕蠵，俗谓之兹夷，乃山龟之巨者。潮循，人采之，取壳以货。要全其壳，须以木楔出肉。龟吼如牛，声响山谷。广州有巧匠，取其甲黄明无日脚者煮而拍之，陷黑玳瑁花以为梳篦杯器之属，状甚明媚。”注：“甲上有散黑晕为日脚。”《稗雅》：“蠙蛦谓之蟦，自关而东谓之蛸螬。旧曰蛴螬化为复育，转而为蝉类。吴女以蝉蜕和凤仙捣之，染指甲，极红媚可爱。”鱼玄机诗：“偏怜爱数螆蛦掌，每忆光抽玳瑁簪。”愚按，蟕蠵，大龟，其甲即玳瑁之类，故吴市有之。作“蠙蛦”，非是。

⑬《说文》：“賨，南蛮赋。”《晋书·食货志》：“巴人输賨，布户一匹。”《晋中兴书》：“巴人谓赋为賨，因名巴賨。”《招魂》：“砥室翠翘，絓曲琼些。”注：“翠，鸟名。翘，羽也。”《炙毂子》：“高髻名凤髻，上有珠翠翘。”

⑭饶，一作“娆”。

蜨

叶叶复翻翻，斜桥对侧门。
芦花惟有白，柳絮可能温[①]。
西子寻遗殿，昭君觅故村[②]。
年年芳物尽，来别败兰荪。

①絮，一作“叶”。

②《方舆胜览》：“归州东北四十里有昭君村。”

蝇䗖鸡麝鸾凤等成篇

韩䗖翻罗幕[①]，曹蝇拂绮窗[②]。
斗鸡回玉勒[③]，融麝暖金釭[④]。
瑇瑁明书阁[⑤]，琉璃冰酒缸[⑥]。
画楼多有主，鸾凤各双双。

①《彤管新编》：“韩凭为宋康王舍人，妻何氏美，王欲之，捕舍人。筑青陵台，何氏作《乌鹊歌》以见志，遂自缢死。韩亦死。”《列异传》：“宋康王埋韩凭夫妻，宿昔，文梓生，有鸳鸯雌雄各一，恒栖树上，音声感人。或云化为蝴蝶。”

②《吴录》：“曹不兴画屏，误笔点污，因就改为蝇。孙权谓是真，以手弹之。”

③《说文》：“勒，马头络衔也。”有衔曰勒，无衔曰羁。

④《博雅》：“釭，车轴中铁。”《汉书》：“赵昭仪居昭阳，舍壁带往往为黄金釭。”注：“壁带，壁之横木，露出如带者，以金为釭，若车釭之形。”《西都赋》：“金釭衔壁，是为列钱。”又，《说文》：“俗谓灯为釭。”江淹赋：“冬釭凝兮夜何长。”李白《夜坐吟》：“金釭清凝照悲啼。”

⑤瑇，同“玳”。

⑥冰，去声。

韩翃舍人即事[①]

萱草含丹粉，荷花抱绿房[②]。
鸟应悲蜀帝[③]，蝉是怨齐王[④]。

通内藏珠府[5]，应官解玉坊[6]。
桥南荀令过，十里送衣香[7]。

①《唐书》:“韩翃字君平，南阳人。侯希逸表佐淄青幕府，李勉在宣武，复辟之。俄以驾部郎中知制诰，终中书舍人。”

②《鲁灵光殿赋》:“圆渊方井，反植荷蕖，绿房紫菂，窋窕垂珠。”铣曰:“绿房，莲子也。”

③注见前。

④《古今注》:“牛亨问董仲舒曰:‘蝉名齐女，何也?’对曰:‘昔齐王之后，怨王而死，尸变为蝉，登庭树，嘒唳而鸣。王悔恨之，故名齐女。’”

⑤《录异记》:“江州南七里店有藏珠石。”《梁四公记》:“东海龙王第七女掌龙王珠藏。”

⑥《通志》:“解玉溪在成都华阳县大慈寺南，唐韦皋所凿。用其砂解玉，则易为功。”○言其通内则藏珠之府也，应官则解玉之坊也，因韩官中书舍人，故云。然未必用故实。

⑦习凿齿《襄阳记》:“刘季和性爱香，谓张坦曰:‘荀令君至人家，坐幭三日，香气不歇，为我何如?’坦曰:‘丑妇效颦，见者必走也。’”晋荀勖为尚书令，故云令君。

公　子

一盏新罗酒[1]，凌晨恐易消[2]。
归应冲鼓半，去不待笙调。
歌好惟愁和，香浓岂惜飘[3]。
春场铺艾帐[4]，下马雉媒娇[5]。

①《通典》:“新罗国其先本辰韩种，在百济国东南五百馀里。”按，五代唐时，新罗国并于高丽。《通考》云:“高丽土无秫，以杭为酒。”新罗酒当

即此也。

②晨,《英华》作“霜”。

③浓,《英华》作“多”。

④鲍照《雉朝飞》:“专场挟雌恃强力。”道源注:“艾帐,雉翳也。”李贺《艾如张》:“艾叶绿花谁剪刻,中藏祸机不可测。”

⑤《射雉赋》注:“媒者,少养雉子,长而狎人,能招引野鸡。”

子初全溪作

全溪不可到,况复尽馀醅。
汉苑生春水,昆池换劫灰[①]。
战蒲知雁唼,皱月觉鱼来。
清兴恭闻命,言诗未敢回。

①曹昆《志怪》:“汉武凿昆明池,极深,悉见灰墨,无复土。以问东方朔,朔曰:‘试问西域胡。’至明帝时,外国道人入洛,时有忆朔言,问之,胡人曰:‘经云:“天地大劫将尽则劫烧。”此劫烧之馀。’”

杨本胜说于长安见小男阿衮[①]

闻君来日下[②],见我最娇儿。
渐大啼应数,长贫学恐迟。
寄人龙种瘦[③],失母凤雏痴。
语罢休边角,青灯两鬓丝。

①本集《樊南乙集序》:“大中七年十一月,弘农杨本胜始来军中,恳索所有四六。”时义山在东川。

②《世说》:“举头见日,不见长安。”杜甫诗:“愿托长安日。”

③按，崔珏哭义山诗云“成纪星郎字义山”，可证。义山乃陇西成纪李氏，义山诗亦云“我系本王孙”，此故称“龙种”。《新书》或云英国公世绩之后。考英公孙敬业，则天时起义事败，被诛，复姓徐氏。《新史》所云，不足信也。

西溪

帐望西溪水，潺湲奈尔何。
不惊春物少，只觉夕阳多。
色染妖韶柳[①]，光含窈窕萝。
人间从到海，天上莫为河[②]。
凤女弹瑶瑟[③]，龙孙撼玉珂[④]。
京华他夜梦，好好寄云波。

①韶，一作“娆”。

②《诗笺》：“天河，水气也。”从到海，以其有朝宗之义；莫为河，以其隔牛女之会合。

③《列仙传》：“弄玉随凤皇飞去。故秦作凤女祠于雍宫，世有箫声。”

④道源注：“龙孙，龙驹也。”《本草》：“珂，贝类，皮黄黑而骨白，可为马饰，生南海。”

义山《谢河东公和诗启》：“某前因假日，出次西溪，既惜斜阳，聊裁短什。盖以徘徊胜境，顾慕佳辰，为芳草以怨王孙，借美人以喻君子。思将玳瑁，为逸少装书；愿把珊瑚，与徐陵架笔。斐然而作，曾无足观，不知谁何，仰达尊重，果烦属和，弥复兢惶。”所云“和诗”，即和此诗也。河东公者，柳仲郢也。义山为仲郢判官，集内西溪诗颇多，皆作于东川。有引放翁笔记“华州郑县之西溪亭者”，谬也。

柳下暗记

无奈巴南柳[①]，千条傍吹台[②]。
更将黄映白，拟作杏花媒。

①《枯树赋》："昔年杨柳，依依汉南。"

②《陈留风俗传》："县有仓颉、师旷城，上有列仙之吹台。梁王增筑以为吹台。"《元和郡（国）〔县〕志》："吹台在开封县东南六里。"

妓 席

乐府闻桃叶[①]，人前道得无。
劝君书小字，慎莫唤官奴[②]。

①《古今乐录》："《桃叶歌》，晋王子敬所作也。桃叶，子敬妾。缘于笃爱，所以歌之。"《乐府集》："桃叶，王献之妾，妹曰桃根。今秦淮口有桃叶渡。"

②《海录》："右军书《乐毅论》与子敬，论后题云：'书赐官奴。'官奴，子敬小字也。"按，右军有《官奴帖》。

少 年

外戚平羌第一功，生年二十有重封[①]。
直登宣室螭头上[②]，横过甘泉豹尾中[③]。
别馆觉来云雨梦，后门归去蕙兰丛。
灞陵夜猎随田窦[④]，不识寒郊自转蓬。

①《东观汉记》："马防，援之子也。兄弟三人，各六千户。防为颍阳侯，

特以前参医药勤劳。绥定西羌，以襄城羹亭一千二百户增防。防身带三绶，宠贵至盛。”

②《汉书》注：“宣室，未央前殿正室。”又曰：“丹墀上之阶曰螭头。”《唐会要》：“唐左右二史分立殿下，直第二螭首坳处，号曰螭头。”

③《关辅记》：“甘泉宫一曰云阳宫，一曰林光宫，在今池阳县西甘泉山。本秦造，汉武建元中增广之，周十九里，去长安三百里，望见长安城。”《扬雄传》：“每上甘泉，常法从在属车间豹尾中。”服虔曰：“大驾八十一乘，最后一乘悬豹尾。”

④《汉书》：“文帝葬灞陵。”注：“在长安东南。”武安侯田蚡、魏其侯窦婴，皆外戚。

无 题

近知名阿侯①，住处小江流。
腰细不胜舞，眉长惟是愁②。
黄金堪作屋，何不作重楼。

①乐府：“河中之水水东流，洛阳女儿名莫愁。十五嫁为卢家妇，十六生儿字阿侯。”

②《后汉·志》：“元嘉中，京都妇女作愁眉。所谓愁眉者，细而曲折。”《古今注》：“梁冀改惊翠为愁眉。”

玄微先生

仙翁无定数，时入一壶藏①。
夜夜桂露湿，村村桃水香。
醉中抛浩劫②，宿处起神光③。
药裹丹山凤④，棋函白石郎⑤。

弄河移砥柱⑥，吞日倚扶桑⑦。
龙竹裁轻策⑧，鲛绡熨下裳⑨。
树栽嗤汉帝⑩，桥板笑秦王⑪。
径欲随关令，龙沙万里强⑫。

①《后汉·方术传》："费长房为市吏，有卖药老翁悬一壶于肆头，及市罢，辄跳入壶中。"

②《度人经》："惟有元始浩劫之家部制我界。"《广异记》："儒谓之世，释谓之劫，道谓之尘。"

③《汉·礼乐志》："用事甘泉圜丘，昏祠至明，夜常有神光集于祠坛。"

④杜甫诗："药裹关心诗总废。"《汉武内传》："仙药有蒙山白凤之脯。"

⑤道源注："棋函，棋筒也。"乐府《白石郎曲》："积石如玉，列松如翠。郎艳独绝，世无其二。"李贺诗："沙浦走鱼白石郎。"愚按《列仙传》："白石生，常煮白石为粮，因号白石山居。"又《述异记》："晋王质入山，见二童子石室中围棋，坐观之。及起，斧柯已烂矣。"此句似合用二事。

⑥《西京杂记》："鞠道龙说淮南王：方士能画地为江河。"砥柱，注见前。

⑦《真诰》："欲得延年，日出二丈，正面向之，口吐死气，鼻噏日精。"又曰："太虚真人以月五日夜半时，存日象在心中。日从口入，使照一心之内。"《十洲记》："扶桑在碧海中，树长数千里，一千馀围。两两同根，更相依倚，故曰扶桑。"

⑧《后汉·方术传》："壶公以竹杖与长房曰：'乘此任所之。'长房乘杖，须臾来归。投杖葛陂中，视之，则龙也。"王绩诗："鸭桃闻已种，龙竹未经骑。"

⑨绡，一作"丝"。〇鲛绡，注见前。《韵会》："熨，火展布。"《南史》："何敬容衣裳不整，伏床熨之。"

⑩《汉武故事》："王母以桃食帝，帝留核，欲种之。王母笑曰：'此桃三

千年一着子，非下土所植也。’”

⑪《三齐略记》：“始皇作石桥，欲过海看日出处，有神人驱石下海，石去不速，神辄鞭之，石皆流血。”

⑫《列仙传》：“老子西游，关令尹喜知真人当过，物色而得之。与老子俱至流沙之西，服巨胜实，莫知所终。”《汉·班超传赞》：“咫尺龙沙。”注：“龙沙，沙漠也。”

药 转①

郁金堂北画楼东②，换骨神方上药通③。
露气暗连青桂苑④，风声偏猎紫兰丛⑤。
长筹未必输孙皓⑥，香枣何劳问石崇⑦。
忆事怀人兼得句，翠衾归卧绣帘中。

①《神仙传》：“药之上者，有九转还丹、太乙金液。”僧中寤诗：“炉烧九转药新成。”

②《说文》：“郁金，香草也。”[1]《魏略》：“大秦国出郁金。”乐府：“卢家兰室桂为梁，中有郁金苏合香。”沈佺期诗：“卢家少妇郁金堂。”《文昌杂录》：“唐宫中每行幸，即以郁金布地。”郁金堂，或以郁金然于堂中也。庾信诗云：“然香郁金屋。”

③《汉武内传》：“王母谓帝曰：‘子但爱精握固，闭气香液。一年易气，二年易脉，三年易精，四年易肉，五年易髓，六年易筋，七年易骨，八年易发，九年易形。’”杜甫诗：“相哀骨可换。”《文选》注：“《养生经》：‘上药养命，五石练形，六芝延年。中药养性，合欢蠲忿，萱草忘忧。”

④嵇含《南方草木状》：“桂出合浦，生必以高山之巅，冬夏长青，林无杂树。”《洞冥记》：“西王母驾玄鸾之舆，至坛所，四面列软条青桂，风至，自拂阶上游尘。”

[1]“郁金，香草也”当是《春秋左传正义》引郑玄注，非在《说文》。

⑤《楚词》："秋兰兮青青，绿叶兮紫茎。"刘次庄《乐府集》："今沅澧所生花，在春则黄，在秋则紫，然春黄不如秋紫之芬馥。"

⑥道源注："长筹，厕筹也。"《法苑珠林》："吴时，于建业后园平地获金像一躯。孙皓素未有信，置于厕处，令执（厕）〔屏〕筹。至四月八日浴佛时，遂尿头上，寻即通肿，阴处尤剧，痛楚号叫，忍不可禁。太史占曰：'犯大神圣所致。'宫内伎女有信佛者曰：'佛为大神，陛下前秽之。今急可请邪。'皓信之，伏枕皈依，忏谢尤恳。有顷，以香汤洗像，惭悔殷勤，隐痛渐愈。"

⑦道源注："《白帖》：'石崇厕中，尝令婢数十人，曳罗縠，置漆箱，中盛干枣，奉以塞鼻。大将军王敦至，取箱枣食，群婢笑之。"愚按，《世说》："石崇厕尝有十馀婢侍列，皆丽服藻饰，置甲煎粉、沉香汁之属，又与新衣着令出。客多羞，不能如厕。王敦往，脱故衣，着新衣，神色傲然。群婢相谓曰：'此客必能作贼。'"又曰："王敦初尚舞阳公主，如厕，见漆箱盛干枣，本以塞鼻。王谓厕上亦下果食，遂至尽。群婢莫不掩口。"《白帖》合之为一。义山诗亦如此用，岂别有所据耶？

岳阳楼①

欲为平生一散愁，洞庭湖上岳阳楼。
可怜万里堪乘兴，枉是蛟龙解覆舟。

①《方舆胜览》："岳阳楼在岳州郡治西南，西面洞庭，左顾君山。"

岳阳楼

汉水方城带百蛮，四邻谁道乱周班。
如何一梦高唐雨①，自此无心入武关②。

①《高唐赋序》："昔者先王尝游高唐，梦见一妇人曰：'妾巫山之女

也，旦为朝云，暮为行雨。’”

②武关，秦劫楚怀王处。《汉书》注：“武关，秦南关，通咸阳。”《一统志》：“在商县东一百八十里。”

寄成都高苗二从事

家近红蕖曲水滨，全家罗袜起秋尘①。
莫将越客千丝网，网得西施别赠人。

①《南都赋》：“罗袜蹑蹀而容与。”《洛神赋》：“凌波微步，罗袜生尘。”

越燕二首①

上国社方见②，此乡秋不归。
为矜皇后舞③，犹着羽人衣④。
拂水斜纹乱，衔花片影微。
卢家文杏好⑤，试近莫愁飞⑥。

①《酉阳杂俎》：“紫胸轻小者是越燕，胸斑黑声大者是胡燕。”《格物总论》：“胡燕作巢喜长，越燕作巢如椀。”

②《文昌杂录》：“燕以春社来，秋社去，谓之社燕。”

③注见前。

④《拾遗记》：“周昭王昼而假寐，有人衣服皆羽毛，因名羽人。”

⑤卢家，注见前。《长门赋》：“饰文杏以为梁。”

⑥《容斋随笔》：“莫愁，郢州石城人。《莫愁乐》所云‘莫愁石城西’是也。梁武《河中之水歌》‘洛阳女儿名莫愁’者，洛阳人也。近世周美成《西湖》一阕，专咏金陵，有‘莫愁艇子曾系’之语，岂非误指石头城为石城乎？”

梅鼎祚曰："金陵莫愁湖，以石城误名耳，非，误始周也。"○道源曰："本朝袁海叟《白燕》诗似从此诗翻出。"

将泥红蓼岸①，得草绿杨村。
命侣添新意，安巢复旧痕。
去应逢阿母②，来莫害王孙③。
记取丹山凤④，今为百鸟尊⑤。

①《说文》："蓼，辛菜，蔷簾也。"《尔雅翼》："蓼有紫、赤、青等种。最大者名笼，有花。"白居易诗："水蓼冷花红簇簇。"

②原注："乐府诗：'东飞伯劳西飞燕，黄姑阿母时相见。'"按，今本作"黄姑织女"。

③《汉书》："成帝时童谣云：'燕飞来，啄王孙。'"

④《山海经》："丹穴之山有鸟，名曰凤皇，自歌自舞。"

⑤韦应物诗："凤皇五色百鸟尊。"

杜工部蜀中离席①

人生何处不离群，世路干戈惜暂分。
雪岭未归天外使②，松州犹驻殿前军③。
座中醉客延醒客，江上晴云杂雨云。
美酒成都堪送老，当垆仍是卓文君④。

①杜，一作"辟"，非。○此拟杜工部体也。

②《元和郡(国)〔县〕志》："雪山在松州嘉城县东八十里，春夏常有积雪，故名。"

③《唐书》："松州交川郡属剑南道，取界内甘松岭为名。"又曰："广德元年，鱼朝恩以神策军归禁中。永泰元年，又以神策屯苑中。自是势居北

军右，数出征伐，有功。”

④《唐语林》：“蜀之士子，莫不沽酒，(藜)〔慕〕相如涤器之风。陈会郎中家，以当垆为业。元和元年及第。”

隋宫

紫泉宫殿锁烟霞①，欲取芜城作帝家②。
玉玺不缘归日角③，锦帆应是到天涯④。
于今腐草无萤火⑤，终古垂杨有暮鸦⑥。
地下若逢陈后主，岂宜重问《后庭花》⑦。

①《上林赋》：“左苍梧，右西极，丹水更其南，紫渊径其北。”文颖曰：“西河谷罗县有紫泽，长安为在北。”按，唐人避高祖讳，故“渊”作“泉”。

②鲍照《芜城赋》注：“宋孝武时，照为临海王子瑱参军。随至广陵，子瑱叛逆。照见广陵故城荒芜，乃汉吴王濞所都。照以子瑱事同于濞，遂为赋以讽之。”《隋书》：“大业元年，发民十万开邗沟入江，自长安至江都，置离宫四十馀所。”

③《册府元龟》：“太宗为秦王，于宫西造宅。初成，高祖送玉玺以至于帝所。”《东观汉记》：“光武隆准日角。”郑玄《尚书中侯》注：“日角，谓庭中骨起，状如日。”《旧唐书》：“太宗年四岁，有书生相之曰：‘龙凤之姿，天日之表。’”

④《开河记》：“炀帝御龙舟，幸江都，轴轳相继，自大堤至淮口，联绵不绝。锦帆过处，香闻十里。”○言神器若不归太宗，则帝之佚游应不止江都而已。

⑤《隋书》：“大业末，天下已盗起。帝于景华宫征求萤火数斛，夜出游山，放之，光照山谷。”

⑥《隋书》：“炀帝自板渚引河作街道，植以杨柳，名曰隋堤，一千三百里。”

⑦《隋遗录》："炀帝在江都，昏湎滋深。尝游吴公宅鸡台，恍忽与陈后主相遇，尚唤帝为殿下。后主舞女数十中一人迥美，帝屡目之，后主云：'即丽华也。'乃以海蠡酌红粱新酝劝帝，帝饮之，甚欢。因请丽华舞《玉树后庭花》，丽华徐起，终一曲，后主问帝：'萧妃何如此人？'帝曰：'春兰秋菊，各一时之秀也。'"

二月二日

二月二日江上行，东风日暖闻吹笙。
花须柳眼各无赖①，紫蝶黄蜂俱有情。
万里忆归元亮井②，三年从事亚夫营③。
新滩莫悟游人意④，更作风檐夜雨声⑤。

①杜甫诗："随意数花须。"白居易《杨柳枝》："花含浓露如啼眼。"

②陶潜《归园田》诗："井灶有遗处，桑竹残朽株。"

③《汉书》注："长安有细柳聚，周亚夫屯兵处。"张楫曰："在昆明池南，今柳市是也。"《元和郡(国)〔县〕志》："京师万年县东北三十里有细柳营。"

④滩，一作"春"。悟，一作"讶"。

⑤夜雨，一作"雨夜"。

筹笔驿①

猿鸟犹疑畏简书②，风云常为护储胥③。
徒令上将挥神笔，终见降王走传车④。
管乐有才终不忝，关张无命欲何如⑤？
他年锦里经祠庙⑥，《梁父》吟成恨有馀⑦。

①《方舆胜览》："筹笔驿在绵州绵谷县北九十九里。蜀诸葛武侯出

师，尝驻军，筹划于此。”杜牧诗：“永安宫受诏，筹笔驿沉思。画地乾坤在，濡毫胜负知。”

②猿，一作“鱼”。

③《长杨赋》：“木拥枪累，以为储胥。”注：“木拥栅其外，又以竹枪累为外储。”○范元实《诗眼》：“简书，军中约束；储胥，军中藩篱也。”

④《蜀志》：“邓艾破蜀，后主衔璧舆榇降，遂送洛阳。”

⑤欲，一作“复”。

⑥《寰宇记》：“诸葛武侯祠在先主庙西，府城西有故宅。”

⑦盛弘之《荆州记》：“邓城西七里有独乐山，诸葛亮尝登此，作《梁父吟》。”

屏 风

六曲连环接翠帷[①]，高楼半夜酒醒时。
掩灯遮雾密如此[②]，雨落月明俱不知。

①《唐书》：“宪宗著书十四篇，号《前代君臣事迹》，书写于六曲屏风。”李贺《屏风曲》：“团回六曲抱膏兰。”

②李九《屏风铭》：“壅阏风邪，雾露是抗。”

春 日

欲入卢家白玉堂[①]，新春催破舞衣裳。
蝶衔红蕊蜂衔粉[②]，共助青楼一日忙。

①古乐府：“黄金为君门，白玉为君堂。”

②衔，一作“含”。

武侯庙古柏[①]

蜀相阶前柏，龙蛇捧閟宫[②]。
阴成外江畔[③]，老向惠陵东[④]。
大树思冯异，甘棠忆召公。
叶凋湘燕雨[⑤]，枝拆海鹏风[⑥]。
玉垒经纶远[⑦]，金刀历数终[⑧]。
谁将《出师表》，一为问昭融[⑨]。

①《成都记》:“武侯庙前有双大柏，古峭可爱，人云诸葛手植。”杜甫诗:“丞相祠堂何处寻，锦官城外柏森森。”

②杜甫《古柏行》:“先主武侯同閟宫。”

③《方舆胜览》:“水自渝上合州至绵州者，谓之内江；自渝上戎泸至蜀者，谓之外江。”

④《蜀志》:“昭烈帝葬惠陵。”陆游《笔记》:“予在成都，屡至昭烈惠陵，此柏在陵旁庙中忠武侯室之南。”

⑤《湘中记》:“零陵有石燕，遇风雨则飞舞如燕，止则为石。”

⑥拆，一作“坼”。○鹏风，见《庄子》。

⑦《蜀都赋》注:“玉垒，山名，湔水出焉，在成都西北。”《寰宇记》:“在茂州汶川县北三里，汶水所经。”

⑧《王莽传》:“‘劉’之为字‘卯、金、刀’也。”

⑨道源注:“昭融，天也。”杜甫诗:“契合动昭融。”

风

撩钗盘孔雀，恼带拂鸳鸯。
罗荐谁教近[①]，斋时锁洞房。

①《汉武内传》："帝以紫罗荐地，燔百和之香，以待王母。"

即　日

一岁林花即日休，江间亭下怅淹留[1]。
重吟细把真无奈，已落犹开未放愁。
山色正来衔小苑，春阴只欲傍高楼。
金鞍忽散银壶漏[2]，更醉谁家白玉钩[3]？

①间，一作"门"。

②漏，一作"滴"。

③丁仙芝诗："帘垂白玉钩。"

卷一下

九成宫[①]

十二层城阆苑西[②]，平时避暑拂虹霓[③]。
云随夏后双龙尾[④]，风逐周王八骏蹄[⑤]。
吴岳晓光连翠巘[⑥]，甘泉晚景上丹梯[⑦]。
荔枝卢橘沾恩幸[⑧]，鸾鹊天书湿紫泥[⑨]。

①《唐书》："九成宫在凤翔麟游县西五里，本隋仁寿宫。贞观间，修之以避暑，因更名焉。"

②按，《十洲记》、《水经注》俱言昆仑天墉城有"金台五所、玉楼十二"。《郊祀志》亦言"五城十二楼"。义山诗每用十二城，未详所本。《西王母传》："王母所居在昆仑之圃，阆风之苑。"《十洲记》："昆仑山有三角，其一角正北名曰阆风巅。"

③《西都赋》："虹霓回带于棼楣。"

④《山海经》："太(栾)〔乐〕之野，夏后启于此舞九代马，乘两龙。"《博物志》："夏德之盛，二龙降之。禹使范成光御之，行域外，既周而还。"

⑤骏，一作"马"。〇《穆天子传》："八骏之乘，曰赤骥、盗骊、白义、逾轮、山子、渠黄、骅骝、騄耳。"王融《曲水诗序》："夏后两龙，载驱璇台之上；穆满八骏，如舞瑶池之阴。"

⑥《周礼》："雍州镇曰岳山。"注："吴岳也。"《汉志》："吴山在汧县西，秦都咸阳，以为西岳。"《元和郡(国)〔县〕志》："吴岳在汧阳县西南五十里。"

⑦甘泉，注见前。

⑧《上林赋》:“卢橘夏熟。”善曰:“卢,黑也。”张勃《吴录》:“朱光为建安太守,有橘,冬月树上覆裹之。至明年春夏,色变青黑,味绝美,《上林赋》所云殆近是乎。”《海录》:“《花木志》:给客橙,出蜀土,若柚而香,冬夏花实相继。或如弹圆,或如拳,通岁食之。名卢橘。”郝天挺注:“荔枝、卢橘,皆当夏而熟,故贡于九成宫。”

⑨杜甫诗:“紫诰鸾回纸。”《汉旧仪》:“天子信玺六,皆以武都紫泥封之。青囊、白素裹两端,无缝。”《西京杂记》:“汉以武都紫泥为玺室,加绿绨其上。”

少 将

族亚齐安陆①,风高汉武威②。
烟波别墅醉,花月后门归。
青海闻传箭③,天山报合围④。
一朝携剑起,上马即如飞。

①萧子显《齐书》:“安陆昭王缅,字景乘,宣皇帝之孙也。太祖受禅,封安陆侯,累迁雍州刺史,加都督。永明九年薨,赠司徒。”

②《汉书》:“武威郡,故匈奴休屠王地,武帝太(祖)〔初〕四年开。”道源注:“《神仙感应录》:汉武威太守刘子南,从道士尹公授务成子萤火(九)〔丸〕,佩之隐形,辟疫鬼及五兵白刃、盗贼凶害。永平间与虏战,矢下如雨,未至子南马数尺,辄堕地,终不能伤。”刘禹锡诗:“不逐张公子,应随刘武威。”

③《十三洲记》:“允吾县西有卑禾羌海,代谓之青海。”杜甫诗:“青海休传箭。”

④《史记索隐》:“祁连山一曰天山,亦曰白山,在张掖酒泉二郡界。”《唐书》:“西州交河郡有天山。”

咏 史

历览前贤国与家，成由勤俭破由奢。
何须琥珀方为枕[①]，岂得真珠始是车[②]。
运去不逢青海马[③]，力穷难拔蜀山蛇[④]。
几人曾预《南熏曲》，终古苍梧哭翠华[⑤]。

①《西京杂记》："赵飞燕为皇后，其女弟在昭阳殿上襚三十五条，中有琥珀枕、龟文枕。"《宋书》："武帝时，宁州尝献琥珀枕，光色甚丽，价盈百金。"

②得真，一作"待珍"。〇《史记》："梁惠王谓齐宣王曰：'寡人国小，尚有径寸之珠，照车前后各十二乘者十枚。'"华覈《駶马赋》："鞍罽缉裘，珠轮玉光。"

③《隋书》："吐谷浑青海中有小山，其俗至冬辄放牝马于其上，言得龙种。有波斯草马放入海，因生骢驹，日行千里，故时称青海骢马。"

④《蜀王本纪》："蜀五丁力士，能徙山。秦献美女于蜀王，蜀王遣五丁迎之。还至梓潼，见一大蛇入山穴中，五丁共引蛇，山崩，五丁皆化为石。"

⑤《上林赋》："建翠华之旗。"注："以翠羽为旗上葆也。"

赠白道者[①]

十二楼前再拜辞，灵风正满碧桃枝。
壶中若是有天地，又向壶中伤别离。

①一作咏史第二首，误。

无题二首

昨夜星辰昨夜风，画楼西畔桂堂东①。
身无彩凤双飞翼，心有灵犀一点通②。
隔座送钩春酒暖③，分曹射覆蜡灯红④。
嗟余听鼓应官去，走马兰台类断蓬⑤。

①楼，一作“堂”。

②《南州异物志》：“犀有神异，表灵以角。”《抱朴子》：“通天犀角有白理如线。置犀粟中，鸡见辄惊，南人呼为骇鸡犀。”《汉·西域传》：“通犀翠羽之珍。”如淳曰：“通犀谓中央色白，通两头。”

③道源注：“《汉武故事》：‘钩弋夫人少时手拳，帝披其手，得一玉钩。手得展，故因为藏钩之戏。后人效之。’别有酒钩，当饮者以钩引杯。白居易诗‘酒钩送盏推莲子’是也。”

④《汉·东方朔传》：“上尝使诸数家射覆，置守宫盂下，射之。”注：“于覆器之下置诸物，令暗射之，故云射覆。”

⑤断，一作“转”。○《唐六典》：“汉御史中丞掌兰台秘书图籍，故历代建台省秘书，与御史为邻。”《杜氏通典》：“御史大夫所居之署，谓之宪台。后汉以来，亦谓之兰台寺。”按，义山释褐秘书省校书郎，王茂元辟为掌书记，得侍御史，故此用兰台事。

闻道阊门萼绿华①，昔年相望抵天涯②。
岂知一夜秦楼客③，偷看吴王苑内花。

①萼绿华，注见前。

②抵，一作“尚”。

③〔秦楼客，用〕《列仙传》(用秦楼客)萧史事，注别见。

汉宫词

青雀西飞竟未回[1]，君王长在集灵台[2]。
侍臣最有相如渴，不赐金茎露一杯[3]。

①道源注："《汉武故事》：七月七日，上于承华殿斋，忽青鸟从西来。上问东方朔，朔曰：'西王母欲来。'有顷，王母至。"《洞冥记》："东方朔望见巨灵，目之，化青雀飞去。帝乃起青雀台。"

②《三辅黄图》："集灵台在华阴县界，武帝所造。"

③金茎露，注见前。

按史：宪宗服金丹，暴崩。穆宗、武宗复循其辙。义山此作，深有托讽，与后《瑶池》诗同旨。

无题四首

来是空言去绝踪，月斜楼上五更钟。
梦为远别啼难唤，书被催成墨未浓。
蜡照半笼金翡翠[1]，麝熏微度绣芙蓉[2]。
刘郎已恨蓬山远[3]，更隔蓬山一万重。

①江淹《翡翠赋》："糅紫金而为色。"刘遵诗："金屏障翡翠。"

②崔颢《卢姬诗》："水晶帘箔绣芙蓉。"

③李贺《金人辞汉歌》："茂陵刘郎秋风客。"

飒飒东风细雨来，芙蓉塘外有轻雷。
金蟾啮锁烧香入[1]，玉虎牵丝汲井回[2]。
贾氏窥帘韩掾少[3]，宓妃留枕魏王才[4]。
春心莫共花争发，一寸相思一寸灰。

①道源注："蟾善闭气，古人用以饰锁。"

②按，玉虎是井栏之饰，或以施汲器者。老杜《铜瓶》诗："蛟龙半缺落，犹得折黄金。"旧注云："蛟龙刻铸瓶上。"玉虎亦此类耳。丝，井索也。庾丹诗："银床素丝绠。"

③《世说》："韩寿美姿容，贾充辟以为掾。贾女于青琐中见寿，悦之，与之通。充见女盛自拂拭，又闻寿有异香之气，是外国所贡，一着人衣，历月不歇，充疑寿与女通。取左右婢拷问之，婢以状言充。秘之，以女妻寿。"

④《洛神赋序》："黄初三年，予朝京师，还济洛川。古人有言：斯水之神，名曰宓妃。"善曰："宓妃，宓牺氏之女。溺洛水，为神。"又曰："魏东阿王求甄逸女，不遂。太祖回，与五官中郎将，植殊不平。黄初中，入朝，帝示甄后玉镂金带枕，植见之，不觉泣。时已为郭后谗死。帝意寻悟，因令太子留宴，仍以枕赉植。植还度轘辕，将息洛水上，忽见女子来，自言：'我本托心君王，其心不遂。此枕是我嫁时物，前与五官中郎，将今与君王。'遂用荐枕席，欢情交集。又云：'岂不欲常见，但为郭后以糠塞口，今披发掩面，羞将此形貌重睹君王耳。'言讫，不复见所在。王悲喜不自胜，遂作《感甄赋》。后明帝见之，改为《洛神赋》。"元稹诗："班女恩移赵，思王赋感甄。"

窥帘、留枕，春心之摇荡极矣，迨乎香销梦断。丝尽、泪干，情焰炽然，终归灰灭。不至此，不知有情之皆幻也。乐天《和微之梦游诗》序谓"曲尽其妄，周知其非，然后返乎真，归乎实"，义山诗即此义，不得但以艳语目之。

含情春晼晚[①]，暂见夜阑干[②]。
楼响将登怯，帘烘欲过难。
多羞钗上燕[③]，真愧镜中鸾[④]。
归去横塘晚，华星送宝鞍[⑤]。

①晼，纡逸切。〇《楚词》："白日晼晚，其将入兮。"

②古乐府："月没参横，北斗阑干。"阑干，横斜貌。

③《洞冥记》："元鼎元年，起招灵阁。有神女留一玉钗，帝以赐赵婕妤。元凤中，宫人谋欲碎之，视钗匣，惟见白燕升天，宫人因作玉燕钗。"

④注见前。

⑤魏文帝诗："华星出云间。"

何处哀筝随急管，樱花永巷垂杨岸。
东家老女嫁不售[1]，白日当天三月半。
溧阳公主年十四[2]，清明暖后同墙看。
归来展转到五更，梁间燕子闻长叹。

①乐府《捉搦歌》："老女不嫁只生口。"

②《梁书》："溧阳公主，简文帝女也。年十四，有美色，侯景纳而嬖之。大宝元年三月，请简文禊饮于乐游苑。上还宫，景与公主共据御床，南面坐。"

赴职梓潼留别畏之员外同年[1]

佳兆联翩遇凤凰[2]，雕文羽帐紫金床[3]。
桂花香处同高第，柿叶翻时独悼亡。
乌鹊失栖长不定，鸳鸯何事自相将。
京华庸蜀三千里，送到咸阳见夕阳[4]。

①《唐书》："梓州梓潼郡属剑南道，乾元后分东西川，梓为东川节度治所。"时义山为梓州节度判官。畏之，韩瞻也。《唐诗纪事》："韩偓父瞻，开成二年李义山同年。"

②《左传》："懿氏卜妻敬仲，其妻占之，曰：'吉。是谓"凤皇于飞，和鸣锵锵"。'"

③江总诗："新人羽帐挂流苏。"《洞冥记》："上起神明台，有金床象席。"

④时韩留京师。

桂林路中作[1]

地暖无秋色，江晴有暮晖。
空馀蝉嘒嘒，犹向客依依。
村小犬相护，沙平僧独归。
欲成西北望，又见鹧鸪飞[2]。

①路，一作"道"。

②《禽经》："子规啼，必北向。鹧鸪飞，必南翔。"

无　题

照梁初有情，出水旧知名[1]。
裙衩芙蓉小[2]，钗茸翡翠轻[3]。
锦长书郑重，眉细恨分明。
莫近弹棋局，中心最不平[4]。

①何逊诗："雾夕莲出水，霞朝日照梁。"

②衩，楚懈切。○《释名》："裙，下裳也。""妇人蔽膝曰香衩。"《楚词》："集芙蓉以为裳。"

③宋玉《讽赋》："以其翡翠之钗，挂臣冠缨。"

④《后汉·梁冀传》注："《艺经》曰：弹棋，两人对局。白黑棋各六，后先列棋相当，更相弹也。其局以石为之。"魏丁廙《弹棋赋》："文石为局，金碧齐精。隆中夷外，致理肌平。"《古今诗话》："弹棋局方五尺，中心高如

盖，其颠为小壶，四角微起。”义山诗“莫近弹棋局，中心最不平”，谓其中尊也。乐天诗“弹棋局上事，最妙是长斜”，谓持角长斜，一发过半局，谱中具有此法。柳子厚序用二十四棋者，即此戏也，今人罕为之矣。

蝶三首

初来小苑中，稍与琐闱通。
远恐芳尘断[①]，轻忧艳雪融[②]。
只知防皓露[③]，不觉逆尖风。
回首双飞燕，乘时入绮栊。

①《拾遗记》：“石虎太极殿楼高四十丈，舂杂宝异香为屑，使数百人于楼上吹散之，名曰芳尘台。”庾阐《扬都赋》：“结芳尘于绮疏。”

②韦应物诗：“艳雪凌空散。”

③皓，一作“灏”。

长眉画了绣帘开，碧玉行收白玉台[①]。
为问翠钗钗上凤[②]，不知香颈为谁回。

①乐府有《情人碧玉歌》。一云：碧玉，宋汝南王妾。梁简文帝《对烛赋》：“碧玉舞罢罗衣单。”玉镜台，注别见。

②《拾遗记》：“石崇爱婢翾风萦金为凤冠之钗。”

寿阳公主嫁时妆[①]，八字宫眉捧额黄[②]。
见我佯羞频照影，不知身属冶游郎。

①《杂五行书》：“宋武帝女寿阳公主，人日卧于含章殿檐下，梅花落公主额上，自后有梅花妆。”

②《海录》："唐明皇令画工画《十眉图》，一曰鸳鸯眉，又名八字眉。"张萧远诗："玉指休匀八字眉。"梁简文帝诗："同安鬟里拨，异作额间黄。"庾信诗："额角轻黄细安。"杨慎曰："温飞卿诗：'豹尾车前赵飞燕，柳风吹散蛾间黄。'王荆公诗亦云：'汉宫娇额半涂黄。'其制已起于汉，特未见所出耳。"

无题二首

八岁偷照镜，长眉已能画。
十岁去踏青，芙蓉作裙衩。
十二学弹筝，银甲不曾卸①。
十四藏六亲，悬知犹未嫁。
十五泣春风，背面秋千下②。

①杜甫诗："银甲弹筝用。"按，银甲，系爪之类。《艺林伐山》："妓女以鹿角琢为爪，以弹筝，曰系爪。"

②《荆楚岁时记》："春节悬长绳于高木，女子袨服立其上，推引之，名曰打秋千。汉武帝千秋节日，以之戏于后庭。"

幽人不倦赏，秋暑贵招邀。
竹碧转怅望，池清尤寂寥。
露花终裛湿，风蝶强娇饶。
此地如携手，兼君不自聊。

王十二兄与畏之员外相访见招小饮时予以悼亡日近不去因寄①

谢傅门庭旧末行②，今朝歌管属檀郎③。
更无人处帘垂地，欲拂尘时簟竟床④。

嵇氏幼男犹可悯[5]，左家娇女岂能忘[6]？
秋霖腹疾俱难遣[7]，万里西风夜正长。

①按王十二，必茂元之子。义山娶茂元女，故诗有“谢傅门庭旧末行”之句。通玩前《赴职梓潼留别畏之员外》诗及后《韩同年新居饯西迎家室》诗，盖畏之与义山为僚婿。此云“悼亡日近”，疑所悼即茂元女也。

②《晋书》：“谢安薨，赠太傅，谥曰文靖。”《世说》：“谢道韫曰：‘一门叔父，则有阿大、中郎。’”杜甫诗：“谢瞻不远远。”

③李贺诗：“檀郎谢女眠何处。”或曰，檀奴，潘安仁小字，后人因号曰“檀郎”。

④潘岳《悼亡诗》：“长簟竟床空。”

⑤《晋书》：“嵇绍字延祖，康之子，十岁而孤。”

⑥左思《娇女诗》：“左家有娇女，皎皎颇白皙。小字为纨素，口齿自清历。”

⑦秋，一作“愁”。

隋　宫[1]

乘兴南游不戒严，九重谁省谏书函[2]。
春风举国裁宫锦，半作障泥半作帆[3]。

①隋宫，一云“隋堤”。

②《隋书》：“大业十二年，幸江都，奉信郎崔民象表谏上，大怒，先解其颐，乃斩之。”

③道源注：“障泥，以披马鞍旁者。”《西京杂记》：“武帝时，贰师得天马，以绿地五色锦为蔽泥。”《晋书》：“王济所乘马，不肯渡水，曰：‘马必是惜障泥。’解之，乃渡。”

落 花

高阁客竟去，小园花乱飞。
参差连曲陌，迢递送斜晖。
肠断未忍扫，眼穿仍欲归[①]。
芳心向春尽，所得是沾衣[②]。

①归，一作“稀”。

②谢朓诗：“乡泪尽沾衣。”

月[①]

池上与桥边[②]，难忘复可怜。
帘开最明夜，簟卷已凉天。
流处水花急，吐时云叶鲜。
姮娥无粉黛[③]，只是逞婵娟。

①《文苑英华》作“秋月”。

②一作“楼上与池边”。

③姮，一作“嫦”。

赠宗鲁筇竹杖

大夏资轻策[①]，全溪问所思。
静怜穿树远，滑想过苔迟。
鹤怨朝还望[②]，僧闲暮有期。
风流真底事，常欲傍清羸。

①《汉书》:“张骞至大夏,见筇竹杖,问之,云贾人市之身毒国。”

②《北山移文》:“蕙帐空兮夜鹤怨。”

垂柳

娉婷小苑中,婀娜曲池东。
朝佩皆垂地,仙衣尽带风。
七贤宁占竹①,三品且饶松②。
肠断灵和殿③,先皇玉座空④。

①《晋书》:“阮籍、嵇康、(向)〔山〕涛、向秀、刘伶、王戎、阮咸,共为竹林之游。”

②白居易诗:“九龙潭月落杯酒,三品松风飘管弦。”

③宋武帝植蜀柳于灵和殿前,详前注。

④(江淹)〔谢朓〕诗:“玉座犹寂寞。”[1]

曲池

日下繁香不自持,月中流艳与谁期?
迎忧急鼓疏钟断,分隔休灯灭烛时①。
张盖欲判江滟滟②,回头更望柳丝丝。
从来此地黄昏散,未信河梁是别离③。

①《淳于髡传》:“堂上烛灭,主人留髡而送客。”

②判,“拚”同。〇《搜神记》:“赵昞尝临水求渡,船人不许。昞乃张帷盖坐其中,长啸呼风,乱流而渡。”

③李陵《别苏武诗》:“携手上河梁。”

[1] 此句出谢朓《同谢咨议铜雀台》,见《文选》卷二十三。

代应二首

沟水分流西复东①，九秋霜月五更风。
离鸾别凤今何在②？十二玉楼空更空。

①注见前。

②《西京杂记》："庆安世，年十五为成帝侍中。善鼓琴，能为《双凤离鸾曲》。"陶潜诗："上弦惊别鹤，下弦操孤鸾。"

昨夜双钩败①，今朝百草输②。
关西狂小吏，惟喝绕床卢③。

①周处《风土记》："义阳腊日饮祭之后，叟妪儿童为藏钩之戏，分为二曹，以校胜负。"庾阐赋："叹近夜之藏钩，赏一时之戏望。"

②《初学记》："《荆楚岁时记》：五月五日，四民并踏百草，今人又有斗百草之戏。"

③《晋书》："刘毅于东堂聚樗蒱大掷，馀人并黑犊以还，惟刘裕及毅在后。毅次掷得雉，大喜，绕床叫曰：'非不能卢，不事此耳。'裕因援五木久之，曰：'老兄试为卿答。'既而四木俱黑，一子转跃未定，裕厉声喝之，即成卢。"

席上作①

淡云轻雨拂高唐，玉殿秋来夜正长。
料得也应怜宋玉，一生惟事楚襄王②。

①原注："予为桂州从事，故府郑公出家妓，令赋《高唐诗》。"一本题作《席上赠人》，注云："故桂林荥阳公席上出家妓。"〇郑公，郑亚也。注见《迎吊桂府常侍》诗。

②一云："淡烟微雨恣高唐，一曲清尘绕画梁。料得也应怜宋玉，只因无奈楚襄王。"

访隐者不遇成二绝

秋水悠悠浸墅扉①，梦中来数觉来稀。
玄蝉去尽叶黄落②，一树冬青人未归。

①墅，一作"野"。

②去，一作"脱"。○杜甫诗："玄蝉无停号。"

城郭休过识者稀，哀猿啼处有柴扉。
沧江白日樵渔路，日暮归来雨满衣。

破 镜

玉匣清光不复持，菱花散乱月轮亏①。
秦台一照山鸡后②，便是孤鸾罢舞时③。

①《飞燕外传》："飞燕始加大号，婕妤奏上三十六物以贺，有七尺菱花镜一奁。"庾信《镜赋》："临水则池中月出，照日则壁上菱生。"骆宾王诗："妆镜菱花暗，愁眉柳叶颦。"

②《西京杂记》："高祖初入咸阳宫，有方镜广四尺，高五尺九寸，表里洞明，人直来照之，影则倒见；以手掩心，即见肠胃五脏。"杜甫诗："秦台镜欲临。"《异苑》："山鸡爱其毛羽，映水则舞。魏武时，南方献之。公子仓舒令置大镜其前，鸡鉴形而舞，不知止，遂乏死。"

③注见前。

无 题

紫府仙人号宝灯[①]，云浆未饮结成冰[②]。
如何雪月交光夜，更在瑶台十二层[③]。

①《抱朴子》："项曼都言到天上，先过紫府。金床玉几，晃晃昱昱。"道源注："佛有宝灯之名，神仙无此号，然佛亦称金仙，故可通用。"

②庾信《温汤碑序》："其色变者，流为五云之浆；其味美者，结为三危之露。"

③《离骚》："望瑶台之偃蹇兮。"《拾遗记》："昆仑山傍有瑶台十二，各广千步，皆五色玉为台基。"

赠庾十二朱版[①]

固漆投胶不可开[②]，赠君珍重抵琼瑰。
君王晓坐金銮殿，只待相如草诏来。

①原注："时庾在翰林。"○《旧唐书》："大中三年九月，以起居郎庾道蔚充翰林学士。"疑即此人也。

②《古诗》："以胶投漆中，谁能别离此？"

李 花

李径独来数，愁情相与悬。
自明无月夜，强笑欲风天。
减粉与园箨，分香沾渚莲[①]。
徐妃久已嫁[②]，犹自玉为钿。

①沾，一作“活”。○道源注：“李开不与莲同时，此只彷佛其色耳。”

②《南史》：“元帝徐妃讳昭佩，天监十六年十二月拜湘东王妃。与瑶光寺智远道人及帝左右暨季江淫通，帝逼令自杀。初，妃嫁夕，车至西州，(夕)〔疾〕风大起，发屋折木。无何，雪霰交下，帷帘皆白。帝以为不祥，后果不终妇道。”

柳

曾逐东风拂舞筵，乐游春苑断肠天。
如何肯到清秋日，已带斜阳又带蝉。

杨慎曰：“形容先荣后悴之意。”

三月十日流杯亭①

身属中军少得归，木兰花尽失春期②。
偷随柳絮到城外，行过水西闻子规。

①《方舆胜览》：“巴州西龛寺，唐乾元间严郑公武所创。其水曲折，可以流觞。”《一统志》：“流觞亭在巴县西龛山上。”

②《本草》：“木兰，大树，皮似桂而香。花粉红色，二三月间开。”《述异记》：“木兰川在浔阳，江中多木兰。吴王阖闾植此构宫殿。又七里洲中，鲁班刻木兰为舟，至今在。”

过招国李家南园二首①

潘岳无妻客为愁，新人来坐旧妆楼。
春风犹自疑联句，雪絮相如飞不休②。

①招国里在京师。《白居易传》："自皇子陂归招国里。"

②用谢道韫事。

长亭岁尽雪如波[1]，此去秦关路几多？
惟有梦中相近分，卧来无睡欲如何。

①《哀江南赋》："十里五里，长亭短亭。"

留赠畏之〔三首〕[1]

清时无事奏明光[2]，不遣当关报早霜[3]。
中禁词臣寻引领[4]，左川归客自回肠[5]。
郎君下笔惊鹦鹉[6]，侍女吹笙弄凤凰[7]。
空寄大罗天上事[8]，众仙同日咏《霓裳》[9]。

①原注："时将赴职梓潼。遇韩朝回(三首)。"〇第二首绝句，唐人选入《才调集》，注云："遇韩朝回。"

②《汉官仪》："尚书郎直宿建礼门，奏事明光殿。"《三秦记》："未央宫渐台西有桂宫，中有明光殿，珠玑为帘箔，金所玉阶，昼夜光明。"

③《东观汉记》："汝郁载病，征诣公车。台遣两当关扶入，拜郎中。"《绝交书》："卧喜晚起，而当关呼之不置。"

④杜甫诗："诏许辞中禁。"

⑤左川，即东川。

⑥《后汉·祢衡传》："黄祖大会宾客，人有献鹦鹉者，衡揽笔作赋，文无加点，辞采甚丽。"按，此语谓韩瞻子偓也。偓，小字冬郎，尝即席为诗，一座尽惊。

⑦《汉武内传》："王母命侍女董双成吹云和之笙。"

⑧寄，一云："当作'记'。"〇《云笈七签》："最上一天名曰大罗，在玄

都玉京之上，合三十六天，总是三尊所统。故经云：三界之上，眇眇大罗。”《艺林伐山》：“世传大罗天放榜于蕊珠宫，故称蕊榜。”

⑨《异闻录》：“开元六年八月望，上与申天师、洪都客作术，夜游月宫，榜曰‘清虚广寒之府’。少前，见素娥十馀人，乘鸾舞于广庭桂树之下，音乐清丽。遂归，制《霓裳羽衣》之曲。”《津阳门诗》注：“叶法善尝引上入月宫，闻仙乐。及归，但记其半，遂于笛中写之。会西凉节度使杨敬述进《婆罗门曲》，声调相符，遂以月中所闻为散序，敬述所进为腔，名《霓裳羽衣》也。”《蔡宽夫诗话》：“唐开成初，尉迟璋尝仿古作《霓裳羽衣曲》以献，诏以曲名赐贡院为题。是岁，榜首李肱所试诗即此题也。此曲世无谱，好事者每惜之。”○或云：义山与畏之，疑皆李肱榜进士，故有末句。其年，高锴权知贡举。按，《新》、《旧书》皆云义山开成二年进士，集中有李肱画(公)〔机〕诗，亦不云同年。

待得郎来月已低，寒暄不道醉如泥①。
五更又欲向何处，骑马出门乌夜啼。

①《后汉·周泽传》：“一日不斋醉如泥。”

户外重阴黯不开，含羞迎夜复临台。
潇湘浪上有烟景，安得好风吹汝来。

为有

为有云屏无限娇①，凤城寒尽怕春宵②。
无端嫁得金龟婿③，辜负香衾事早朝。

①《西京杂记》：“赵飞燕为皇后，女弟昭仪，遗云母屏风、琉璃屏风。”

②梁戴暠诗："丹凤俯临城。"赵次公杜注："秦缪公女吹箫，凤降其城，因号丹凤城。其后言京都之盛曰'凤城'。"

③《唐书》："天授二年，改佩鱼皆为龟，三品以上龟袋饰以金。"

无 题

相见时难别亦难，东风无力百花残。
春蚕到死丝方尽，蜡炬成灰泪始干①。
晓镜但愁云鬓改，夜吟应觉月光寒。
蓬山此去无多路，青鸟殷勤为探看。

①庾信《对烛赋》："铜荷承泪蜡，铁铗染浮烟。"

碧城三首

碧城十二曲阑干①，犀辟尘埃玉辟寒②。
阆苑有书多附鹤③，女床无树不栖鸾④。
星沉海底当窗见，雨过河源隔座看。
若是晓珠明又定⑤，一生长对水晶盘⑥。

①道源注："《太平御览》：'元始天尊居紫云之阁，碧霞为城。'"

②道源注："《南越志》：'高州巨海有大犀，出入有光，其角开水辟尘。'"《岭表录异》："辟尘犀，妇人为簪梳，尘不着发。"《天宝遗事》："宁王有暖玉杯。""会昌年间。扶馀国贡火玉三斗，色赤，光照十步，寘之室中，不复挟纩。"

③道源注："《锦带》：'仙家以鹤传书，白云传信。'"褚载诗："惟教鹤探丹丘信，不遣人窥太乙炉。"

④床，一作"墙"，非。〇《山海经》："女床之山有鸟焉，其状如翟，五

彩文，名曰鸾鸟。见则天下安宁。”《东京赋》：“鸣女床之鸾鸟。”

⑤《飞燕外传》：“真腊夷献万年蛤、不夜珠，光彩皆若月，照人无妍丑，皆美艳。帝以蛤赐后，以珠赐婕妤。后以蛤装成五色金霞，帐中常若满月。久之，帝谓婕妤曰：‘吾昼视后，不若夜视之美，每旦令人忽忽如失。’婕妤闻之，即以珠号‘枕前不夜珠’，为后寿。”

⑥《太真外传》：“成帝获飞燕，身轻欲不胜风，恐其飘翥，帝为造水晶盘，令宫人掌之而歌舞。”

对影闻声已可怜，玉池荷叶正田田①。
不逢萧史休回首②，莫见洪崖又拍肩③。
紫凤放娇含楚佩④，赤鳞狂舞拨湘弦⑤。
鄂君怅望舟中夜，绣被焚香独自眠⑥。

①沈约《东武吟》：“誓辞金门宠，去饮玉池流。”古诗：“江南可采莲，莲叶何田田。”

②《列仙传》：“秦穆公以女弄（王）〔玉〕妻萧史，日于楼上吹箫作凤鸣。”

③《神仙传》：“卫叔卿与数人博，其子问：‘向与博者为谁？’叔卿曰：‘是洪崖先生。’”郭璞《游仙诗》：“（古）〔右〕拍洪崖肩。”

④《禽经》：“鸑鷟，凤之属也，五色而多紫。”《楚词·离骚》：“纫秋兰以为佩。”又云：“折琼枝以继佩。”

⑤《别赋》：“耸渊鱼之赤鳞。”道源曰：“此句暗用‘瓠巴鼓瑟，游鱼出听’语。”

⑥《说苑》：“鄂君乘青翰之舟，张翠羽之盖。越人拥楫而歌曰：‘山有木兮木有枝，心悦君兮君不知。’于是鄂君揄袂而拥之，举绣被而覆之。”

七夕来时先有期①，洞房帘箔至今垂。
玉轮顾兔初生魄②，铁网珊瑚未有枝③。

捡与神方教驻景[4]，收将风纸写相思[5]。
《武皇内传》分明在，莫道人间总不知。

①《汉武内传》："帝闲居承华殿，忽见一女子，美丽非常，曰：'我墉宫玉女王子登也。七月七日，王母暂来。'帝下席跪诺。于是登延灵之台，盛斋存道以候之。至七月七日二更后，王母果至。"

②玉轮，注见前。《天问》："夜光何德，死而又育。厥利维何，而顾兔在腹。"王逸注："言月中有兔，何所贪利。居月之腹，而顾望乎。"《书》："惟三月哉生魄。"《传》："始生魄，月十六日明消而魄生。"《汉志》："死魄，朔也；生魄，望也。"

③《本草》："珊瑚似玉，红润，生海底盘石上，一岁黄，三岁赤。海人先作铁网沉水底，贯中而生，绞网出之，失时不取则腐。"

④景，音影。○《汉武内传》："上元夫人命侍女纪离容径到扶广山，敕青真小童，出六甲左右灵飞致神之方十二事，以授刘彻。乃告帝曰：'夫五帝者，方面之天精，六甲六位之通灵，佩而尊之，可致长生。'王母因授以《五岳真形图》。帝拜受俱毕，王母与夫人同乘而去。"《集仙录》："舜以驻景灵丸授王妙想。"

⑤《汉武内传》："王母遣侍女郭密香与上元夫人相问云：'王九光之母敬谢，但不相见，四千馀年矣。(夫)〔天〕事劳我，致以愆面。刘彻好道，恐非仙才。夫人可暂来否？若能屈驾，当停相须。'上元夫人遣一侍女答问云：'阿环再拜，上问起居。'"

对雪二首[1]

寒气先侵玉女扉[2]，清光旋透省郎闱[3]。
梅花大庾岭头发[4]，柳絮章台街里飞[5]。
欲舞定随曹植马[6]，有情应湿谢庄衣[7]。
龙山万里无多远，留待行人二月归。

①原注："时欲之东。"

②《鲁灵光殿赋》："玉女窥窗而下视。"《哀江南赋》："倚弓于玉女窗扉。"

③《白帖》："诸曹郎署曰粉署。"刘孝绰《对雪诗》："浮光乱粉壁，积照朗彤闱。"

④《旧唐书》："东峤县即大庾岭，属韶州，一名梅岭。"《白帖》："大庾岭上梅，南枝落，北枝开。"

⑤见前注。

⑥《洛神赋》："车殆马烦。"

⑦《宋书·符瑞志》："大明五年正月戊午元日，花雪降殿庭。时右卫将军谢庄下殿，雪集衣，还白，上以为瑞，于是公卿并作《花雪诗》。"

旋扑珠帘过粉墙，轻于柳絮重于霜。
已随江令夸琼树①，又入卢家妒玉堂②。
侵夜可能争桂魄③，忍寒应欲试梅妆④。
关河冻合东西路，肠断斑骓送陆郎⑤。

①注见前。

②注见前。

③唐太宗《望月诗》："魄满桂枝圆。"

④注见前。

⑤《说文》："骓，马苍黑，杂色。一曰苍，白色。"陈乐府《明下童曲》："陈孔骄赭白，陆郎乘斑骓。"按，"陈孔"谓陈暄、孔范，"陆"谓陆瑜，皆后主狎客。李贺诗"陆郎去兮乘斑骓"，又"牵云曳雪留陆郎"，皆用此。

蜂

小苑华池烂熳通，后门前槛思无穷。

宓妃腰细才胜露[1]，赵后身轻欲倚风[2]。
红壁寂寥崖蜜尽[3]，碧帘迢递雾巢空。
青陵粉蝶休离恨[4]，长定相逢二月中[5]。

①《洛神赋》："腰如约素。"宓妃，即洛神。

②《飞燕外传》："帝临太液池，后歌归风送远之曲。帝以文犀簪击玉瓯。酒酣，风起，后扬袖曰：'仙乎仙乎！去故而就新乎。'帝令冯无方持后裾。风止，裾为之绉。他日，宫姝或襞裙为绉，号留仙裾。"《拾遗记》："每轻风至，飞燕殆欲随风入水，帝以翠缨结飞燕之裾。"

③《本草》："石蜜，又名崖蜜。人以长竿刺出，多者至三四石。味咸，色绿，比他蜜尤胜。"

④青陵蝶，注见前。

⑤古乐府《蛱蝶行》："蛱蝶之遨戏东园，奈何卒逢三月养子燕，接我苜蓿间。"

公　子

外戚封侯自有恩，平明通籍九华门[1]。
金唐公主年应小[2]，二十君王未许婚。

①《西京杂记》："汉掖庭有云光殿、九华殿。"《洛阳宫殿簿》："魏有九华殿。"

②金唐公主，未详。

赋得鸡

稻粱犹足活诸雏，妒敌专场好自娱[1]。
可要五更惊晓梦，不辞风雪为阳乌[2]。

①《韩诗外传》:“鸡有五德。敌在前敢斗者,勇也。”曹植《斗鸡》诗:“愿蒙狸膏助,常得擅此场。”

②张衡《灵宪》:“日,阳精之宗,积而成乌,乌有三趾。”《蜀都赋》:“阳乌回翼于高标。”

明 神

明神司过岂令冤,暗室由来有祸门。
莫为无人欺一物,他时须虑石能言①。

①《左传》:“石言于晋魏榆。”

钱龙惕笺:此诗为甘露之变作也。当时事起仓卒,王涯、贾餗等实不与闻。仇士良执而讯之,五毒俱备。涯等诬伏,遂族诛之,一时不以为冤。实以涯等执政时,招权僭侈,结怨于民,故曰明神司过,决无冤滥,暗室祸门,自招之也。然涯等国之大臣,一旦以无辜之事骈首就戮,专杀者自谓举世无人。一物可欺,抑知其取精多而用物弘,凭石而言得无虑乎?训、注之咆虓于中国也,士大夫咸怨忿之。及其败也,又以畏中官之势,未有言其冤者,岂惟不冤之,又从而快之。如杜牧之诗曰:“元礼去从缑氏学,江充来上犬台宫。”又曰:“其冬三凶败,涣汗开汤罟。”他可知矣。独义山于此事抑扬反复。致其不平之意,以示诛戮不出于文宗。其人虽恶,犹然冤也。况履霜坚冰,其渐可无深戒哉?然犹不敢显言,特于是诗微寓其意。可见当时奄人暴横,士林胁息如此。悲夫!

辛未七夕

恐是仙家好别离,故教迢递作佳期。
由来碧落银河畔①,可要金风玉露时②。
清漏渐移相望久,微云未接过来迟。

岂能无意酬乌鹊[3]，惟与蜘蛛乞巧丝[4]。

①道源注："《度人经》：'昔于始青天中，碧落空歌。'注：'东方第一天有碧霞遍满，是名碧落。"《白帖》："天河，谓之银汉，亦曰银河。"

②李密诗："金风荡初节，玉露凋晚林。"

③《淮南子》："乌鹊填河成桥而渡织女。"

④《荆楚岁时记》："七夕，人家妇女结采缕，穿七孔针，陈瓜果于庭中以乞巧。有蟢子网于瓜上者，则以为得巧。"

壬申七夕

已驾七香车[1]，心心待晓霞。
风轻惟响佩，日薄不嫣花。
桂嫩传香远[2]，榆高送影斜[3]。
成都过卜肆，曾妒识灵槎[4]。

①七香车，注见前。何逊《七夕》诗："仙车驻七襄，凤驾出天潢。"

②谓月中桂树。

③古诗："天上何所有，历历种白榆。"

④《博物志》："旧说天河与海通，有人居海上，年年八月见浮槎去来，不失期。多赍粮乘槎而往，十馀日至一处，遥望宫中，多织妇，一丈夫牵牛渚次饮之。其人还，至蜀问严君平，曰：'某年某月有客星犯牵牛宿。'计年月，正此人到天河时也。"杜甫诗："沧海有灵槎。"

壬申闰秋题赠乌鹊[1]

绕树无依月正高[2]，邺城新泪溅云袍[3]。
几年始得逢秋闰，两度填河莫告劳。

①《通鉴目录》："宣宗大中六年闰七月乙未，朔八月一日甲子，秋分。"

②魏武乐府："月明星稀，乌鹊南飞。绕树三匝，无枝可依。"

③魏武都邺。《唐书》："相州邺郡属河北道。乾元二年，改为邺城。"

端居

远书归梦两悠悠，只有空床敌素秋①。
阶下青苔与红树，雨中寥落月中愁。

①梁元帝《纂要》："秋曰白藏，亦曰素秋。"

夜半

三更三点万家眠，露欲为霜月堕烟。
斗鼠上堂蝙蝠出，玉琴时动倚窗弦①。

①嵇康《琴赋》："徽以荆山之玉。"杜甫诗："收书动玉琴。"

玉山

玉山高与阆风齐①，玉水清流不贮泥②。
何处更求回日驭，此中兼有上天梯。
珠容百斛龙休睡③，桐拂千寻凤要栖④。
闻道神仙有才子，赤箫吹罢好相携⑤。

①《穆天子传》："天子北征，东还至于群玉之山。"阆风巅，注见前。

②《尸子》："凡水方折者有玉，圆折者有珠，清水有黄金，龙渊有玉

英。”(沈约)〔颜延之〕诗:“玉水记方流。”[1]

③《庄子》:“千金之珠,必在九重之渊,骊龙颔下。能得珠者,必遭其睡也。”

④《诗疏》:“凤皇非梧桐不栖。”

⑤《三十国春秋》:“凉州胡安盗发晋文王、张骏墓,得赤玉箫、紫玉笛。”

张恶子庙①

下马捧椒浆②,迎神白玉堂③。
如何铁如意,独自与姚苌④。

①《北梦琐言》:“梓潼县张恶子神,乃五丁拔蛇之所也。或云嶲州张生所养之蛇,因而立祠。时人谓为张恶子,其神甚灵。”《方舆胜览》:“张恶子庙,即梓潼庙,在梓潼县北八里七曲山。”按《图志》:“神姓张,讳亚子,其先越嶲人也。因报母仇,遂陷县邑,徙居是山。其墓在隆庆府梓潼县东二十里。”

②《楚词》:“奠桂酒兮椒浆。”

③乐府:“白玉为君堂。”

④道源注:“《梓潼七十五化》云:建兴末作儒士,称谢艾,为张轨主簿。张重华嗣位,石季龙使将麻秋侵寇,命艾以千人击之,秋单骑宵遁。继而往关中,与姚苌为友。然厌处凡世,思归蜀峰,约苌曰:‘苟富贵,无相忘。’后苌以龙骧将军使蜀,至凤山访予,予礼待之,假以铁如意,祝之曰:‘麾之可致兵。’苌疑予,予为之一麾,戈盾戎马万馀,列之平坡。今试兵坝是也。后苌以苻坚死,即帝位,因号秦焉。即其地祝之庙,先号九曲,盖梓潼来朝,九折而去。后号七曲,迨至隋唐,其灵尤著。加封至八字王庙号灵应云。”

[1]此句出颜延之《赠王太常》诗,见卷二十六。

雨

摵摵度瓜园[1]，依依傍竹轩。
秋池不自冷，风叶共成喧。
窗迥有时见，檐高相续翻。
侵宵送书雁，应为稻粱恩[2]。

①卢谌诗："摵摵芳叶零。"

②《广绝交论》："分雁鹜之稻粱。"

菊

暗暗淡淡紫，融融冶冶黄。
陶令篱边色[1]，罗含宅里香[2]。
几时禁重露，实是怯残阳[3]。
愿泛金鹦鹉[4]，升君白玉堂。

①陶潜诗："采菊东篱下。"

②《晋·罗含传》："含致仕还家，阶庭忽兰菊丛生，以为德行之感。"

③残，《英华》作"斜"。

④道源注："《岭表录异》：'鹦鹉螺，旋尖处屈而朱，如鹦鹉觜，故以名。壳装为酒杯，奇而可玩。亦有范金为其形者。'"梁简文帝书："车渠屡酌，鹦鹉骤倾。"

牡　丹

锦帏初卷卫夫人[1]，绣被犹堆越鄂君[2]。
垂手乱翻雕玉佩[3]，招腰争舞郁金裙[4]。

石家蜡烛何曾剪⑤，荀令香炉可待熏⑥。
我是梦中传彩笔⑦，欲书花叶寄朝云⑧。

①帏，《英华》作“帷”。〇原注：“《典略》云：夫子见南子在锦帏之中。”

②注见前。

③《乐府解题》：“大垂手、小垂手，皆言舞而垂手也。”《书·顾命》：“雕玉仍几。”注：“雕，刻镂也。”

④招，当作“折”。招腰争舞，《英华》作“细腰频换”。〇《西京杂记》：“戚夫人能作翘袖折腰之舞，歌《出塞》、《入塞》、《望归》之曲。”王僧达诗：“缕金罗袖郁金裙。”

⑤《世说》：“王恺以粭糒澳釜，石崇以蜡烛代薪。”

⑥荀令香，(法)〔注〕见前。刘向有《熏炉铭》。

⑦《南史》：“江淹尝梦一丈夫，自称郭璞，谓淹曰：‘吾有笔在卿处多年，可见还。’淹乃探怀中，得五色笔一，以授之。尔后为诗，绝无妙句。”

⑧叶，《英华》作“片”。〇朝云，用神女事。

北楼

春物岂相干，人生只强欢。
花犹曾敛夕，酒竟不知寒。
异域东风湿，中华上象宽。
此楼堪北望，轻命倚危栏①。

①倚，《英华》作“俯”。

拟沈下贤[①]

千二百轻鸾，春衫瘦着宽。
倚风行稍急[②]，含雪语应寒。
带火遗金斗[③]，兼珠碎玉盘[④]。
河阳看花过，曾不问潘安。

①《唐诗纪事》:“沈亚之字下贤，吴兴人。登进士第。太和初，李同捷反，授柏耆行营计会使，亚之以殿中侍御史为判官谕旨。耆诛同捷，诸将嫉其功，谮之，耆贬循州司户参军，亚之贬南康尉。有集九卷。”

②稍，上声。

③道源注：“金斗，熨斗也。”《隋书》:“李穆奉熨斗于高祖曰：‘愿以此熨安天下。’”梁简文帝诗：“熨斗金涂色。”

④白居易诗：“大珠小珠落玉盘。”

蝶

飞来绣户阴，穿过画楼深。
重傅秦台粉[①]，轻涂汉殿金[②]。
相兼惟柳絮，所得是花心。
可要凌孤客，邀为《子夜吟》[③]。

①《古今注》:“萧史与秦穆公炼飞雪丹，第一转与弄玉涂之。今水银腻粉是也。”《道书》:“蝶交则粉退。”

②《汉书》:“赵昭仪居昭阳舍，殿上髹漆，切皆铜沓冒黄金涂。”注：“切，门限也。沓，冒其头也。涂，以金涂铜上也。”

③子夜，注见前。

饮席代官妓赠两从事

新人桥上着春衫，旧主江边侧帽檐[1]。
愿得化为红绶带[2]，许教双凤一时衔。

①原注：“隋独孤信举止风流，曾风吹帽檐侧，观者塞路。”

②《说文》：“绶，韨维也。”红绶，即朱绂。白居易诗：“鹘衔红绶绕身飞。”

代魏宫私赠[1]

来时西馆阻佳期[2]，去后漳河隔梦思[3]。
知有宓妃无限意，春松秋菊可同时[4]。

①原注：“黄初三年，已隔存没。追代其意，何必同时。亦广《子夜吴歌》之流变。”

②《魏志·陈思王传》：“黄初二年，植贬爵安乡侯，改封鄄城侯。四年，来朝，帝责之，置西馆，未许朝，上《责躬诗》。”

③《水经注》：“魏武引漳流，自城西东入，径铜雀台下。”

④《洛神赋》：“荣曜秋菊，华茂春松。”

代元城吴令暗为答[1]

背阙归藩路欲分[2]，水边风日半西曛[3]。
荆王枕上原无梦，莫枉阳台一片云[4]。

①《魏志》：“吴质字季重，济阴人。以文才为文帝所善，出为朝歌长，迁元城令，封列侯。”

②《洛神赋》："背伊阙，越轘辕。"又曰："余从京师，言归东藩。"

③《洛神赋》："日既西倾，车殆马烦。"

④《寰宇记》："巫山县西有阳台古城，即襄王所游之地，亦曰阳云台。高一百二十丈，南枕长江。"《西溪丛语》："楚襄王与宋玉游高唐之上，见云气之异，问宋玉。玉曰：'昔先王梦游高唐，与神女遇。玉为《高堂赋》。'先王谓怀王也。玉是夜梦见神女，寤而白王，王使为《神女赋》。后人遂言襄王梦神女，非也。"愚按，宋玉作赋，本假梦为词，即怀王亦岂真有梦乎？西溪此辨，尚是呓语。○此诗为洛神辨诬，明思王感甄之说，未足深信。

牡　丹

压径复缘沟，当窗又映楼。
终销一国破[①]，不啻万金求[②]。
鸾凤戏三岛[③]，神仙居十洲[④]。
应怜萱草淡，却得号忘忧。

①比其艳于佳人之倾国。

②《唐国史补》："长安贵游尚牡丹，每春暮，车马若狂，人种以求利，一本有数万者。"

③《史·封禅书》："海中有三神山，曰蓬莱、方丈、瀛洲。"

④《十洲记》："四方巨海之中，有祖洲、瀛洲、玄洲、炎洲、长洲、元洲、凤麟洲、聚窟洲、流洲、生洲。"

百果嘲樱桃

珠实虽先熟，琼莩纵早开[①]。
流莺犹故在，争得讳含来[②]。

①《汉书》“葭莩”注：“葭，芦也。莩，其筒中白皮至薄者。”

②《吕氏春秋》：“仲夏之月，羞含桃。”注：“含桃，樱桃也。莺鸟所含食，故曰含桃。”

樱桃答

众果莫相诮，天生名品高。
何因古乐府，惟有《郑樱桃》[①]。

①《乐府集》：“石季龙宠惑优僮郑樱桃而杀郭氏，更纳清河崔氏，樱桃又谮而杀之。樱桃美丽，擅宠宫掖，乐府由是有《郑樱桃歌》。”《十六国春秋》：“石虎郑后名樱桃，晋冗从仆射郑世达家妓也。”

晓　坐[①]

后閤罢朝眠[②]，前墀思黯然。
梅应未假雪，柳自不胜烟。
泪续浅深绠[③]，肠危高下弦[④]。
红颜无定所，得失在当年。

①一云“后閤”。

②閤，一作“阁”。

③《广韵》：“绠，井索。”

④道源注：“弦急则绝，以比愁肠易断。”

咏　史

北湖南埭水漫漫[①]，一片降旗百尺竿[②]。

三百年间同晓梦，钟山何处有龙盘[3]？

①北湖即玄武湖，注见前。道源注："《金陵志》：'南埭，上水闸也。'"王荆公《赠段约之》诗："闻君更欲通南埭。"非鸡鸣埭也。

②刘禹锡《金陵怀古》诗："一片降旗出石头。"

③徐爰《释问》："建康东北十里有钟山，旧名金山，后更号蒋山。诸葛亮以为钟山龙盘，即蒋山也。"

一　片

一片非烟隔九枝[1]，蓬峦仙仗俨云旗。
天泉水暖龙吟细[2]，露畹春多凤舞迟[3]。
榆荚散来星斗转[4]，桂花寻去月轮移。
人间桑海朝朝变，莫遣佳期更后期。

①《孙氏瑞应图》："非气非烟，五色絪缊，谓之庆云。"九枝灯，注见前。

②《齐地记》："齐有天齐泉。"《汉书》注："临菑城南有天齐水，五泉并出。"

③《离骚》："既滋兰之九畹兮。"注："十二亩为畹。"

④《春秋运斗枢》："玉衡星散为榆。"《元命苞》："三月榆荚落。"

日　射

日射纱窗风撼扉，香罗掩手春事违。
回廊四合掩寂寞，碧鹦鹉对红蔷薇[1]。

①碧鹦鹉，即青鹦鹉也。注见前。

题 鹅

眠沙卧水自成群，曲岸残阳极浦云。
那解将心怜孔翠[①]，羁雌长共故雄分[②]。

①翠，一作“雀”。○孔翠，孔雀、翡翠也。杜甫诗：“孔翠望赤霄，(秋)〔愁〕思雕笼养。”

②谢灵运诗：“羁雌恋旧侣。”鲁陶婴《黄鹄歌》：“夜半悲鸣兮想其故雄。”○言孔翠之羁孤，不若鹅群有眠沙卧水之适也。

华清宫[①]

朝元阁迥《羽衣》新[②]，首按昭阳第一人[③]。
当日不来高处舞，可能天下有胡尘。

①注见前。

②道源注：“《雍录》：‘朝元阁在骊山。天宝七载，玄元皇帝见于朝元阁，改名降圣阁。’”《太真外传》：“天宝四载七月，于凤凰园册太真宫女道士杨氏为贵妃，半后服用。进见之日，奏《霓裳羽衣曲》。”

③《汉书》：“飞燕立为皇后，宠少衰，女弟绝幸，为昭仪，居昭阳舍。”李白诗：“宫中谁第一，飞燕在昭阳。”

梓潼望长卿山至巴西复怀谯秀[①]

梓潼不见马相如，更欲南行问酒垆。
行到巴西觅谯秀，巴西惟是有寒芜。

①道源注：“《方舆胜览》：‘长卿山在梓潼县治西南，旧名神山。唐明

皇幸蜀，见山有司马相如读书之窟，因改名长卿山。'"谯周《巴记》："刘璋分巴，以永宁为巴东郡，垫江为巴郡，阆中为巴西郡，是谓三巴。"孙盛《晋阳秋》："谯秀字元彦，巴西人。谯周孙。李雄盗蜀，安车征秀，不应。桓温平蜀，返役，上表荐之。"

齐宫词

永寿兵来夜不扃①，金莲无复印中庭②。
梁台歌管三更罢③，犹自风摇九子铃④。

①《齐书》："废帝宝卷别为潘妃起神仙、永寿、玉寿三殿，皆匝饰以金璧。萧衍兵入建康，王珍国、张稷引兵入殿，御刀丰勇之为内应。宝卷方在含德殿作笙歌，兵入，斩之。稷召仆射王亮等，令百僚署笺，以黄油裹宝卷首，遣博士范云等送诣石头。"

②金莲，注见前。

③按晋成帝七年，作新宫舆地图，云即台城也。《容斋随笔》："晋、宋后，谓朝廷禁省为台，故称禁城为台城。"

④《西京杂记》："昭阳殿上设九金龙，皆衔九子金铃。每好风日，幡旄光影，照耀一殿，铃镊之声，惊动左右。"《(齐书)〔南史·齐本纪〕》："庄严寺有玉九子铃，外国寺佛面有光相，禅灵寺塔诸宝珥，皆剥取以施潘妃殿饰。"

十一月中旬至扶风界见梅花①

匝路亭亭艳②，非时裛裛香。
素娥惟与月，青女不饶霜。
赠远虚盈手③，伤离适断肠。
为谁成早秀？不待作年芳。

①《唐书》:“凤翔府扶风郡属关内道,至德二载号西京。”

②匝,一作“雨”。

③《说苑》:“越使诸发执一枝梅遗梁王。”《荆州记》:“陆凯自江南寄梅花一枝诣长安,与范晔赠诗云云。”

青陵台①

青陵台畔日光斜,万古贞魂倚暮霞②。
莫讶韩凭为蛱蝶③,等闲飞上别枝花。

①详前注。《一统志》:“台在开封府封丘县界。”

②贞,《英华》作“春”。

③讶,《英华》作“许”。〇注见前。

东　还

自有仙才自不知,十年长梦采华芝①。
秋风动地黄云暮,归去嵩阳寻旧师②。

①《抱朴子》:“华芝赤盖白茎,上有两叶三实,服之可以长生。”

②《唐书》:“河南登封县,神龙元年改曰嵩阳。嵩山有中岳祠,有嵩阳宫。”

酬崔八早梅有赠兼示之作

知访寒梅过野塘,久留金勒为回肠。
谢郎衣袖初翻雪①,荀令熏炉更换香。
何处拂胸资蝶粉,几时涂额藉蜂黄②。

维摩一室虽多病，亦要天花作道场[3]。

①谢庄衣，见前。又谢惠连《雪赋》："纨袖惭冶。"

②注见前。

③亦要，《英华》作"要舞"。〇《英华》本原注："时余在惠祥上人讲下，故崔落句有'梵王宫地罗含宅，赖许时时听法来'。"〇《维摩经》："长者维摩诘，以其方便，现身有疾。因以身疾，广为说法。佛告文殊师利：'汝诣维摩诘问疾。'时维摩诘室有一天女，见诸大人闻所说法，便现其身，即以天花散诸菩萨大弟子上而为供养。"

春　风

春风虽自好，春物太昌昌。
若教春有意，惟遣一枝芳。
我意殊春意，先春已断肠。

蜀　桐

玉垒高桐拂玉绳[1]，上含非雾下含冰[2]。
枉教紫凤无栖处，斲作秋琴弹《坏陵》[3]。

①桐，一作"梧"。

②非，一作"霏"。〇潘岳赋："天霏霏以垂雾。"

③坏，《英华》同，一作"广"。〇《琴操》十二曲曰《坏陵》，伯牙所作。坏，一作"怀"。应璩《与刘劭书》："听《广陵》之清散。"

汉 宫

通灵夜醮达清晨[1]，承露盘晞甲帐春[2]。
王母不来方朔去，更须重见李夫人[3]。

①王褒《云阳记》:“钩弋夫人从至甘泉而卒,既殡,尸香闻十里,帝哀悼,乃起通灵台于甘泉宫,有一青鸟集其上往来。”

②《汉武故事》:“上以琉璃、珠玉、明月、夜光,杂错天下珍宝为甲帐,其次为乙帐。甲以居神,乙以自居。”

③《汉书》:“李夫人早卒,帝思念不已。方士齐人李少翁言能致其神,乃夜张灯烛,设帷帐,陈酒肉,而令帝居他帐,望见好女如李夫人之貌,还幄坐而步,又不得就视,帝益相思悲感。”

判 春

一桃复一李，井上占年芳[1]。
笑处如临镜，窥时不隐墙[2]。
敢言西子短，谁觉宓妃长[3]。
珠玉终相类，同名作夜光[4]？

①古乐府:“桃生露井上,李树生道旁。”江总《李花》诗:“当知露井上,复与夭桃邻。”

②《登徒子好色赋》:“此女子登墙窥臣三年。”

③《神女赋》:“秾不短,纤不长。”

④《搜神记》:“隋珠盈径寸,夜有光明,可以烛室。”《十洲记》:“周穆王时,西胡献玉杯,是百玉之精,明夜照夕。”

促漏

促漏遥钟动静闻，报章重叠杳难分①。
舞鸾镜匣收残黛②，睡鸭香炉换夕熏③。
归去定知还向月④，梦来何处更为云。
南塘渐暖蒲堪结⑤，两两鸳鸯护水纹⑥。

①杳，一作“字”。○《唐书》：“内官有掌书(二)〔三〕人，掌符契、经籍、宣传、启奏。”杜甫诗“宫女开函近御筵”是也。

②《通俗文》：“染青石谓之点黛。”

③李贺诗：“深帏金鸭冷。”

④定，一作“岂”。○《淮南子》：“羿请不死之药于西王母，姮娥窃之奔月。”注：“姮娥，羿妻也。服药得仙，奔入月中，为月精。”江总《经故妃殿》诗：“若令归就月，照见不须疑。”

⑤乐府《西州曲》：“采莲南塘秋。”李贺《乐词》：“官街柳带不堪折，早晚菖蒲胜绾结。”

⑥道源注：“言纵如姮娥入月，终是独居，神女为云，徒成幻梦，岂若南塘之鸳鸯，长匹不离哉？”

高棅曰：“此诗拟深宫怨女而作。”

江东

惊鱼拨刺燕翩翾①，独自江东上钓船。
今日春光太漂荡，谢家轻絮沈郎钱②。

①拨，方割切。刺，力达切。○谢灵运赋：“鱼水深而拨刺。”杜甫诗：“船尾跳鱼拨刺鸣。”《鹪鹩赋》：“育翩翾之陋体兮。”

②谢絮，注见前。《晋·食货志》：“吴兴沈充铸小钱，谓之沈郎钱。”此

以比榆荚也。汉有小钱名榆荚钱，李贺诗："榆荚相催不知数，沈郎青钱夹城路。"

读任彦升碑[1]

任昉当年有美名，可怜才调最纵横。
梁台初建应惆怅，不得萧公作骑兵[2]。

①《南史》："任昉字彦升，乐安博昌人。雅善属文，尤长载笔。入梁，历官御史中丞，出为新安太守，卒。"

②《梁书》："武帝与昉遇竟陵王西邸，从容谓昉曰：'我登三府，当以卿为记室。'昉亦戏帝曰：'我若登三事，当以卿为骑兵。'以帝善射也。"

荷　花

都无色可并，不奈此香何。
瑶席乘凉设[1]，金羁落晚过[2]。
回衾灯照绮[3]，渡袜水沾罗[4]。
预想前秋别[5]，离居梦棹歌[6]。

①《楚词》："瑶席分玉瑱。"

②晚，《英华》作"晓"。〇曹植乐府："白马饰金羁。"

③回，《英华》作"覆"。〇《雪赋》："援绮衾兮坐芳缛。"

④注见前。

⑤前秋，《英华》作"前愁"。

⑥《前汉》：武帝《秋风辞》："箫鼓鸣兮发棹歌。"

五松驿[1]

独下长亭念《过秦》[2]，五松不见见舆薪。
只应既斩斯高后，寻被樵人用斧斤。

①按，《白氏长庆集》有《望秦赴五松驿》诗，此驿在长安东。

②贾谊有《过秦论》。

灞　岸

山东今岁点行频[1]，几处冤魂哭虏尘。
灞水桥边倚华表[2]，平时二月有东巡。

①杜甫诗："行人但云点行频。"

②《三辅黄图》："霸桥在长安东灞水上。"《说文》："亭邮表。"徐曰："表双立为桓。今邮亭立木交于其端，或谓之华表。"按，桥柱亦曰华表，杜甫《桥成》诗"天寒白鹤归华表"是也。

送臻师二首

昔去灵山非拂席[1]，今来沧海欲求珠[2]。
楞伽顶上清凉地[3]，善眼仙人忆我无[4]。

①《水经注》："灵鹫山，胡语云耆阇窟山。山是青石，远望似鹫鸟形，故曰灵鹫。法显亲宿其山，诵《首楞严》，香花供养。"道源注："《法华释注》：'灵山，灵鹫山也，又名狼迹山，前佛、今佛皆居此地。既是灵圣所居，故呼为灵山。'《法华经》：'尔时世尊告舍利佛：汝今谛听，吾当为汝分别解说。尔时会中有比丘、比丘尼、优婆塞、优婆夷五千人等即从座起，礼佛而退。所以者何？此辈罪根深重，及增上慢，未得为得，未证为证，有如此失，

是以不住，拂席而起。’”

②《譬喻经》：“王舍国人欲作寺，钱不足，入海得名宝珠。”杜甫诗：“僧宝人人沧海珠。”

③《翻译名义集》：“《西域记》云：僧伽罗国东南隅有駿迦山，岩谷幽峻，神鬼游舍。昔佛于此说《駿迦经》。”旧曰《楞伽》，讹也。道源注：“《阁笔记》：梵云楞伽，此云不可往。惟神通者能至其上。峰顶有夜叉城，佛于此说《楞伽经》。”

④《楞伽经》：“大慧菩萨白佛言：世尊于大众中唱如是言，我是过去一切佛，及种种受生，尔时作曼陀转轮圣王、六牙大象及鹦鹉鸟、释提桓因、善眼仙人，如是等百千生经说？”道源注：“善眼仙人以比臻师也。”

苦海迷途去未因①，东方过此几微尘②。
何当百亿莲花上，一一莲花见佛身③。

①《楞严经》：“引诸沉冥，出于苦海。”《庄子》：“七圣皆迷，无所问途。”去未因，过去未来之因。

②《法华经》：“假使有人磨以为墨，过于东方千国土，乃下一点，大如微尘，又过千国土，复下一点，如是展转，尽地种墨，是诸佛土，若算师，知其数否？”

③《传灯录》：“释迦佛生刹利王家，放大智光明，照十方世界，涌金莲花。”《梵网经》：“一华百亿国，一国一释迦，各坐菩提树，一时成佛道。”

七夕

鸾扇斜分凤幄开①，星桥横过鹊飞回。
争将世上无期别，换得年年一度来。

①庾信诗：“思为鸾翼扇，愿备明光宫。”

谢先辈防记念拙诗甚多异日偶有此寄[①]

晓用云添句，寒将雪命篇。
良辰多自感，作者岂皆然[②]。
熟寝初同鹤，含嘶欲并蝉[③]。
题时长不展，得处定应偏。
南浦无穷树[④]，西楼不住烟[⑤]。
改成人寂寂，寄与路绵绵。
星势寒垂地[⑥]，河声晓上天。
夫君自有恨[⑦]，聊借此中传。

①《国史补》："互相推敬谓之先辈。"

②皆，一作"徒"。

③梁褚(云)〔澐〕《蝉》诗："天寒响屡嘶。"

④《楚词》："送美人兮南浦。"

⑤鲍照诗："始出西南楼。"

⑥《柳子(原)〔厚〕集序》："粲然如繁星丽天，而芒寒色正。"

⑦《楚词》："望夫君兮归来。"

马嵬二首[①]

冀马燕犀动地来[②]，自埋红粉自成灰[③]。
君王若道能倾国[④]，玉辇何由过马嵬？

①《通志》："马嵬坡在西安府兴平县西二十五里。"

②《左传》："冀之北土，马之所生。"燕犀，燕地之犀甲也。郑玄《周礼》注："燕近强胡，习于甲胄。"或曰：谓弓也。《列子》："燕角之弧，朔蓬之干。"郭璞《毛诗拾遗》："今西方有以犀角及鹿角为弓者。"《长恨歌》：

“渔阳鞞鼓动地来。”

③《国史补》：“玄宗幸蜀，至马嵬驿，缢贵妃于佛堂梨树之前。”《太真外传》：“妃死，瘗于西郭之外一里许道北坎下，时年三十八岁。”

④能，《英华》作“堪”。

海外徒闻更九州①，他生未卜此生休②。
空闻虎旅传宵柝③，无复鸡人报晓筹④。
此日六军同驻马⑤，当时七夕笑牵牛⑥。
如何四纪为天子⑦，不及卢家有莫愁。

①原注：“邹衍云：‘九州之外复有九州。’”

②卜，《英华》作“决”。○《长恨传》：“玄宗命方士致贵妃之神，旁求四虚上下，跨蓬壶，见最高仙山上多楼阁，署曰‘玉妃太真院’。玉妃出揖方士，问天宝十四载以还事。言讫，悯然。取金钗钿合，各折其半授使者，还献上皇。将行，乞当时一事不闻于他人者为验。玉妃曰：‘昔天宝十年秋七月，牵牛、织女相见之夕。时夜始半，独侍上。上凭肩而立，因仰天感牛女事，密相誓，愿世世为夫妇，执手各呜咽。此独君王知之耳。’方士还奏，上皇嗟悼久之。”此诗起二语正指其事，言夫妇之愿，他生未卜，而此生先休，徒髣髴其神于海外耳，能无悲乎？

③《西京赋》：“陈虎旅于飞廉。”

④《周礼·鸡人》：“夜呼旦以嘂百官。”《汉官仪》：“宫中不得畜鸡，卫士候于朱雀门外，传鸡唱。”王维诗：“绛帻鸡人报晓筹。”○按《仙传拾遗》云：“玄宗属念贵妃，往往废寝。”则虎旅、鸡人皆增感怆矣。

⑤《旧书·肃宗纪》：“杨国忠讽玄宗幸蜀，至马嵬顿，六军不进。大将军陈玄礼请诛杨氏，于是诛国忠，赐贵妃自尽。”《长恨歌》：“六军不发可奈何，宛转蛾眉马前死。”

⑥见上。

⑦《玄宗纪》：“诏曰：聿来四纪，人亦小康。”

可 叹

幸会东城宴未回，年华忧共水相催。
梁家宅里秦宫入[①]，赵后楼中赤凤来[②]。
冰簟且眠金镂枕[③]，琼筵不醉玉交杯[④]。
宓妃愁坐芝田馆[⑤]，用尽陈王八斗才[⑥]。

①《梁冀传》："冀爱监奴秦宫，官至太仓令，得出入妻孙寿所。寿见宫，辄屏御者，托以言事，因与私焉。"

②《飞燕外传》："后所通宫奴燕赤凤，雄健能超观阁，兼通昭仪。赤凤始出少嫔馆，后适来幸。是日，连臂蹋地，歌《赤凤来》曲。"

③杜甫诗："恩分夏簟冰。"《洛神赋》注："东阿王入朝，帝示甄后玉镂金带枕。"

④李白序："开琼筵以坐花。"

⑤《拾遗记》："昆仑山第九层，山形渐狭小，下有芝田、蕙圃，皆数百顷，群仙种耨焉。"《洛神赋》："秣驷乎芝田。"

⑥谢灵运曰："天下才共一石，曹子建独得八斗，自古及今共用一斗。奇才博识，安可继也。"

秦宫、赤凤，以刺当时之事也。陈思之于宓妃，情通而不及乱，作者殆以自况欤？

望喜驿别嘉陵江水二绝[①]

嘉陵江水此东流，望喜楼中忆阆州。
若到阆中还赴海，阆中应更有高楼。

千里嘉陵江水色，含烟带月碧于蓝。
今朝相送东流后，犹自驱车更向南。

①《寰宇记》:"嘉陵水,一名西汉水,又名阆中水。《周地图》云:'水源出秦州嘉陵,因名嘉陵江。'"

别薛岩宾

曙爽行将拂,晨清坐欲凌。
别离真不那[①],风物正相仍。
漫水任谁照[②],衰花浅自矜。
还将两袖泪,同向一窗灯。
桂树乖真隐[③],芸香是小惩[④]。
清规无以况,且用玉壶冰。

①那,奴卧切。

②任,《英华》作"清"。

③淮南王《招隐》:"桂树丛生兮山之幽。"

④二语义山自谓也。义山释褐秘书省(枝)〔校〕书郎,旋调补弘农尉,故有"芸香"之句。

富平少侯

七国三边未到忧[①],十三身袭富平侯[②]。
不收金弹抛林外[③],却惜银床在井头[④]。
彩树转灯珠错落[⑤],绣檀回枕玉雕锼[⑥]。
当关不报侵晨客[⑦],新得佳人字莫愁。

①七国,谓汉景时七国。隋明馀庆诗:"三边烽乱惊。"

②《汉书》:"张安世封富平侯,子延寿嗣。延寿卒,子放嗣。放,敬武公主所生,娶皇后弟平恩侯许嘉女。与上卧起,宠爱殊绝。"

③《西京杂记》："韩嫣以金为弹丸，一日失数十，每出，儿童随之，长安语曰：'苦饥寒，逐弹丸。'"

④乐府《淮南篇》："后园凿井银作床，金瓶素绠汲寒浆。"吴曾《漫录》："《山海经》：'昆仑墟九井，以玉为槛。'银床者，以银作栏，犹所云玉槛耳。"《名义考》："银床非井栏，乃辘轳架也。"《广韵》："辘轳，圆转木，用以汲水。"

⑤《开元遗事》："韩国夫人上元夜然百枝灯树，高八十馀尺，竖之高山，百里皆见。"

⑥《拾遗记》："魏明帝检宝库中，得一玉虎头枕，单池国所献，其颔下有篆书云：'帝辛之枕，尝与妲已同枕之，是殷时遗物也。'"《语林》："王武子从荆州来，敦欲杀之，平子恒持玉枕以自防。"古诗："玉枕龙须席，郎眠何处床。"《魏都赋》："木无雕锼。"

⑦当关，注见前。

肠

有怀非惜恨，不奈寸肠何。
即席回弥久，前时断固多。
热应翻急烧[①]，冷欲彻微波。
隔树澌澌雨，通池点点荷。
倦程山向背[②]，望国阙嵯峨。
故念飞书及，新欢借梦过。
染筠休伴泪[③]，绕雪莫追歌[④]。
拟问阳台事，年深楚语讹。

①烧，去声。

②《湘中记》："衡山如阵云，九向九背，乃复不见。"

③用湘妃事。

④鲍照诗："蜀琴抽《白雪》，郢曲绕《阳春》。"杜甫诗："朱弦绕《白雪》。"

赠宇文中丞[①]

欲构中天正急材[②]，自缘烟水恋平台[③]。
人间只有嵇延祖，最望山公启事来[④]。

①《旧唐书》："太和六年（八）〔七〕月，以御史中丞宇文鼎为户部侍郎、判度支。"

②《列子》："西极化人见周穆王，王为改筑宫室，其高千仞，临终南之上，名曰中天之台。"

③《汉书》："梁孝王治复道，自宫连属于平台三十馀里。"注："平台在大梁东北。"

④原注："公感叹亡友张君，故有此句。"○《晋书·嵇绍传》："绍字延祖，康之子。以父得罪，靖居私门。山涛领选，启武帝，请为秘书郎。帝谓涛曰：'如卿所言，乃堪为丞，何但郎也。'"《山涛传》："所奏甄拔人物，各为题目，时称山公启事。"

晓 起

拟杯当晓起，呵镜可微寒。
隔箔山樱熟，褰帷桂烛残[①]。
书长为报晚，梦好更寻难。
影响输双蝶，偏过旧畹兰。

①庾信《对烛赋》："刺取灯花持桂烛。"

闺 情

红露花房白蜜脾[①]，黄蜂紫蝶两参差。
春窗一觉风流梦[②]，却是同袍不得知。

①郑谷《蝶》诗:“微雨宿花房。”王元之《蜂记》:“蜂酿蜜如脾,谓之蜜脾。”《本草》:“蜡是蜜脾底也。”

②觉,古效切。

月 夕

草下阴虫叶上霜,朱栏迢递压湖光。
兔寒蟾冷桂花白,此夜姮娥应断肠。

杏 花

上国昔相值①,亭亭如欲言。
异乡今暂赏,眽眽岂无恩。
援少风多力②,墙高月有痕。
为含无限意,遂对不胜繁③。
仙子玉京路④,主人金谷园⑤。
几时辞碧落⑥,谁伴过黄昏。
镜拂铅华腻⑦,炉藏桂烬温⑧。
终应催竹叶⑨,先拟咏桃根⑩。
莫学啼成血⑪,从教梦寄魂。
吴王采香径⑫,失路入烟村。

①《秦中记》:“唐人举进士,会杏园,谓之探花宴。”

②援,去声。〇《谢灵运集》有《田南树园激流植援》诗,注:“援,卫也。”

③对,《英华》作“到”。

④《灵枢金景内经》:“下离尘境,上界玉京元君。”注:“玉京者,无为之天也。玉京之下,乃昆仑北都。”《太霄隐书》:“无上大道君治无极大罗天中,玉京之上,七宝玄台,金床玉几。”

⑤主,一作“佳”。〇《水经注》:“金谷水出河南太白原东南,流历金

谷，谓之金谷水，经石崇故居。”

⑥注见前。

⑦《洛神赋》：“铅华不御。”善曰：“《博物志》：烧铅成胡粉。”

⑧《拾遗记》：“王母取绿桂之膏，然以照夜。”张协诗：“尺烬重寻桂。”

⑨张衡《七辨》：“玄酒白醴，蒲萄竹叶。”张华《轻薄篇》：“苍梧竹叶清，宜城九酝酒。”

⑩王献之《桃叶歌》：“桃树连桃根。”

⑪《禽经》：“子规夜啼达旦，血渍草木。”

⑫《方舆胜览》：“姑苏灵岩山有西施采香径。”

此诗因杏花而寓失路之感，玩首末语可见 。

灯

皎洁终无倦，煎熬亦自求①。
花时随酒远，雨后背窗休。
冷暗黄茅驿，暄明紫桂楼②。
锦囊名画掩，玉局败棋收。
何处无佳梦，谁人不隐忧③。
影随帘押转④，光信簟文流⑤。
客自胜潘岳，侬今定莫愁。
固应留半焰，回照下帏羞⑥。

①阮籍诗：“膏火自煎熬。”

②鲍昭诗：“凤楼十二重，桂树玉盘龙。”

③《诗》：“耿耿不寐，如有隐忧。”

④《汉武故事》：“上起神屋，以白珠为帘箔，玳瑁押之，象牙为篾。”萧贯《晓寒歌》：“海牛押帘风不入。”

⑤梁简文帝诗：“簟文生玉腕，香汗浸红纱。”

⑥陈启源曰："梁纪少瑜《灯》诗：'惟馀一两焰，才得解罗衣。'结语从此化出。"

清　河

舟小回仍数，楼危凭亦频。
燕来从及社，蝶舞太侵晨。
绛雪除烦后[①]，霜梅取味新。
年华无一事，只是自伤春。

①后，一作"俊"。○《汉武内传》："上药有玄霜绛雪。"

袜

尝闻宓妃袜，渡水欲生尘。
好借嫦娥着，清秋踏月轮。

追代卢家人嘲堂内

道却横波字[①]，人前莫谩羞。
只应同楚水，长短入淮流[②]。

①傅毅《舞赋》："目流睇而横波。"

②道源注："横波同楚水，谓其情之长也。以'淮'代'怀'，乃隐语，如古乐府'石阙衔碑'之类。"

代　应

本来银汉是红墙，隔得卢家白玉堂。

谁与王昌报消息[1]，尽知三十六鸳鸯[2]。

①《襄阳耆旧传》："王昌字公伯，为东平相、散骑常侍，早卒。妇任城王曹子文女也。"

②道源注："古乐府：'入门时左顾，但见双鸳鸯。鸳鸯七十二，罗列自成行。'此云三十六，纯举雌言之。"

离亭赋得折杨柳二首

暂凭樽酒送无憀，莫损愁眉与细腰。
人世死前惟有别，春风争拟惜长条。

含烟惹雾每依依，万绪千条拂落晖。
为报行人休尽折，半留相送半迎归。

寄永道士

共上云山独下迟，阳台白道细如诗[1]。
君今并倚三珠树[2]，不记人间落叶时[3]。

①《真诰》："王屋山，仙之别天谓阳台也。始得道者皆诣阳台，是清虚之宫也。"

②注见前。

③记，一作"计"。

华州周大夫宴席[1]

郡斋何用酒如泉[2]，饮德先时已醉眠。
若共门人推礼分，戴崇争得及彭宣[3]。

①西铨。○《旧唐书》："周墀字德升，长庆二年擢进士第。开成四年，正拜中书舍人。武宗即位，出为华州刺史、镇国军潼关防御等使。"《海录》："唐制，吏部三铨，尚书中铨，两侍郎分东西两铨。"

②裴秀诗："有肉如丘，有酒如泉。"

③《汉书》："张禹弟子尤著者，淮阳彭宣、沛郡戴崇。宣为人恭俭有法度，而崇恺悌多智。禹心亲爱崇，敬宣而疏之。崇每候禹，禹将入后堂饮食，妇女相对，优人管弦铿锵极乐，昏夜乃罢。而宣之来也，禹见之于便坐，讲论经义，日晏赐食，不过一肉卮酒相对。未尝得至后堂。及两人皆闻知，各自得也。"

荆　山①

压河连华势孱颜②，鸟没云归一望间。
杨仆移关三百里③，可能全是为荆山。

①《唐书》："虢州湖城县有覆釜山，一名荆山。"《寰宇记》："荆山在鼎湖县南，出美玉，即黄帝铸鼎之所。"《一统志》："在陕州阌乡县南二十五里。"○此诗《一统志》收入富平荆山，非是。

②相如《大人赋》："放散畔岸骧以孱颜。"注："不齐貌。"

③《汉书》："元鼎三年冬，徙函谷关于新安。"应劭曰："时楼船将军杨仆数有大功，耻为关外民，上书乞徙东关，以家财给用。武帝意亦好广阔，于是徙关新安，去弘农三百里。"

次陕州先寄源从事①

离思羁愁日欲晡，东周西雍此分途②。
回銮佛寺高多少③，望尽黄河一曲无④。

①《唐书》："陕州陕郡本弘农郡，属河南道。"

②雍，上声。

③《唐书》："代宗广德元年十月，吐蕃入寇奉天，上出幸陕州。十二月，上还京。"

④《物理论》："河百里一小曲，千里一大曲，一直一曲，九曲以达于海。"

过郑广文旧居[①]

宋玉平生恨有馀，远循三楚吊三闾[②]。
可怜留着临江宅，异代应教庾信居[③]。

①《唐书》："玄宗爱郑虔才，更置广文馆，以虔为博士。"《长安志》："韩庄在韦曲之东，退之与孟郊赋诗，又送其子读书处。郑庄又在其东南，郑十八虔之居也。"

②《离骚序》："屈原与楚同姓，仕于怀王，为三闾大夫。三闾之职，掌王族三姓，曰昭、屈、景。"

③《西溪丛语》："唐余知古《渚宫故事》曰：庾信因侯景乱，自建康遁归江陵，居宋玉故宅。宅在城北三里，故《哀江南赋》云：'诛茅宋玉之宅，穿径临江之府。'老杜云：'会闻宋玉宅，每欲到荆州。'李义山亦云'可怜留着临江宅，异代应教庾信居'是也。然子美《移居夔州入宅》诗云：'宋玉归州宅，云通白帝城。'又有'江山故宅空文藻'之句，盖归州亦有宋玉宅也。"

东下三旬苦于风土马上戏作

路绕函关东复东[①]，身骑征马逐惊蓬。
天池辽阔谁相待，日日虚乘九万风[②]。

①《水经注》："潼关历北出东崤，通谓之函谷关。邃岸天高，空谷幽深，涧道之峡，车不容轨。"

②天池、九万风，见《庄子》。

莫 愁

雪中梅下与谁期，梅雪相兼一万枝。
若是石城无艇子，莫愁还自有愁时[①]。

①乐府："莫愁在何处，莫愁石城西。艇子打两桨，催送莫愁来。"

梦令狐学士

山驿荒凉白竹扉，残灯向晓梦清晖。
右银台路雪三尺[①]，凤诏裁成当直归[②]。

①李肇《翰林志》："翰林院在银台门北麟德殿西厢重廊之后。学士院在翰林之南，别户东向。引铃门外，虽宣事不敢入。"又曰："学士每下直，出门相谑，谓之小三昧；出银台门乘马，谓之大三昧。"

②《邺中记》："石虎诏书以五色纸衔木凤皇口中，飞下端门。"《令狐绹传》："绹为翰林承旨，夜对禁中，烛尽，帝以乘舆、金莲华炬送还，院吏望见，以为天子来，及绹至，皆惊。"

涉洛川

通谷阳林不见人[①]，我来遗恨古时春。
宓妃漫结无穷恨[②]，不为君王杀灌均[③]。

①《洛阳记》："城南五十里有大谷，旧名通谷。"《洛神赋》："经通谷，凌景山。"又曰："容与于杨林，流眄乎洛川。"善曰："杨林，地名。多生杨，因名。"五臣本作"阳"。

②《洛神赋》："恨人神之道殊，怨盛年之莫当。"

③原注："灌均，陈王典签，谮诸王于文帝者。"○《魏志》："植与诸侯

并就国。黄初二年，监国谒者灌均希旨奏植醉酒悖慢，劫胁使者，有司请治罪。帝以太后故，贬爵安乡侯。”

有 感

中路因循我所长，古来才命两相妨。
劝君莫强安蛇足，一盏芳醪不得尝[①]。

①《战国策》：“有祠者赐其舍人酒一卮，舍人相谓曰：‘数人饮之不足，一人饮之有馀。请画地为蛇，蛇先成者饮酒。’一人蛇先成，乃左手持酒，右手画地曰：‘吾能为之足。’未成，一人蛇成，夺其卮曰：‘蛇故无足，子安能为？’遂饮酒。为蛇足者终亡其酒。”

宫 妓[①]

珠箔轻明拂玉墀[②]，披香新殿斗腰支[③]。
不须看尽鱼龙戏[④]，终遣君王怒偃师[⑤]。

①宫妓，内妓也。《教坊记》：“西京右教坊在光宅坊，左教坊在延政坊。右多善歌，左多工舞。妓女入宜春院，谓之内人，亦曰前头人，尝在上前也。”

②《三秦记》：“明光殿皆金玉珠玑为帘箔，昼夜光明。”

③《三辅黄图》：“武帝时，后宫八区中有披香殿。”《雍录》：“唐庆善宫有披香殿。”王諲诗：“披香殿里荐蛾眉。”梁邵陵王诗：“软媚着腰支。”

④《汉书》：“武帝作鱼龙、角抵之戏。”师古曰：“鱼龙者，为舍利之兽，先戏于庭极，毕乃入殿前激水，化成比目鱼，跳跃漱水，作雾障日，化成黄龙，长八丈，出水敖戏于庭，炫耀日光。《西京赋》‘海鳞变而成龙’，即为此色也。”

⑤《列子》：“周穆王西巡狩，道有献工人名偃师。偃师所造，能倡者辄步俯仰。頷其颐，则歌合律；捧其手，则舞应节。千变万化，惟意所适。王以为实人也。与盛姬内御并观之。技将终，倡者瞬其目而招王之左右侍妾。王大怒，欲诛偃师。偃师立剖散倡者以示王，皆傅会革木胶漆白黑丹青之所

为，内外肝胆支节等，皆假物也。合会复如初。王叹曰：‘人之巧乃可与造化同功乎？’”

宫 辞

君恩如水向东流，得宠忧移失宠愁。
莫向尊前奏《花落》①，凉风只在殿西头。

①乐府有《梅花落》。

代赠二首

楼上黄昏欲望休，玉梯横绝月中钩①。
芭蕉不展丁香结②，同向春风各自愁。

①中，一作“如”。〇毕耀诗：“玉梯不得踏。”枚乘《月赋》：“隐圆崿而似钩。”

②丁香注别见。

东南日出照高楼，楼上离人唱《石州》①。
总把春山扫眉黛②，不知供得几多愁？

①乐府：“《石州词》，角调曲也。”又有《舞石州》。《唐书》：“石州昌化郡，本离石郡，天宝元年更名。”

②《西京杂记》：“文君姣好，眉色如望远山，脸际常若芙蓉。”

楚 吟

山上离宫宫上楼，楼前宫畔暮江流。
楚天长短黄昏雨，宋玉无愁亦自愁。

瑶 池

瑶池阿母绮窗开，黄竹歌声动地哀[①]。
八骏日行三万里，穆王何事不重来[②]？

①黄竹注见前。

②《穆天子传》："王母为天子谣曰：'将子无死，尚复能来？'天子答之曰：'比及三年，将复而野。'"

柳

为有桥边拂面香[①]，何曾自敢占流光？
后庭玉树承恩泽，不信年华有断肠。

①李白诗："风吹柳花满店香。"

寄在朝郑曹独孤李四同年

昔岁陪游旧迹多，风光今日两蹉跎。
不因醉本《兰亭》在，兼忘当年旧永和[①]。

①忘，去声。〇道源注："《法书要录》：'永和九年，王右军与亲友四十二人修禊于兰亭，挥毫制序，兴乐而书，遒媚劲健，谓有神助。醒后日再书数十百纸，终不能及。右军自珍爱之，秘藏于家。七传而至智永，子徽之派也，舍俗为僧，居越之永欣寺。后授弟子辨才，人所罕见。唐太宗遣御史萧翼以计赚取。太宗不豫，命（太宗）〔高宗〕以此本从葬昭陵。"愚按，《南部新书》云："《兰亭序》，武德四年欧阳询就越诈求之，始入秦王府，麻道嵩奉教拓两本，一送辨才，一王自收。贞观十三年，褚遂良请入昭陵。"其说与此不同。

卷二上

南　朝

地险悠悠天险长，金陵王气应瑶光①。
休夸此地分天下，只得徐妃半面妆②。

①《春秋运斗枢》："北斗七星：第一天枢，第二璇，第三机，第四权，第五衡，第六开阳，第七摇光。"江淹诗："瑶光正神县。"南朝为正朔，所归故曰"应瑶光"也。

②《南史》："徐妃讳昭佩，无容质，不见礼，帝二三年一入房。妃以帝眇一目，每知帝将至，必为半面妆以俟，帝见则大怒而出。"

题汉祖庙

乘运应须宅八荒，男儿安在恋池隍。
君王自起新丰后①，项羽何曾在故乡②。

①《汉书》："京兆新丰，秦曰骊邑，高祖七年置。"《三辅旧事》："太上皇不乐关中，思慕乡邑，高祖徙丰沛酤酒煮饼商人，立为新丰。"

②《项羽传》："富贵不归故乡，如衣绣夜行。"

韩冬郎即席为诗相送一座尽惊他日余方追吟连宵侍坐徘徊久之句有老成之风因成二绝寄酬兼呈畏之员外[①]

十岁裁诗走马成，冷灰残烛动离情。
桐花万里丹山路[②]，雏凤清于老凤声。

①《南部新书》："冬郎，韩偓小字，父瞻，字畏之，义山同年。"

②张正见诗："丹山下威凤，来集帝梧桐。"薛道衡诗："集凤桐花散。"

剑栈风樯各苦辛[①]，别时冰雪到时春。
为凭何逊休联句[②]，瘦尽东阳姓沈人[③]。

①剑栈，谓剑阁栈道。

②何逊尝于范广州宅联句。

③原注："沈东阳约尝谓何逊曰：'吾每读卿诗，一日三复，终未能到。'余虽无东阳之才，而有东阳之瘦矣。"

评事翁寄赐饧粥走笔为答

粥香饧白杏花天[①]，省对流莺坐绮筵。
今日寄来春已老，凤楼迢递忆秋千。

①《玉烛宝典》："寒食节，今人悉为大麦粥，研杏仁为酪，引饧沃之。"孙楚《祭子推文》云"黍饭一盘，醴酪二盂"，是其事也。

东阿王[①]

国事分明属灌均[②]，西陵魂断夜来人[③]。
君王不得为天子[④]，半为当时赋《洛神》[⑤]。

①《魏志》:“明帝太和二年,植复还雍丘。三年,徙封东阿。”

②注见上卷。

③《邺中故事》:“魏武帝遗命诸子曰:‘吾死之后,葬于邺之西岗。婕妤美人皆着铜雀台,上施六尺床,下繐帐。朝晡上酒脯粻糒之属。每月朔、十五,辄向帐前作伎乐,汝等时登高,望吾西陵墓田。”

④《魏志》:“植既以才见异,丁仪、丁廙、杨修等为之羽翼。太祖狐疑,几为太子者数矣。而植任性而行,不自雕厉。文帝御之以术,矫情自饰,宫人左右并为之说,遂定为嗣。”

⑤注见上卷。

圣女祠[①]

松篁台殿蕙香帏[②]，龙护瑶窗凤掩扉。
无质易迷三里雾[③]，不寒长着五铢衣[④]。
人间定有崔罗什[⑤]，天上应无刘武威[⑥]。
寄问钗头双白燕[⑦]，每朝珠馆几时归。

①注见上卷。

②香帏,《英华》作“花闱”。

③谢承《后汉书》:“张楷有道术,居华山谷中,能为五里雾。时关西人裴优亦能作三里雾。”

④五,一作“六”。〇《博异志》:“贞观中,岑文本于山亭避暑,有叩门云上清童子,文本问曰:‘衣服皆轻细,何土所出?’对曰:‘此上清五铢服。’

又问曰：'比闻六铢者，天人衣，何五铢之异？'对曰：'尤细者，则五铢也。'出门忽不见，惟得古钱一枚。"

⑤道源注："《酉阳杂俎》：长白山有夫人墓。魏孝昭之世，清河崔罗什被征，夜过此，忽见朱门粉壁，一青衣出遇什，曰：'女郎须见崔郎。'什怳然下马，入两重门，青衣引前，曰：'女郎乃平陵刘府君之妻，侍中吴质之女。府君先行，故欲相见。'什遂前入就床坐。其女在户东立，与什叙温凉。女曰：'比见崔郎息驾庭树，嘉君吟啸，故欲一叙玉颜。'什与论汉魏时事，悉与魏史符合。什曰：'贵夫刘氏，愿告其名。'女曰：'狂夫刘孔才之第二子，名瑶，字仲璋。比有罪被摄，乃去不返。'什下床，辞出，女曰：'从此十年，当更相逢。'什留玳瑁簪，女以指上玉环赠什。什上马行数十步，回顾，乃一大冢。后十年，什在园中食杏，忽云：'报女郎信，(俄)〔我〕即去。'食一杏，未尽而卒。"

⑥注见上卷。

⑦注见上卷。

独居有怀

麝重愁风逼，罗疏畏月侵。
怨魂迷恐断，娇喘细疑沉。
数急芙蓉带①，频抽翡翠簪②。
柔情终不远，遥妒已先深。
浦冷鸳鸯去，园空蛱蝶寻。
蜡花长递泪，筝柱镇移心③。
觅使嵩云暮④，回头灞岸阴⑤。
只闻凉叶院，露井近寒砧。

①梁元帝《乌栖曲》："芙蓉为带石榴裙。"

②《后汉·舆服志》："太皇太后、皇太后入庙，簪以玳瑁为擿，长一

尺，端为花胜，上为凤雀，以翡翠为毛羽。”梁费昶诗：“日照茱萸领，风摇翡翠簪。”

③傅玄《筝赋序》：“弦柱十二，拟十二月。”梁王台卿《咏筝》诗：“促调移轻柱。”顾野王《筝赋》：“既留心于别鹤，亦含情于采莲。”

④道源注：“《汉武内传》：武帝夜梦与李少君俱上嵩高山，半道有锦衣使者乘龙持节从云中下，言：‘太乙君召。’觉即告近臣曰：‘如朕梦，少君将舍朕去矣。’”

⑤王粲诗：“南登灞陵岸，回首望长安。”

过景陵①

武皇精魄久仙升，帐殿凄凉烟雾凝②。
俱是苍生留不得，鼎湖何异魏西陵③。

①《唐书》：“宪宗服方士柳泌金丹，毒发，多躁怒。元和十五年正月暴崩。谥曰圣神章武孝皇帝。葬景陵，在蒲城县金帜山。”

②梁庾肩吾诗：“回川入帐殿。”《唐六典》：“凡大驾行幸，设三部帐幕，帐皆乌毡为表，朱绫为覆。”

③《汉书》：“黄帝铸鼎荆山之下，有龙垂胡须下迎，黄帝骑龙上天。后世名其地名鼎湖。”西陵，注见前。

临发崇让宅紫薇①

一树浓姿独看来，秋庭暮雨类轻埃。
不先摇落应为有，已欲别离休更开。
桃绶含情依露井②，柳绵相忆隔章台③。
天涯地角同荣谢，岂要移根上苑栽④。

①《宣室志》："崇让里在东都。"《西溪丛语》："洛阳崇让坊有河阳节度使王茂元宅，义山乃茂元之婿。"

②应劭《汉官仪》："二千石绶青地，桃花缥，三采。"张正见诗："竹叶当炉满，桃花带绶轻。"古乐府："桃生露井上。"

③陈祖孙登《咏柳》诗："飞绵乱上空。"

④《西京杂记》："初修上林苑，群臣远方各献名果异卉三千馀种植其中。"

及第东归次灞上却寄同年

芳桂当年各一枝[①]，行期未分压春期。
江鱼朔雁长相忆，秦树嵩云自不知。
下苑经过劳想像[②]，东门送饯又差池[③]。
灞陵柳色无离恨[④]，莫枉长条赠所思[⑤]。

①《晋·郄诜传》："臣对策为天下第一，犹桂林一枝，昆山片玉。"

②《汉书》注："宜春下苑即今京城东南隅曲江池是也。"《寰宇记》："本属下杜，故云下苑。"

③送，《英华》作"追"。○《水经注》："长安城东出北头第一门曰宣平门，亦曰东城门，其郭门亦曰东都门。"

④《三辅黄图》："文帝灞陵在长安城东七十里，灞桥跨水作桥，汉人送客至此桥，折柳赠别。"

⑤枉，一作"把"。

野　菊[①]

苦竹园南椒坞边[②]，微香冉冉泪涓涓。
已悲节物同寒雁，忍委芳心与暮蝉。

细路独来当此夕，清樽相伴省他年。
紫云新苑移花处[3]，不取霜栽近御筵。

①此诗又见《孙逖集》，题作《咏楼前海石榴》。

②《齐民要术》："竹之丑者有四，曰青苦、白苦、紫苦、黄苦。"

③云，一作"微"。

板桥晓别

回望高城落晓河，长亭窗户压微波。
水仙欲上鲤鱼去[1]，一夜芙蓉红泪多[2]。

①《列仙传》："琴高，赵人也，行涓彭之术，浮游冀州、涿郡间二百馀年，后入涿水中取龙子，与诸弟子期曰：'明日皆洁斋候于水旁。'果乘赤鲤来，留月馀，复入水去。"

②《拾遗记》："薛灵芸别父母，以玉唾壶承泪，皆为红色。"

过伊仆射旧宅[1]

朱邸方酬力战功[2]，华筵俄叹逝波穷。
回廊檐断燕飞去[3]，小阁尘凝人语空[4]。
幽泪欲干残菊露[5]，馀香犹入败荷风。
何能更涉泷江去[6]，独立寒流吊楚宫[7]。

①《唐书》："伊慎，兖州人，善骑射。大历间，以军功封南兖郡王，历官检校尚书右仆射兼右卫上将军。元和六年卒，赠太子太保。"

②《玉海》："郡国朝宿之舍，在京者谓之邸。"朱邸，邸有朱户也。谢朓《辞隋王笺》："朱邸方开，效蓬心于秋实。"

③去，《英华》作“出”。

④阁，一作“閤”。

⑤泪，《英华》作“砌”。

⑥泷，闾江切。○《水经注》：“泷水又南出峡，谓之泷口。又南径曲江县东。”《一统志》：“在韶州府乐昌县。”

⑦流，《英华》作“沙”。○按楚宫在荆南，疑此诗乃自桂林奉使江陵时作，故有末二句。

关门柳

永定河边一行柳，依依长发故年春。
东来西去人情薄，不为清阴减路尘。

酬别令狐补阙[①]

惜别夏仍半，回途秋已期。
那修直谏草，更赋赠行诗。
锦段知无报[②]，青萍肯见疑[③]。
人生有通塞[④]，公等系安危。
警露鹤辞侣[⑤]，吸风蝉抱枝[⑥]。
弹冠如不问[⑦]，又到扫门时[⑧]。

①《英华》有“八”字。○《令狐绹传》：“开成初为左拾遗。二年，丁父丧。服阕，授本官，寻改左补阙、史馆修撰。”

②张衡《四愁》诗：“美人赠我锦绣段，何以报之青玉案。”

③青萍，注见上卷。○言己虽无报，令狐必无按剑之疑也。

④人，一作“吾”。

⑤《稗雅》：“鹤性警，八月白露降，流于草上，点滴有声，则高鸣相

警。”

⑥温峤《蝉赋》：“饥嗡晨风，渴饮清露。”

⑦《汉书》：“王阳在位，贡禹弹冠。”

⑧《史记》：“魏勃欲见齐相曹参，家贫无以自通，早夜扫齐相舍人门〔外〕。舍人见之参，拜为内史。”

银河吹笙

怅望银河吹玉笙，楼寒院冷接平明。
重衾幽梦他年断，别树羁雌昨夜惊。
月榭故香因雨发，风帘残烛隔霜清。
不须浪作缑山意[1]，湘瑟秦箫自有情。

①《列仙传》：“王子晋善吹笙，七月七日乘白鹤于缑氏山头，举手谢时人而去。”

与同年李定言曲水闲话戏作

海燕参差沟水流，同君身世属离忧。
相携花下非秦赘[1]，对泣春天类楚囚[2]。
碧草暗侵穿苑路，珠帘不卷枕江楼[3]。
莫惊五胜埋香骨[4]，地下伤春亦白头。

①《贾谊传》：“秦人家贫子壮则出赘。”师古曰：“言其不出妻家，如人身之有赘疣也。”

②春天，一作“风前”。○《左传》：“晋侯问曰：‘南冠而絷者谁也？’有司曰：‘郑人所献楚囚也。’”《王导传》：“何至作楚囚相对泣耶！”

③枕，去声。

④惊，一作"经"。〇《汉·律历志》："秦推五胜，自以为获水德。"注："五行相胜，秦以周为火，用水胜之。"按《秦本纪》："二世葬始皇骊山，后宫无子者皆令从死。"故云"埋香骨"。

彭城公薨后赠杜二十七胜李十七潘二君并与愚同出故尚书安平公门下①

梁山兖水约从公②，两地参差一旦空。
谢墅庾村相吊后③，自令岐路各西东。

①城，当作"阳"。潘，文集作"藩"。〇《旧唐书·令狐楚传》："元和十四年，楚拜同平章事。太和中，历任宣武、天平、河东节度使。七年，入为吏部尚书。九年十月，守尚书左仆射，进封彭阳郡开国公。开成元年四月，出为兴元尹，充山南西道节度使。二年十一月，卒于镇。"《新书》："杜胜，宰相黄裳之子。宝历初擢进士第。宣宗大中朝拜给事中，迁户部侍郎判度支，欲倚为宰相。及萧邺罢，为中人沮毁，更用蒋伸，以胜检校礼部尚书，出为天平节度使，不得意，卒。"李潘，未详。《旧书》："崔戎，字可大。裴度领太原，戎为参谋，迁剑南东、西川宣慰使。还，拜给事中，改华州刺史，迁兖海沂密都团练观察使。太和八年五月卒，赠礼部尚书。"《世系表》："戎封安平县公。"本集有《为安平公兖州奏杜胜李藩等充判官状》。

②《唐书》："汉中郡属山南西道，本梁州汉川郡，天宝元年改汉中。""兖州鲁郡属河南道。"梁山，谓彭阳；兖水，谓安平也。

③《谢安传》："苻坚寇淮淝，安命驾出，与玄围棋赌别墅。"庾村，未详。

钱龙惕笺：杜、李二君既同出安平之门，又同为彭阳从事，故二公没而赠之以诗也。诗中并感二公，故有"梁山兖水"、"谢墅庾村"之目。

闻 歌

敛笑凝眸意欲歌，高云不动碧嵯峨[①]。
铜台罢望归何处[②]，玉辇忘还事几多[③]。
青冢路边南雁尽[④]，细腰宫里北人过[⑤]。
此声肠断非今日，香灺灯光奈尔何[⑥]。

①高云不动，用“秦青响遏行云”事。

②“魏武西陵”事，见前。

③《拾遗记》：“穆王御黄金碧玉之辇，迹毂遍于四海。西王母乘翠凤之辇而来，与穆王欢歌。”

④《归州图经》：“胡地多白草，昭君冢独青，乡人思之为立庙香溪。”《一统志》：“昭君墓在古丰州西六十里。”

⑤细腰，注见上卷。杜牧诗：“细腰宫里露桃新。”

⑥灺，斜上声。○《说文》：“灺，烛烬也。”《世说》：“桓子野闻清歌，辄唤奈何。”

赠华阳宋真人兼寄清都刘先生[①]

沦谪千年别帝宸，至今犹谢蕊珠人[②]。
但惊茅许同仙籍[③]，不道刘卢是世亲[④]。
玉检赐书迷凤篆[⑤]，金华归驾冷龙鳞[⑥]。
不因杖屦逢周史[⑦]，徐甲何曾有此身[⑧]。

①句容句曲山名曰华阳之天，详上卷。《列子》：“清都紫微，钧天广乐，上帝之所居。”

②谢，《英华》作“识”。○道源注：“《黄庭内景经》：太上大道玉宸君，闲居蕊珠作七言。”《秘要经》：“仙宫中有寥阳之殿，蕊珠之阙。”李白

诗:“传诗蕊珠宫。”

③同仙籍,《英华》作“多玄分”。○《洞仙传》:“茅濛字初成,咸阳南关人,即东卿司命君盈之高祖也。师北郭鬼谷先生,受长生之术,入华山修道,白日升天。”《集仙传》:“大茅君盈,南至句曲之山,南岳真人赤君、西城王君及诸青童并从王母降于盈室。天皇大帝命五帝君赐以紫玉之板,黄金刻书九锡之文,拜盈为东岳上卿司命真君太元真人。王母命上元夫人授盈之二弟茅固、茅衷《太霄隐书》、《丹景道精》等四部宝经,命侍女张灵子执交信之盟,以授于盈、固及衷。事讫,升天而去。”《十二真君传》:“许逊字敬之,祖琰,父肃,世慕至道,师大洞君吴猛,传三清法要。太康二年八月一日,于洪州西山拔宅上升。晋尚书郎迈、散骑常侍护军长史穆,皆逊之族子,后俱得道。”《晋书》:“许迈字叔玄,丹阳句容人。志求仙道,立精舍于馀杭悬霤山,往来茅山洞室。父母既终,乃遣妇孙氏还家,遍游名山。”

④道,《英华》作“记”。○刘卢,刘琨、卢谌也。《文选》琨答谌诗:“郁穆旧恩,嬿婉新婚。”善曰:“臧荣绪《晋书》:琨妻即谌之从母。”谌赠琨诗:“申以婚姻,着以累世。”向曰:“婚姻,谓谌妹嫁琨弟。”

⑤篆,《英华》作“箓”。○《汉书》注:“封禅有金泥玉检,谓以玉为检束也。”《御览》:“《三元玉检经》:‘三玄台,玉检紫文九天真书在其内。’”《真诰》:“二侍女持锦囊,囊盛书十许卷,以白玉检缄囊口。”《古今篆隶文体》:“凤篆,白帝朱宣氏有凤鸟之瑞,文字取以为象。”《三洞经》:“道家字曰云篆,曰天书,曰龙章,曰凤文。”

⑥《神仙传》:“皇初平,丹溪人,年十五,家使牧羊。有道士见其良谨,将至金华山石室中四十馀年。兄初起寻索不得,后见一道士,求得之,问羊何在,曰:‘近在山东。’初起往视,但见白石。初平叱曰:‘羊起!’于是白石皆变为羊。初起便弃妻子,就初平学,修功德二十七年。忽见虎驾龙车,二人执节下庭中,顾谓友曰:‘此迎我也。’道士即邓紫阳。”

⑦《神仙传》:“老子姓李名耳,字伯阳,楚国苦县赖乡人。周文王时为守藏史,至武王时为柱下史。”

⑧《神仙传》："徐甲御老子青牛出关西升，中路乞顾直求去，老子曰：'汝年不长，吾以长生符与汝吞之，故能至此，汝欲去耶？'甲不悟，必欲求去。老子以水噀之，便成白骨一具。众为甲哀求，老子复以水噀之，甲复形如故，遂随老子仙去。"

楚宫二首

十二峰前落照微[①]，高唐宫暗坐迷归[②]。
朝云暮雨长相接，犹自君王恨见稀。

①《天中记》："巫山十二峰，曰望霞，曰翠屏，曰朝云，曰松峦，曰集仙，曰聚鹤，曰净坛，曰上升，曰起云，曰飞龙，曰登龙，曰圣泉。"

②唐，一作"堂"。

月姊曾逢下彩蟾[①]，倾城消息隔重帘。
已闻佩响知腰细，更辨弦声觉指纤。
暮雨自归山悄悄，秋河不动夜厌厌。
王昌且在墙东住[②]，未必金堂得免嫌[③]。

①月姊，注见上卷。

②王昌，注见上卷。乐府："人生富贵何所望，恨不早嫁东家王。"

③后汉桓帝时童谣曰："以钱为室金为堂。"陈启源曰："东家王，为卢莫愁咏也。"

和友人戏赠二首[①]

东望花楼会不同[②]，西来双燕信休通[③]。
仙人掌冷三霄露[④]，玉女窗虚五夜风[⑤]。

翠袖自随回雪转⑥，烛房寻类外庭空⑦。
殷勤莫使清香透，牢合金鱼锁桂丛⑧。

①《英华》作“和令狐八戏题”。

②会，《英华》作“事”。

③道源注：“《开元遗事》：长安郭绍兰嫁任宗，宗为商於湘中数年，音问不达。绍兰语梁间双燕，欲凭寄书于婿。燕子飞鸣，似有所诺，遂飞泊膝上。兰乃吟诗曰：‘我婿去重湖，临窗泣血书。殷勤凭燕翼，寄与薄情夫。’任宗得书，感泣而归。张说传其事。”

④仙掌，注见上卷。道源注：“三霄，神霄、玉霄、太霄也。”

⑤《汉·郊祀志》：“鄠县有仙人玉女祠。”《鲁灵光殿赋》：“神仙岳岳于栋间，玉女窥窗而下视。”卫宏《汉旧仪》：“中黄门持五夜。五夜者，甲夜、乙夜、丙夜、丁夜、戊夜。”

⑥杜甫诗：“天寒翠袖薄。”《洛神赋》：“飘飘兮若流风之回雪。”

⑦谢庄《月赋》：“去烛房，即月殿。”

⑧金鱼，鱼钥也。梁简文帝诗：“夕门掩鱼钥。”《芝田录》：“门钥必以鱼，取其不瞑目守夜之义。”

迢递青门有几关，柳梢楼角见南山。
明珠可贯须为佩，白璧堪裁且作环。
子夜休歌团扇掩①，新正未破剪刀闲②。
猿啼鹤怨终年事③，未抵熏炉一夕间④。

①休，一作“欲”。〇子夜，注见上卷。乐府有《白团扇歌》。

②《荆楚岁时记》：“正月七日，剪彩为人，或镂金箔为人，帖屏风上，亦戴之头鬓，像人入新年形容改新。”〇新正未破，言未入正月也。用字本沈佺期诗“别离频破月”，又杜诗“二月已破（一）〔三〕月来”。

③怨，《英华》作“望”。

④熏炉，《英华》作“炉香”。〇道源注：“言终岁相思，不如一夕佳会。”

题二首后重有戏赠任秀才

一丈红蔷拥翠筠，罗窗不识绕街尘。
峡中寻觅长逢雨，月里依稀更有人。
虚为错刀留远客[①]，枉缘书札损文鳞。
遥知小阁还斜照，羡杀乌龙卧锦茵[②]。

①《汉书》：“王莽更造错刀，以黄金错其文，曰‘一刀直五千’。”《四愁诗》：“美人赠我金错刀。”

②《搜神后记》：“会稽句章民张然，滞役在都，养一狗，甚快，名曰乌龙。后其妇与奴私通，遂谋杀然，然拍膝大呼曰：‘乌龙与手！’狗应声伤奴，奴失刀杖。然因杀奴，以妇付县，杀之。”白居易诗：“乌龙卧不惊，青鸟飞相逐。”

有感二首[①]

九服归元化[②]，三灵叶睿图[③]。
如何本初辈[④]，自取屈氂诛[⑤]。
有甚当车泣[⑥]，因劳下殿趋[⑦]。
何成奏云物[⑧]，直是灭萑苻[⑨]。
证逮符书密，辞连性命俱[⑩]。
竟缘尊汉相[⑪]，不早辨胡雏[⑫]。
鬼箓分朝部[⑬]，军烽照上都[⑭]。
敢云堪恸哭，未免怨洪炉[⑮]。

①原注:“乙卯年有感,丙辰年诗成。”〇《唐书》:“文宗以宦者权宠太盛,继为祸胎。元和末,弑逆之徒,尚在左右,思欲芟除本根,以雪雠耻。李训既因郑注得幸,上密以诚告之,擢为礼部侍郎同平章事。训既秉权衡,即谋诛内竖,以注为凤翔节度使,先之镇,又以郭行馀镇邠宁,王璠镇太原。未赴镇间,广令召募豪杰。太和九年乙卯十一月二十一日,上御紫宸。班定,金吾街使韩约不报平安,奏曰:‘金吾左仗院石榴开,夜来有甘露,臣已进状讫。’乃舞蹈再拜,宰相百官称贺。李训请上亲幸左仗观之。班退,上乘软舆出紫宸门,升含元殿,令宰相两省官先往视。既还,曰:‘臣等恐非真甘露,不敢轻言。’上曰:‘韩约妄耶?’命左右中尉仇士良、鱼志弘帅诸内臣往视。既去,训召王璠、郭行馀曰:‘来受敕旨。’璠恐悚不能前。行馀独拜殿下。时两镇官健,皆执兵在丹凤门外,训已令召之。惟璠从兵入,邠宁兵竟不至。士良等至左仗,闻幕下有兵声,惊恐走出,阍者欲扃锁之,为士良所叱,〔执〕关不得(上)〔下〕。士良等回奏曰:‘事急矣,请陛下入内。’即举软舆迎帝。训呼金吾卫士曰:‘来上殿护乘舆者,人赏百千。’内宫决殿后罘罳,举舆疾趋。训攀呼曰:‘陛下不得入内。’金吾兵已登殿,京兆尹罗立言、中丞李孝本率台府从人四百馀人,上殿纵击,内官死伤者数十人。乘舆入宣政门,训攀呼益急。宦者郄志荣奋拳击其胸,训仆地。乘舆既入,门即阖。须臾,内官率禁兵五百人,露刃出东閤门,遇人即杀,训、璠、行馀、约、立言、孝本及宰相王涯、贾餗、舒元舆等皆族诛。注为凤翔监军所杀,传首京师。”

②《周礼》有九服:侯、甸、男、采、卫、蛮、夷、镇、藩也。

③《典引》:“答三灵之繁祉。”注:“天、地、人也。”

④《后汉·袁绍传》:“中常侍段珪等杀何进,劫帝及陈留王,走小平津。绍勒兵捕诸阉人,无少长,皆杀之,死者二千馀人。急追珪等,珪等悉赴水死。”

⑤《汉书》:“刘屈氂,中山靖王子也。征和二年为左丞相。郭穰告与贰师共祷祠,欲令昌邑王为帝。有诏载屈氂厨车以狗,腰斩东市。”

⑥《魏志》:“嘉平六年,景王废帝,遣使者授齐王印绶,当出就西宫。帝受命,遂载王车与太后别,垂涕,始从太后殿南出,群臣送者数千人。司马孚悲不自胜,馀多流涕。”

⑦《梁武本纪》："大通中，谚曰：'荧惑入南斗，天子下殿走。'"

⑧《左传》："分、至、启、闭，必书云物。"此谓金吾街使奏石榴甘露。

⑨《左传》："郑国多盗，(聚)〔取〕人于萑苻之泽，子太叔兴兵攻之。"

⑩《旧唐书》："李训事败，王涯等苍皇步出，为禁兵所擒，并其家属、奴婢皆系狱。仇士良鞫涯反状，涯实不知其故，械缚既急，榜笞极酷，乃令手书反状自诬与训同谋。狱具，腰斩。"

⑪《汉书》："王商容貌过人，单于大畏之。天子曰：'此真汉相矣。'"

⑫《晋书》："石勒年十四，倚啸上东门。王衍顾谓左右曰：'向者胡雏，吾观其声视有异志，恐将为天下患。'遣使收之，会勒已去。"

⑬魏文帝《与吴质书》："亲故姓名，多为鬼箓。"

⑭《唐书》："至德元载，号西京曰上都。"

⑮洪炉，注见上卷。

丹陛犹敷奏，彤庭歘战争。
临危对卢植①，始悔用庞萌②。
御仗收前殿③，兵徒剧背城。
苍黄五色棒④，掩遏一阳生⑤。
古有清君侧，今非乏老成。
素心虽未易，此举太无名。
谁瞑衔冤目，宁吞欲绝声。
近闻开寿讌，不废用《咸》《英》⑥。

①原注："是晚独召故相彭阳公。"○《后汉书》："大将军何进谋诛宦官，乃召董卓以惧太后。植知卓凶悍难制，必生后患，固止之。进不从。及卓至，果陵虐朝廷，议欲废立。群臣无敢言，植独抗议不同，卓怒罢会。"《旧唐书》："训乱之夜，文宗召右仆射郑覃与令狐楚宿禁中，商量制敕。"

②《后汉书》："平敌将军庞萌为人逊顺，帝信爱之，使与盖延共击董宪。诏书独下延而不及萌，萌疑，遂反。帝大怒，自将讨之，与诸将书曰：'吾

尝以萌为社稷臣，将军得无笑其言乎？’”

③殿，一作“队”。

④《魏志》：“太祖除洛阳尉，造五色棒各十馀枚，悬左右，犯禁者不避豪强，棒杀之。京师敛迹。”

⑤甘露事在十一月，正冬至时。

⑥《乐纬》：“黄帝乐曰《咸池》，帝喾乐曰《六英》。”道源曰：“《旧书》：开成元年上元，赐百寮曲江亭宴。令狐楚以新诛大臣，不宜赏宴，独称疾不赴，时论美之。”此诗结句盖有讥也。

钱龙惕笺：甘露之变，从古所未有也。阉竖横行，南司涂炭。当时士大夫深疾训、注之奸邪，反若假手宦寺，歼除大憝者，一时如郑覃、李石，以不忤中人而命相矣。李德裕、李宗闵以训、注所逐而量移矣。令狐楚号为仇士良所不悦，而上问王涯手书反状，则应曰然矣。节度使兵仗参辞，则乞停罢矣。汲汲然惟恐得罪宦官以取祸。后世不咎文宗之不密失臣，则恨训、注之狂躁误国，而当日情势，未有冤论之者，可异也！自古以来，宦官盗窃国柄，莫横于汉之十常侍，故何进等谋诛之不胜，反为所杀。然进之谋，进始之，非命于灵帝也。训内与文宗谋，而外连藩镇以诛宫奴，谓之奉天讨可也。诡言甘露，衷甲帷幄，谓之谋勇可也。事已败裂，犹攀呼乘舆，投身虎口，谓之死事可也。迨奄人得志，身分族灭，此时文宗稍欲救之，则有阎乐、望夷之祸，天道至此，不可问矣，何独区区罪训也！使非平日倾险，君子犹将与之，不成之责，何乃甚乎？其时设国有重臣，不畏强御，倡言训等之无辜，士良诸凶，犹未必刃加其颈也。乃箝口不言，而请王涯三相罪名，仅仅出于刘从谏，亦可耻矣。义山诗云：“古有清君侧，今非乏老成。素心虽未易，此举太无名。谁瞑衔冤目，宁吞欲绝声。”其感愤激烈，有不同于众论者，予故表而出之。

重有感

玉帐牙旗得上游①，安危须共主君忧。
窦融表已来关右②，陶侃军宜次石头③。

岂有蛟龙愁失水[4]，更无鹰隼与高秋。
昼号夜哭兼幽显，早晚星关雪涕收[5]。

①《抱朴子·外篇》："兵在太乙玉帐之中，不可攻也。"《唐·艺文志》"兵家"有《玉帐经》一卷。张淏《云谷杂记》："按袁卓《遁甲专征赋》：'或倚直使之游宫，或居贵神之玉帐。'盖玉帐乃兵家厌胜之方位，主将于其方置军帐则坚不可犯，犹玉帐然。其法出于黄帝。遁甲以月建前三位取之。"《东京赋》："牙旗缤纷。"薛综曰："牙旗者，将军之旌。古者天子出，建大牙旗，竿上以象牙饰之。"《南部新书》："《诗》：'祈父，予王之爪牙。'祈父，司马，象兽，以爪牙为卫，故军前大旗谓之牙旗。出师则有建牙、禡牙，军中听号令必立牙旗之下，与府朝无异。近俗尚武，通呼公府门为牙门，字讹转为衙。"

②《后汉书》："窦融为众所推，行河西大将军事，遥闻光武即位，心欲东向，遣长史刘钧奉书献马，帝授融为凉州牧。"

③《晋书》："苏峻作逆，温峤要陶侃同赴朝廷，因推为盟主。侃戎服登舟，直指石头。"

④愁，一作"曾"，一作"长"。

⑤道源注："《天官书》：'两河天阙间为关梁。'索隐曰：'宋均云：两河六星知逆邪。言关梁之限知邪伪也。'正义曰：'阙、丘二星在河南，金火守之，主兵战阙下。'"

钱龙惕笺：太和九年十月，以前广州节度使王茂元为泾原节度使。逾月，李训事作。茂元在泾原，故曰"得上游"也。昭义节度使刘从谏三上疏，问王涯等罪名，仇士良闻之惕惧，故曰"窦融表已来关右"也。初，〔未〕获郑注，京师戒严，泾原、鄜坊节度使王茂元、萧弘皆勒兵备非常，故曰"陶侃军宜次石头"也。士良辈知事连天子，相与怨愤，帝惧，伪不语，宦人得肆志杀戮，则蛟龙而失水矣。曰"岂有"者，讳之也。涯等既死，举朝胁息，诸藩镇亦皆观望不前，谁为高秋之鹰隼，快意于一击乎？曰"更无"者，伤之亦望之也。至于昼号夜哭，雪涕星关，而感之者益深。悲夫！

寿安公主出降[①]

沩水闻贞媛[②]，常山索锐师[③]。
昔忧迷帝力，今分送王姬。
事等和强虏，恩殊睦本枝。
四郊多垒在，此礼恐无时。

①《旧唐书》："开成二年六月丁酉，以成德军节度使王元逵为驸马都尉，尚寿安公主。"《新书》："镇冀自李惟岳以来，拒天子命，至王庭凑，恣凶悖，不臣不仁，虽夷狄不若也。庭凑死，其次子元逵袭节度，识礼法，岁时贡献如职。帝悦之，诏尚绛王悟女寿安公主。元逵遣人纳聘阙下，进千盘食、良马、主妆泽奁具、奴婢，议者嘉其恭。"

②贞，一作真。○《书》："釐降二女于(沩)〔妫〕汭。"

③《唐书》："镇州常山郡属河北道，本恒州恒山郡。成德节度使治恒州。"

夕阳楼[①]

花明柳暗绕天愁，上尽重城更上楼。
欲问孤鸿向何处，不知身世自悠悠。

①原注："在荥阳。今遂宁萧侍郎牧荥阳日作。"○按萧侍郎，萧澣也。《旧唐书》："太和七年三月，以给事中萧澣为郑州刺史。"

春　雨

怅卧新春白袷衣，白门寥落意多违。
红楼隔雨相望冷，珠箔飘灯独自归。

远路应悲春晼晚，残宵犹得梦依稀。
玉珰缄札何由达①，万里云罗一雁飞。

①《风俗通》："耳珠曰珰。"张正见诗："谁论白玉珰？"玉珰缄札，犹今所云侑缄。

中元作

绛节飘飖宫国来①，中元朝拜上清回②。
羊权须得金条脱③，温峤终虚玉镜台④。
曾省惊眠闻雨过，不知迷路为花开。
有娀未抵瀛洲远⑤，青雀如何鸩鸟媒⑥。

①宫，一作"空"。〇梁邵陵王《祀鲁山神文》："绛节陈竿，满堂繁会。"杜甫诗："上帝高居绛节朝。"

②《道经》："七月十五，中元之日，地官校勾，搜选人间，分别善恶，诸天圣众，普诣宫中。"

③须，一作"虽"。〇《真诰》："萼绿华以晋升平二年十一月十日夜降羊权家。权字道学，简文帝黄门郎羊欣祖也。绿华赠以诗一篇，并致火澣布手巾一条，金玉跳脱各一枚。"

④《世说》："温峤从姑刘氏女美，托峤觅婿。峤密有自婚意，答曰：'佳婿难得，但得如峤比何如？'姑曰：'何敢希汝比也。'后少日，峤报云：'已觅得婿处。'因下玉镜台一枚。姑大喜。既婚，交礼，女大笑曰：'我固疑是老奴。'玉镜台，峤为刘越石长史北征刘聪所得。"

⑤《离骚》："望瑶台之偃蹇兮，见有娀之佚女。"《吕氏春秋》："有娀氏有二佚女，为九层台，饮食必以鼓。"

⑥青雀，注见上卷。《离骚》："吾令鸩为媒兮，鸩告予以不好。"注："鸩，恶鸟也。有毒杀人，以喻谗贼。"

鸳 鸯

雌去雄飞万里天，云罗满眼泪潸然。
不须长结风波愿，锁向金笼始两全。

楚 宫

湘波如泪色漻漻①，楚厉迷魂逐恨遥②。
枫树夜猿愁自断③，女萝山鬼语相邀④。
空归腐败犹难复，更困腥臊岂易招⑤。
但使故乡三户在⑥，彩丝谁惜惧长蛟⑦。

①《水经》："湘水出零陵始安县阳朔山，东北过酃县西，又北至巴江山，入于江。"《说文》："漻，清深也。"《庄子》："漻乎其清。"

②厉，一作"禲"，古通。〇《礼·祭统》："七祀曰泰厉。"疏："泰厉，古帝王无后者。此鬼无所依，好为民作祸，故祀之。"

③《招魂》："湛湛江水兮上有枫，目极千里兮伤春心。"

④《楚词·山鬼》："若有人兮山之阿，被(薜)〔薜〕荔兮带女萝。"

⑤屈原自(况)〔沉〕，葬于鱼腹，故曰"困腥臊"。

⑥《项羽传》："楚虽三户，亡秦必楚。"

⑦《续齐谐记》："屈原五月五日投汨罗死，楚人每至此日，竹筒贮米，投水祭之。汉建武中，长沙欧回白日忽见一人，自云三闾大夫，谓回曰：'闻君当见祭，甚善。但常年所遗，并为蛟龙所窃。今若有惠，可以楝树叶塞其上，以五色丝缚之，此二物蛟龙所惮。'回依其言，世人作粽，并带五色丝及楝叶，皆汨罗遗风也。"

妓席暗记送同年独孤云之武昌

迭嶂千重叫恨猿，长江万里洗离魂。
武昌若有山头石，为拂苍苔检泪痕。

宿晋昌亭闻惊禽[①]

羁绪鳏鳏夜景清[②]，高窗不掩见惊禽。
飞来曲渚烟方合[③]，过尽南塘树更深。
胡马嘶和榆塞笛[④]，楚猿吟杂橘村砧[⑤]。
失群挂木知何限，远隔天涯共此心。

①《长安图》："自京城启夏门北入东街第二坊，曰进昌坊。"进，亦作"晋"。《朱泚传》："姚令言迎泚于晋昌里第。"

②《释名》："愁悒不能寐，目常鳏鳏然。"

③飞，《英华》作"行"。

④《汉书》："卫青西定河南地，按榆溪旧塞。"注："长榆，塞名。或谓之榆中。"

⑤《水经注》："湘水又北径南津城，西对橘洲。"又龙阳有泛洲，李衡植橘处。

深　宫

金殿销香闭绮栊[①]，玉壶传点咽铜龙[②]。
狂飙不惜萝阴薄，清露偏知桂叶浓。
斑竹岭边无限泪，景阳宫里及时钟[③]。
岂知为雨为云处[④]，只有高唐十二峰。

①销香,《鼓吹》作“香销”。栊,一作“笼”。

②点,一作“响”。○殷夔漏刻法:为器三重,圆皆径尺,于器下为金龙,口吐漏水转注。

③《南史》:“齐武帝以内深隐,不闻端门鼓漏,置钟景阳楼上应五鼓。及三鼓,宫人闻声,早起妆饰。”李贺诗:“今朝画眉早,不待景阳钟。”

④处,《鼓吹》作“意”。

明禅师院酬从兄见寄

贞吝嫌兹世[①],会心驰本原。
人非四禅缚[②],地绝一尘喧。
霜露欹高木,星河压故园[③]。
斯游傥为胜,九折幸回轩[④]。

①贞吝,见《易》。

②《大宝积经》:“菩萨至于空处修习四禅。”《阿毘昙经》:“自初禅至四禅,立为四地。”沈约诗:“四禅隐岩曲。”《维摩经》:“贪着禅味,是菩萨缚。”

③压,一作“堕”。

④《汉书》:“王阳为益州刺史,行部至邛崃九折坂,叹曰:‘奈何以先人遗体乘此险乎?’遂以病归。”

寄裴衡

别地萧条极,如何更独来。
秋应为黄叶,雨不厌青苔。
沈约只能瘦[①],潘仁岂是才。
离情堪底寄,惟有冷于灰。

①沈约《与徐勉书》:“百日数旬,革带常应移孔;以手握臂,卒计月小半分。”《晋书》:“潘岳少以才颖见称。”

即 日

小苑试春衣,高楼倚暮晖。
夭桃惟是笑,舞蝶不空飞。
赤岭久无耗[①],鸿门犹合围[②]。
几家缘锦字,含泪坐鸳机。

①《唐书》:“鄯州鄯城县有天威军故石堡城,天宝八载更名。又西二十里至赤岭,其西吐蕃,有开元中分界碑。”

②《汉书·志》:“鸿门在新丰东十七里,旧大道北下坂口名项羽屯兵处。”

淮阳路[①]

荒村倚废营,投宿旅魂惊。
断雁高仍急,寒溪晓更清。
昔年尝聚盗,此日颇分兵。
猜贰谁先致,三朝事始平[②]。

①《汉书》:“淮阳国,高帝十一年置,明帝改为陈国。”《唐书》:“陈州淮阳郡,属河南道。”

②按《地志》,陈州与蔡州接壤,吴少诚据蔡,传至元济,历德、顺、宪三朝始讨平之。

崇让宅东亭醉后沔然有作

曲岸风雷罢，东亭霁日凉。
新秋仍酒困①，幽兴暂江乡。
摇落真何遽，交亲或未忘。
一帆彭蠡月，数雁塞门霜。
俗态虽多累，仙标发近狂。
声名佳句在，身世玉琴张。
万古山空碧，无人鬓免黄。
骅骝忧老大，鶗鴂妒芬芳②。
密竹沉虚籁③，孤莲泊晚香。
如何此幽胜，淹卧剧清漳④。

①酒困，一作"困病"。

②《说文》："鶗鴂春分鸣则众芳生，秋分鸣则众芳歇。"《楚词》："怨鶗鴂之先鸣兮，使众草为之不芳。"

③按《韦氏述征记》："崇让坊出大竹及桃。"故此有"密竹"之句。又《七月二十九日崇让宅宴》诗："风过寒塘万竹悲。"

④注见上卷。

晚　晴

深居俯夹城，春去夏犹清。
天意怜幽草，人间重晚晴。
并添高阁迥，微注小窗明。
越鸟巢干后，归飞体更轻。

迎寄韩瞻鲁州同年[1]

积雨晚骚骚，相思正郁陶。
不知人万里，时有燕双高。
寇盗缠三辅，莓苔滑百牢[2]。
圣朝推卫霍[3]，归日动仙曹[4]。

①原注："时兴元贼起，三川兵出。"○按，兴元为山南西道治所。《通鉴》："大中五年十月，蓬、果群盗依阻鸡山，寇掠三川，果州刺史王贽弘讨平之。"胡三省注："东、西川及山南西道谓之三川。"

②《图经》："百牢关故基在今兴元西县，两壁山相对，六十里不断，汉江水流其间，乃入金牛益昌路也。"《寰宇记》："在汉中郡西县西南，隋开皇中置，以入蜀路险，号曰百牢关。一云置在百牢谷。"

③霍，一作"索"。○《晋书》："尚书令卫瓘与尚书郎索靖俱善草书，时人号为一台二妙。"

④《白帖》："诸曹郎称为仙郎，故曰仙曹。"

武夷山[1]

只得流霞酒一杯[2]，空中箫鼓几时回[3]。
武夷洞里生毛竹[4]，老尽曾孙更不来[5]。

①《方舆胜览》："武夷山，道书谓第十六洞天，旧有神降此，自称武夷君。"又《列仙传》云："籛铿炼丹之所也。铿二子，长曰武，次曰夷，因以名山。"朱文公序曰："武夷之名，著于汉世，祀以干鱼，不知果何神也。"《一统志》："山在建宁府崇安县南三十里。"

②《抱朴子》："项曼卿修道山中，自言至天上游紫府，遇仙人，与流霞一杯，饮之辄不饥渴。"

③几，一作“当”。

④《方舆胜览》：“毛竹洞在西溪上流，去武夷山百馀里，遍生毛竹，每节出一干，其巨细与根等。”

⑤陆羽《武夷山记》：“武夷君于八月十五日山上置幔亭，化虹桥，通上下，大会乡人宴饮，曰：‘汝等皆吾之曾孙也。’”

一 片

一片琼英价动天[①]，连城十二昔虚传[②]。
良工巧费真为累，楮叶成来不直钱[③]。

①《诗》：“尚之以琼英乎而。”《说文》：“琼，赤玉。”《礼记》：“玉气若白虹天也。”

②二，当作“五”。○《史记》：“赵得楚和氏璧，秦王请以十五城易之。”

③《韩非子》：“宋人刻玉为楮叶，三年而成，杂之楮叶不辨。”《列子》曰：“使天地三年而成一叶，物之有叶者鲜矣。”

寄成都高苗二从事[①]

红莲幕下紫梨新[②]，命断湘南病渴人[③]。
今日问君能寄否，二江风水接天津[④]。

①原注：“时二公从事商隐座主所。”

②《南史》：“王俭用庾杲之为卫将军。萧劢与俭书曰：‘庾景行泛绿水，依芙蓉，何其丽也。’时人以俭府为莲花池。”《蜀都赋》：“紫梨津润。”杨慎曰：“紫梨，《选注》不言其状。按蜀有梨树，花以秋日，其花红色。唐李遵有《进紫梨表》可证。”

③义山时在桂管。

④《水经注》："成都县有二江双流郡下，故扬子云《蜀都赋》'两江珥其前'也。"《华阳国志》："李冰为蜀守，壅江作堋，穿郫江、检江别支流双过郡下，以行舟船，溉田万顷。"《寰宇记》："今谓外江、内江。"《尔雅》注："箕斗之间，天汉之津梁。"

郑州献从叔舍人褎①

蓬岛烟霞阆苑钟，三官笺奏附金龙②。
茅君奕世仙曹贵③，许掾全家道气浓④。
绛简尚参黄纸案⑤，丹炉犹用紫泥封⑥。
不知他日华阳洞⑦，许上经楼第几重⑧。

①会昌中讨刘稹，褎为郑州刺史。本集有《为舍人绛郡公上李相公诸启》可证。

②《真诰》："有上圣之德命终受三官书为地下主者，一千年乃转三官之五帝。"又曰："二天宫立一官，六天凡立为三官。三官如今刑名之职，主诸考谪，常以真仙司命兼总御之。"注：《消魔经》云："岱宗又有左火官、右水官及女官，亦名三官，并主考罚。"又曰："受用金龙玉鱼，此不可阙。"道源注："《东斋记》：'道家有金龙玉简，学士院撰文，具一岁中斋醮投于名山洞府。金龙以铜制，玉简以阶石制之。'"

③茅蒙、茅盈、茅固、茅衷事见前。

④道源注："《神仙传》：许翙，字道翔，小名玉斧，郡举上计掾主簿。父穆，长史，为上清佐卿。掾居方隅山洞石坛上焚香礼拜，因而不起，明旦视之，如生。"《真诰》曰："从张镇南受衣解法。"又，许逊、许迈事见前。

⑤道源注："绛简，即赤章也。凡仙经朱书亦曰绛简。"沈约《与陶弘景书》："方当名书绛简，身游玄阙。"冯鉴《续事始》："贞观十年，诏用黄麻纸写诏敕文。高宗上元二年敕曰：制敕施行，既为永式，比用白纸，各有虫

蠹。自今尚书颁下诸州县并用黄麻纸。”

⑥《真诰》:“紫微夫人诗:‘庆云缠丹炉。’”王绩《游北山赋》:“拭丹炉而调石髓。”紫泥,注见上卷。○唐制:舍人掌丝纶。故用黄纸、紫泥事。

⑦注见上卷。

⑧道源注:“《神仙感遇传》:陶贞白就兴世馆孙先生,咨禀经法,行道要,拜表解职入茅山,登岩告静,自称华阳隐居,书疏亦以此代名。然敕命饷赉常为烦剧,乃造三层楼栖止,身居其上,弟子居中,接宾于其下,令一小竖传授而已。”

西南行却寄相送者

百里阴云覆雪泥,行人只在雪云西。
明朝惊破还乡梦,定是陈仓碧野鸡①。

①注见卷上。

四皓庙①

羽翼殊勋弃若遗②,皇天有运我无时。
庙前便接山门路,不长青松长紫芝。

①道源注:“庙在商县商雒山。”

②“羽翼”语,见《汉书》,

题白石莲花寄楚公①

白石莲花谁所共,六时长捧佛前灯②。

空庭苔藓饶霜露，时梦西山老病僧。
大海龙宫无限地[3]，诸天雁塔几多层[4]。
漫夸鹙子真罗汉[5]，不会牛车是上乘[6]。

①道源注："《续高僧传》：楚南，闽人也，俗姓张氏，投开元寺昙藹师落发。后谒黄檗山禅师，问答虽多，机宜顿了。武宗废教，深窜山谷。大中间，裴公休出抚宛陵，请黄檗出山，南随侍焉。昭宗闻其道化，赐鹿皮衣五事，卒年七十。著《般若经品颂偈》一卷、《破邪论》一卷，行于世。"

②道源注："凿白石为莲花台，捧灯佛前。"

③《法华经》："文殊师利坐千叶莲花，从大海娑竭罗龙宫自然涌出，住虚空中，诣灵鹫山。"

④道源注："佛书有三界诸天，自欲界以上皆曰诸天。《西域记》：'昔有比丘，见群雁飞翔，思曰："若得此雁，可充饮食。"忽有一雁投下自殒，佛谓比丘曰："此雁王也，不可食之。"乃瘗而立塔。'"

⑤道源注："《法华经》：舍利弗，此云鹙子，连母为名。以其取涅槃一日之价，故不知有上乘，亦非真阿罗汉。佛为授记，乃知真是佛子，得佛法分。"

⑥《法华经》："长者以牛车、羊车、鹿车立门外，引诸子出离火宅。"《释迦成道记》注："羊车，喻声闻乘；鹿车，喻缘觉乘；牛车，喻菩萨乘；俱以运载为义。前二乘，方便施设，惟大白牛车是实引重致远，不遗一物。"《传灯录》："若顿悟自心即佛，依此而修者是上乘禅。"

安定城楼[1]

迢递高城百尺楼，绿杨枝外尽汀洲[2]。
贾生年少虚垂泪[3]，王粲春来更远游[4]。
永忆江湖归白发，欲回天地入扁舟。
不知腐鼠成滋味，猜意鹓雏竟未休[5]。

①《唐书》："泾州保定郡，属关内道，本安定郡，至德元载更名。"〇按史：太和九年十月，王茂元为泾原节度使，义山时往来其幕，故有是诗。

②外，一作"上"。

③泪，一作"涕"。

④《魏志》："王粲，字仲宣，山阳高平人。献帝西迁，徙居长安。后之荆州依刘表。"

⑤《庄子》："鸱得腐鼠，鹓雏过之，仰而视之曰：'吓！'"

隋宫守岁

消息东郊木帝回①，宫中行乐有新梅。
沉香甲煎为庭燎②，玉液琼苏作寿杯③。
遥望露盘疑是月，远闻鼍鼓欲惊雷④。
昭阳第一倾城客，不踏金莲不肯来。

①《月令》："立春之日，亲率公卿诸侯大夫，以迎春于东郊。"又曰："孟春之月，其帝太皞。"注："太皞以木德王。"

②煎，去声。〇《法苑珠林》："《广志》：甲香出南方，范晔《和香方》曰：'甲前煎，栈香是也。'"《纪闻》："贞观初，天下乂安。时属除夜，太宗延萧后同观灯，问曰：'隋主如何？'后曰：'隋主每除夜，殿前诸院设火山数十，尽沉香木根，每一山焚沉香数车，火光暗则以甲煎沃之，焰起数丈，香闻数里。一夜之间用沉香二百馀乘，甲煎过二百石。'"

③《山海经》："峚山，丹水出焉，其中多白玉，是有玉膏，黄帝是食是飨。"《汉武内传》："上药有风实、云子、玉液、金浆。"陶潜诗："白玉炼素液。"《南岳夫人传》："设琼酥绿酒，金觞四奏。"

④李斯书："树灵鼍之鼓。"注："以鼍皮为鼓也。"

利州江潭作[①]

神剑飞来不易销[②]，碧潭珍重驻兰桡。
自携明月移灯疾，欲就行云散锦遥。
河伯轩窗通贝阙[③]，水宫帷箔卷冰绡[④]。
此时燕脯无人寄[⑤]，雨满空城蕙叶雕。

①原注："感孕金轮所。"○《唐书》："利州义成郡，属山南西道。"按武后自册为金轮皇帝。父士彟，为利州都督，生后，袁天纲见之，大惊曰："当为天下主也。"见《谭宾录》。

②道源注："用延平剑化龙事。"

③《楚词》："紫贝阙兮珠宫。"

④用鲛人织绡事。

⑤《梁四公记》："杰公使罗子春（赉）〔赍〕烧燕五百枚，入洞穴，至龙宫，以献龙女。龙女食之大（嘉）〔喜〕，子春乘龙载珠还国。"道源注："《南部新书》：龙嗜烧燕肉，食燕肉人不可渡海。"

即　目[①]

地宽楼已迥，人更迥于楼。
细意经春物[②]，伤酲属暮愁。
望赊殊易断，恨久欲难收。
大執真无利[③]，多情岂自由[④]。
空园兼树废，败港拥花流。
书去青枫驿[⑤]，鸿归杜若洲[⑥]。
单栖应分定，辞疾索谁忧。
更替林鸦恨，惊频去不休。

①目，一作“日”。

②细意经，一作“抽意轻”。

③埶，一作“势”。

④多，一作“名”，非。

⑤《方舆胜览》：“青枫浦在潭州浏阳县。”杜甫有《青枫驿》诗。

⑥《楚词》：“采芳洲兮杜若。”

相　思①

相思树上合欢枝②，紫凤青鸾共羽仪。
肠断秦台吹管客③，日西春尽到来迟。

①相思，一作“相思树上”。

②《搜神记》：“宋康王舍人韩凭娶妻何氏，美，王夺之。凭怨，自杀。何氏乃阴腐其衣，从王登台，遂投台，左右揽其衣不得而死。遗书于带曰：‘愿得与凭合葬。’王弗听，使里人埋之，冢相望也。宿昔之间，有梓生于二冢，旬日盈抱，屈体相就，根交于下，枝错于上。又有鸳鸯雌雄各一，恒栖树上，交颈悲鸣。宋人哀之，号其木曰‘相思树’。”

③《列仙传》：“萧史者，秦穆公时人。善吹箫，能致孔雀、白鹤。穆公女弄玉好之，公妻焉。凤止其屋，为作凤台。”《博雅》：“箫大者二十四管，无底；小者十六管，有底。”

茂　陵①

汉家天马出蒲梢②，苜蓿榴花遍近郊③。
内苑只知含凤觜④，属车无复插鸡翘⑤。
玉桃偷得怜方朔⑥，金屋修成贮阿娇⑦。
谁料苏卿老归国⑧，茂陵松柏雨萧萧。

①《汉书》："武帝葬茂陵。"注："在长安西北八十里。"

②《史记》："武帝伐大宛，得千里马，名曰蒲梢，作《天马之歌》。"

③《汉书》："大宛马嗜苜蓿，上遣使者持千金请宛马，采苜蓿归种之离宫。"《尔雅翼》："苜蓿似灰藋，秋后结实，黑房累累如穄米，可为饭，亦可酿酒。"陆机《与弟书》："张骞为汉使西域十八年，得涂林安石榴。"

④含，一作"衔"。〇《十洲记》："仙家煮凤喙麟角作胶，名为续弦胶，能连属弓弩断弦。"《仙传拾遗》："武帝幸华林苑，射虎兕，弩弦断，以灵胶续之。武士数人对引，不脱。"

⑤《后汉·舆服志》："大驾属车八十一乘，法驾属车三十六乘。"蔡邕《独断》："鸾旗，编羽毛，列系幢旁，民或谓之鸡翘。"

⑥《西王母传》："王母七夕降武帝宫中，命侍女取桃。玉盘盛七枚，四以与帝，三自食之。"《汉武故事》："东郡献短人曰巨灵，指东方朔谓上曰：'王母种桃，三千年一着子，此儿不良，三过偷之矣。'"杨慎曰："本是'瑶池宴罢留王母'，俗作'玉桃偷得怜方朔'，直似小儿语耳。"愚按，《汉武内传》："王母降承华之宫，严车欲去，帝叩头殷勤，乃留。"若瑶池西宴，自是穆王事，如何可合？遍检宋本，俱无之，不可以语出用修而不核其实。

⑦修，一作"妆"。〇《汉武故事》："帝为胶东王时，长公主问曰：'儿欲得妇否？'曰：'欲得。'指女：'阿娇好否？'笑曰：'若得阿娇，当以金屋贮之。'"

⑧《汉书》："苏武，字子卿。武帝天汉元年使匈奴，至昭帝始元六年还。始以强壮出，及还，鬓发尽白。帝以武为典属国。"

按史，武宗好游猎及武戏，亲受道士赵归真法箓，又深宠王才人，欲立为后。此诗全是托讽。

镜槛

镜槛芙蓉入[1]，香台翡翠过[2]。
拨弦惊火凤[3]，交扇拂天鹅[4]。

隐忍阳城笑[5]，喧传郢市歌[6]。
仙眉琼作叶，佛髻钿为螺[7]。
五里无因雾[8]，三秋只见河[9]。
月中供药剩[10]，海上得绡多[11]。
玉集胡沙割[12]，犀留圣水磨[13]。
斜门穿戏蝶，小阁锁飞蛾。
骑襜侵鞯卷[14]，车帷约幰鈋[15]。
传书两行雁，取酒一封驼[16]。
桥迥凉风压，沟横夕照和[17]。
待乌燕太子[18]，驻马魏东阿[19]。
想象铺芳褥，依稀解醉罗。
散时帘隔露，卧后幕生波。
梯稳从攀桂[20]，弓调任射莎[21]。
岂能抛断梦，听鼓事朝珂。

①镜槛，水槛也。水光如镜，故曰“镜槛”。或曰北齐后主于宫中起镜殿宝殿。又高宗时，武后作镜殿，四壁皆安镜，为白画秘戏之须。镜槛当是镜殿中栏槛耳。

②《拾遗记》：“石虎春杂宝异香为屑，使数百人于楼上吹散之，名曰芳尘台。”

③《春秋元命苞》：“火离为凤。”《唐会要》：“贞观中，有裴神符者，妙解琵琶，作《胜蛮奴》、《火凤》、《倾杯乐》三曲，声度清美，太宗深爱之。”

④道源注：“《通志》：‘汉阳府产天鹅。’以天鹅羽为扇也。”

⑤注见上卷。

⑥郢歌，注别见。

⑦《楞严经》：“世尊从肉髻中涌出百宝光。”《法苑珠林》：“如来申发，以尺量，长一丈三尺五寸。放已右旋，还成蠡文。”蠡即螺。王勃《释迦像碑》：“髻衔龙发，顶秀螺纹。”

⑧《仙传拾遗》："张楷好道术，居华山谷中，能为五里雾，学其术者填门如市，故曰雾市。"

⑨河，天河也。

⑩用姮娥窃药奔月事，见上卷。乐府："白兔长跪捣〔药〕虾蟆丸，奉上陛下一玉柈。"

⑪《北梦琐言》："唐朱建章为幽州司马，往渤海，遇水仙，遗以鲛绡，轴之如箸，夏天展之，一室凛然。"

⑫《尔雅翼》："鲛，今之沙鱼。大而长喙如锯者名胡沙，小而粗者名白沙。"《说文》："鲛鱼皮可饰刀。"《孔丛子》："秦王得西戎利刀，割玉如割木。"

⑬《抱朴子》："通天犀能杀毒。"《水经注》："圣水出上谷郡西南圣水谷。"《旧唐书》："宝历二年，亳州言出圣水，饮之者愈疾。"

⑭襜，昌艳切。韀，将先切。○《韵会》："《说文》：'襜，衣蔽前。'"又，襜褕，谓帷襜，以蔽前后。一曰禅襦，郭璞云："今之蔽膝也。"韀，马鞁具，通作"帴"。《晋·张方传》："乱军入宫，割流苏武帐以为马帴。"

⑮鈋，吾禾切。○道源注："《苍颉篇》：'帛张车上曰幰。'《龙龛手镜》：'鈋，去角也，刓方为圆也。'"

⑯《汉书》："大月氏国出一封橐驼。"注："脊上有一封高也，如封土然。今俗呼为犎。"

⑰横，一作"斜"。

⑱注见上卷。

⑲《洛神赋》："税驾乎蘅皋，秣驷乎芝田。"

⑳《酉阳杂俎》："月中有桂，高五百丈。"

㉑道源注："《北史》：后周豆卢宁悬莎草，去百步射之。"

送郑大台文南觐①

黎辟滩声五月寒②，南风无处附平安。

君怀一匹胡威绢[3]，争拭酬恩泪得干。

①《旧唐书》："郑畋，字台文，年十八登进士第，以书判授渭南尉，直史馆，未行，父亚出为桂管都防御经略使，畋随侍左右。"按《北梦琐言》载："畋生于桂州，小字桂儿，时监军西门思恭诏征赴阙，亚饯于北郊，以畋托之。"考旧史及义山此诗，乃知其谬。

②辟，当作"壁"。〇宋之问《下桂江县黎壁》诗："吼沫跳急浪，合流环峻滩。"道源注："《夷白堂便览》：南雄府保昌县有九滩，黎壁乃其二。"

③《晋阳秋》："胡威少有志尚，厉操清白。父质为荆州，威自京都省之，告归，质赐绢一匹，威跪曰：'大人清高，不审于何得此绢？'质曰：'是我俸禄之馀，故以为汝粮耳。'"

风

迴拂来鸿急[1]，斜催别燕高[2]。
已寒休惨淡，更远尚呼号。
楚色分西塞[3]，夷音接下牢[4]。
归舟天外有，一为戒波涛。

①沈约《咏风》："送归鸿于碣石。"

②庾肩吾《风》诗："湘川燕起馀。"

③《荆州记》："郡西(泝)〔溯〕江六十里，南岸有山名荆门，北岸有山名虎牙，二山楚西塞。"

④《元和郡(国)〔县〕志》："下牢镇在夷陵县西二十八里，隋于此置峡州，贞观九年移于步阐垒，其旧城因置镇。"

洞庭鱼

洞庭鱼可拾，不假更垂罾。
闹若雨前蚊，多于秋后蝇。
岂思鳞作簟[①]，仍计腹为灯[②]。
浩荡天池路，翱翔欲化鹏[③]。

①《杜阳杂编》："咸通末，上迎佛骨入内道场，设龙鳞之席。"

②《史记》："始皇冢中以人鱼膏为灯。"

③见《庄子》。

天　涯

春日在天涯，天涯日又斜。
莺啼如有泪，为湿最高花。

喜舍弟羲叟及第上礼部魏公[①]

国以斯文重，公仍内署来[②]。
风标森太华[③]，星象逼中台[④]。
朝满迁莺侣[⑤]，门多吐凤才[⑥]。
宁同鲁司寇，惟铸一颜回[⑦]。

①本集《樊南甲集序》："仲弟圣仆羲叟特善古文，举会昌，中进士为第一。"《旧唐书》："大中元年二月，礼部侍郎魏扶奏：臣所放进士三十三人，其封彦卿等三人以父兄见居重位，不令中选，诏翰林学士韦琮重考覆。"《唐诗纪事》："大中初，扶知礼闱，入贡院题诗云：'梧桐叶落满庭阴，(销)〔锁〕闭朱门试院深。曾是当年辛苦地，不将今日负前心。'榜出，无名子削

为五言诗以讥之。李羲叟，义山弟也。是岁登第，义山因上魏公诗云云。”

②署，一作“相”。

③《山海经》：“太华之山，削成而四方，高五千仞。”

④《汉书》：“上台司命为太尉，中台司中为司徒，下台司禄为司空。”

⑤《刘宾客嘉话录》：“今谓登第为迁莺，盖本《毛诗》‘伐木丁丁，鸟鸣嘤嘤，出自幽谷，迁于乔木’，然并无‘莺’字。顷试《早莺求友》及《莺出谷》诗，别无证据，岂非误欤？”愚按，唐人阳桢诗“轩树已迁莺”，苏味道诗“迁莺远听闻”，后来遂承袭用之。

⑥《西京杂记》：“扬雄著《太玄经》，梦吐白凤皇集于《玄》上，顷而灭。”

⑦惟，《纪事》作“只”。○《扬子》：“或曰：‘人可铸欤？’曰：‘孔子铸颜回矣。’”

哀　筝

延颈全同鹤，柔肠素怯猿[①]。
湘波无限泪，蜀魄有馀冤。
轻幰长无道[②]，哀筝不出门。
何由问香炷，翠幕自黄昏。

①《格物论》：“猿性急而肠狭，哀鸣则肠俱断而死。”

②《籍田赋》：“微风生于轻幰兮。”

自南山北归经分水岭[①]

水急愁无地，山深故有云。
那通极目望，又作断肠分[②]。
郑驿来虽及[③]，燕台哭不闻[④]。
犹馀遗意在，许刻镇南勋[⑤]。

①南山，终南山也。《水经注》："《汉中记》曰：嶓冢以东，水皆东流；嶓冢以西，水皆西流。故俗以嶓冢为分水岭。"《通志》："分水岭在汉中府略阳县东南八十里，岭下水分东西流。"

②分，一作"声"，误。

③《汉书》："郑当时尝置驿马长安诸郊，请谢宾客，夜以继日。"

④《寰宇记》："燕昭王金台在易州易县东南三十里，又有西金台，俗呼此为东金台。又有小金台，在县东南十五里，即郭隗台也。"哭不闻，言死者不闻其哭。

⑤《晋书》："杜预为镇南将军，都督荆州诸军事。预平吴后，刻二碑纪绩，一立万山之上，一沉万山下潭中，曰：'焉知此后不为陵谷乎？'"

按史，开成初，令狐楚为山南节度使，卒于镇。山南治汉中，题云"北归分水岭"，而诗有"燕台哭不闻"之句，知必为令狐楚作也。义山尝为楚撰志文，故末曰"许刻镇南勋"。史云：楚没前一日，自草遗表，召从事李商隐助成之，可证彭阳没时，义山正在其幕也。

旧　顿①

东人望幸久咨嗟，四海于今是一家。
犹锁平时旧行殿，尽无宫户有宫鸦②。

①《增韵》："顿，宿食处也。天子行幸住宿处亦曰顿。"《唐书》："禄山反，帝西出，令御史大夫魏方进为置顿使。"

②宫鸦，一作"宫花"，一作"飞鸦"。

代董秀才却扇①

莫将画扇出帷来，遮掩春山滞上才②。
若道团圆似明月③，此中须放桂花开。

①《通鉴》："中宗戏窦从一，以老乳母王氏嫁之，令从一诵《却扇》诗数首。"注："唐人成昏之夕，有《催妆》诗、《却扇》诗。"

②何（遊）〔逊〕《看新妇》诗："如何花烛夜，轻扇掩红妆。"

③注见上卷。

有　感

非关宋玉有微辞[①]，却是襄王梦觉迟。
一自《高唐》赋成后，楚天云雨尽堪疑。

①宋玉《好色赋》："登徒子短宋玉曰：'玉为人体貌闲丽，口多微辞。'"

骊山有感

骊岫飞泉泛暖香[①]，九龙呵护玉莲房[②]。
平明每幸长生殿[③]，不从金舆惟寿王[④]。

①《寰宇记》："骊山在昭应县东南二里，即蓝田山也，温汤在山下。"

②《唐实录》："玄宗生日，源乾曜、张说上表曰：'陛下二气含神，九龙浴圣。'"按，骊山温汤东有龙湫。杜甫诗"初闻龙用壮，劈石摧林丘。中夜窟宅改，移因风雨秋"是也。《津阳门诗注》："骊山华清宫内除供奉两汤外，更有汤十六所。长汤每赐诸嫔御，其修广与诸汤不侔，甃以文瑶宝石，中央有玉莲花捧汤泉，喷以成池。又缝缀锦绣为凫雁置于水中，上时泛钑镂小舟以嬉游焉。"《明皇杂录》："上于华清宫新广一汤，制度弘丽。安禄山以白玉石为鱼龙凫雁，仍为石梁及石莲花以献，雕镌巧妙，殆非人工。上大悦，命陈于汤中，仍以石梁横亘汤上，而莲花才出水际。"

③《长安志》："天宝六载，改温泉为华清宫，殿曰九龙，以待上浴；曰

飞霜，以奉御寝；曰长生，以备斋祀。其他楼观殿阁，不可胜纪。”《长恨歌》：“七月七日长生殿，夜半无人私语时。”

④《恨赋》：“丧金舆及玉乘。”《唐书》：“寿王瑁母武惠妃，频字不育。及瑁生，宁王请养邸中，名为己子，故封比诸王最(厚)〔后〕。”又曰：“惠妃薨，后宫无当意者。或言寿王妃杨氏之美，上见而悦之，乃令妃自以己意乞为女官，号太真。更为寿王娶郎将韦昭训女。潜纳太真于宫中，不期岁，宠遇如惠妃。”○末语与“薛王沉醉寿王醒”同意。

别智玄法师[①]

云鬓无端怨别离，十年移易住山期。
东西南北皆垂泪，却是杨朱真本师。

①道源注：“智玄当作知玄。《佛祖通纪》：‘太和元年，诏沙门知玄入殿问道，赐号悟达国师。玄五岁能吟诗，出家为沙弥，十四讲经。李商隐赠以诗云：“十四沙弥解讲经，似师年纪止携瓶。沙弥说法沙门听，不在年高在性灵。”’《佛祖通载》：‘文宗癸丑十月，帝召法师知玄与道士于麟德殿论道。’《稽古略》：‘匡宗大德讳知玄，姓陈氏，咸通四年制署，号悟达国师，总教门事。帝幸安国寺，赐师沉香宝座。僖宗中和二年幸蜀，召师赴行在。后辞还九龙山。师三学洞贯，名盖一时，世称陈菩萨。’”

赠孙绮新及第

长乐遥听上苑钟[①]，彩衣称庆桂香浓。
陆机始拟夸《文赋》[②]，不觉云间有士龙[③]。

①《汉书》：“高祖五年后九月，徙诸侯于关中，治长乐宫。”《汉旧仪》：“上林苑离宫七十所，皆容千乘万骑。”《西京赋》：“上林禁苑，跨谷弥阜。

东至鼎湖，斜界细柳。”

②臧荣绪《晋书》：“陆机妙解情理，心识文体，故作《文赋》。”杜甫诗：“陆机二十作《文赋》。”

③《世说》：“陆云与荀隐会于张华坐，云抗手曰：‘云间陆士龙。’”

代秘书赠弘文馆诸校书[①]

清切曹司近玉除，比来秋兴复何如。
崇文馆里丹霜后[②]，无限红梨忆校书。

①《唐六典》：“秘书省监一人，少监二人，丞一人，秘书郎四人。武德初置修文馆，武德末改为弘文馆，校书郎二人。”

②丹，一作“飞”。○《杜氏通典》：“唐置崇贤馆，属左春坊。后避皇太子讳，改为崇文馆，其学士例与弘文馆同。”

乱　石

虎踞龙蹲纵复横，星光渐减雨痕生。
不须并碍东西路，哭杀厨头阮步兵[①]。

①《晋书》：“阮籍闻步兵厨人善酿，有贮酒三百斛，乃求为步兵校尉。”○末二语途穷之悲。

日　日[①]

日日春光斗日光，山城斜路杏花香。
几时心绪浑无事，得及游丝百尺长。

①一云“春日”。

过楚宫

巫峡迢迢旧楚宫，至今云雨暗丹枫。
微生尽恋人间乐，只有襄王忆梦中。

龙池

龙池赐酒敞云屏[①]，羯鼓声高众乐停[②]。
夜半宴归宫漏永，薛王沉醉寿王醒[③]。

①《雍录》：“明皇为诸王时，故宅在京城东南角隆庆坊。宅有井，井溢成池，中宗时数有云龙之祥。后引龙首堰水注池，池面益广，即龙池也。开元二年七月，以宅为宫，是为兴庆宫。”

②南卓《羯鼓录》：“羯鼓出外夷，以戎羯之鼓，故曰羯鼓。其声促急，破空透远，特异众乐。明皇极爱之，尝听琴未终，遽止之曰：‘速令花奴持羯鼓来，为我解秽！’”

③《容斋续笔》：“唐岐、薛诸王俱薨于开元中，而太真以天宝二载方入宫。此篇与元稹《连昌宫词》‘百官队仗避岐薛’俱失之。”愚按史云：“睿宗六年，王德妃生业，初王赵，降封中山王，进王薛，开元二十二年薨，子琄嗣。”此诗与微之词岂俱指嗣王哉？(昔)〔要〕之，作者微文刺讥，不必一一核实。

泪

永巷长年怨绮罗，离情终日思风波。
湘江竹上痕无限，岘首碑前洒几多[①]。

人去紫台秋入塞[②]，兵残楚帐夜闻歌[③]。
朝来灞水桥边问[④]，未抵青袍送玉珂[⑤]。

①《晋书》："羊（祐）〔祜〕卒，百姓于岘山建碑，望其碑者莫不流涕。"

②《恨赋》："紫台稍远，关山无极。"注："紫台，犹紫宫也。"杜甫咏明妃诗："一去紫台连朔漠。"

③《汉书》："项羽夜闻汉军皆楚歌，乃惊起，饮帐中，悲歌慷慨，泣下数行。"

④灞桥，注见前。

⑤古诗："青袍似春草。"

十字水期韦潘侍御同年不至时韦寓居水次故郭汾宁宅[①]

伊水溅溅相背流[②]，朱栏画阁几人游。
漆灯夜照真无数[③]，蜡炬晨炊竟未休[④]。
顾我有怀同大梦，期君不至更沉忧。
西园碧树今谁主[⑤]，与近高窗卧听秋。

①宁，一作"阳"。〇道源注："王廷珪诗：'十字水中分岛屿，数重花外见楼台。'"

②《水经》："伊水出南阳县蔓渠山，东北至洛阳县南入洛。"

③李贺诗："鬼灯如漆照松花。"

④《晋书》："石崇以蜡代薪。"

⑤曹植诗："清夜游西园。"《燕城赋》："旋渊碧树。"注："玉树也。"

流 莺

流莺漂荡复参差，渡陌临流不自持。
巧啭岂能无本意，良辰未必有佳期。
风朝露夜阴晴里，万户千门开闭时。
曾苦伤春不忍听[①]，凤城何处有花枝。

①忍，一作“思”。

出关宿盘豆馆对丛芦有感[①]

芦叶梢梢夏景深，邮亭暂欲洒尘襟。
昔年曾是江南客，此日初为关外心。
思子台边风自急[②]，玉娘湖上月应沉[③]。
清声不远行人去，一世荒城伴夜砧。

①关，潼关也。道源注：“《甘棠志》：盘豆馆在湖城县西二十里，昔汉武帝过此，父老以牙豆盘献，因名焉。”

②《汉·戾太子传》：“上怜太子无辜，乃作思子宫，为归来望思之台于湖。”师古曰：“台在今湖城县西阕乡东。”

③玉娘湖，无考。或曰：《嵩山记》：“登封县有玉女台。汉武帝见二玉女于此，因名。”玉娘湖或在其侧。

和韩录事送宫人入道[①]

星使追还不自由[②]，双童捧上绿琼辀[③]。
九枝灯下朝金殿[④]，三素云中侍玉楼[⑤]。
凤女颠狂成久别，月娥孀独好同游[⑥]。

当时若爱韩公子[7]，埋骨成灰恨未休。

①张籍、王建、戴叔伦、元稹、于鹄、项斯皆有作。

②《后汉·李郃传》："和帝遣使者二人到益部，郃曰：'有二使星入蜀分野。'"《晋·天文志》："流星，天使也。"

③《诗诂》："车前横木上勾衡者谓之軥，亦曰辕。"

④九枝灯，注见上卷。道源注："《金根经》：黄金紫殿，青要帝君居之。"

⑤《真诰》："真人行则扶华晨盖，乘三素之云。"《艺苑雌黄》："《修真入道秘言》：'立春日清朝北望，有紫、绿、白云，为三元君三素飞云也。三元君是日乘八轮之舆，上诣天帝。'唐试进士以《立春日望三素云飞》出此。"

⑥月娥，谓月中姮娥。

⑦韩公子未详。或曰：韩非为韩之诸公子，借以况韩录事也。

即　目[1]

小鼎煎茶面曲池，白须道士竹间棋。
何人书破蒲葵扇[2]，记着南塘移树时。

①目，一作"日"。

②《广雅》："栟榈，棕也。"《玉篇》："一名蒲葵。"《晋阳秋》："谢安乡人有罢中宿县，诣安，安问归资，答曰：'惟有五万蒲葵扇。'又以非时。安乃取其中者执之，士庶竞慕，价十倍。"又曰："王羲之见老姥持十许六角扇卖之，因书其扇各五字，老姥初有愠色，羲之谓曰：'但云王右军书字，索百钱。'姥从之，人竞买之。"

卷二下

圣女祠[1]

杳蔼逢仙迹[2]，苍茫滞客途。
何年归碧落，此路向皇都。
消息期青雀[3]，逢迎异紫姑[4]。
肠回楚国梦[5]，心断汉宫巫[6]。
从骑裁寒竹[7]，行车荫白榆[8]。
星娥一去后[9]，月姊更来无[10]。
寡鹄迷苍壑[11]，羁凰怨翠梧[12]。
惟应碧桃下，方朔是狂夫[13]。

①注见上卷。

②蔼，一作“霭”。

③注见上卷。

④《荆楚岁时记》：“正月望日，其夕迎紫姑神以卜。”《异苑》：“紫姑本人家妾，为大妇所逐。正月十五日，感激而死。故世人作其形于厕以迎之。卜云：‘子胥不在，曹夫已行，小姑可出。’”子胥，婿也；曹夫，姑也。

⑤用神女事。

⑥《汉·郊祀志》：“上郡有巫病，而鬼神下之。上召置祠之甘泉。”

⑦用费长房骑竹杖事，见上卷。

⑧古诗：“天上何所有，历历种白榆。”

⑨星娥，谓织女。

⑩月姊，注见上卷。

⑪鹄，《英华》作“鹤”。鹄、鹤古通用。○《列女传》：“陶婴夫死守义，作歌曰：‘悲夫黄鹄之早歌兮，七年不双。’”

⑫《瑞应图》：“雄曰凤，雌曰凰。”羁凰，即羁雌也.

⑬东方朔偷桃事见前。

七月二十九日崇让宅讌作

露如微霰下前池，月过回塘万竹悲[①]。
浮世本来多聚散，红蕖何事亦离披。
悠扬归梦惟灯见，濩落生涯独酒知。
岂到白头长只尔，嵩阳松雪有心期。

①月，《西溪丛语》作“风”。

赠从兄阆之

怅望人间万事违，私书幽梦约忘机。
荻花村里鱼标在[①]，石藓庭中鹿迹微。
幽径定携僧共入，寒塘好与月相依。
城中猘犬憎兰佩[②]，莫损幽芳久不归。

①道源注：“鱼标，以白木板为之，插于水际，投饵其下，鱼争聚焉，渔人以笼罩罩之。”

②猘，吉器切。○《左传》：“国狗之瘈，无不噬也。”杜预注：“瘈，狂犬也。”今名猘犬。李贺诗：“啑犬唁唁相索索，舐掌偏宜佩兰客。”

吴宫

龙槛沉沉水殿清，禁门深掩断人声。
吴王宴罢满宫醉，日暮水漂花出城。

常娥

云母屏风烛影深[1]，长河渐落晓星沉。
常娥应悔偷灵药，碧海青天夜夜心。

①云母屏，注见上卷。

残花

残花啼露莫留春，尖发谁非怨别人。
若但掩关劳独梦，宝钗何日不生尘。

天津西望[1]

虏马崩腾忽一狂，翠华无不到东方。
天津西望肠真断，满眼秋波出苑墙。

①《元和郡(国)〔县〕志》："天津桥在河南县北四里，隋大业元年造。用大船连以铁锁，南北夹起四楼。唐贞观中，更令石工累方石为脚。"

西亭

此夜西亭月正圆，疏帘相伴宿风烟。

梧桐莫更翻清露，孤鹤从来不得眠。

忆住一师[1]

无事经年别远公[2]，帝城钟晓忆西峰。
炉烟消尽寒灯晦，童子开门雪满松。

①住，一作“匡”。

②《高僧传》：“慧远本姓贾氏，雁门楼烦人。因秦乱，来游于晋，居庐阜三十馀年，化兼道俗。”

昨　夜

不辞鶗鴂妒年芳，但惜流尘暗烛房[1]。
昨夜西池凉露满，桂花吹断月中香。

①刘铄诗：“堂上流尘生。”

海　客

海客乘槎上紫氛[1]，星娥罢织一相闻。
只应不惮牵牛妒，聊用支机石赠君[2]。

①刘桢诗：“奋翅凌紫氛。”

②《集林》：“昔有人寻河源，见妇人浣纱，问之，曰：‘此天河也。’乃与一石而归。问严君平，君平曰：‘此织女支机之石。’”

初食笋呈座中

嫩箨香苞初出林，於陵论价重如金[①]。
皇都陆海应无数[②]，忍剪凌云一寸心[③]。

①《齐乘》："於陵在长山县二十五里，即陈仲子所居。"

②《汉书》："秦地有鄠杜竹林、南山檀(妬)〔柘〕，号陆海。"

③寸，一作"片"。

早　起

风露澹清晨，帘间独起人。
莺花啼又笑，毕竟是谁春。

寄蜀客

君到临邛问酒垆，近来还有长卿无。
金徽却是无情物，不许文君忆故夫。

行至金牛驿寄兴元渤海尚书[①]

楼上春云水底天，五云章色破巴笺[②]。
诸生个个王恭柳[③]，从事人人庾杲莲[④]。
六曲屏风江雨急[⑤]，九枝灯檠夜珠圆[⑥]。
深惭走马金牛路，骤和陈王《白玉篇》[⑦]。

①《元和郡(国)〔县〕志》："梁州金牛县，武德二年置。取五丁力士石牛出金为名。"《唐书》："兴元元年，升汉中郡为兴元府，山南西道治焉。"渤

海尚书，以义山所作状考之，乃高元裕也。元裕会昌中为京兆尹，大中初为刑部尚书。但新、旧史本传及除官制辞并云“出为山南东道节度使”，非兴元也，岂元裕自山南西道改东道而史失书乎？俟再详。

②道源注：“《唐书》：韦陟使侍妾掌五采笺，裁答授意。陟惟署名，自谓所书‘陟’字若五朵云。”杜甫诗：“巴笺染翰光。”

③《晋书》：“王恭美姿仪，人目之曰：‘濯濯如春月柳。’”

④注见前。

⑤六曲屏，注见上卷。

⑥檠，去声。○王筠《灯檠》诗：“百花曜九枝。”

⑦《白玉篇》，今《子建集》不载，疑逸。

深树见一颗樱桃尚在

高桃留晚实，寻得小庭南。
矮堕绿云髻[①]，欹危红玉簪。
惜堪充凤食，痛已被莺含[②]。
越鸟夸香荔，齐名亦未甘。

①《古今注》：“堕马髻，今无复作者。倭堕髻，一云堕马之馀形也。”古乐府：“头上倭堕髻。”

②注见上卷。

细　雨

帷飘白玉堂，簟卷碧牙床。
楚女当时意，萧萧发彩凉[①]。

①彩，一作“影”。

歌 舞

遏云歌响清[①]，回雪舞腰轻[②]。
只要君流盼，君倾国自倾。

①《列子》："薛谭学讴于秦青。一日辞归，青饯于郊衢，抚节悲歌，声振林木，响遏行云。"

②回雪，注见前。

海 上

石桥东望海连天[①]，徐福空来不得仙[②]。
直遣麻姑与搔背[③]，可能留命待桑田[④]。

①始皇石桥事，见上卷。

②《仙传拾遗》："徐福字君房，秦始皇时，闻东海中祖洲上有不死之草，生琼田中，一名养神芝。始皇乃遣福及童男女各三千人，乘楼船，入海寻祖洲，不返。"

③《列仙传》："麻姑降蔡经家，经见麻姑手似鸟爪，心言：'背大痒时，得此爪以爬背，当佳也。'王方平知经心言，使人牵经，鞭之曰：'麻姑，神人也！汝何忽谓其爪可爬背乎？'但见鞭着经背，亦不见有人持鞭者。方平告经曰：'吾鞭不可妄得也。'"

④桑田，注见上卷。

魏侯第东北楼堂郢叔言别聊用书所见成篇

暗楼连夜阁，不拟为黄昏。
未必断别泪，何曾妨梦魂。

疑穿花逶迤[①]，渐近火温黁[②]。
海底翻无水，仙家却有村。
锁香金屈戌[③]，带酒玉昆仑[④]。
羽白风交扇，冰清月映盆[⑤]。
旧欢尘自积，新岁电犹奔。
霞绮空留段[⑥]，云峰不带根。
念君千里舸，江草漏灯痕[⑦]。

①迤，叶上声。○说文："逶迤，衺去貌。"

②黁，奴昆切。○皮日休《桃花赋》："或温黁而可熏，或矮媠而莫持。"

③道源注："梁简文诗：'织成屏风金屈戌。'李贺诗：'屈戌铜铺(销)〔锁〕阿甄。'《辍耕录》：'今人家窗户设铰，名曰环钮，即古金铺之遗意，北方谓之屈戌。'"

④《摭异记》："物之异者，有龙脑香、昆仑子。"《记事珠》："宇文卓方执昆仑玉盏，听左丞檀超高谈，不觉堕地。"按，唐人小说多名奴子为昆仑，玉昆仑乃玉刻人形，作器玩耳。

⑤映，一作"印"。

⑥谢(眺)〔朓〕诗："馀霞散成绮。"

⑦云根，注见上卷。

白云夫旧居

平生误识白云夫，再到仙檐忆酒垆。
墙外万株人绝迹，夕阳惟照欲栖乌。

同学彭道士参寥

莫羡仙家有上真[①]，仙家暂谪亦千春。

月中桂树高多少，试问西河斫树人[2]。

①《真诰》："列羽服之上真。"

②《酉阳杂俎》："月中桂高五百丈，下有一人常（斫）〔斫〕之，树创随合，人姓吴名刚，西河人，学仙有过，谪令伐树。"

到 秋

扇风淅沥簟流离[1]，万里南云滞所思[2]。
守到清秋还寂寞，叶丹苔碧闭门时。

①离，一作"漓"。○簟，竹席。流离，簟文也。《鲁灵光殿赋》："流离烂漫。"济曰："皆光色貌。"

②陆机赋："指南云以寄钦。"

华 师

孤鹤不睡云无心，衲衣筇杖来西林[1]。
院门昼锁回廊静，秋日当阶柿叶阴。

①西林，注见上卷。

华岳下题西王母庙

神仙有分岂关情，八马虚随落日行[1]。
莫恨名姬中夜没[2]，君王犹自不长生。

①谓穆王八骏。

②《穆天子传》："天子游于河济，盛君献女，王为盛姬筑台，砌之以玉。天子西征至玄池之上，乃奏乐三日终，是(日)〔曰〕乐池。盛姬亡，天子(嫔)〔殡〕姬于穀丘之庙，葬于乐池之南。"《郡国志》："濮州璧玉台，穆天子为盛姬所造也。今旁地犹多珉石。"白居易《李夫人》诗："君不见穆王三日哭，重璧台前伤盛姬。"

按《唐书》："武宗王才人善歌舞，状纤颀，颇类帝。每畋苑中，才人必从，袍而骑，佼服光侈，观者莫知孰为帝也。帝惑方士说，欲饵药长生，后寖不豫。才人独忧之。及大渐，才人悉取所常贮散遗宫中，审帝已崩，即(日)〔自〕经幄下。"义山此诗，岂有感其事而发欤？

过华清内厩门

华清别馆闭黄昏，碧草悠悠内厩门。
自是明时不巡幸，至今青海有龙孙①。

①青海马，龙种也。注详上卷。

乐游原①

万树鸣蝉隔岸虹，乐游原上有西风。
羲和自趁虞泉宿②，不放斜阳更向东。

①注见上卷。

②趁，一作"是"。○《广雅》："日御曰羲和。"《淮南子》："日薄于虞泉，是谓黄昏。"

赠荷花

世间花叶不相伦，花入金盆叶作尘。
惟有绿荷红菡萏，卷舒开合任天真。
此荷此叶常相映，翠减红衰愁杀人。

丹　丘[①]

青女丁宁结夜霜，羲和辛苦送朝阳。
丹丘万里无消息，几对梧桐忆凤凰。

①《楚词》："仍羽人于丹丘兮，留不死之旧乡。"《拾遗记》："丹丘千年一烧，至圣之君以为大瑞。"

房君珊瑚散[①]

不见姮娥影[②]，清秋守月轮。
月中闲杵臼，桂子捣成尘[③]。

①道源注："陈藏器《本草》：'珊瑚生石岩下，刺刻之，汁流如血。以金投之为丸，名金浆；以玉投之为玉髓，久服长生。'《箧中方》：'治七八岁小儿眼有麸翳未坚，不可妄傅药，宜点珊瑚散，细研如粉，每日少少点之，三日立愈。'"

②姮，一作"常"。

③《南部新书》："杭州灵隐山多桂，寺僧云是月中种也，至今中秋夜往往有子坠。"

小桃园

竟日小桃园，休寒亦未暄。
坐莺当酒重，送客出墙繁。
啼久艳粉薄，舞多香雪翻。
犹怜未圆月，先出照黄昏。

嘲樱桃

朱实鸟含尽，青楼人未归。
南园无限树，独自叶如帏[①]。

①陆机诗："密叶成翠幄。"

和张秀才落花有感

晴暖感馀芳，红苞杂绛房。
落时犹自舞，扫后更闻香。
梦罢收罗荐[①]，仙归敕玉箱[②]。
回肠九回后[③]，犹有剩回肠。

①罗荐，注见上卷。

②《汉武内传》："武帝葬茂陵，冢中先有一玉箱、一玉杖，是西胡康渠王所献。"《真诰》："侍女皆青绫衣，捧赤玉箱二枚，青带束络之。"

③九，一作"久"，非。

代越公房妓嘲徐公主[①]

笑啼俱不敢，几欲是吞声。
遽遣离琴怨，都由半镜明。
应防啼与笑，微露浅深情。

①《古今诗话》:“陈太子舍人徐德言尚乐昌公主。陈政衰，德言谓主曰:‘以君之才容，国亡，必入豪家。倘情缘未断，犹期再见。’乃破一镜，人执其半，约他日以正月望日卖于都市。及陈亡，主果归杨素。德言访于都市，有苍头卖半镜者，大高其价。德言引至旅邸，言其故，出半镜以合之，仍题诗曰:‘镜与人俱去，镜归人未归。无复姮娥影，空留明月辉。’主得诗，悲泣不食。素知之，召德言至，还其妻，因命主赋诗，口占曰:‘今日何迁次，新官对旧官。笑啼俱不敢，方信作人难。’”

代贵公主

芳条得意红，飘落忽西东。
分逐春风去，风回得故丛。
明朝金井露[①]，始看忆春风。

①金井，一作“含新”。

凤

万里峰峦归路迷，未判容彩借山鸡[①]。
新春定有将雏乐[②]，阿阁华池两处栖[③]。

①判，“拚”同。○《南越志》:‘曾城县多鵕䴊。鵕䴊，山鸡也。光色

鲜明，五彩炫耀。”○言彩凤非山鸡之比。

②《晋书·乐志》：吴歌杂曲一曰《凤将雏》。

③《帝王世纪》：“黄帝时，凤皇巢于阿阁。”《韩诗外传》：“齐景公出弋昭华之池。”

昭肃皇帝挽歌辞三首[①]

九县怀雄武[②]，三灵仰睿文[③]。
周王传叔父[④]，汉后重神君[⑤]。
玉律朝惊露[⑥]，金茎夜切云[⑦]。
笳箫凄欲断，无复咏横汾[⑧]。

①《唐书》：“武宗会昌六年崩，谥至道昭肃孝皇帝，葬端陵。”

②《后汉书》：“九县飙回。”

③三灵，注见前。

④《唐书》：“武宗讳瀍，始封颍王。开成五年，立为皇太弟，废太子成美为陈王。”

⑤《汉·郊祀志》：“上求神君，舍之上林中磃氏馆。神君者，长陵女子，以乳死，见神于先后宛若。宛若祠之其室。及上即位，置祠内中，闻其言，不见其人云。”按《通鉴》：“会昌三年，筑望仙观于禁中。五年，又筑望仙台于南郊。”故用此事。

⑥《后汉·律历志》：“候气之法，殿中用玉律十二，惟二至乃候灵台，用竹律六寸。”

⑦金茎，注见上卷。《楚词》：“冠切云之崔嵬。”

⑧汉武《秋风词》：“泛楼船兮济汾河，横中流兮扬素波。”

玉塞惊宵柝[①]，金桥罢举烽[②]。
始巢阿阁凤，旋驾鼎湖龙[③]。

门咽通神鼓④，楼凝警夜钟⑤。
小臣观吉从，犹误欲东封⑥。

①出塞从玉门关，故曰“玉塞”。王勃赋：“金山之断鹤，玉塞之惊鸿。”《唐书》：“会昌三年正月，河东节度使刘沔大破回鹘于杀胡山，迎太和公主以归。”故曰“惊宵柝”。

②按，此语谓平刘稹之叛。义山《李卫公集序》：“天井雄关，金桥故地，跨摇河北，倚胁山东。适有军书，果闻戎捷。”可证金桥在上党，吴融有《金桥感事》诗，即此地也。《鼓吹》注乃云“洛阳桥名”，大误。

③鼎湖龙，注见前。

④《乐志》：“凡天神之类，皆以雷鼓；地祇之类，皆以灵鼓；人鬼之类，皆以路鼓。”

⑤用景阳钟事。

⑥陈后主诗：“愿上东封书。”

莫验昭华琯①，虚传甲帐神②。
海迷求药使③，雪隔献桃人④。
桂寝青云断⑤，松扉白露新⑥。
万方同象鸟⑦，举恸满秋尘⑧。

①琯，一作“管”。〇《尚书大传》：“尧致舜天下，赠以昭华之玉。”《西京杂记》：“高祖初入咸阳宫，周行府库，有玉笛长二尺三寸，二十六孔，吹之则见车马山林，隐鳞相次，吹息亦不复见。铭曰‘昭华之琯’。”

②甲帐，注见上卷。

③《史记》：“始皇使徐(市)〔市〕等入海，求诸仙人及不死之药。”《汉书》：“武帝遣方士入海，求蓬莱安期生之属而事，化丹砂诸药齐为黄金。”

④《拾遗记》：“西王母进穆王嵰州甜雪。”嵰州去玉门二千里，地多寒

雪。献桃，注见前。

⑤《汉书》："上令长安作飞廉、桂馆，使公孙卿持节设具而候神人。"

⑥《符子》："尧曰：'余坐华殿之上，森然而松生于栋；立棂扉之内，霏然而云生于牖。'"

⑦《帝王世纪》："舜葬苍梧，下有群象尝为之耕。"《水经注》："禹崩于会稽，因葬之，有鸟来为之耘，春拔其根，秋啄其秽。"

⑧满，一作"净"。

梓州罢吟寄同舍

不拣花朝与雪朝，五年从事霍嫖姚[①]。
君缘接座交珠履[②]，我为分行近翠翘[③]。
楚雨含情皆有托，漳滨卧病竟无憀。
长吟远下燕台去，惟有衣香染未销。

①《汉书》："霍去病为嫖姚校尉。"按，师古音嫖，频妙反；姚，羊召反。服虔音飘摇，后人多从之。

②《史记》："楚春申君上客三千人，皆蹑珠履。"

③翠翘，注见上卷。

无题二首

凤尾香罗薄几重，碧文圆顶夜深缝。
扇裁月魄羞难掩[①]，车走雷声语未通[②]。
曾是寂寥金烬暗[③]，断无消息石榴红[④]。
斑骓只系垂杨岸[⑤]，何处西南任好风。

①班婕妤诗："裁为合欢扇，团团似明月。"乐府《团扇郎歌》："憔悴

无复理，羞与郎相见。”

②《长门赋》：“雷隐隐而响起兮，声象君之车音。”

③徐彦伯诗：“玉盘红泪滴，金烬彩光圆。”

④道源注：“梁元帝《乌栖曲》：‘芙蓉为带石榴裙。’”

⑤斑骓，注见上卷。

重帏深下莫愁堂，卧后清宵细细长。
神女生涯原是梦，小姑居处本无郎①。
风波不信菱枝弱，月露谁教桂叶香。
直道相思了无益，未妨惆怅是清狂。

①原注：“古诗有小姑无郎之句。”○古乐府《青溪小姑曲》：“开门白水，侧近桥梁。小姑所居，独处无郎。”吴均《续齐谐记》：“会稽赵文韶，宋元嘉为东宫扶侍，廨在青溪中桥。秋夜步月，忽有青衣诣门相问，须臾，女郎至，年可十八九许，容色绝妙，顾青衣，取箜篌鼓之，留连宴寝。将旦，别去，以金簪遗文韶。明日，于青溪庙中得之，乃知昨所见青溪神女也。”刘敬叔《异苑》：“青溪小姑，蒋子文第三妹也。”杨炯《少姨庙碑》：“虞帝二妃，湘水之波澜未歇；蒋侯三妹，青溪之轨迹可寻。”

病中早访招国李十将军遇挈家游曲江

十顷平波溢岸清，病来惟梦此中行。
相如未是真消渴，犹放沱江过锦城①。

①《汉书》：“沱水在蜀郡郫县西，东入大江。其一在汶江县西南，东入江。”

昨　日

昨日紫姑神去也[①]，今朝青鸟使来赊[②]。
未容言语还分散，少得团圆足怨嗟。
二八月轮蟾影破[③]，十三弦柱雁行斜[④]。
平明钟后更何事，笑倚墙边梅树花[⑤]。

①注见前。

②注见上卷。

③鲍照《玩月》诗："三五二八时，千里与君同。"

④《急就篇》注："筝，瑟类也。本十二弦，今则十三。"《通典》："弦柱拟十二月，十三则闰月也。"

⑤边，一作"匡"。

樱桃花下

流莺舞蝶两相欺，不取花芳正结时。
他日未开今日谢，嘉辰长短是参差。

故驿迎吊故桂府常侍有感[①]

饥乌翻树晚鸡啼，泣过秋原没马泥。
二纪征南恩与旧，此时丹旐玉山西[②]。

①按《旧唐书》："大中元年二月，以给事中郑亚为御史中丞、桂管防御观察使。二年正月，以李德裕坐累，责授循州刺史。未几，卒。"此云常侍，或后来赠官。

②丹旐，铭旌也。王褒《送葬》诗："丹旐书空位。"玉山，即蓝田山，注

见上卷。

槿　花

风露凄凄秋景繁，可怜荣落在朝昏。
未央宫里三千女①，但保红颜莫保恩。

①《汉武故事》："上起明光宫，发燕赵美女三千人充之，建章、未央、长乐三宫皆辇道相属。"

暮秋独游曲江

荷叶生时春恨生①，荷叶枯时秋恨成。
深知身在情长在，怅望江头江水声。

①生，一作"起"。

任弘农尉献州刺史乞假还京①

黄昏封印点刑徒，愧负荆山入座隅②。
却羡卞和双刖足③，一生无复没阶趋。

①《唐书》："弘农县属虢州。贞观八年，徙州治弘农。"本传："调补弘农尉，以活狱忤观察使孙简，将罢去。"此诗当在是时作。

②按《地志》，荆山非一处，此乃弘农郡之荆山也，注详上卷。

③因荆山而用卞和事，其实卞和泣玉乃楚之荆山，古人用事不甚泥。

赠勾芒神[①]

佳期不定春期赊，春物夭阏兴咨嗟。
愿得勾芒索青女，不教容易损年华。

①《月令》注："少皞氏子重为木官，曰勾芒。"疏云："木初生而有芒角也。"

无愁果有愁曲北齐歌[①]

东有青龙西白虎[②]，中含福星包世度[③]。
玉壶渭水笑清潭[④]，凿天不到牵牛处[⑤]。
騏驎踏云天马狞[⑥]，牛山撼碎珊瑚声[⑦]。
秋娥点滴不成泪，十二玉楼无故钉[⑧]。
推烟唾月抛千里，十番红桐一行死[⑨]。
白杨别屋鬼迷人[⑩]，空留暗记如蚕纸[⑪]。
日暮西风牵短丝[⑫]，血凝血散今谁是[⑬]。

①无愁，注见上卷，曲名缘起未详。

②《礼记》："行前朱雀而后玄武，左青龙而右白虎。"

③道源注："《云笈七签》：包括世度，璇玑照明。"

④渭水本清，玉壶纳之。

⑤开凿天荒，无所不至，特不及河汉耳。

⑥騏驎，一作"麒麟"。○《山海经》："马成之山有兽焉，状如白犬而黑头，见人则飞，名曰天马。"

⑦《括地志》："牛山在临淄县南十里，即齐景公所游。"僧齐己诗："昔年曾梦涉蓬瀛，惟闻撼动珊瑚声。"

⑧按史，齐文宣造三台，穷极靡侈，故以十二玉楼拟之。

⑨番，去声。行，音杭。○道源注："《酉阳杂俎》：南中桐花有深红色者。"

⑩陈藏器《本草》："白杨北土极多，人种墟墓间，树大皮白。"

⑪道源注："何延之《兰亭记》：羲之游山阴，兰亭修禊，挥毫制序，兴乐而书。用蚕茧纸、鼠须笔，遒媚劲健，绝代更无。"

⑫短丝，鬓丝也。李贺诗："寒绿幽风生短丝。"

⑬"推烟唾月"以下，言人已离，物已死，萧萧白杨，徒记其人于蚕纸耳。血凝血散，生死相乘，是果不能无愁也。

义山集中此等诗全学李长吉。

房中曲

蔷薇泣幽素①，翠带花钱小。
娇郎痴若云，抱日西帘晓。
枕是龙宫石②，割得秋波色③。
玉簟失柔肤④，但见蒙罗碧⑤。
忆得前年春，未语含悲辛。
归来已不见，锦瑟长于人。
今日涧底松，明日山头檗⑥。
愁到天池翻，相看不相识⑦。

①《刘子》："春花含日似笑，秋露泫叶如泣。"

②《玉堂闲话》："《息壤记》云：禹堙洪水至荆州，见有海眼泛溢无垠，禹乃镌石造龙之宫室，置于穴中，以塞其水脉。"

③李贺诗："一双瞳人剪秋水。"

④李白诗："拂拭青玉簟。"

⑤蒙罗，是"蒙彼绉絺"之"蒙"。祖咏诗："碧罗蒙天阁。"

⑥《说文》："檗，黄木也。味苦。"古乐府："黄檗向春生，苦心随日

长。”又曰：“高山种芙蓉，复经黄檗坞。”

⑦池，一作“地”。

齐梁晴云①

缓逐烟波起，如妒柳绵飘。
故临飞阁度，欲入迥陂销。
萦歌怜画扇，敞景弄柔条。
更奈天南位②，牛渚宿残宵③。

①道源注：“效齐梁体赋晴云也。”

②奈，一作“耐”。

③牛渚，牵牛渚也。

效徐陵体赠更衣

密帐真珠络①，温帏翡翠装②。
楚腰知便宠，宫眉正斗强。
结带悬栀子③，绣领刺鸳鸯④。
轻寒衣省夜，金斗熨沉香。

①真，一作“珍”。○道源注：“《杜阳杂编》：‘同昌公主堂中设连珠之帐。’《外国传》：‘斯条国王作白珠交结帐。’”

②《招魂》：“翡帏翠帱，饰高堂些。”

③《本草》：“栀子花六出，甚芬香。俗说即西域薝卜花也。”梁徐悱妻刘氏诗：“同心何处恨，栀子最关人。”

④《汉书》：“广川王去姬为去刺方领绣。”晋灼曰：“今之妇人直领也，绣为方领，上刺作黼黻文。”费昶《捣衣》诗：“方绣领间斜。”

又效江南曲①

郎船安两桨②，侬舸动双桡③。
扫黛开宫额④，裁裙约楚腰。
乖期方积思，临酒欲拌娇⑤。
莫以《采菱》唱⑥，欲羡秦台箫。

①《古今乐录》："梁武帝改《西曲》制《江南上云乐》十四曲、《江南弄》七曲。"

②乐府《莫愁乐》："艇子打两桨。"

③《方言》："南楚江(湖)〔湘〕船大谓之舸，楫谓之桡。"

④《飞燕外传》："为薄眉，号远山黛。"《烟花记》："炀帝日给宫人螺子黛五斛。"

⑤拌，"拚"同。

⑥唱，一作"曲"。○《江南弄》七曲，五曰《采菱》。

月夜重寄宋华阳姊妹

偷桃窃药事难兼①，十二城中锁彩蟾。
应共三英同夜赏②，玉楼仍是水精帘③。

①偷桃，方朔事。窃药，嫦娥事。俱见上卷。

②王勃启："叶契三英，尚隔黄衣之梦。"

③宋之问《明河篇》："水精帘外转逶迤。"

访人不遇留别馆

卿卿不惜锁窗春①，去作长楸走马身②。

闲倚绣帘吹柳絮，日高深院断无人。

①《世说》："王安丰妇常'卿'安丰曰：'怜卿爱卿，是以卿卿。'"
②曹植诗："走马长楸间。"

雨中长乐水馆送赵十五滂不及

碧云东去雨云西，苑路高高驿路低。
秋水绿芜终尽分，夫君太骋锦障泥[1]。

①锦障泥，注见上卷。

汴上送李郢之苏州[1]

人高诗苦滞夷门[2]，万里梁王有旧园[3]。
烟幌自应怜《白纻》[4]，月楼谁伴咏黄昏。
露桃涂颊依苔井[5]，风柳夸腰住水村[6]。
苏小小坟今在否[7]，紫兰香径与招魂。

①《唐书》："李郢字楚望，大中进士第，为侍御史。"《九国志》："郢，长安人。唐末避乱岭表。有集一卷。"

②《史记》："侯嬴年七十，家贫，为大梁夷门监。"

③《西京杂记》："梁孝王好宫室苑囿之乐，筑兔园。园有雁池，池间有鹤洲凫渚。"

④纻，一作"苎"。○《宋书·乐志》："《白苎舞》词有巾袍之言；纻本吴地所出，宜是吴舞也。"《唐六典》："江南道常、湖等州贡白纻。"

⑤《北史》："卢士深妻崔氏有才学，春日以桃花靧儿面，作《靧面辞》。"梁简文帝《桃花》诗："飞花入露井。"

⑥柳腰，注见上卷。

⑦《乐府广题》："苏小小，钱塘名娼也，南齐时人。"《吴地记》："嘉兴县前有晋妓苏小小墓。"按《唐志》，嘉兴县属苏州，此故及之。

赠郑说处士

浪迹江湖白发新，浮云一片是吾身[①]。
寒归山观随碁局[②]，暖入汀洲逐钓轮[③]。
越桂留烹张翰鲙[④]，蜀姜供煮陆机莼[⑤]。
相逢一笑怜疏放，他日扁舟有故人。

①《维摩经》："是身如浮云，须臾变灭。"

②碁，一作"棋"。

③轮，一作"纶"。○《江赋》："或挥轮于悬碕。"善曰："轮，钓轮也。"

④南越有桂林，故曰越桂。《吕氏春秋》："和之美者，阳朴之姜，招摇之桂，越骆之菌。"《晋书》："张翰见秋风起，思吴中莼羹、鲈鱼鲙，遂命驾而归。"

⑤道源注："《搜神记》：左慈少有神道，尝在曹公座，公曰：'今日高会，所少者，松江鲈鱼为鲙。'慈求铜盘，贮水，钓于盘中，引一鲈鱼出。公曰：'今既得鲈，恨无蜀中姜耳。'慈曰：'亦可得也。'公恐其近路买，因曰：'吾有使至蜀买锦，可敕使增市二端。'须臾还，得生姜。岁馀，使还，果增二端。问之，曰：'某月某日，见人于肆下，以公敕，故增耳。'"《世说》："陆机诣王武子。武子前置数斛羊酪，指以示陆，曰：'卿江东何以敌此？'陆曰：'有千里莼羹，但未下盐豉耳。'"

复至裴明府所居

伊人卜筑自幽深，桂巷杉篱不可寻。

柱上雕虫对书字[①]，槽中秣马仰听琴[②]。
求之流辈岂易得，行矣关山方独吟。
赊取松醪一斗酒，与君相伴洒烦襟。

①扬子："雕虫篆刻，壮夫不为。"《说文序》："六曰鸟虫书，所以书旛信也。"《白帖》："虫书，即蝌蚪书。"

②《荀子》："伯牙鼓琴，而六马仰秣。"

览　古

莫恃金汤忽太平，草间霜露古今情。
空糊赪壤真何益[①]，欲举黄旗竟未成[②]。
长乐瓦飞随水逝[③]，景阳钟堕失天明[④]。
回头一吊箕山客，始信逃尧不为名。

①糊，一作"存"。〇《芜城赋》："糊赪壤以飞文。"注："糊，粘也；赪壤，赤土也。以粘和之饰壁，故曰飞文。"

②《吴志·孙权传》："陈纪曰：'旧说黄旗紫盖，运在东南。'"《哀江南赋》："昔之虎踞龙蟠，加以黄旗紫气，莫不随狐兔而窟穴，与风尘而殄瘁。"

③道源注："《南史》：宋废帝景和元年以东府城为未央宫，以石头城为长乐宫。"

④景阳钟，见前。

子初郊墅

看山对酒君思我，听鼓离城我访君。
腊雪已添墙下水，斋钟不散槛前云。

阴移竹柏浓还淡，歌杂渔樵断更闻。
亦拟村南买烟舍，子孙相约事耕耘。

汉南书事①

西师万众几时回，哀痛天书近已裁。
文史何曾重刀笔②，将军犹自舞轮台③。
几时拓土成王道，从古穷兵是祸胎。
陛下好生千万寿④，玉楼长御白云杯。

①《通鉴》："大中三年二月，吐蕃秦、原、安乐三州及石门等七关来降。诏泾原、灵武、凤翔、邠宁、振武皆出兵应援。又募百姓垦辟三州七关土田。将吏营田者，官给牛及种粮。其山南、剑南没蕃州县亦令收复。四年秋八月，发诸道兵讨党项，连年无功，戍馈不已，上颇厌用兵。"此诗乃作于其时也。

②《汉书·赞》："萧何、曹参皆起秦刀笔吏。"

③《汉·西域传》："自燉煌西至盐泽，往往起亭，而轮台渠犁皆有田卒数百人，置使者校尉领护，以给使外国者。"轮台在车师国西北千馀里，渠犁在轮台东北。

④乐府《射乌辞》："陛下寿万年，臣为二千石。"

当句有对

密迩平阳接上兰①，秦楼鸳瓦汉宫盘②。
池光不定花光乱，日气初涵露气干。
但觉游蜂饶舞蝶，岂知孤凤忆离鸾。
三星自转三山远③，紫府程遥碧落宽④。

①迩，一作“尔”。〇道源注：“《三辅黄图》有平阳封宫。又《汉书》：平阳侯曹寿尚帝姊，号平阳主。”李适诗：“歌舞平阳第，园亭沁水林。”《西京赋》：“正垒壁乎上兰。”师古曰：“上兰，观名，在上林中。”徐陵诗：“欲知迷下蔡，先将过上兰。”

②《邺中记》：“邺都铜雀台皆鸳鸯瓦。”梁昭明太子诗：“日丽鸳鸯瓦。”

③《诗》：“三星在天。”注：“心，星也。昏见东方。”三神山在海上。

④紫府、碧落，注俱见上卷。

井络

井络天彭一掌中①，漫夸天设剑为峰②。
阵图东聚燕江口③，边柝西悬雪岭松④。
堪叹故君成杜宇⑤，可能先主是真龙⑥。
将来为报奸雄辈，莫向金牛访旧踪⑦。

①《河图括地象》：“岷山之精，上为井络。帝以（建）〔会〕昌，神以（会）〔建〕会福。”《水经注》：“李冰为蜀守，见氐道县有天彭山，两峰相对，其形如阙，谓之天彭门，亦曰天彭阙。”

②《旧唐书》：“剑州剑门县界大剑山，即梁山也。其北三十里有小剑山。”《元和郡（国）〔县〕志》：“其山峭壁千丈，下瞰绝涧，作飞阁以通行旅。”

③燕，当作“夔”。〇《晋书》：“初，诸葛亮造八阵图于鱼复平沙上，累石为八行，相去二丈。桓温见之曰：‘此常山蛇势也。’”《荆州图副》：“永安宫南一里渚下平碛上，有孔明八阵图，聚细石为之，各高五丈，广十围，历然棋布，纵横相当。中间相去九尺，正中间南北巷悉方广五尺，凡六十四聚。或为人散乱，及为夏水所没，冬时水退，依然如故。”《寰宇记》：“八阵图（有）〔在〕奉节县西南七里。”燕江，无考，必“夔”字之讹，点画相近耳。

④雪岭，注见上卷。

⑤叹，一作“笑”。〇注见上卷。

⑥《吴志》：“周瑜曰：‘刘备非久为人用者，恐蛟龙得云雨，终非池中物也。’”

⑦《十三州志》：“秦惠王未知蜀道，乃刻石〔牛〕五头，置金于尾下，言此天牛能粪金。蜀人信之，令五丁共引牛成道，致之成都。秦因使张仪伐之。”《通志》：“金牛峡在汉中府沔县西一百七十里。”

写意

燕雁迢迢隔上林，高秋望断正长吟。
人间路有潼江险[①]，天外山惟玉垒深[②]。
日向花间留返照，云从城上结层阴。
三年已制思乡泪，更入新年恐不禁。

①《水经注》：“驰水出五妇候，亦曰潼水。南迳梓潼县，自县西迳涪城东，又南入涪水。”《元和郡(国)〔县〕志》：“梓州射洪县有梓潼水，与涪江合流。”

②玉垒，注见上卷。

随师东[①]

东征日调万黄金，几竭中原买斗心。
军令未闻诛马谡[②]，捷书惟是报孙歆[③]。
但须鸑鷟巢阿阁，岂假鸱鸮在泮林[④]。
可惜前朝玄菟郡[⑤]，积骸成莽阵云深[⑥]。

①《通鉴》：“太和元年，李同捷盗据沧、景，诏乌重胤、王智兴、康志睦、史宪诚、李载义、李听、张璠各率本道兵讨之。二年九月，命诸军进讨王庭凑。十月，宪诚及同捷战于平原，屡败之；载义又败之于长芦。柳公济败

庭凑于新乐，又败之于博野。刘从谏又败之于昭庆。时诸军讨同捷久未成功，每有小胜，则虚张首虏以邀厚赏，朝廷竭力奉之，馈运不给。沧州丧乱之后，骸骨蔽地，城空野旷，户口什无三四。”详诗中语，正此时事也。

②《蜀志》：“建兴六年，诸葛亮出军向祁山。拔马谡，统大众在前，与魏将张郃战于街亭，为郃所破。亮退军还汉中，谡下狱死。”

③原注：“平吴之役，上言得歆首。吴平，歆尚在。”○王隐《晋书》：“杜预伐吴，军入乐乡，至都督孙歆帐下，生将歆诣预，王濬先列得歆头，而预生送歆，洛中大笑。”

④《诗》：“翩彼飞鸮，集于泮林。”

⑤《汉书》：“武帝元封四年，以朝鲜地置乐浪、玄菟、真番、临屯四郡。昭帝罢真番，筑辽东玄菟城。”

⑥按，隋炀帝大业中频年用兵高丽。末二语盖举往事以讽也。

宋玉

何事荆台百万家[①]，惟教宋玉擅才华。
《楚辞》已不饶唐勒，《风赋》何曾让景差[②]。
落日渚宫供观阁[③]，开年云梦送烟花[④]。
可怜庾信寻荒径，犹得三朝托后车[⑤]。

①《家语》：“楚王将游荆台，司马子期谏。”《方舆胜览》：“荆台在监利县西三十里土洲之南。”

②宋玉《讽赋》：“楚襄王时，宋玉休归，唐勒谗之于王。”又《风赋》：“楚襄王游于兰台之宫，宋玉、景差侍。”道源注：“《荆楚故事》：襄王与唐勒、景差、宋玉游云梦之台，王令各赋大言，唐勒、景差赋不如王意，宋玉赋曰：‘方地为舆，圆天为盖，弯弓挂扶桑，长剑倚天外。’王于是喜，赐以云梦之田。”

③《左传》：“王使子西为商公，沿汉（泝）〔溯〕江，将入郢，王在渚

宫。”注：“小洲曰渚。”《郡县志》：“渚宫，楚别宫也。”《一统志》：“在江陵故城东南，梁元帝即位渚宫即此。”

④沈约《与徐勉书》：“开年以来，病增虑切。”

⑤《渚宫故事》：“庾信因侯景之乱，自建康遁归江陵，居宋玉故宅。”《北史》：“信先事梁简文帝，后奔江陵，元帝除御史中丞。聘西魏，遂留长安，累迁仪同三司。周孝闵帝践阼，迁骠骑大将军。”三朝，谓梁、魏、周也。

韩同年新居饯韩西迎家室戏赠[①]

籍籍征西万户侯，新缘贵婿起朱楼。
一名我漫居先甲[②]，千骑君翻在上头[③]。
云路招邀回彩凤，天河迢递笑牵牛。
南朝禁脔无人近[④]，瘦尽琼枝咏《四愁》[⑤]。

①韩同年，即韩畏之。

②《易》：“先甲三日。”《唐书》：“诸进士试时务策五条，帖一大经，经、策全得者为甲第。”

③乐府：“东方千馀骑，夫婿居上头。”

④《晋书》：“孝武帝为晋陵公主求婿，谓王珣曰：‘如谢混便足。’袁崧欲以女妻混，珣曰：‘卿莫近禁脔。’元帝初渡江，公私交窘，得豘，以为美，项上一脔尤佳，辄以荐帝，呼为禁脔。”

⑤枝，或云“肢”。咏，一作“有”。〇《离骚》：“折琼枝以继佩。”张衡有《四愁诗》。

奉和太原公送前杨秀才戴兼招杨正字戎[①]

潼关地接古弘农[②]，万里高飞雁与鸿[③]。

桂树一枝当白日④，芸香三代继清风⑤。
仙舟尚惜乖双美⑥，彩服何由得尽同。
谁惮士龙多笑疾，美髭终类晋司空⑦。

①太原公，王茂元也。《唐六典》："正字掌校雠典籍，刊正文字。"

②《雍录》："潼关在华州华阴县东北二十九里，关西一里有潼水，因名。"《汉书》："弘农郡，武帝元鼎四年置。"

③二杨必兄弟，故云。

④此语送戴。

⑤此语招戎。

⑥《后汉书》："李膺与郭泰同舟而济，众宾望之，以为神仙。"

⑦《晋书》："吴平，二陆入洛。机初诣张华，华问云何在，机曰：'云有笑疾，未敢自见。'俄而云至。华为人多姿制，又好帛〔绳〕缠须，云见而大笑，不能自已。"华封广武侯，进中书监，拜司空。

池 边

玉管葭灰细细吹①，流莺上下燕参差。
日西千绕池边树，忆把枯条撼雪时。

①《后汉书》："候气之法，竹为管，葭莩为灰，为室三重，布缇缦，木为案，内庳外高，加律其上，以葭莩灰抑其内端，按历候之，气至灰飞。殿中用玉律十二。"

贾 生

宣室求贤访逐臣，贾生才调更无伦。
可怜夜半虚前席，不问苍生问鬼神。

送王十三校书分司

多少分曹掌秘文，洛阳花雪梦随君。
定知何逊缘联句①，每到城东忆范云。

①何范联句，注见上卷。

寄恼韩同年时韩住萧洞二首

帘外辛夷定已开①，开时莫放艳阳回。
年华若到经风雨，便是胡僧话劫灰②。

①《本草》："辛夷花正二月间开，初发如笔，北人呼为木笔。其花最早，南人呼为迎春。"

②注见上卷。

龙山晴雪凤楼霞，洞里迷人有几家。
我为伤春心自醉，不劳君劝石榴花①。

①《扶南传》："顿逊国有安石榴，取其汁停杯中，数日成美酒。"梁简文帝诗："蠡杯石榴酒。"

谒　山

从来系日乏长绳①，水去云回恨不胜。
欲就麻姑买沧海②，一杯春露冷如冰。

①李白诗："安得长绳系白日。"

②麻姑，注见上卷。

钓 天

上帝钧天会众灵，昔人因梦到青冥[1]。
伶伦吹裂孤生竹[2]，却为知音不得听。

①用赵简子事，见上卷。

②《周礼》："孤竹之管。"注："孤竹，竹特生者。"《古诗》："冉冉孤生竹，结根太山阿。"

失 猿

祝融南去万重云[1]，清啸无因更一闻。
莫遣碧江通箭道，不教肠断忆同群。

①《长沙记》："衡山七十二峰，最大者五，芙蓉、紫盖、石廪、天柱、祝融。而祝融为最高。"

戏题友人壁

花径逶迤柳巷深，小阑亭午啭春禽。
相如解作《长门赋》，却用文君取酒金[1]。

①《长门赋序》："武帝陈皇后得幸，颇妒，别居长门宫，愁闷悲思，闻司马相如工为文，奉黄金百斤，为相如文君取酒。相如为文，以悟主上，皇后复得幸。"

假 日[1]

素琴弦断酒瓶空，倚坐欹眠日已中。
谁向刘灵天幕内[2]，更当陶令北窗风[3]。

①《楚词》："聊假日(日)以偷乐兮。"

②灵，一作"伶"。○刘伶《酒德颂》："幕天席地，纵意所如。"

③《陶潜传》："夏日高卧北窗之下，清风飒至，自谓羲皇上人。"

寄 远

姮娥捣药无时已[1]，玉女投壶未肯休[2]。
何日桑田俱变了，不教伊水向东流。

①姮，一作"常"。

②《神异经》："东王公与玉女投壶，枭而脱误不接者，天为之笑，开口流光，今电是也。"

王昭君

毛延寿画欲通神，忍为黄金不顾人[1]。
马上琵琶行万里[2]，汉宫长有隔生春[3]。

①《西京杂记》："元帝时，后宫既多，使画工图形，按图召幸之。宫人多赂画工，独昭君不肯。匈奴来朝，求美人为阏氏。上以昭君行，召见，貌为后宫第一。帝悔之，而名籍已(去)〔定〕，不复更人。乃穷按其事，画工毛延寿等同日弃市。"

②石崇《明君词序》："昔公主嫁乌孙，令琵琶马上作乐，以慰其道路之

思。其送明君，亦必尔也。”

③生，一作“山”。

旧将军

云台高议正纷纷[1]，谁定当时荡寇勋。
日暮灞陵原上猎，李将军是故将军[2]。

①《后汉书》：“显宗图画建武中二十八将于南宫云台。”江淹赋：“高议云台之上。”

②《汉书》：“李广屏居蓝田南山射猎，尝夜从人田间饮，还至亭，灞陵尉醉，呵止广。广骑曰：‘故李将军。’尉曰：‘今将军尚不得夜行，何故也。’”

曼倩辞[1]

十八年来堕世间[2]，瑶池归梦碧桃闲。
如何汉殿穿针夜[3]，又向窗中觑阿环[4]。

①《汉书》：“东方朔字曼倩，平原猒次人。”

②《东方朔别传》：“朔谓同舍郎曰：‘天下人无能知朔，知朔者惟太王公耳。’朔卒后，武帝召太王公，问之曰：‘尔知东方朔乎？’公曰：‘不知。’‘公何所能？’曰：‘颇善星历。’帝问：‘诸星具在否？’曰：‘具在，独不见岁星十八年，今复见耳。’帝叹曰：‘东方朔在朕旁十八年，而不知是岁星哉！’惨然不乐。”

③穿针事见上卷。

④中，一作“前”。○《博物志》：“七月七日夜七刻，王母降于九华殿。王母索七桃，以五枚与帝，母食二枚。惟母与帝对坐，其从者皆不得进。时东方朔窃从殿南厢朱鸟牖中窥母，母顾之，谓帝曰：‘此窥牖小儿，尝三来盗我

桃。'"《汉武内传》:"七月七日,西王母降于宫中,遣侍女郭密香与上元夫人相问。须臾,上元夫人遣问,云:'阿环再拜。'"

所 居

窗下寻书细,溪边坐石平。
水风醒酒病,霜日曝衣轻。
鸡黍随人设,蒲鱼得地生。
前贤无不谓①,容易即遗名。

①无不,一作"不无"。

高 松

高松出众木,伴我向天涯。
客散初晴候,僧来不语时。
有风传雅韵,无雪试幽姿。
上药终相待,他年访伏龟①。

①《嵩山记》:"嵩高山有大松树,或百岁,或千岁,其精变为青牛,为伏龟,采食其实得长年。"

访 秋

酒薄吹还醒,楼危望已穷。
江皋当落日,帆席见归风。
烟带龙潭白,霞分鸟道红。
殷勤报秋意,只是有丹枫。

昭　州[1]

桂水春犹早[2]，昭川日正西[3]。
虎当官道斗[4]，猿上驿楼啼。
绳烂金沙井[5]，松干乳洞梯[6]。
乡音殊可骇[7]，仍有醉如泥。

①《唐书》："昭州平乐郡属岭南道。"

②《楚词》："桂水兮潺湲。"《水经注》："桂水出桂阳县北界山，北径南平县而东北流，右会锺水。故应劭曰：桂水出桂阳，东北入湘。"

③川，《英华》作"州"。〇《通志》："昭潭在平乐府城东二里，下有十六滩。"

④道，《英华》作"路"。

⑤道源注："《方舆胜览》：'金沙井在平乐府治东。'"

⑥《方舆胜览》："乳洞在兴安县西南。洞有三，上曰飞霞，中曰驻云，下曰喷雷。下洞泉流石壁间，田垄沟塍如凿。中洞有三石柱及石室、石床。左盘至上洞，行八十步，得平地，有五色石横亘其上。"然平乐、恭城皆出锺乳，盖洞亦非一，大率昭潭多有之。

⑦殊，《英华》作"吁"。

哭刘司户蕡[1]

路有论冤谪，言皆在中兴[2]。
空闻迁贾谊，不待相孙弘[3]。
江阔惟回首，天高但抚膺。
去年相送地，春雪满黄陵[4]。

①注见上卷。

②中，张仲切。

③《汉书》："公孙弘对贤良策，武帝擢第一。后为相，封平津侯。"

④《水经注》："湖水西流，径二妃庙南，世谓之黄陵庙。"《方舆胜览》："庙在潭州湘阴县北九十里。"

裴明府居止

爱君茅屋下，向晚水溶溶。
试墨书新竹，张琴和古松。
坐来闻好鸟，归去度疏钟。
明日还相见，桥南贳酒醲。

陆发荆南始至商洛

昔去真无奈①，今还岂自知。
青辞木奴橘②，紫见地仙芝③。
四海秋风阔，千岩暮景迟。
向来忧际会，犹有五湖期。

①奈，一作"素"，非。

②《水经注》："龙阳县汜洲长二十里，吴丹阳太守李衡植橘于其上。临死，敕其子曰：'吾汜洲木奴千头，不责衣食，有绢千匹。'"

③道源注："《酉阳杂俎》：'凡学道三十年不倦，天下金翅鸟衔芝至。罗门山生石芝，得地仙。'"

陈后宫

玄武开新苑①，龙舟讌幸频。

渚莲参法驾②，沙鸟犯勾陈③。
寿献金茎露，歌翻《玉树》尘④。
夜来江令醉，别诏宿临春⑤。

①开，一作“关”，非。〇玄武湖，注见上卷。

②应劭《汉官仪》：“天子法驾，所乘曰金根车。”

③《星经》：“勾陈六星为六宫，亦主六军。”《晋·天文志》：“勾陈六星在紫宫中。勾陈，后宫也。”王者法勾陈，设环列。[1]

④《陈书》：“后主作新曲，有《玉树后庭花》。”

⑤临春阁，注见上卷。

乐游原

春梦乱不记，春原登已重。
青门弄烟柳①，紫阁舞云松②。
拂砚轻冰散，开樽绿酎浓③。
无悰托诗遣，吟罢更无悰④。

①《三辅黄图》：“长安城东出南头第一门曰霸城门，或曰青门。”

②张礼《游城南记》：“圭峰紫阁在终南山四皓祠之西。圭峰下有草堂寺，紫阁之阴即渼陂。”

③酎，音宙，一作“酒”。

④《汉书》：广陵王歌曰：“出入无悰为乐亟。”韦昭曰：“悰，乐也。”

赠子直花下①

池光忽隐墙，花气乱侵房。

[1]“王者……环列”：出自白居易《李演除左卫上将军制》。

屏缘蝶留粉[2]，窗油蜂印黄。
官书推小吏[3]，侍史从清郎[4]。
并马更吟去，寻思有底忙。

①《唐书》："令狐绹字子直。"

②缘，倪甸切。

③《唐书》："诸部郎有令史、书令史。"

④《杜氏通典》："汉尚书郎给侍史一人，女侍史二人。"

小园独酌

柳带谁能结，花房未肯开。
空馀双蝶舞，竟绝一人来。
半展龙须席[1]，轻斟玛瑙杯[2]。
年年春不定，虚信岁前梅。

①《山海经》："贾超之山，其(草)〔中〕多龙修。"郭璞曰："龙须也。生石穴中而倒垂，可以为席。"郑缉之《东阳记》："仙姥岩下不生蔓草，尽出龙须。"《唐书》："秦州、丹州俱土贡龙须席。"

②玛，一作"马"。〇《洛阳伽蓝记》："元琛酒器有玛瑙碗。"

思　归

固有楼堪倚，能无酒可倾。
岭云春沮洳，江月夜晴明。
鱼乱书何托，猿哀梦易惊。
旧居连上苑，时节正迁莺。

献寄旧府开封公[①]

幕府三年远,《春秋》一字褒。
书论秦《逐客》[②],赋续楚《离骚》。
地理南溟阔[③],天文北极高。
酬恩抚身世,未觉胜鸿毛。

①按,开封公即令狐楚也。楚镇汴州,义山从为巡官。

②时义山尚未第。

③理,一作“里”。

向 晚

当风横去幰,临水卷空帷。
北土秋千罢[①],南朝祓禊归。
花情羞脉脉,柳意怅微微。
莫叹佳期晚,佳期自古稀。

①《古今艺术图》:“秋千,绳戏,北方山戎以习轻趫。”

春 游

桥峻斑骓疾,川长白鸟高。
烟轻惟润柳,风滥欲吹桃。
徙倚三层阁,摩挲七宝刀[①]。
庾郎年最少,青草妒春袍[②]。

①七,一作“八”。〇古《琅琊王歌词》:“新买五尺刀,悬着中梁柱。一

日三摩挲，剧于十五女。”

②古诗：“青袍似春草。”

离 席

出宿金樽掩，从公玉帐新。
依依向馀照，远远隔芳尘[1]。
细草翻惊雁，残花伴醉人。
杨朱不用劝，只是更沾巾。

①芳尘，注见上卷。

俳 谐[1]

短顾何由遂，迟光且莫惊。
莺能歌《子夜》[2]，蝶解舞宫城[3]。
柳讶眉双浅，桃猜粉太轻。
年华有情状，吾岂怯生平[4]。

①杜诗有俳谐体。

②子夜，注见上卷。

③道源注：“《唐六典》：都城三重，外一重名京城，内一重名重城，又内一重名宫城。”

④一作“吾敢吝平生”。

细 雨

萧洒傍回汀，依微过短亭。

气凉先动竹，点细未开萍。
稍促高高燕，微疏的的萤。
故园烟草色，仍近五门青[①]。

①郑玄《礼记》注："天子五门，皋、雉、库、应、路也。"

商於新开路[①]

六百商於路[②]，崎岖古共闻。
蜂房春欲暮，虎穽日初曛。
路向泉间辨，人从树杪分。
更谁开捷径，速拟上青云。

①《唐书》："商州上洛郡，贞元七年刺史李西华自蓝田至内乡，开新道七百馀里。回山取涂，人不病涉，行旅便之。"

②注见上卷。

题郑大有隐居

结构何峰是，喧闲此地分。
石梁高泻月，樵路细侵云。
偃卧蛟螭室，希夷鸟兽群。
近知西岭上，玉管有时闻[①]。

①原注："君居近子晋憩鹤台。"○子晋好吹笙。玉管，玉笙也。

夜 饮

卜夜容衰鬓，开筵属异方。
烛分歌扇泪，雨送酒船香①。
江海三年客，乾坤百战场。
谁能辞酩酊，淹卧剧清漳。

①《大业拾遗》："作小舸子长八尺，七艘。木人长二尺许，乘船行酒。每一船，一人檠酒杯，一人捧酒钵，一人撑船，二人荡桨，绕曲水池，随岸而行，疾于水饰。水饰绕池一匝，酒船得三遍。每到坐客处即停住，擎酒木人于船头伸手，酒客取酒，饮讫还杯，木人受杯，回向捧酒钵人，取杓斟酒满杯，船依式自行。"李白诗："稽山无贺老，却放酒船回。"

江 上

万里风来地，清江北望楼。
云通梁苑路，月带楚城秋。
刺字从漫灭①，归途尚阻修。
前程更烟水，吾道岂淹留。

①《典略》："祢衡自荆州北游许都，书一刺，怀之，漫灭无所适。"

凉 思

客去波平槛，蝉休露满枝。
永怀当此节，倚立自移时。
北斗兼春远，南陵寓使迟①。
天涯占梦数，疑误有新知。

①《旧唐书》:“梁置南陵县。武德七年,属池州,后属宣州。”

鸾 凤

旧镜鸾何处，衰桐凤不栖。
金钱饶孔雀[1]，锦段落山鸡[2]。
王子调清管，天人降紫泥。
岂无云路分，相望不应迷。

①道源注:“《南州异物志》:孔雀自背及尾皆作圆文五色。”

②山鸡,注见前。

李卫公[1]

绛纱弟子音尘绝[2]，鸾镜佳人旧会稀。
今日致身歌舞地，木棉花暖鹧鸪飞[3]。

①《唐书》:“刘稹平,德裕以功兼守太尉,进封卫国公。大中初,历贬崖州司户,卒。”○按,诗有“木棉”“鹧鸪”语,盖卫公投窜南荒时作也。

②《后汉书》:“马融尝坐高堂,施绛纱帐,前授生徒,后列女乐。”

③《吴录》:“交阯有木棉树,高大,实如酒杯,中有棉,如絮,可作布,名曰绁,一名毛布。”《罗浮山记》:“木棉正月开花,大如芙蓉,花落结子。”杨慎曰:“即今班枝花。”鹧鸪,注见前。

韦 蟾[1]

谢家离别正凄凉，少傅临岐赌佩囊[2]。
却忆短亭回首处，夜来烟雨满池塘。

①见上卷。

②《晋书》:“谢玄少好佩紫罗香囊。叔父安患之,而不欲伤其意,因戏赌取而焚之,于此遂止。”

自 贶

陶令弃官后,仰眠书屋中。
谁将五斗米,拟换北窗风。

蝶

孤蝶小徘徊,翩翾粉翅开。
并应伤皎洁,频近雪中来。

夜 意

帘垂幕半卷,枕冷被仍香。
如何为相忆,魂梦过潇湘。

因 书

绝徼南通栈,孤城北枕江[①]。
猿声连月槛,鸟影落天窗[②]。
海石分棋子[③],郫筒当酒缸[④]。
生归话辛苦,别夜对凝釭。

①枕,去声。

②《鲁灵光殿赋》:“尔乃悬栋结阿,天窗绮疏。”张载注:“天窗,高窗

也。”

③海，一作“锦”。〇道源注：“《杜阳杂编》：日本东三万里有集真岛，岛上有凝霞台，台上有手谈池，池中出玉棋子，不由制度，自然黑白分明，冬温夏冷，谓之冷暖玉。更产楸玉，状如楸木，琢之为棋局，光洁可鉴。”

④《华阳风俗录》：“郫县有郫筒池，池旁有大竹，郫人刳其节，倾春酿于筒，苞以藕丝，蔽以蕉叶，信宿香闻于林外，然后断之以献，俗号郫筒酒。”

奉寄安国大师兼简子蒙[①]

忆奉莲花座[②]，兼闻贝叶经[③]。
岩光分蜡屐[④]，涧响入铜瓶[⑤]。
日下徒推鹤[⑥]，天涯正对萤[⑦]。
鱼山羡曹植[⑧]，眷属有文星[⑨]。

①道源注：“《佛祖通载》：安国寺赐紫大达法师端甫，为左街僧录内供奉，裴休撰碑，今《玄秘塔碑》是也。”愚按，安国大师即前知玄法师也。《高僧传》云：“知玄与弟子僧录、僧彻住上都大安国寺，号安国大师。”又按《元氏长庆集》有寄卢评事子蒙作，疑即此子蒙。

②《文殊传》：“世尊之座高七尺，名曰七宝莲花台。”

③注见上卷。

④《晋书》：“阮孚好蜡屐，叹曰：‘未知一生当着几两屐。’”

⑤道源注：“《寄归传》：军持有二：若甍瓦者是净用，若铜锡者是触用。”

⑥《晋书》：“陆云与荀隐素未相识，尝会张华座，云抗手曰：‘云间陆士龙。’隐曰：‘日下荀鸣鹤。’鸣鹤，隐字也。”

⑦《晋书》：“车胤家贫，不尝得油。夏月，则以练囊盛数十萤火照书，读以夜继日焉。”

⑧《通典》：“济州东阿有鱼山，一名吾山。《瓠子歌》‘吾山平兮巨野

溢’是也。”《异苑》：“陈思王植尝登鱼山，忽闻岩岫里有诵经声，清遒深亮，远谷流响，不觉敛襟祇敬，便效而则之。今梵唱皆植依拟所造。”慧皎《唱导序》：“陈思王深爱声律，属意经音，既通般若之瑞响，又感鱼山之神制，传声则三千有馀，在契则四十有二。”

⑨《晋·天文志》：“文昌六星在北斗魁前。”道源注：“子蒙必安国俗家眷属，故以曹植拟之。”

闲 游

危亭题竹粉，曲沼嗅荷花。
数日同携酒，平明不在家。
寻幽殊未极，得句总堪夸[①]。
强下西楼去，西楼倚暮霞。

①总，一作“已”。

县中恼饮席

晚醉题诗赠物华，罢吟还醉忘归家。
若无江氏五色笔，争奈河阳一县花。

题李上謩壁

旧著《思玄赋》[①]，新编杂拟诗[②]。
江庭犹近别，山舍得幽期。
嫩割周颙韭[③]，肥烹鲍照葵[④]。
饱闻南烛酒[⑤]，仍及拨醅时[⑥]。

①《文选》注："张衡为侍中，诸常侍皆恶直丑正，危衡，故作《思玄赋》，以非时俗。"

②《文选》有《杂拟》诗。

③《南史》："文惠太子问周颙：'菜食何味最胜？'颙曰：'春初早韭，秋末晚菘。'"

④道源注："鲍照《园葵赋》：'乃羹乃瀹，堆鼎盈筐。甘旨蒨脆，柔滑芬芳。'"

⑤烛，一作"蜀"。〇《本草》："南烛草木叶煮汁浸米，蒸作饭，谓之青飢。或云亦可酿酒，饮之延年。"

⑥《韵会》："醅，酒未熟者。"庾信《春赋》："石榴聊泛，蒲萄酦醅。"

江村题壁

沙岸竹森森，维艄听越禽。
数家同老寿，一径自阴深。
喜客尝留橘，应官说采金。
倾壶真得地，爱日静霜砧。

即　日[1]

桂林闻旧说，曾不异炎方[2]。
山响匡床语[3]，花飘度腊香。
几时逢雁足，着处断猿肠。
独抚青青桂，临城忆雪霜。

①日，一作"日"。

②原注："宋考功有'小长安'之句。"

③《庄子》："丽姬与王同筐床，食刍豢。"

漫成五章

沈宋裁辞矜变律[①]，王杨落笔得良朋[②]。
当时自谓宗师妙，今日惟观对属能。

①《唐书》:“建安后讫江左，诗格屡变，至沈约、庾信以音韵相婉附，属对精密，及宋之问、沈佺期又加靡丽。”

②王勃、杨炯、卢照邻、骆宾王皆以文章齐名，时号四杰。炯尝曰:“吾愧在卢前，耻居王后。”

李杜操持事略齐，三才万象共端倪。
集仙殿与金銮殿[①]，可是苍蝇惑曙鸡[②]。

①《唐六典》:“开元十三年，召学士张说等宴于集仙殿，改名集贤殿。”《唐书·杜甫传》:“天宝中，进《三大礼赋》，上奇之，命待制集贤院，召试文章。”《李白传》:“贺知章言于玄宗，召见金銮殿，论当世事，奏颂一篇。帝赐食，亲为调羹。”

②《诗》:“匪鸡则鸣，苍蝇之声。”○李沮于贵妃，杜抑于时相，是皆以苍蝇惑曙鸡也。

生儿古有孙征虏[①]，嫁女今无王右军[②]。
借问琴书终一世，何如旗盖仰三分[③]。

①《孙权传》:“曹公曰:‘生子当如孙仲谋，刘景升儿子，豚犬耳。’曹公表权为讨虏将军。”

②今，一作“全”。○《晋书》:“郄鉴使门生求婿于王导，导令就东厢，遍观子弟，王氏诸少咸自矜持，惟羲之在东床坦腹卧，若不闻，鉴曰:‘正此佳婿耶。’遂以女妻之。”

③《孙权传》:“黄旗紫盖,运在东南。”

代北偏师衔使节,关中禆将建行台。
不妨常日饶轻薄,且喜临戎用草莱。

郭令素心非黩武[①],韩公本意在和戎[②]。
两都耆旧皆垂泪,临老中原见朔风。

①《郭子仪传》:“乾元元年进中书令。”

②《张仁愿传》:“神龙中,为朔方总管,筑三受降城于河北。景龙二年,封韩国公。”

射鱼曲[①]

思牢弩箭磨青石[②],绣额蛮渠三虎力[③]。
寻潮背日伺泅鳞,贝阙夜移鲸失色[④]。
纤纤粉簳馨香饵[⑤],绿鸭回塘养龙水[⑥]。
含冰汉语远于天,何由回作金盘死[⑦]。

①《始皇本纪》:“徐市等入海求神(仙)〔药〕,数岁不得,乃诈曰:‘蓬莱药可得,然常为大鲛鱼所苦,故不得至,愿请善射与俱,见则以连弩射之。’自琅琊北至荣成山,弗见。至之罘,见巨鱼,射杀一鱼。遂并海西。至平原津而病。”

②《异物志》:“南方思牢国产竹,可砺指甲,即今簩竹也。”《韵会》:“此竹皮利,可为刀。”《岭表录异》:“皮上有粗涩文,以为错子错甲,利胜于铁。若钝,以酸浆洗之。”杨慎曰:“今东广新州有此种,字又作‘涩勒’。”《老学庵笔记》云:“涩勒,竹名。竹肤有芒,可剉爪是也。”《魏志》:“挹娄在扶馀东北千馀里,弓长四尺,如弩;括长八寸,青石为镞。”《唐

书》："黑水靺鞨居肃慎地，亦曰挹娄。人劲健，善步战。其矢石镞长二寸，盖楛弩遗法。"

③绣额，犹云雕题。蛮渠，南蛮渠魁也。《诗》："有力如虎。"

④贝阙，注见前。夜移失色，惧为所射也。

⑤簳，"笴"同。

⑥《唐书》："高丽国有马訾水，出靺鞨之白山。色若鸭头，号鸭绿水。"《遁甲开山图》："绛北有神龙池，帝王历代养龙之处。"○言大鱼不可得见，于是悬饵箭竹以求之。鸭绿，养龙之水焉。

⑦二语未详。或曰：汉武射蛟，因于礼祠。与始皇射鱼，总之求长生耳。宜乎含冰汉语远在天，上何为金盘承露，卒不免于死乎？此诗亦讽求仙。

日　高

镀镮故锦縻轻拖[①]，玉筦不动便门锁[②]。
水精眠梦是何人[③]，栏药日高红髲鬊[④]。
飞香上云春诉天[⑤]，云梯十二门九关[⑥]。
轻身灭影何可望，粉蛾帖死屏风上[⑦]。

①拖，一作"袘"，唐左切。○《广韵》："镮，指镮也。"以金镀之曰镀镮。《真诰》："欲闻起居，金为盟书。"注："谓受此宜用金镮二双。"《黄庭经》："黄庭为不死之道，受者盟以玄云之锦九十尺。"《韵会》："縻，系也。""袘，衣裾也。"

②筦，一作"筊"，非。○道源注："《黄庭内景经》：'玉筦金钥长完坚。'注：'道经云：'善闭者无关揵不可开。'按，'筦'字字书不载，或谓即匙也。"

③水精眠梦，谓眠梦于水精宫也。

④栏药，即药栏。《说文》："髲，鬄也。"按，"鬊"字字书亦不载。《甘泉赋》："崇丘陵之駊騀兮。"注："駊騀，高大貌。"髲鬊当亦此意。

⑤天，一作“哀”。

⑥关，一作“开”。○《招魂》：“君无上天些，虎豹九关，啄害下人些。”

⑦言云天之高，门关之邃，非轻身灭影者不能到，徒如粉蛾之帖死于屏风耳。

宫中曲

云母滤宫月[①]，夜夜白于水。
赚得羊车来[②]，低扇遮黄子[③]。
水精不觉冷，自刻鸳鸯翅。
蚕缕茜香浓[④]，正朝缠左臂[⑤]。
巴笺两三幅，满写承恩字。
欲得识青天，昨夜苍龙是[⑥]。

①滤，吕据切。○宫月逗出云母窗，如滤漉然。

②《晋书》：“武帝掖庭殆将万人，并宠者甚众，常乘羊车，恣其所适。宫人取竹叶插户，以盐汁洒地引帝车。”又《南史》潘淑妃事同。

③《南都赋》：“中黄瑴玉。”善引《博物志》：“石中黄子，黄石脂也。”额黄想用之，故曰“遮黄子”。

④茜，音倩。

⑤《说文》：“茜，茅蒐也。可染绛色。”道源注：“茜草染绛丝，如长命缕，以系臂也。”

⑥《汉书》：“薄姬曰：‘昨夜梦苍龙据妾胸。’上曰：‘此贵征也。吾为汝成之。’遂幸，有身，生文帝。”

海上谣

桂水寒于江，玉兔秋冷咽[①]。

海底觅仙人②，香桃如瘦骨。
紫鸾不肯舞，满翅蓬山雪。
借得龙堂宽③，晓出揲云发④。
刘郎旧香炷⑤，立见茂陵树⑥。
云孙帖帖卧秋烟⑦，上元细字如蚕眠⑧。

①傅玄《拟天问》："月中何有，玉兔捣药。"

②《汉·郊祀志》："自威、宣、燕昭使人入海求蓬莱、方丈、瀛洲。诸仙人及不死之药皆在焉。未至，望之如云；及到，三神山反居水下。"

③《楚词》："鱼鳞屋兮龙堂。"

④道源注："揲，《集韵》作'抴'。"《说文》："阅持也。"《诗》："鬒发如云。"

⑤《汉武内传》："七月七日爇百和之香，以待王母。"

⑥武帝葬茂陵，言其死之速。

⑦《尔雅》："昆孙之子为仍孙，仍孙之子为云孙。"

⑧《汉武内传》："帝以上元夫人所授《五真图》、《灵光经》、六甲灵飞十二事，自撰集为一卷，及诸经图，皆奉以黄金之箱，封以白玉之函，珊瑚为轴，紫锦为囊，安着柏梁台上。数自斋洁朝拜，焚香洒扫，然后乃执省焉。"《海录碎事》："《书断》：'鲁秋胡玩蚕作蚕书。'"宋之问诗："宛转结蚕书。"○言武帝云孙皆尽，此上元蚕书亦安在哉？

李夫人三首

一带不结心①，两股方安髻。
惭愧白茅人②，月没教星替③。

①梁武帝诗："腰间双绮带，梦为同心结。"

②《汉书》："武帝拜栾大为五利将军。又刻玉印曰'天道将军'，使衣

羽衣，立白茅上，以示弗臣也。”

③按史云：李夫人卒，齐人少翁以方致夫人，天子自帷中望见焉，乃拜翁为文成将军。夫文成能致夫人之神，尚以伪书见杀，今复尊信五利，是月没而以星替之也。此语骤读不解。

剩结茱萸枝，多擘秋莲的①。
独自有波光②，彩囊盛不得③。

①《尔雅》："荷，芙蕖，其实莲，其根藕，其中的。"《诗义疏》："青皮里白子为的。"

②《招魂》："娭光眇视，目曾波些。"

③《华山记》："邓绍八月旦入华山，见童子执百彩囊，盛柏叶上露，如珠满囊。绍问之，答曰：'赤松先生取以明目。'"又《述征记》："八月一日作五明囊，盛取百草头露，洗眼眼明。"

蛮丝系条脱①，妍眼和香屑②。
寿宫不惜铸南人③，柔肠早被秋眸割④。
清澄有馀幽素香，鳏鱼渴凤真珠房⑤。
不知瘦骨类冰井，更许夜帘通晓霜⑥。
土花漠漠云茫茫⑦，黄河欲尽天苍苍⑧。

①《殷芸小说》："金条脱为臂饰，即今钏也。"《真诰》："安妃有斲粟金跳脱。"又："萼绿华赠羊权金、玉跳脱各一。"

②香屑，百和香屑也。费昶诗："衣熏百和屑，鬓插九枝花。"

③《汉·郊祀志》："上起幸甘泉，病良已，大赦，置寿宫神君。"注："寿宫，奉神之宫也。"《李夫人传》："夫人少而早卒，上怜悯焉，图画其形于甘泉宫。"铸南人，无解，或"南金"之讹，言不惜以金铸其像也。

④白居易诗："双眸剪秋水，十指剥春葱。"

⑤《释名》:“愁悒不能寐,目常鳏鳏然。字从鱼,鱼目恒不寐。”

⑥谓使方士夜致其神。

⑦漠漠,一作“漠碧”。

⑧苍苍,一作“苍黄”。

景阳宫井双桐[1]

秋港菱花干[2],玉盘明月蚀[3]。
血渗两枯心,情多去未得。
徒经白门伴[4],不见丹山客[5]。
未待刻作人[6],愁多有魂魄。
谁将玉盘与,不死翻相误。
天更阔于江,孙枝觅郎主[7]。
昔妒邻宫槐[8],道类双眉敛。
今日繁红樱[9],抛人占长簟。
翠襦不禁绽,留泪啼天眼。
寒灰劫尽问方知,石羊不去谁相绊[10]。

①《南史》:“隋军克台城,张贵妃与后主俱入井,隋军出之。晋王广命斩之于青溪。”《金陵志》:“景阳井在台城内,陈后主与张丽华、孔贵嫔投其中以避隋兵。旧传栏有石脉,以帛拭之,作臙脂痕,名臙脂井,一名辱井,在法华寺。”魏文帝诗:“双桐生空井,枝叶自相加。”

②菱花镜,注见上卷。

③李白诗:“小时不识月,呼作白玉盘。”

④《宋书》:“建康宣阳门谓之白门,文帝以白门为不祥,讳之。”

⑤丹山客,凤也。言桐枯而凤亦不来。

⑥《汉书》:“武帝以江充治巫蛊,遂掘蛊于太子宫,得桐木人。”

⑦道源注:“《风俗通》:‘梧桐生峄阳山岩石上,采东南孙枝为琴,声

甚雅。’祖台之《志怪》：‘骞保至坛丘坞上北楼宿，暮鼓二中，有人着黄练单衣白袷，将人持炬火上楼。保惧，止壁中。须臾，有二婢迎一女子上，与白袷人入帐中宿。未明，白袷人辄先去。如是四五宿后，向晨，白袷人才去，保因入帐中，持女子，问向去者谁，答曰桐郎，即道东庙树是。至暮鼓二中，桐郎来，保乃斫取之，缚着楼柱。明日视之，形如人，长三尺馀。槛送诣丞相。渡江未半，风浪起，桐郎得投入水，风浪乃息。’”

⑧《尔雅》：“守宫槐，叶昼聂宵炕。”注：“槐叶昼日聂合而夜炕布者，名曰守宫槐。”王筠《寓直》诗：“霜被守宫槐，风惊护门草。”

⑨樱，一作“桃”。

⑩绊，一作“伴”。○《列仙传》：“修羊公化石羊，汉景帝置之灵台上，后去不知所在。”

言此桐生于宫井，故邻宫之槐犹以类颦眉也而妒之，今惟见红樱之繁，任人携簞其下焉。当日深宫之绽衣啼泪者，竟安往哉！灰劫之馀，石羊谁绊？亦可以极今古兴亡之痛也已。

秋日晚思

桐槿日零落，雨馀方寂寥。
枕寒庄蝶去，窗冷胤萤销。
取适琴将酒，忘名牧与樵。
平生有游旧，一一在烟霄。

春宵自遣

地胜遗尘事，身闲念岁华。
晚晴风过竹，深夜月当花。
石乱知泉咽，苔荒任径斜。
陶然恃琴酒，忘却在山家。

七夕偶题

宝婺摇珠佩[1]，常娥照玉轮。
灵归天上匹[2]，巧遗世间人[3]。
花果香千户，笙竽滥四邻[4]。
明朝晒犊鼻，方信阮家贫[5]。

①宝婺，婺女星也。《左传》注："婺女为已嫁之女，织女为处女。"徐陵《玉台新咏序》："金星与婺女争华。"

②谢惠连《牛女》诗："云汉有灵匹。"

③用乞巧事。

④滥，一作"溢"。

⑤家，一作"郎"。○《竹林七贤论》："阮咸好酒而贫，旧俗七月七日晒衣，诸阮庭中烂然，莫非绨锦。咸乃竖长竿，以大布犊鼻裈曝于庭中，曰：'未能免俗，聊复尔尔。'"

灵仙阁晚眺寄郓州韦评事[1]

愚公方住谷[2]，仁者本依山。
共誓林泉志，胡为樽俎间[3]。
华莲开菡萏，荆玉刻屡颜[4]。
爽气临周道，岚光入汉关[5]。
满壶从蚁泛[6]，高阁已苔斑。
想就安车召[7]，宁期负矢还[8]。
潘游全璧散[9]，郭去半舟闲[10]。
定笑幽人迹，鸿轩不可攀[11]。

①灵仙阁，无考。按，诗有"华莲"、"荆玉"、"周道"、"汉关"等句，

阁必在陕州境也。《唐书》："郓州东平郡属河南道。"

②《水经注》："时水又北径杜山。北有愚公谷，齐桓公时，公隐于溪。邻人有认其驹者，公以与之，故谓愚公。"《寰宇记》："愚公谷在临淄县西二十五里。"

③《晏子春秋》："不出樽俎之间，而折冲千里之外，晏子是也。"

④注见上卷。

⑤入，一作"出"。

⑥《尔雅》："酒有泛，齐浮蚁在上(洗洗)〔泛泛〕然。"

⑦《汉书》："武帝以安车蒲轮召申公。"

⑧《汉书》："相如为中郎将，建节使蜀，太守以下郊迎，县令负弩矢先驱。"

⑨《晋书》："潘岳与夏侯湛并美姿容，行止同舆接茵，京师谓之连璧。"

⑩郭泰事见前。

⑪《五君咏》："交吕既鸿轩，攀嵇亦凤举。"

幽居冬暮

羽翼摧残日，郊园寂寞时。
晓鸡惊树雪，寒鹜守冰池。
急景忽云暮，颓年寖已衰。
如何匡国分，不与夙心期。

过姚孝子庐偶书

拱木临周道，荒庐积古苔。
鱼因感姜出①，鹤为吊陶来②。
两鬓蓬常乱，双眸血不开。

圣朝敦尔类，非独路人哀。

①《华阳国志》："姜诗事母至孝，妻庞氏奉顺尤笃。姑嗜鱼鲙，又不能独食，夫妇尝力作供鲙，呼邻母共之，舍侧忽有涌泉，每旦辄出双鲤鱼，常以供母膳。"

②《晋书》："陶侃丁母艰，在墓下忽有二客来吊，不哭而退，仪服鲜洁，知非常人。随而看之，但见双鹤飞而冲天。"

赋得月照冰池

皓月方离海，坚冰正满池。
金波双激射①，璧彩两参差②。
影占徘徊处③，光含的皪时④。
高低连素色，上下接清规⑤。
顾兔飞难定⑥，潜鱼跃未期⑦。
鹊惊俱欲绕⑧，狐听始无疑⑨。
似镜将盈手⑩，如霜恐透肌⑪。
独怜游玩意，达晓不知疲。

①金波，注见上卷。

②《尚书中候》："甲子冬至，日月如悬璧。"

③曹植诗："明月照高楼，流光正徘徊。"

④《上林赋》："的皪江靡。"

⑤梁简文帝诗："青山衔月规。"

⑥顾兔，注见上卷。

⑦《易卦通验》："大雪，鱼负冰。"郑玄注："负冰，上近冰也。"

⑧魏武《短歌》："月明星稀，乌鹊南飞。绕树三匝，无枝可依。"

⑨郭缘生《述征记》："河冰始合，要须狐行，云此物善听，听冰下无水

声，然后过河。”

⑩枚乘《月赋》：“蔽修堞而如镜。”陆机诗：“安寝北堂上，明月入我牖。照之有馀辉，揽之不盈手。”

⑪李白诗：“床前明月光，疑是地上霜。”

永乐县所居一草一木无非自栽今春悉已芳茂因书即事一章[①]

手种悲陈事，心期玩物华。
柳飞彭泽雪，桃散武陵霞。
枳嫩栖鸾叶[②]，桐香待凤花[③]。
绶藤萦弱蔓[④]，袍草展新芽[⑤]。
学植功虽倍，成蹊迹尚赊[⑥]。
芳年谁共玩，终老邵平瓜[⑦]。

①《唐书》：“永乐县属河中府，武德元年置。”

②《后汉·仇览传》：“枳棘非鸾凤所栖。”

③桐花，注见前。

④王维诗：“印绶隔垂藤。”

⑤袍草，注见前。

⑥《史记》：“桃李不言，下自成蹊。”

⑦《汉书》：“邵平，秦东陵侯。汉为布衣，种瓜长安城东。”

南潭上亭讌集以疾后至因而抒情

马卿聊应召，谢傅已登山。
歌发百花外，乐调深竹间。
鹢舟萦远岸[①]，鱼钥启重关[②]。

莺蝶如相引，烟萝不暇攀。
佳人启玉齿[③]，上客颔朱颜[④]。
肯念沈痾士，俱期倒载还[⑤]。

①《淮南子》："龙舟鹢首。"

②鱼钥，注见前。

③昭明太子《七契》："启玉齿而安歌。"

④《招魂》："美人既醉，朱颜酡些。"

⑤《晋·山简传》："儿童歌云：'日夕倒载归，酩酊无所知。'"

寒食行次冷泉驿

驿途仍近节，旅宿倍思家。
独夜三更月，空庭一树花。
介山当驿秀[①]，汾水绕关斜[②]。
自怯春寒苦，那堪禁火赊[③]。

①《水经注》："袁崧《郡国志》曰：介休县有介山，有绵上聚，有之推庙。"《寰宇记》："介山在汾州灵石县东三十里，昔介子推隐于此，因名。"

②《水经》："汾水出太原汾阳县北管涔山，南至汾阴县北，西注于河。"《唐书》："汾州灵石县有阴地关。"

③《琴操》："晋文公出亡，子绥割股以啖之。文公复国，忘其赏，子绥作《龙蛇之歌》而隐。文公求之，不出，乃燔左右木，子绥抱木而死。文公哀之，令人是日不得举火，即寒食节也。"

寄华岳孙逸人[①]

灵岳几千仞，老松逾百寻。

攀崖仍蹑壁，啖叶复眠阴。
海上呼三岛[②]，斋中戏五禽[③]。
唯应逢阮籍，长啸作鸾音[④]。

①逸，一作“山”。

②岛，一作“鸟”。

③《魏·方伎传》：“华陀晓养性术，名五禽之戏，谓虎、鹿、熊、猿、鸟也。体中不快，起作一禽之戏。”薛道衡诗：“盘跚五禽戏。”

④《晋书》：“阮籍尝于苏门山遇孙登，与商略终古及栖神导气之术，登皆不应，籍因长啸而退。至半岭，闻有声若鸾凤之音，响动岩谷，乃登之啸也。”

戏题赠稷山驿吏王全[①]

绛台驿吏老风尘，耽酒成仙几十春。
过客不劳询甲子，惟书亥字与时人[②]。

①原注：“全为驿吏五十六年，人称有道术，往来多赠诗章。”○《唐书》：“稷山县属绛州，县在州城西五十五里。”

②《左传》：“晋悼夫人食舆人之城杞者。绛县人或年长矣，无子，而往与于食。使之年，曰：‘臣生之岁，正月甲子朔，四百有四十五甲子矣。其季于今，三之一也。’吏走问诸朝，师旷曰：‘七十三年矣。’史赵曰：‘亥有二首六身，下二如身，是其日数也。’士文伯曰：‘然则二万六千六百有六旬也。’赵孟(石)〔召〕之，而谢过焉。”

和韦潘前辈七月十二日夜泊池州城下先寄上李使君[①]

桂含爽气三秋首，蓂吐中旬二叶新[②]。

正是澄江如练处，玄晖应喜见诗人[3]。

①《旧唐书》："池州属江南西道，本隋宣城郡之秋浦县。武德四年置池州。"

②二，一作"三"，误。○《帝王世纪》："尧时蓂荚每月朔生一荚，月半生十五荚，望后日落一荚，月小尽则一荚不落，观之以知晦朔。"

③谢朓《晚登三山》诗："馀霞散成绮，澄江净如练。"李白诗："解道澄江净如练，令人长忆谢玄晖。"按玄晖尝为宣城内史，池州本宣城郡地，故末二语云然。

花下醉

寻芳不觉醉流霞，倚树沉眠日已斜。
客散酒醒深夜后，更持红烛赏残花。

所居永乐县久旱县宰祈祷得雨因赋诗

甘膏滴滴是精诚[1]，昼夜如丝一尺盈[2]。
只怪闾阎喧鼓吹，邑人同报束长生[3]。

①甘，一作"井"。

②张协诗："密雨如散丝。"

③道源注："《晋书·束皙〔传〕》：太康中，郡大旱，皙为邑人请雨，三日而雨注。众以皙诚感，为作歌曰：'束先生，通神明，请天三日甘雨零。我黍以育，我稷以生。何以畴之？报束长生。'"

卷三上

正月十五夜闻京有灯恨不得观

月色灯光满帝都，香车宝辇隘通衢。
身闲不睹中兴盛，羞逐乡人赛紫姑[①]。

①注见中卷。

赠赵协律晳[①]

俱识孙公与谢公[②]，二年歌哭处还同[③]。
已叨邹马声华末[④]，更共刘卢族望通[⑤]。
南省恩深宾馆在[⑥]，东山事往妓楼空[⑦]。
不堪岁暮相逢地，我欲西征君又东。

①《唐六典》："隋太常协律郎二人，皇朝因之。"《旧唐书·王质传》："质在宣城，辟崔珦、刘蕡、裴夷直、赵晳为从事，皆一代名流。"本集有《为安平公兖州奏赵晳充观察判官状》。

②《晋书》："孙绰，字兴公，博学善属文，除著作佐郎，袭爵长乐侯。"谢公，谢安也。

③还，一作"皆"。

④邹阳、司马相如俱为梁孝王宾客。

⑤原注："愚与赵俱出今吏部相公门下，又同为故尚书安平公所知，复皆是安平公表侄。"○刘卢，注见中卷。

⑥陆游《笔记》:"唐人本以尚书省在大明宫之南,故谓之南省。"

⑦《谢安传》:"安常住临安山中,每游赏,必以妓女从。"

钱龙惕笺:太和七年,令狐楚入为吏部尚书,仍检校右仆射,故诗注称吏部相公也。孙公、谢公,指安平与彭阳也。义山《樊南甲集序》云:"樊南生十六能(置)〔著〕《才论》、《圣论》,以古文出公卿间。为郓相国、华太守所怜。"郓相国即彭阳,华太守即安平也。岁暮相逢,河梁送别,追感宾馆妓楼之事,诗所以黯然而作也。

摇落

摇落伤年日,羁留念远心。
水亭吟断续,月幌梦飞沉。
古木含风久,疏萤怯露深。
人闲始遥夜①,地迥更清砧。
结爱曾伤晚,端忧复至今②。
未谙沧海路,何处玉山岑。
滩激黄牛暮③,云屯白帝阴④。
遥知沾洒意,不减欲分襟⑤。

①《楚词》:"靓杪秋之遥夜。"

②谢庄《月赋》:"端忧多暇。"

③《水经》:"江水又东径黄牛山。"注:"下有滩,名曰黄牛滩。南岸重岭叠起,最外高崖间,有石如人负刀牵牛,人黑牛黄,成就分明。行者谣曰:'朝发黄牛,暮宿黄牛。'言水路纡深,回望如一矣。《宜都记》:'自黄牛滩东入西陵界,至峡口一百馀里。'"

④屯,音谆。○《郡国志》:"公孙述据蜀,自称白帝,号鱼复为白帝城。"

⑤杜甫诗:"不堪垂老鬓,还对欲分襟。"

滞　雨

滞雨长安夜，残灯独客愁。
故乡云水地，归梦不宜秋。

偶题二首

小亭闲眠微醉消，山榴海柏枝相交。
水文簟上琥珀枕[①]，傍有堕钗双翠翘[②]。

①《东宫旧事》有乌韬赤花双文簟。琥珀枕，注见上卷。
②《七启》："扬翠羽之双翘。"

清月依微香露轻，曲房小院多逢迎。
春丛定是饶栖鸟[①]，饮罢莫持红烛行。

①鸟，一作"夜"。

月

过水穿楼触处明，藏人带树远含清。
初生欲缺虚惆怅，未必圆时即有情。

夜　冷

树绕池宽月影多，村砧坞笛隔风萝。
西亭翠被馀香薄[①]，一夜将愁向败荷。

①《左传》:“楚子翠被豹舄。”《招魂》:“翡翠珠被,烂齐光些。”

正月崇让宅

密锁重关掩绿苔,廊深阁迴此徘徊。
先知风起月含晕[①],尚自露寒花未开。
蝙拂帘旌终展转[②],鼠翻窗网小惊猜[③]。
背灯独共馀香语[④],不觉犹歌《起夜来》[⑤]。

①《广韵》:“晕,日月旁气。月晕则多风。”王褒《关山月》:“风多晕更生。”

②道源注:“《南史》:柳世隆命典签李党取笔题帘箔旌。”

③《招魂》:“网户朱缀。”铣曰:“织网于户上,以朱缀之。”程大昌曰:“网户刻为连文,递相缀属,其形如网。后世遂有直织丝网,张之檐窗,以护鸟雀者。元微之诗‘网索西临太液池’是也。”

④共,一作“立”。

⑤起夜,一作“夜起”。〇柳恽《起夜来曲》:“飒飒秋桂响,悲君起夜来。”

城　外

露寒风定不无情,临水当山又隔城。
未必明时胜蟀蛤,一生长共月亏盈[①]。

①《吕氏春秋》:“月望则蟀蛤实,群阴盈;月晦则蟀蛤虚,群阴缺。”

撰彭阳公志文毕有感[①]

延陵留表墓[②],岘首送沉碑[③]。

敢伐不加点[4]，犹当无愧辞[5]。
百生终莫报，九死谅难追。
待得生金后[6]，川原亦几移。

①《旧唐书》："令狐楚临没，谓其子曰：'吾生无益于人，勿请谥号，葬日勿请鼓吹，志铭但志宗门，秉笔者无择高位。'卒年七十二。"

②道源注："《方舆胜览》：延陵季子墓在晋陵县北七十里申浦之西。孔子常题曰：'呜呼！有吴延陵季子之墓。'旧石湮灭，唐玄宗命殷仲容摹以传。"

③注见中卷。

④用祢衡赋鹦鹉事，见上卷。

⑤《后汉书》："郭泰卒，刻石立碑，蔡邕为文，谓卢植曰：'吾为碑铭多矣，皆有惭德，惟郭有道无愧色耳。'"

⑥道源注："王隐《晋书》：'永嘉初，陈国项县贾逵石碑中生金，人凿取卖，卖已复生，此江东之瑞也。'庾信碑文：'刺史贾逵之碑，既生金粟；将军卫青之墓，方留石麟。'"

北青萝

残阳西入崦[1]，茅屋访孤僧。
落叶人何在，寒云路几层。
独敲初夜磬，闲倚一枝藤。
世界微尘里，吾宁爱与憎。

①崦，於捡切。○《山海经》："崦嵫山下有虞泉，日所入。"

戏赠张书记

别馆君孤枕，空庭我闭关。

池光不受月，野气欲沉山。
星汉秋方会，关河梦几还。
危弦伤远道，明镜惜红颜。
古木含风久，平芜尽日闲。
心知两愁绝，不断若寻环。

幽　人[1]

丹灶三年火[2]，苍崖万岁藤。
樵归说逢虎，棋罢正留僧。
星斗同秦分，人烟接汉陵[3]。
东流清渭苦，不尽照衰兴。

①《别赋》:“守丹灶而不顾。”

②《晋·天文志》:“自井十六度至柳八度为鹑首之次，秦分野。”

③汉帝十一陵在长安。

念　远

日月淹秦甸，江湖动越吟[1]。
苍桐应露下[2]，白阁自云深[3]。
皎皎非鸾扇[4]，翘翘失凤簪[5]。
床空鄂君被[6]，杵冷女嬃砧[7]。
北思惊沙雁，南情属海禽。
关山已摇落，天地共登临。

①《史记》:“越人庄舄仕楚为执珪，有顷而病。楚王曰:‘舄今富贵矣，亦思越否?’使人往听之，犹尚越声也。”《登楼赋》:“庄舄显而越吟。”

②桐，一作“梧”。

③白阁，注见上卷。

④鸾扇，注见上卷。

⑤《后汉·舆服志》：“太皇太后、皇太后簪以玳瑁为擿，长一尺，端为花胜，上为凤爵，以翡翠为羽毛。”

⑥注见上卷。

⑦《离骚》：“女媭之婵媛兮。”注：“女媭，屈原之姊也。楚谓姝为媭。”《水经注》：“秭归县北有屈原宅，宅东北六十里有女媭庙，捣衣石犹存。”

过故崔兖海宅与崔明秀才话旧因寄旧僚杜赵李三掾[1]

绛帐恩如昨[2]，乌衣事莫寻[3]。
诸生空会葬[4]，旧掾已华簪。
共入留宾驿[5]，俱分市骏金[6]。
莫凭无鬼论[7]，终负托孤心。

①崔兖海，崔戎也。杜、赵、李三掾，即杜胜、赵皙、李潘也。注俱见前。

②恩，一作“思”。○绛帐，马融事，见中卷。

③《世说》：“王公曰：‘元规欲来，吾角巾径还乌衣。’”《方舆胜览》：“乌衣巷在秦淮南，去朱雀桥不远，王、谢子弟所居。”

④《后汉书》：“郭泰卒，四方之士千馀人皆来会葬。”

⑤注见中卷。

⑥《战国策》：“涓人为君求千里马，马已死，买其骨五百金。”

⑦《幽冥录》：“阮瞻素秉无鬼论，有一鬼通姓名，作客诣之。客甚有才情，末及鬼神事，反复甚苦。客作色曰：‘鬼神古今圣贤所共传，君何独谓无？’即变为鬼形，须臾便灭。阮年馀病死。”

微　雨

初随林霭动，稍共夜凉分。
窗迴侵灯冷[1]，庭虚近水闻。

①迴，一作“过”。

南山赵行军新诗盛称游讌之洽因寄一绝[1]

莲幕遥临黑水津[2]，櫜鞬无事但寻春[3]。
梁王司马非孙武，且免宫中斩美人[4]。

①南山，终南山也。《唐书》：“节度使有行军司马一人。”

②《水经》：“汉水又东，黑水注之。”注：“水出北山，南流入汉。诸葛亮笺云：‘朝发南郑，暮宿黑水。’指是水也。”

③《说文》：“櫜鞬，所以戢弓矢也。”《增韵》：“櫜，箭器；鞬，弓衣。”

④《史记》：“孙武子以兵法见吴王，王曰：‘可试以妇人乎？’曰：‘可。’于是出宫中美人百八十人。孙子分为二队，以王宠姬二人为队长。即三令五申以鼓之右，妇人大笑；复三令五申鼓之左，妇人复大笑。遂斩队长二人，用其次为队长。于是复鼓之，皆中规矩绳墨，无敢出声。”

曲　江[1]

望断平时翠辇过，空闻子夜鬼悲歌[2]。
金舆不返倾城色，玉殿犹分下苑波[3]。
死忆华亭闻唳鹤[4]，老忧王室泣铜驼[5]。
天荒地变心虽折，若比阳春意未多[6]。

①司马相如《哀二世赋》:“临曲江之隑洲。”注:“曲江在杜陵西北五里。”康骈《剧谈录》:“曲江,开元中疏凿为胜境。其南有紫云楼、芙蓉苑,其西有杏园、慈恩寺,花卉环周,烟水明媚。都人游赏,盛于中和、上巳之节。”

②道源注:“《晋书》:孝武太元中,琅琊王轲之家有鬼歌《子夜》。”

③下苑,注见中卷。

④《晋书》:“宦人孟玖谮陆机于成都王颖,机被收,叹曰:‘华亭鹤唳,可得闻乎?’”

⑤《晋书》:“索靖知天下将乱,指宫门铜驼曰:‘会见汝在荆棘中耳。’”

⑥阳,疑作“伤”。

《旧唐书》:“太和九年十月,郑注言秦中有灾,宜兴土工厌之。乃浚昆明、曲江二池。上好为诗,每诵杜甫《曲江行》云:‘江头宫殿锁千门,细柳新蒲为谁绿?’知天宝已前,曲江四岸皆有行宫台殿、百司廨署,思复升平故事,乃构紫云楼、彩云亭,内出书额,左军中尉仇士良以百戏于银台门迎之。壬午,赐群臣宴于曲江亭。十一月,有甘露之变,流血涂地,京师大骇。十二月甲申,敕罢修曲江亭馆。”此诗前四句追感玄宗与贵妃临幸时事,后四句则言王涯等被祸,忧在王室而不胜天荒地变之悲也。

景阳井①

景阳宫井剩堪悲,不尽龙鸾誓死期。
肠断吴王宫外水,浊泥犹得葬西施②。

①注见中卷。

②《隋书》:“高颎先入建康,晋王广使驰诣颎,令留张丽华。颎曰:‘昔太公蒙面,以斩妲己,今岂可留丽华?’乃斩之于青溪。”○杨慎曰:“《墨子》云:‘西施之沉,其美也。’盖勾践平吴后,沉之于江。杜牧所谓‘逐鸱夷’者,安知不谓子胥乎?皮日休《馆娃宫怀古》诗:‘响屧廊中金玉步,采香径

里绮罗身。不知水葬归何处，溪月湾湾欲效颦。’李义山《景阳井》一首，亦叶此意。”

故番禺侯以赃罪致不辜事觉母者他日过其门[1]

饮鸩非君命，兹身亦厚亡。
江陵从种橘[2]，交广合投香[3]。
不见千金子，空馀数仞墙。
杀人须显戮，谁举汉三章。

①《旧唐书》：“广州南海县即汉番禺，地有番山、禺山。”

②《襄阳耆旧传》：“吴丹阳太守李衡每欲治家事，妻辄不听。后密遣人往武陵龙阳泛洲上作宅，种甘橘千株。衡亡后，甘橘成，岁得绢数千匹。”

③《晋书》：“吴隐之隆安中为广州刺史，归自番禺，其妻刘氏赍沉香一觔，隐之见之，遂投于湖亭之水。”《寰宇记》：“取投石门内水中，后人谓之沉香浦，亦谓之投香浦。”

咏　云

捧月三更断，藏星七夕明。
才开飘迥路，旋见隔重城。
潭暮随龙起，河秋压雁声。
只应惟宋玉，知是楚神名。

夜出西溪[1]

东府忧春尽[2]，西溪许日曛。

月澄新涨水，星见欲销云。
柳好休伤别，松高莫出群。
军书虽倚马[3]，犹未当能文[4]。

①西溪，注见上卷。

②山谦之《丹阳记》："东府城地，晋简文为会稽王时第也。东则丞相会稽王道子府。道子领扬州，故俗称东府。"

③《晋书》："桓温北征鲜卑，唤袁虎倚马前，作露布文，手不辍笔。"

④时义山在河东公幕府，故云然。

效长吉

长长汉殿眉[1]，窄窄楚宫衣[2]。
镜好鸾空舞，帘疏燕误飞。
君王不可问，昨夜约黄归[3]。

①《后汉·马廖（疏）〔传〕》："长安语曰：'城中好广眉，四方且半额。'"

②庾肩吾诗："细腰宜窄衣。"

③黄，额黄也。梁简文帝诗："约黄能效月，裁金巧作星。"

柳

江南江北雪初消，漠漠轻黄惹嫩条。
灞岸已攀行客手，楚宫先骋舞姬腰。
清明带雨临官道，晚日含风拂野桥。
如线如丝正牵恨[1]，王孙归路一何遥。

①《南史》："刘悛之献蜀柳数株，枝条甚长，状如丝缕。"

九月於东逢雪[①]

举家忻共报，秋雪堕前峰。
岭外他年忆，於东此日逢。
粒轻还自乱，花薄未成重。
岂是惊离鬓，应来洗病容。

①於东，商於东也。

四皓庙

本为留侯慕赤松，汉庭方识紫芝翁。
萧何只解追韩信，岂得虚当第一功。

送阿龟归华

草堂归意背烟萝，黄绶垂腰不奈何[①]。
因汝华阳求药物，碧松根下茯苓多[②]。

①道源注："《初学记》：四百、三百、二百石，皆黄绶，一采，纯黄圭，长丈五尺，六十首。"《汉官仪》云："黄绶缘八十首，长丈七尺。"

②《别录》："茯苓生大松下，二月八月采，阴干。"《唐本草》："茯苓第一出华山，形极粗大。雍州南山亦有，不如华山。"

九　日

曾共山翁把酒时[①]，霜天白菊绕阶墀。
十年泉下无人问[②]，九日樽前有所思。

不学汉臣栽苜蓿[③]，空教楚客咏江蓠[④]。
郎君官贵施行马[⑤]，东阁无因再得窥[⑥]。

①时，一作“厄”。〇山翁，山简也，以比彭阳公。

②人问，一作“消息”。

③《汉书》：“大宛马嗜苜蓿，上遣使者采归，种之离宫。”

④《说文》：“江蓠，蘼芜。”《博物志》：“芎藭苗曰江蓠，根曰蘼芜。”《楚词》：“览椒兰其若兹兮，又况揭车与江蓠。”

⑤《周礼》：“设梐枑再重。”注：“梐枑，行马也。或曰：行马，绕舍交木以御众。”《汉官仪》：“光禄勋门外特施行马以旌别之。”后世人臣得用行马始此。

⑥阁，一作“閤”。〇《汉书》：“公孙弘开东阁，以延贤人。”

《北梦琐言》：“李商隐员外依彭阳令狐楚，以笺奏受知。相国既没，子绹继有韦平之拜，疏陇西，未常展分。重阳日，义山诣宅，于厅事上留题云云。绹睹之，惭怅，乃扃闭此厅，终身不处。”《唐诗纪事》：“绹恶商隐从郑亚之辟，疏之。重阳日，商隐留诗于其厅事云云。绹乃补太学博士。”苕溪渔隐曰：“《唐史》：‘义山从王茂元辟，其子绹以为忘家恩，放利偷合，谢不通。绹当国，商隐归穷，绹憾不置。’则义山此诗必此时作也。但绹父名楚，商隐又受知于楚，诗中‘楚客’之语，更不避其家讳，何耶？”钱龙惕笺：“文宗时，李宗闵、牛僧孺、令狐楚与李德裕大相仇怨。德裕相武宗五年，虽未尝忘情于太牢，然救杨嗣复、李珏之死，犹有大臣之度。大中初立，赞皇萌骖乘之祸。令狐绹当国，举赞皇之客诛剪无孑遗矣。义山自开成登第后，累辟王茂元、郑亚、卢弘正府，三人皆太尉委用，故绹尤深恶之。十年秉政，抑之终于使府，绹真险刻寡恩哉。”

僧院牡丹

叶薄风才倚，枝轻雾不胜。

开先如避客，色浅为依僧。
粉壁正荡水，缃帏初卷灯[①]。
倾城惟待笑，要裂几多缯[②]。

①《韵会》："缃，浅黄色。"○道源注："荡水，言花影；卷灯，言花光。"

②《帝王世纪》："妺喜好闻裂缯之声，桀为发缯裂之，以适其意。"

赠司勋杜十三员外[①]

杜牧司勋字牧之，清秋一首《杜秋》诗[②]。
前身应是梁江总，名总还曾字总持[③]。
心铁已从干镆利[④]，鬓丝休叹雪霜垂[⑤]。
汉江远吊西江水，羊祜韦丹尽有碑[⑥]。

①注见上卷。

②秋，一作"陵"，误。○杜牧《杜秋传》："杜秋，金陵女也。年十五，为李锜妾。锜叛灭，入宫，有宠于景陵。穆宗即位，命秋为皇子傅姆。皇子壮，封漳王。郑注用事，诬丞相欲去己者，指王为根。王被罪废削，秋因赐归故里。予过金陵，感其穷且老，为之赋诗云云。"《西溪丛语》："《新书·李德裕传》：漳王养母杜仲阳归浙西，有诏在所存问。"《南部新书》云："杜仲阳，即杜秋也。"

③《南史》："江总字总持，笃学有文辞。仕梁，为尚书仆射。入陈，历官尚书令。陈亡，入隋拜上开府。"

④《魏志》注："魏武令曰：长史王必，忠能勤事，心如铁石。"《吴越春秋》："阖闾使欧冶子造二剑，一干将，一镆鎁。"

⑤杜牧诗："今日鬓丝禅榻畔，茶烟轻扬落花风。"○按，牧之《杜秋娘诗》乃自寓天涯迟暮之感耳，故此诗有"鬓丝休叹雪霜垂"之句。

⑥原注："时杜奉诏撰韦碑。"〇《晋书》："羊祜都督荆州，甚得江汉之心。卒时年五十八。百姓于岘山建碑，立庙其上，望其碑者莫不流涕。杜预名之曰'堕泪碑'。"《通鉴》："大中三年正月，上与宰相论元和循吏孰为第一，周墀曰：'臣尝守土江西，闻观察使韦丹功德被于八州，没四十年，老稚歌思，如丹尚存。'乙亥，诏史馆修撰杜牧撰丹遗爱碑以记之。"

高 花

花将人共笑，篱外露繁枝。
宋玉临江宅[①]，墙低不碍窥[②]。

①注见上卷。

②碍，一作"拟"。〇《登徒子好色赋》："此女登墙窥臣三年，至今未许。"

嘲 桃

无赖夭桃面，平明露井东。
春风为开了，却拟笑春风。

送丰都李尉[①]

万古商於地，凭君泣路岐。
固难寻绮季，可得信张仪。
雨气燕先觉，叶阴蝉遽知。
望乡尤忌晚，山晚更参差。

①《唐书》："丰都县属忠州，义宁二年析临江置。"

天平公座中呈令狐令公时蔡京在坐京曾为僧徒故有第五句[①]

罢执霓旌上醮坛[②]，慢妆娇树水晶盘[③]。
更深欲诉蛾眉敛，衣薄临醒玉艳寒[④]。
白足禅僧思败道[⑤]，青袍御史拟休官[⑥]。
虽然同是将军客[⑦]，不敢公然子细看。

①《唐书·方镇表》："元和十五年，赐郓曹濮节度使，号天平军节度使。"《唐诗纪事》："邕州蔡大夫京者，故令狐文公楚镇滑台日，于僧中见之，曰：'此童眉目疏秀，进退不慑，可以劝学乎？'师从之，乃得陪学于相国子弟。后以进士举上第，寻(人)〔又〕学究登科，作尉畿服。为御史，核狱淮南，李相绅忧悸而卒，颇传绣衣之称。谪居澧州，稍迁抚州刺史。后假节邕交，没而槁殡其地。"《旧唐书》："大中三年二月，贬殿中侍御史蔡京为澧州司马。"《通鉴》："咸通三年，京以左庶子为岭南西道节度使。后赐自尽。"

②《高唐赋》："霓为旌，翠为盖。"《西都赋》："虹旃霓旌。"

③水晶盘，注见上卷。

④座中必有官妓，故云。

⑤《法苑珠林》："魏太武时，沙门昙始甚有神异，足不蹑履，跣行泥秽中。奋足便净，色白如面，俗号曰白足阿练也。"

⑥杜甫诗："青袍也自公。"

⑦将军谓天平公。

《唐诗纪事》："令狐文公在天平后堂宴乐，蔡京时在坐。故义山诗云云。"愚按，天平公未知为谁，若果是楚，不应下又出令狐公。虽令狐父子先后为中书门下平章事，皆可称令公，然以此诗五、六语证之，知必为绹而非楚也。白足禅僧拟蔡京，青袍御史必义山自谓。义山以会昌三年应王茂元之辟，始授御史，去楚没时久矣。史称绹排笮义山，谢不与通，以《九日》一诗验之，良信然。集中酬寄令狐之作不下数首，皆在就辟茂元之后，何欤？此诗又于天平坐中会饮，可证绹虽心憾义山，未尝显与之绝也。九日题诗自是文人恃才本色，而绹之城府奸深，亦于此见之矣。

江上忆严五广休[①]

征南幕下带长刀，梦笔深藏五色毫[②]。
逢着澄江不敢咏，镇西留与谢功曹[③]。

①一本入集外诗。

②毫，一作“豪”。

③谢朓诗：“澄江净如练。”《南史》：“朓为齐随王子隆镇西功曹，除新安王中军记室。”

饯席重送从叔余之梓州

莫叹万重山，君还我未还。
武关犹怅望，何况百牢关[①]。

①注见中卷。

访　隐

路到层峰断，门依老树开。
月从平楚转[①]，泉自上方来[②]。
薤白罗朝馔[③]，松黄暖夜杯[④]。
相留笑孙绰，空解赋《天台》[⑤]。

①谢朓诗：“平楚正苍然。”注：“平楚，丛木广远也。”

②《维摩经》："汝往上方界，分度四十二恒河沙佛土。"

③潘岳《闲居赋》："绿葵含露，白薤负霜。"《唐本草》："薤是韭类，有赤、白二种。白者补而美。"

④《本草》："松花曰松黄。"裴硎《传奇》："酒有松醪春。"

⑤《文选》注："孙绰闻天台山神秀，可以长往，因使图其状，遥为之赋。"

寓 兴

薄宦仍多病，从知竟远游。
谈谐叨客礼，休澣接冥搜①。
树好频移榻，云奇不下楼。
岂关无景物，自是有乡愁。

①休澣，即休沐。鲍照诗："休澣自公日。"《天台赋序》："远寄冥搜。"

东 南

东南一望日中乌，欲逐羲和去得无。
且向秦楼棠树下，每朝先觅照罗敷①。

①乐府《陌上桑》："日出东南隅，照我秦氏楼。秦氏有好女，自名为罗敷。"

归 来

旧隐无何别，归来始更悲。
难寻白道士，不见惠禅师①。

草径虫鸣急，沙渠水下迟。
却将波浪眼，清晓对红梨。

①按，集内有《赠白道者》绝句一首，此诗白道士即其人也。又李洞有《赠三惠师》诗，韩退之有《送惠上人》诗，亦与义山同时人。有引晋释白远及惠远者，非是。

子直晋昌李花[①]

吴馆何时熨[②]，秦台几夜熏[③]。
绡轻谁解卷，香异自先闻。
月里谁无姊，云中亦有君。
樽前见飘荡，愁极客襟分。

①《长安志》："《酉阳杂俎》载令狐宅在开化坊，牡丹最盛，而李商隐诗多言晋昌里第，未详。"按，令狐绹字子直，以此诗考之，晋昌乃绹之居也。

②《吴越春秋》："阖闾城西砚石山上有馆娃宫。"

③"凤台"事，见中卷注。

河清与赵氏昆季讌集得拟杜工部[①]

胜槩殊江右，佳名逼渭川。
虹收青嶂雨，鸟没夕阳天。
客鬓行如此，沧波坐渺然。
此中真得地，漂荡钓鱼船。

①《旧唐书》："河清县属河南府。咸亨四年置大基县，先天元年改为河清。"

寓 目

园桂悬心碧，池莲饫眼红[①]。
此生真远客，几别即衰翁。
小幌风烟入，高窗雾雨通。
新知他日好，锦瑟傍朱栊。

①道源注："《广韵》：'饫，饱也，猒也。'佛书：眼以色为食。"

题道静院院在中条山故王颜中丞所置虢州刺史舍官居此今写真存焉[①]

紫府丹成化鹤群[②]，青松手植变龙文[③]。
壶中别有仙家日[④]，岭上犹多隐士云[⑤]。
独坐遗芳成故事，褰帷旧貌似元君[⑥]。
自怜筑室灵山下，徒望朝岚与夕曛。

①《宣室志》："河中永乐县道静院，居蒲中之胜境。文宗时，道士邓太玄炼丹于此。"《括地志》："蒲州河东县雷首山，一名中条山，亦名首阳山。"

②紫府，注见上卷。《神仙传》："苏仙公耽升云而去，后化白鹤，止郡城东北楼。"又，丁令威亦化白鹤，集辽东华表柱。

③《抱朴子》："松树之三千岁者，其皮中有聚脂状如龙形。"王维诗："种松皆作老龙鳞。"

④"壶公"事，见上卷。

⑤陶弘景《答诏》诗："山中何所有，岭上多白云。"

⑥《老子内传》："受元君神图宝章变化之方，及还丹伏火水汞液金之术。"《真诰》："常月月朝太素三元君。"常建诗："梦寐升九崖，杳霭逢元君。"

赋得桃李无言

夭桃花正发，秾李蕊方繁。
应候非争艳，成蹊不在言①。
静中霞暗吐，香处雪潜翻。
得意摇风态，含情泣露痕②。
芬芳光上苑，寂默委中园。
赤白徒自许，幽芳谁与论。

①《史记》："桃李不言，下自成蹊。"

②李贺诗："芙蓉泣露香兰笑。"

登霍山驿楼①

庙列前峰迥②，楼开四望穷。
岭鼷岚色外③，陂雁夕阳中。
弱柳千条露，衰荷一面风④。
壶关有狂孽⑤，速继老生功⑥。

①《唐书》："义宁元年，以霍邑、赵城、汾西、灵石置霍山郡，有霍山祠。"

②《水经注》："河东霍太山有岳庙，甚灵，鸟雀不栖其林，猛虎常守其庭。"

③《说文》："鼷，小鼠也。"《尔雅》："有螫毒者。"或谓之甘口鼠。

④面，一作"向"，非。

⑤《汉书》："上党郡有壶口关，有壶关县。"应劭曰："黎侯国也。"《寰宇记》："壶关在潞州城东二十五里，因山似壶，故名。""狂孽"谓刘稹。

⑥《唐书》："高祖兵发太原，次灵石县。隋将宋老生屯霍邑以拒义师。

太宗与段志玄自南原引兵驰下，冲老生阵，出其背。老生兵败，投堑，刘弘基就斩之，遂取霍邑。”

寄和水部马郎中题兴德驿[1]

仙郎倦去心，郑驿暂登临。
水色潇湘阔，沙程朔漠深。
鹢舟时往复，鸥鸟恣浮沉。
更想逢归马，悠悠岳树阴。

①原注：“时昭义已平。”

题小松[1]

怜君孤秀植庭中，细叶轻阴满座风。
桃李盛时虽寂寞，雪霜多后始青葱。
一年几变枯荣事[2]，百尺方资柱石功。
为谢西园车马客[3]，定悲摇落尽成空。

①松，一作“柏”。
②变，一作“度”。
③西园，注见中卷。

行次昭应县道上送户部李郎中充昭义攻讨[1]

将军大旆扫狂童[2]，诏选名贤赞武功。
暂逐虎牙临故绛[3]，远含鸡舌过新丰[4]。
鱼游沸鼎知无日[5]，鸟覆危巢岂待风。

早勒勋庸燕石上[6]，伫光纶綍汉廷中。

①《唐书·地理志》："天宝二年，分新丰、万年，置会昌县。七载，省新丰，改会昌为昭应，治温泉宫之西北。"《方镇表》："大历元年，相、卫六州节度，赐号昭义军节度。建中元年，昭义节度兼领泽、潞二州，徙治潞州。"《刘稹传》："会昌三年，昭义节度使刘从谏卒，子稹拒命，自为留后。诏以成德王元逵、魏博、何弘敬为招讨使，与河东刘沔、河阳王茂元合兵讨之。四年七月，郭谊斩稹，传首京师。"

②《左传》："祁瞒亡大旆之左旃。"《唐书》："李德裕曰：'刘稹，騃孺子耳。'"

③《汉·匈奴传》："本始二年，遣云中太守田顺为虎牙将军，出五原。"《左传》："晋人谋去故绛。"《一统志》："绛州，春秋时属晋，即故绛与新田之地。"

④《汉官仪》："尚书郎怀香握兰，含鸡舌奏事。"新丰，注见中卷。

⑤丘迟《与陈伯之书》："将军鱼游于沸鼎之中。"

⑥《后汉书》："窦宪登燕然山，命班固勒石纪功。"

水　斋

多病欣依有道邦，南塘晏起想秋江。
卷帘飞燕还拂水，开户暗虫犹打窗。
更阅前题已披卷[1]，仍斟昨夜未开缸。
谁人为报故交道，莫惜鲤鱼时一双。

①题，一作"头"，非。

奉同诸公题河中任中丞新创河亭四韵之作[1]

万里谁能访十洲，新亭云构压中流。

河鲛纵玩难为室，海蜃遥惊耻化楼[②]。
左右名山穷远目，东西大道锁轻舟。
独留巧思传千古，长与蒲津作胜游[③]。

①《唐书》："河中府河东郡，本蒲州，属河东道。"

②《史·天官书》："海旁蜃气象楼台。"

③《唐书》："河中府河西县有蒲津关。开元十二年，铸八牛，牛有一人策之。牛下有山，皆铁柱夹岸，以维浮梁。"

过故府中武威公交城旧庄感事[①]

信陵亭馆接郊畿[②]，幽象遥通晋水祠[③]。
日落高门喧燕雀，风飘大树撼熊罴[④]。
新蒲似笔思投日[⑤]，芳草如茵忆吐时[⑥]。
山下祗今黄绢字[⑦]，泪痕犹堕六州儿[⑧]。

①《旧唐书》："交城县属太原府，隋分晋阳县置，取县西北古交城为名。"武威公，王茂元也。本集《偶成转韵》诗："武威将军使中侠。"

②《一统志》："信陵亭在开封府城内相国寺前，本魏公子无忌胜游之地，旧有亭。"按，茂元乃鄜坊节度使王栖曜子，故以信陵拟之。

③道源注："《水经注》：'晋水有唐叔虞祠，侧有凉堂，杂树交荫，希见曦景。羁游宦子莫不寻梁契集，用相娱慰。晋川之中最为胜处。'"

④撼，一作"感"。○《稗雅》："熊好举木引气。"《尔雅注》："罴猛憨多力，能拔树木。"

⑤《后汉书》："班超为官佣书久劳苦，投笔叹曰：'大丈夫当立功异域，安能久事笔砚乎！'"

⑥谢万《春游赋》："草靡靡以成茵。"《汉书》："丙吉驭吏嗜酒，醉呕丞相车上。西曹吏白欲斥之，吉曰：'此不过污丞相车茵耳。'"

⑦祇，音支，一作“只”。〇《魏略》：“邯郸淳作《曹娥碑》，蔡邕题其后曰：‘黄绢幼妇，外甥齏臼。’杨修读之即解，曹操行三十里乃悟，曰：‘黄绢，色丝，“绝”字也；幼妇，少女，“妙”字也；外孙，女子，“好”字也；齏臼，受辛器，“辞”字也[1]。言“绝妙好辞”。’与修合。”

⑧用堕泪碑事。按，茂元开成中授忠武军节度，会昌中授河阳军节度。《旧书·地理志》：“忠武军管许、陈、蔡三州，河阳军管孟、怀、卫三州。”故曰“六州”。

赠田叟

荷蓧衰翁似有情，相逢携手绕村行。
烧畬晓映远山色①，伐树暝传深谷声。
鸥鸟忘机翻浃洽②，交亲得路昧平生。
抚躬道直诚感激，在野无贤心自惊。

①《韵会》：“畬，火种田也。”杜甫诗：“烧畬度地偏。”

②《列子》：“海上有人，每旦从鸥鸟游，鸥之从者百数。其父令取来，鸥鸟舞而不下。”本集《太仓箴》：“海翁忘机，鸥故不飞。”

赠别前蔚州契苾使君①

何年部落到阴陵②，奕世勤王国史称③。
夜掩牙旗千帐雪④，朝飞羽骑一河冰⑤。
蕃儿襁负来青冢⑥，狄女壶浆出白登⑦。
日晚鸊鹈泉畔猎⑧，路人遥识郅都鹰⑨。

①原注：“使君远祖，国初功臣也。”〇《唐书》：“蔚州兴唐郡，属河东

[1]“辞”有异体字“辤”。

道，隋雁门郡之灵丘、上谷郡之飞狐县地，武德六年置蔚州。”又曰：“契苾何力，其先铁勒别部之酋长。贞观六年，随其母率众千馀家诣沙州，奉表内附。后以军功封凉国公。”

②按《史记》：“颛顼任地，北至幽陵，南至交趾。”阴陵，疑即幽陵。《唐书》：“贞观二十年，铁勒九姓大酋领率众降，分置瀚海、燕然、金微、幽陵等九都督府。”

③奕，一作“三”。〇《唐书》：“何力三子：明、光、贞。明袭爵凉国公，光右豹韬卫将军，贞司膳少卿。”

④牙旗，注见中卷。

⑤谢灵运《征赋序》：“羽骑盈途，飞旍蔽日。”

⑥青冢，注见中卷。

⑦《汉书》注：“白登在平城东南十馀里。”《括地志》：“朔州定襄县，本汉平城县，东北三十里有白登山，山上有台。”

⑧《唐书》：“西受降城北三百里有鹏鹈泉。”《寰宇记》：“鹏鹈泉在丰州北，胡人饮马于此。”

⑨识，一作“认”。〇《汉书》：“郅都行法，不避贵戚，号曰苍鹰。景帝拜为雁门太守，匈奴竟都死，不近雁门。”

和人题真娘墓[①]

虎丘山下剑池边[②]，长遣游人叹逝川。
罥树断丝悲舞席，出云清梵想歌筵。
柳眉空吐效颦叶[③]，榆荚还飞买笑钱[④]。
一自香魂招不得，只应江上独婵娟。

①原注：“真娘，吴中乐妓，墓在虎丘山下寺中。”

②《吴越春秋》：“阖闾死，葬于国西北，名曰虎丘。”《方舆胜览》：“剑池在虎丘寺，盘郢、鱼肠之剑在焉，故曰剑池。”

③《庄子》："西子病心而矉其里，丑人见而效之。"

④鲍照诗："千金顾笑买芳年。"

人日即事①

文王喻复今朝是②，子晋吹笙此日同③。
舜格有苗旬太远④，周称流火月难穷⑤。
镂金作胜传荆俗，翦彩为人起晋风⑥。
独想道衡诗思苦，离家恨得二年中⑦。

①董勋《答问》："正月七日为人日。"

②《易》："七日来复。"

③《列仙传》："王子晋七月七日乘白鹤，驻缑氏山头。"

④《书》："七旬有苗格。"

⑤《诗》："七月流火。"

⑥《荆楚岁时记》："人日剪彩为人，或镂金箔，帖屏风上，亦戴之头鬓。"贾充《典戒》："人日造华胜相遗。"又刘臻妻陈氏《进见仪》曰："人日上人胜于人。"

⑦薛道衡《人日思归》诗："入春才七日，离家已二年。人归落雁后，思发在花前。"

春日寄怀

世间荣落重逡巡，我独丘园坐四春。
纵使有花兼有月，可堪无酒又无人。
青袍似草年年定，白发如丝日日新。
欲逐风波千万里，未知何路到龙津①。

①道源注:“任昉《知己赋》:‘过龙津而一息,望凤条而再翔。’”

和刘评事永乐闲居见寄

白社幽闲君暂居①,青云器业我全疏②。
看封谏草归鸾掖③,尚贲衡门待鹤书④。
莲耸碧峰关路近⑤,荷翻翠扇水堂虚。
自探典籍忘名利,欹枕时惊落蠹鱼。

①《晋书》:“董京与陇西计吏俱至洛阳,逍遥吟咏,常宿白社中。”

②《五君咏》:“仲容青云器。”

③掖,殿旁小门也。杨汝士诗:“文章旧价留鸾掖。”

④《北山移文》:“鹤书赴陇。”善注:“萧子良《古今篆隶文体》曰:‘鹤头书与偃波书俱诏版所用,在汉谓之尺一简,仿佛(鹄)〔鹤〕头,故有其称。”

⑤谓莲花峰。

和马郎中移白菊见示

陶诗只采黄金实①,郢曲新传《白雪》英②。
素色不同篱下发,繁花疑自月中生。
浮杯小摘开云母③,带露全移缀水精。
偏称含香五字客④,从兹得地始芳荣。

①《玉函方》:“甘菊,九月上寅日采名曰金精。”

②宋玉《对楚王问》:“客有歌于郢中者,曰《下里巴人》,属而和者数千人。为《阳春白雪》,国中和者不过数人。”谢希《(送)〔逸〕琴论》:“《白雪》,师旷所作,商调曲也。”

③谢灵运《永嘉记》:“百卉正发时,聊以小摘供日。”

④郭颁《魏晋世语》："司马景王命中书郎虞松作表，再呈，不可意，令松更定之，经时竭思，不能改。中书郎锺会取草视，为定五字，松悦服，以呈景王。王曰：'不当尔耶？'松曰：'锺会也。'王曰：'如此可大用。'"沈佺期诗："五字擢英才。"

喜闻太原同院崔侍御台拜兼寄在台三二同年之什

鹏鱼何事遇屯同，云水升沉一会中。
刘放未归鸡树老①，邹阳新去兔园空②。
寂寥我对先生柳③，赫奕君乘御史骢④。
若向南台见莺友⑤，为传垂翅度春风⑥。

①《魏志》："刘放字子弃，涿郡人。说王松附太祖，以放参司空军事。后与孙资久典机任，夏侯献、曹肇心不平。殿中有鸡栖树，二人相谓曰：'此亦久矣，其能复几？'放、资惧，阴图间之。荐曹爽为大将军，献、肇皆免。"《急就篇》注："皂荚树，一名鸡栖。"

②《雪赋》："梁王不悦，游于兔园，乃置旨酒，命宾友，召邹生，延枚叟。"

③《陶潜集》有《五柳先生传》。

④《后汉书》："桓典拜侍御史，常乘骢马。京师语曰：'行行且止，避骢马御史。'"

⑤《通典》："御史台亦谓之兰台寺。梁及后魏、北齐或谓之南台。魏制：有公事，百官朝会名簿，自尚书令仆以下悉送南台。"莺友，和乐之友，注见中卷。

⑥《冯异传》："始虽垂翅回溪，终能奋翼渑池。"

喜雪

朔雪自龙沙[1]，呈祥势可嘉[2]。
有田皆种玉[3]，无树不开花。
班扇慵裁素[4]，曹衣讵比麻[5]。
鹅归逸少宅[6]，鹤满令威家[7]。
寂寞门扉掩[8]，依稀履迹斜[9]。
人疑游麺市[10]，马似困盐车[11]。
洛水妃虚妒[12]，姑山客漫夸[13]。
联辞虽许谢[14]，和曲本惭《巴》[15]。
粉署闱全隔[16]，霜台路正赊[17]。
此时倾贺酒，相望在京华。

①注见上卷。

②《雪赋》："盈尺则呈瑞于丰年。"

③注见上卷。

④班婕妤《怨歌行》："新制齐纨扇，皎洁如霜雪。"

⑤《曹风》："麻衣如雪。"

⑥《法书要录》："王羲之性好鹅，山阴昙礦村有道士，养好者十馀。王往求市易，道士言：'府君若能自屈，书《道德经》两章，便合群以奉。'王住半日，为写毕，笼鹅以归。"白居易诗："雪似鹅毛飞散乱。"

⑦《搜神后记》："丁令威，本辽东人，后化白鹤归，集城门华表柱。空中言曰：'有鸟有鸟丁令威，去家千年今始归。'"谢惠连《雪赋》："皓鹤夺鲜。"白居易《雪》诗："舞鹤庭前毛稍定。"

⑧《录异传》："汉时，大雪积地丈馀。洛阳令身出按行。至袁安门，无有路，谓安已死。除雪入户，见安僵卧。问何以不出，曰：'大雪人皆饿，不宜干人。'"

⑨用东郭先生事，见上卷。

⑩束皙赋："重罗之麺，尘飞雪白。"张说《对雪》诗："积如沙照月，散似麺从风。"白居易《雪》诗："北市风生飘散麺，东楼日出照凝酥。"

⑪《战国策》："骥服盐车而上太行。"梁简文帝《雪》诗："盐飞乱蝶舞。"

⑫《洛神赋》："飘飖兮若流风之回雪。"

⑬《庄子》："藐姑射之山有神人焉，肌肤若冰雪。"

⑭用谢道韫事，见上卷。

⑮注见前《琴赋》："绍《陵阳》，度《巴人》。"注："皆琴曲。"

⑯《汉官仪》："省中皆胡粉涂壁，故曰粉署。"

⑰《通典》："御史为风霜之任，故曰霜台。"

柳枝五首有序

柳枝，洛中里娘也。父饶好贾，风波死湖上。其母不念他儿子，独念柳枝。生十七年，涂妆绾髻，未尝竟，已复起去，吹叶嚼蕊，调丝擫管[1]，作天海风涛之曲，幽忆怨断之音。居其傍，与其家接故往来者，闻十年尚相与，疑其醉眠梦[2]断不娉。余从昆让山，与柳枝居为近。他日春曾阴，让山下马柳枝南柳下，咏(紫)〔余〕《燕台》诗。柳枝惊问："谁人有此？谁人为是？"让山谓曰："此吾里中少年叔耳。"柳枝手断长带，结让山为赠叔乞诗。明日，余比马出其巷，柳枝丫鬟毕妆[3]，抱立扇下，风鄣一袖，指曰："若叔是[4]？后三日，邻当去溅裙水上[5]，以博香山待，与郎俱过。"余诺之。会所友有偕当诣京师者，戏盗余卧装以先，不果留。雪中，让山至，且曰："为东诸侯取去矣。"明年，让山复东，相背于戏上[6]，因寓诗以墨其故处云。

①擫，音业。○《说文》"擫，一指按也。"《南都赋》："弹琴擫籥。"

②一本有"物"字。

③陈启源曰："丫鬟，谓头上梳双髻，未适人之妆也。"辛延年咏胡姬

“两鬓何窈窕”，正指十五岁时。刘禹锡诗云：“花面丫头十三四。”

④句。

⑤溅，音笺。○《北史》：“窦泰母梦风雷有娠，期而不产，甚惧。有巫者曰：‘度河湔裙，产子必易。’便向水所。忽见一人曰：‘当生贵子，可徙而南。’母从之。俄而生泰。及长，为御史中尉。”《玉烛宝典》：“元日至晦日，并为酺食，士女湔裙度厄。”

⑥《史记索隐》：“戏上在新丰县东二十里戏亭北。”孟康曰：“水名也。”

花房与蜜脾①，蜂雄蛱蝶雌。
同时不同类，那复更相思。

①注见上卷。

本是丁香树，春条结始生①。
玉作弹棋局，中心亦不平②。

①《本草》：“丁香出交、广，木类桂，高丈馀，叶似栎，陵冬不凋。花圆细，黄色，其子出枝蕊上，如丁子。中有粗大如山茱萸者，谓之母丁香。”按陈藏器云：“丁香，击之则顺理而解为两向。”杜诗：“丁香体柔弱，乱结枝犹垫。”盖其合则为结也。

②注见上卷。

嘉瓜引蔓长，碧玉冰寒浆①。
东陵虽五色②，不忍值牙香③。

①冰，去声。

②阮籍诗：“昔闻东陵瓜，近在青门外。连畛距阡陌，子母相钩带。五色曜朝日，嘉宾四面会。”

③值，治去声。

柳枝井上蟠[①]，莲叶浦中干。
锦鳞与绣羽[②]，水陆有伤残。

①言种非其所。

②鲍照《芙蓉赋》："戏锦鳞而夕映，曜绣羽以晨过。"

画屏绣步障，物物自成双。
如何湖上望，只是见鸳鸯。

燕台四首

春

风光冉冉东西陌，几日娇魂寻不得。
蜜房羽客类芳心[①]，冶叶倡条遍相识[②]。
暖蔼辉迟桃树西，高鬟立共桃鬟齐[③]。
雄龙雌凤杳何许，絮乱丝繁天亦迷[④]。
醉起微阳若初曙[⑤]，映帘梦断闻残语。
愁将铁网罥珊瑚[⑥]，海阔天翻迷处所[⑦]。
衣带无情有宽窄，春烟自碧秋霜白。
研丹擘石天不知[⑧]，愿得天牢锁冤魄[⑨]。
夹罗委箧单绡起，香肌冷衬琤琤佩[⑩]。
今日东风自不胜，化作幽光入西海[⑪]。

①蜜房，蜂房也。郭璞《蜂赋》："亦托名于羽族。"

②花丛无所不入。

③立共，一作"共立"。

④春心如絮乱丝繁，天若有情，亦当迷矣。

⑤微阳，夕阳也。

⑥注见上卷。

⑦《高唐赋》："云无处所。"

⑧《吕氏春秋》："石可破也，而不可夺坚；丹可磨也，而不可夺赤。"

⑨道源注："《汉书》：'戴匡六星，六曰司灾，在魁中，贵人之牢。'孟康曰：'贵人牢曰天理。'即天牢也。情不得伸，故曰冤魄。"

⑩肌，一作"眠"。

⑪"冤魄锁天牢"、"幽光入西海"，皆所谓幽忆怨断之音也。

夏

前阁雨帘愁不卷，后堂芳树阴阴见。
石城景物类黄泉①，夜半行郎空柘弹②。
绫扇唤风阊阖天③，轻帏翠幕波渊旋④。
蜀魂寂寞有伴未⑤，几夜瘴花开木棉⑥。
桂宫留影光难取⑦，嫣熏兰破轻轻语⑧。
直教银汉堕怀中，未遣星妃镇来去⑨。
浊水清波何异源，济河水清黄河浑。
安得薄雾起缃裙⑩，手接云軿呼太君⑪。

①石城，注见上卷。宋玉《讽赋》："君不御兮妾谁怨，死日将至兮下黄泉。"

②《文选注》："《古史考》云：柘树枝长而劲，乌集之将飞，柘起弹乌，乌乃呼号，因名乌号弓。"道源注："《南部烟花记》：陈宫人喜于春林放柘弹。"

③《汉书》注："阊阖，天门也。"

④道源注："帷幕风动，如旋波之有文。"

⑤魂，一作"魄"。〇《蜀都赋》："鸟生杜宇之魄。"

⑥木棉，注见中卷。

⑦桂宫，谓月宫。

⑧《洛神赋》："含辞未吐，气若幽兰。"

⑨星妃，谓织女。《说文》："妃，匹也。"

⑩梁范静妻沈氏《竹火笼》诗："氤氲拥翠被，出入随缃裙。"

⑪《真诰》："驾风骋云軿。"道源注："道书有太极道君、太虚上真元君。"

秋

月浪冲天天宇湿①，凉蟾落尽疏星入。
云屏不动掩孤嚬，西楼一夜风筝急②。
欲织相思花寄远③，终日相思却相怨。
但闻北斗声回环④，不见长河水清浅⑤。
金鱼锁断红桂春⑥，古时尘满鸳鸯茵⑦。
堪悲小苑作长道⑧，《玉树》未怜亡国人⑨。
瑶琴愔愔藏楚弄⑩，越罗冷薄金泥重⑪。
帘钩鹦鹉夜惊霜，唤起南云绕云梦⑫。
双珰丁丁联尺素⑬，内记湘川相识处。
歌唇一世衔雨看，可惜馨香手中故。

①冲，一作"衡"。

②风筝，注见上卷。

③织，一作"识"。

④杜甫诗："七星在北户，河汉声西流。"

⑤古诗："河汉清且浅。"

⑥道源注："金鱼，即鱼钥也。《一品集》：平泉庄有剡溪之红桂。"

⑦茵，褥也。《西京杂记》："飞燕为皇后，其女弟上遗鸳鸯褥。"

⑧《南史》："文惠太子求东田，起小苑。"

⑨用陈后主事，见上卷。

⑩琴，一作“瑟”。〇嵇康《琴赋》：“乱曰：愔愔琴德不可测兮。”《艺文类聚》：“后汉蔡邕好琴道，每一曲制一弄。”《琴历》曰：“琴曲有蔡氏五弄。又有九引，九曰楚引。”

⑪《锦裙记》：“惆怅金泥簇蝶裙。”

⑫陆机赋：“指南云以寄钦。”《高唐赋序》：“昔者楚襄王与宋玉游于云梦之台，望高唐之观。”

⑬即前诗“玉珰缄札”。

冬

天东日出天西下，雌凤孤飞女龙寡①。
青溪白石不相望②，堂中远甚苍梧野③。
冻壁霜华交隐起，芳根中断香心死。
浪乘画舸忆蟾蜍，月娥未必婵娟子④。
楚管蛮弦愁一槩，空城舞罢腰支在。
当时欢向掌中销，桃叶桃根双姊妹⑤。
破鬟矮堕凌朝寒⑥，白玉燕钗黄金蝉⑦。
风车雨马不持去，蜡烛啼红怨天曙。

①《通卦验》：“凤，仁鸟也。雄曰凤，雌曰凰。”《左传》：“帝赐夏孔甲乘龙，河汉各二，有雌雄。”《法苑珠林》：“梁释法聪临泉有雌龙、雄龙，各就手取食。”此云“女龙”，即雌龙也。

②陈启源曰：“按《古今乐录》云：‘《神弦歌》十一曲，五曰《白石郎》，六曰《清溪小姑》。’青溪、白石，正指此也。《搜神后记》云：‘沙门昙遂入青溪，梦一妇人曰：‘我是青溪庙中姑。’”不相望，言杳隔也。

③谢朓诗：“云去苍梧野。”

④月娥，谓月中常娥。

⑤注见上卷。

⑥矮,一作“委”。〇矮堕,注见中卷。

⑦玉燕钗,注见上卷。黄金蝉,亦首饰,韩偓诗:“醉后金蝉重。”

河内诗二首

曲楼上

鼍鼓沉沉虬水咽①,秦丝不上蛮弦绝②。
常娥衣薄不禁寒③,蟾蜍夜艳秋河月。
碧城冷落空蒙烟④,帘轻幕重金钩栏⑤。
灵香不下两皇子⑥,孤星直上相风竿⑦。
八桂林边九芝草⑧,短襟小鬓相逢道。
入门暗数一千春,愿去闰年留月小。
栀子交加香蓼繁⑨,停辛伫苦留待君⑩。

①孙绰《刻漏铭》:“灵虬吐注,阴虫承泻。”

②秦丝,秦筝也。《通典》:“秦蒙恬始作筝。”曹植诗:“秦筝发西气,齐瑟扬东讴。”

③杜甫诗:“斟酌常娥寡,天寒奈九秋。”

④蒙,一作“濛”。〇碧城,注见上卷。

⑤《古今注》:“汉顾成庙槐树悉设扶老钩栏。”李贺诗:“啼鸪吊月钩栏下。”

⑥道源注:“《真诰》:‘周灵王有子三十八人。子晋,太子也,是为王子乔。灵王第三女名观灵,字众爱,于子乔为别生妹,受子乔飞解脱网之道。又有妹观香,成道受书,为紫清宫内侍妃,领东宫中候真夫人。子乔兄弟得道者七人。其眉寿是观香之同生兄,亦得道。”

⑦《晋令》:“车驾出入,相风前引。”《先贤传》:“太仆寺丞高岱立一竹竿于前庭,其上有枢机,标以鸡尾,相风色以验吉凶。”傅玄《相风赋》:“栖神乌于竿首。”孙楚赋:“建殊才于辰极。”

⑧八桂，注见上卷。《汉旧仪》："元（丰）〔封〕六年，甘泉宫产芝九茎，金色绿叶朱实，夜有光，乃作《芝房之歌》。"

⑨蓼，音了。

⑩《本草》："栀子味辛，蓼味苦。"○仙家相逢，以千岁为期。惟留待之切，故欲去闰年而留月小也。

曲湖中

阊门日下吴歌远①，陂路绿菱香满满。
后溪暗起鲤鱼风②，船旗闪断芙蓉干。
轻身奉君畏身轻③，双桡两桨樽酒清。
莫因风雨罢团扇，此曲断肠惟北声④。
低楼小径城南道，犹自金鞍对芳草。

①《通典》："《吴歌》、《杂曲》并出江东，晋、宋以来稍有增广。"梁内人王金珠善歌《吴声》、《西曲》。

②《提要录》："鲤鱼风，九月风也。"梁简文帝诗："灯生阳燧火，尘散鲤鱼风。"李贺诗："鲤鱼风起芙蓉老。"

③轻，一作"倾"。○道源注："《拾遗记》：'飞燕每轻风至，殆欲随风入水。'暗用此事。"

④《古今乐录》："《团扇郎歌》者，晋中书令王珉好捉白团扇，与嫂婢谢芳姿有情好，嫂捶挞婢过苦，王东亭闻而止之。芳姿素善歌，嫂令歌一曲，当赦之。芳姿应声而歌：'白团扇，辛苦五流连，是郎眼所见。'珉闻，更问：'汝歌何道？'芳姿即改歌云：'白团扇，憔悴非昔容，羞与郎相见。'后人因而歌焉。"《吕氏春秋》："有娀氏二佚女，帝令燕遗二卵，北飞不返，二女作歌，始为北音。"《文心雕龙》："涂山歌于候人，始为南音；有娀谣乎飞燕，始为北声。"

赠送前刘五经映三十四韵

建国宜师古，兴邦属上庠。
从来以儒戏[1]，安得振朝纲。
叔世何多难，兹基遂已亡。
泣麟犹委吏，歌凤更佯狂。
屋壁馀无几，焚坑逮可伤。
挟书秦二世[2]，坏宅汉诸王[3]。
草草临盟誓，区区务富强。
微茫金马署[4]，狼籍斗鸡场[5]。
尽欲心无窍[6]，皆如面正墙。
惊疑豹文鼠[7]，贪窃虎皮羊[8]。
南渡宜终否[9]，西迁冀小康[10]。
策非方正士，贡绝孝廉郎。
海鸟悲钟鼓[11]，狙公畏服裳[12]。
多岐空扰扰[13]，幽室竟伥伥[14]。
凝邈为时范[15]，虚空作士常[16]。
何由羞五霸，直自呰三皇[17]。
别派驱杨墨，他镳并老庄。
《诗》《书》资破冢[18]，法制困探囊[19]。
周礼仍存鲁，隋师果禅唐。
鼎新麾一举[20]，革故法三章。
星宿森文雅，风雷起退藏。
缧囚为学切[21]，掌故受经忙[22]。
夫子时之彦，先生迹未荒。
褐衣终不召，白首兴难忘。
感激殊非圣[23]，栖迟到异粻[24]。
片辞褒有德，一字贬无良。

燕地尊邹衍[25]，西河重卜商[26]。
式闾真道在，拥篲信谦光[27]。
获预青衿列，叨来绛帐旁。
虽从各言志，还要大为防[28]。
勿谓孤寒弃，深忧讦直妨。
叔孙谗易得[29]，盗跖暴难当[30]。
雁下秦云黑，蝉休陇叶黄。
莫逾巾屦念[31]，容许后升堂。

①《家语》:“哀公曰:‘终没吾世,弗敢以儒为戏矣。’”

②《汉书》:“惠帝四年,除挟书律。”张晏曰:“秦律,敢有挟书者族。”

③《汉书》:“鲁共王坏孔子旧宅,以广其居,闻钟磬琴瑟之声,遂不敢复坏,于其壁中得古文经传。”

④《后汉·马援传》:“武帝时,善相马者东门京铸作铜马法献之,诏立马于鲁班门外,更名鲁班门曰金马门。”《汉书》:“东方朔、公孙弘皆待诏金马门。”

⑤《汉书》:“宣帝少喜游侠,斗鸡走马,上下诸陵,周遍三辅。”

⑥《庄子》:“儵与忽谋报混沌之德,曰:‘人皆有七窍,此独无有。’”

⑦《尔雅》注:“鼮鼠,文采如豹。汉武时得此鼠,终军知之,赐帛百匹。”又挚虞《三辅决录》载窦攸事,亦同。

⑧《扬子》:“羊质而虎皮,见草而悦,见狼而战。”

⑨南渡,谓晋元帝渡江。

⑩西迁,谓陈后主归隋。

⑪《庄子》:“昔者海鸟止于鲁郊,鲁侯御而觞之于庙,奏《九韶》以为乐,具太牢以为膳,鸟乃眩视忧悲,三日而死。”江淹诗:“咸池飨爰居,钟鼓或愁辛。”

⑫《广雅》:“猴,一名狙。”《庄子》:“狙公赋芧,曰:‘朝三而暮四。’

众狙皆怒。然则朝四而暮三，众狙皆喜。”又曰：“猿狙而衣以周公之服，彼必龁啮挽裂，尽去而后嗛。”

⑬《列子》：“大道以多岐亡羊，学〔者〕以多方丧生。”

⑭《礼记》：“瞽者无相，伥伥乎其何之？终夜有求于幽室，非烛何见？”

⑮邈，音莫。

⑯凝邈、虚空。盖指何平叔、王夷甫诸人也。

⑰呰，“訾”同。说文：“呰，诃也。”曹植书：“田巴毁五帝，罪三王，呰五伯于稷下。”

⑱《庄子》：“儒以《诗》、《礼》发冢。”

⑲《庄子》：“将为胠箧探囊发匮之盗而为守备，则必摄缄縢、固扃锔。”

⑳《书》：“右秉白旄以麾。”

㉑《汉书》：“夏侯胜、黄霸皆下廷尉，系狱，当死。霸因从胜受《尚书》狱中，再逾冬，积三岁乃出。”

㉒《史记》：“晁错以文学为太常掌故。文帝时，天下无治《尚书》者，帝遣错受尚书伏生所。还，以《尚书》称说，诏以为太子舍人。”

㉓《后汉书》：“桓谭极言谶之非经，帝大怒，曰：‘桓谭非圣无法。’将下斩之，良久得解。”

㉔《礼记》：“五十异粻。”注：“粻，粮也。”

㉕《史记》：“邹衍如燕。燕昭王拥篲先驱，列弟子之坐受业焉。”

㉖子夏居西河教授，为魏文侯师。

㉗原注：“外舅太原公亦受经于公也。”〇按，外舅谓王茂元。

㉘《礼记》：“大为之防，民犹逾之。”

㉙见《论语》。

㉚详《庄子·盗跖篇》。

㉛逾，一作“渝”。

哭遂州萧侍郎二十四韵[1]

遥作时多难，先令祸有源。
初惊逐客议，旋骇党人冤。
密侍荣方入，司刑望愈尊[2]。
皆因优诏用，实有谏书存。
苦雾三辰没，穷阴四塞昏。
虎威狐更假[3]，隼击鸟逾喧[4]。
徒欲心存阙[5]，终遭耳属垣[6]。
遗音和蜀魄，易箦对巴猿。
有女悲初寡，无男泣过门[7]。
朝争屈原草[8]，庙馁莫敖魂[9]。
迥阁伤神峻，长江极望翻。
青云宁寄意，白骨始沾恩。
早岁思东阁，为邦属故园[10]。
登舟惭郭泰，解榻愧陈蕃。
分以忘年契，情犹锡类敦。
公先真帝子[11]，我系本王孙[12]。
啸傲张高盖，从容接短辕。
秋吟小山桂[13]，春醉后堂萱。
自叹离通籍[14]，何尝忘叫阍[15]。
不成穿圹入[16]，终拟上书论[17]。
多士还鱼贯，云谁正骏奔。
暂能诛倏忽[18]，长与问乾坤。
蚁漏三泉路[19]，螿啼百草根[20]。
始知同泰讲[21]，徼福是虚言。

①《唐书》："遂州遂宁郡，属山南东道。"《旧书》："太和九年六月，

京兆尹杨虞卿坐妖言得罪，人皆以为冤诬。宰相李宗闵于上前极言论列，上怒，数宗闵之罪，叱出之，贬明州刺史，再贬虔州长史。贬吏部侍郎李汉为汾州刺史，刑部侍郎萧澣为遂州刺史。”澣，《通鉴》作“瀚”。

②《唐六典》：“龙朔三年，改刑部尚书为司刑太常伯。”

③《战国策》：“虎得狐，狐曰：‘无啖我，天帝令我长百兽。我为子先行，子随我后，百兽见我，能无走乎？’虎随狐而行，百兽皆走。虎不知百兽畏己，反以为畏狐也。”

④《月令》：“立秋日，鹰隼始击。”

⑤《文子》：“身在江海之上，心在魏阙之下。”

⑥《诗》：“耳属于垣。”

⑦原注：“公止裴氏一女，结褵之明年，(人)〔又〕丧良人。”

⑧《史记》：“屈原为楚怀王左徒，王甚任之。上官大夫与同列，争宠而心害其能。王使原造为宪令，原属草稿未定，上官大夫见而欲夺之，原不与，因谗之。”

⑨莫，一作“若”。○《左传》：“若敖氏之鬼不其馁而。”

⑩原注：“余初谒于郑舍。”○按《旧唐书》：“太和七年，萧澣为郑州刺史。”义山有居在郑州，故曰“故园”。

⑪萧氏乃萧梁之后。

⑫注见上卷。

⑬《文选》注：“淮南王安好士，八公之徒分造诗赋，或称大山、小山，犹《诗》有《大雅》、《小雅》也。”《招隐士》：“桂树丛生兮山之幽。”

⑭《汉纪注》：“籍者为二尺竹牒，记其年及名字物色，悬之宫门，相应乃得入也。”

⑮忘，去声。○《甘泉赋》：“选巫威兮叫帝阍。”

⑯《史记》：“田横与二客乘传诣洛阳，未至三十里，自杀，以王礼葬。二客穿冢旁，皆自刎，下从之。”

⑰终，一作“然”。

⑱《庄子》：“南海之帝曰儵，北海之帝曰忽。”

⑲《三辅故事》:"始皇葬骊山,起坟高五十丈,下周三泉,周回七百步。"

⑳《玉篇》:"蜇,寒蝉属。"

㉑《梁书》:"武帝听览馀闲,即于同泰寺讲说《涅槃》、《大品》、《净名》、《三慧》诸经,名僧硕学,四部听众,常万馀人。"

钱龙惕笺:澣坐宗闵、虞卿牵累,本当时党魁,故曰"初惊逐客议,旋骇党人冤"也。时李训、郑注窃弄威权,凡不附己者目为宗闵、德裕党,贬逐无虚日,中外震骇,连月阴晦,人情不安,故曰"苦雾三辰没,穷阴四塞昏。虎威狐更假,隼击鸟逾喧"也。澣没于遂宁,故曰"遗音和蜀魄,易箦对巴猿"也。训、注诛后,文宗始大赦,量移贬谪诸臣,故曰"青云宁寄意,白骨始沾恩"也。义山至开成二年始登第,故曰"自叹离通籍,何尝忘叫阍"也。因澣为梁武后裔,故引同泰徼福之事,以为虚语,伤之之深也。

送千牛李将军赴阙五十韵[①]

照席琼枝秀[②],当年紫绶荣[③]。
班资古直阁[④],勋伐旧西京。
在昔王纲紊,因谁国步清?
如无一战霸[⑤],安有大横庚[⑥]?
内竖依凭切,凶门责望轻[⑦]。
中台终恶直,上将更要盟[⑧]。
丹陛祥烟灭,皇闱杀气横。
喧阗众狙怒[⑨],容易八蛮惊。
梼杌宽之久,防风戮不行[⑩]。
素来矜异类,此去岂亲征!
舍鲁真非策[⑪],居邠未有名[⑫]。
曾无力牧御[⑬],宁待雨师迎[⑭]。
火箭侵乘石[⑮],云桥逼禁营[⑯]。

何时绝刁斗？不夜见欃枪[17]。
屡亦闻投鼠[18]，谁其敢射鲸[19]？
世情休念乱，物议笑轻生。
大卤思龙跃[20]，苍梧失象耕[21]。
灵衣沾愧汗[22]，仪马困阴兵[23]。
别馆兰熏酷，深宫蜡焰明[24]。
黄山遮舞态[25]，黑水断歌声[26]。
纵未移周鼎，何辞免赵坑[27]？
空拳转斗地[28]，数板不沉城[29]。
且欲凭神算，无因计力争。
幽囚苏武节[30]，弃市仲由缨[31]。
下殿言终验[32]，增埤事早萌[33]。
蒸鸡殊减膳[34]，屑麴异和羹[35]。
否极时还泰，屯馀运果亨。
流离几南度，仓卒得西平[36]。
神鬼收昏黑，奸凶首满盈[37]。
官非督护贵[38]，师以丈人贞[39]。
覆载还高下，寒暄急改更。
马前烹莽卓，坛上揖韩彭[40]。
扈跸三才正，回军六合晴[41]。
此时惟短剑，仍世尽双旌[42]。
顾我由群从[43]，逢君叹老成。
庆流归嫡长[44]，贻厥在名卿[45]。
隼击须当要，鹏抟莫问程。
趋朝排玉座，出位泣金茎。
幸藉梁园赋[46]，叨蒙许氏评[47]。
中郎推贵婿[48]，定远重时英[49]。
政已标三尚[50]，人今伫一鸣[51]。

长刀悬月魄[52]，快马骇星精[53]。
披豁惭深眷，睽离动素诚。
蕙留春晼晚，松待岁峥嵘[54]。
异县期回雁[55]，登时已饭鲭[56]。
去程风刺刺[57]，别夜漏丁丁。
庾信生多感，杨朱死有情。
弦危中妇瑟[58]，甲冷想夫筝[59]。
会与秦楼凤[60]，俱听汉苑莺。
洛川迷曲沼，烟月两心倾。

①《通典》:“千牛，刀名。后魏有千牛备身，掌执御刀，因以名职。显庆五年，置左右千牛府，后改为卫，置大将军一人，将军各一人以副之。”○详诗语，李千牛乃李晟之孙。

②《离骚》:“折琼枝而继佩。”

③《汉官仪》:“公侯皆紫绶传龟。”《旧唐书·舆服志》:“侍中、中书令加貂蝉，佩紫绶。”按，兴元元年，李晟加中书令，故云“紫绶荣”。

④阁，一作“閤”。○《通典》:“梁天监六年，置左右骁骑，领朱衣直阁，给仪从。隋置备身府，即其职。”

⑤《左传》:“一战而霸。”

⑥《汉文帝本纪》:“大臣使人迎代王，王卜之，兆得大横，占曰:‘大横庚庚，予为天王。’”注:“龟曰兆，筮曰卦，卜以荆灼，文正横也。庚庚，横貌。”

⑦《淮南子》:“大将受命已，则设明衣，剪指爪，凿凶门而出。”

⑧按《唐书》:代宗时，宦官程元振谮杀来瑱，河北叛镇率以借口，所谓“内竖依凭切”也。诸节度使各置监军，兵柄不一，所谓“凶门责望轻”也。宰相张镒忠直，为德宗所重，卢杞忌之，出之于凤翔，所谓“中台终恶直”也。朱滔拒命，赐爵通义王，冀以安之，滔反谋益急，所谓“上将更要盟”也。

⑨注见前。

⑩《家语》:“禹致群臣于会稽,防风氏后至,戮而杀之,其骨专车。”

⑪《礼记》:“我舍鲁,奚适矣。”

⑫居邠,见《孟子》。〇《通鉴》:“大历中,朱泚入朝,留京师。建中元年,令镇凤翔。三年,朱滔以蜡书约泚同反,马燧获之,以闻上,召泚慰勉之,赐予甚厚,泚怏怏思乱。”《旧唐书》:“建中四年十月丙午,诏泾原节度使姚令言率兵救哥舒曜。泾原军出京城,至浐水,倒戈谋叛,令言不能禁。上令载缯彩二车,遣晋王往慰谕之。乱兵已阵于丹凤阙下,促神策军拒之,无一人至者。上乃与太子、诸王妃主百馀人出苑北门,其夕至咸阳,饭数匕而过。令言率乱兵奉朱泚为主,戊申,上至奉天。”

⑬《圣贤群辅录》:“风后受金法,力墨受准尺。”宋均曰:“力墨或作力牧,黄帝七辅之二。”《帝王世纪》:“黄帝得风后于海隅,力牧于大泽。”

⑭《风俗通》:“玄冥,雨师也。”《广雅》:“雨师曰屏翳。”《韩非子》:“昔者黄帝合鬼神于泰山之上,风伯进扫,雨师洒道。”

⑮《尸子》:“昔者武王崩,成王少,周公旦践东宫,履乘石,祀明堂,假为天子七年。”注:“乘石,王所登上车之石也。”

⑯云桥,即云梯。

⑰《尔雅》:“彗星为欃枪。”注:“亦谓之孛。”《天文录》:“偏指曰彗,芒气四出曰孛。”

⑱屡,浪遇切。〇《汉书》:“投鼠忌器。”

⑲《旧唐书》:“泚自将侵逼奉天,军势颇盛,于奉天东三里下营,大修攻具。十一月乙亥,杜希全与贼战于漠谷,官军不利,贼攻城益急,矢石雨下,人心危惧。戊子,贼造云桥攻城东北隅,兵仗不能及,城中震恐,相顾失色。浑瑊预为地道,命纵火焚之,贼乃退。”

⑳《说文》:“卤,西方咸地也。”《左传》:“晋荀吴败狄于大卤。”注:“大卤,太原晋阳地。”一行《并州起义堂颂》:“我高祖龙跃晋水,凤翔太原。”《册府元龟》:“太宗生时,有二龙戏于门外井中,经三日,乃冲天而去。”

㉑象耕,注见中卷。

㉒《楚词》:“灵衣兮披披。”

㉓道源注:“仪马,庙中木马也。《甘泽谣》:‘许云封因乘仪马入长安。’”〇按,高宗葬乾陵,在奉天县。《旧唐书》:“朱泚据乾陵作乐,下瞰城中,辞多侮慢。”《通鉴》:“自贼攻城,斩乾陵松柏,以夜继昼。泚移帐于乾陵,下视城中,动静皆见之。”“苍梧失象耕”,言贼惊陵寝也。灵衣、仪马,皆陵庙中物,“困阴兵”,似暗用昭陵石马汗流事。

㉔《旧唐书》:“姚令言迎泚于晋昌里第。泚乘马拥从北向,烛炬星罗,观者万计。明日,入居含元殿,徙居白华殿。”

㉕《汉书》:“武帝微行,北至池阳,西至黄山。”晋灼曰:“黄山,宫名,在槐里。”《长安志》:“右扶风槐里县有黄山宫,惠帝三年起。”

㉖《禹贡》:“黑水西河惟雍州。”

㉗《史记》:“武安君白起大破赵于长平,坑降卒四十馀万。”

㉘拳,当作“弮”。〇司马迁书:“李陵提步卒不满五千,转斗千里,矢尽道穷,张空弮,冒白刃,北向争死敌。”注:“弮,弩弓也。”

㉙《史记》:“智伯与韩、魏攻赵晋阳,引汾水灌之,城不浸者三板。”〇《通鉴》:“贼并兵攻城东北隅,贼已有登城者。上与浑瑊对泣。时士卒冻馁,又无甲胄,瑊激以忠义,力战败之。入夜,泚复来攻城,矢及御前三步而坠。”

㉚事见《汉书》。〇《通鉴》:“大理卿蒋沇诣行在,为贼所得。沇绝食称病,潜窜得免。”

㉛事见《史记》。〇《通鉴》:“司农卿段秀实与刘海宾、何明礼、岐灵岳密谋诛泚。泚召秀实等议称帝事,秀实勃然起,夺源休象笏,唾泚面大骂,因以笏击之,才中其额,溅血满地。贼众争前杀之。海宾等相次死。”

㉜下殿,注见中卷。

㉝原注:“先时桑道茂请修奉天城。”〇《通鉴》:“建中元年六月,术士桑道茂言:‘陛下不出数年,暂有离宫之厄。臣望奉天有天子气,宜高大其城,以备非常。’辛丑,命筑奉天城。”

㉞《左传》:“公膳,日双鸡,饔人窃更之以鹜。御者知之,去其肉而以

其洎馈。”注：“洎，肉汁也。饔人、御者欲使诸大夫怨庆氏，减其膳。盖卢蒲癸、王何之谋。”

㉟《晋·愍帝纪》：“永嘉四年冬十月，京师饥甚，米斗金二两，人相食，死者大半。太仓有麴数千饼，麴允屑为粥，以供帝。”○《唐书》：“奉天围久，食且尽，以芦秣帝马，大官粝米止二斛。围解，父老争上壶飧饼饵。”《通鉴》：“时供御止有粝米二斛。每伺贼休息，夜缒人于城外，采芜菁根而进之。”

㊱《唐书》：“李怀光与朱泚通谋。兴元元年二月，上南幸梁州。是年八月，李晟改封西平郡王。”

㊲首，去声。

㊳《通典》：“汉置西域都护。晋、宋以后有督护之官，亦其任也。”《齐书》：“广州西南有二江，川源深远，别置督护专征讨之。”

㊴见《易》。

㊵《旧唐书》：“神策将李晟自定州率师赴难，军于渭桥。兴元元年五月，移军光泰门外。贼来薄我军，奋击，大破之。追击至白华门，朱泚、姚令言率众遁去。晟收复京城。浑瑊、戴休颜、韩游瓌亦破贼于咸阳。泚走至彭原西城屯，韩旻斩之，传首行在。姚令言投泾州，源休、李子平走凤翔，寻并斩获。”

㊶《旧唐书》：“七月壬午，车驾至自兴元。浑瑊、韩游瓌以其众扈从。李晟、骆元光、尚可孤以其众奉迎，步骑十馀万，旌旗数十里。”

㊷《唐书》：“节度使赐双旌双节，行则建节树六纛。”按，晟子愿、愬、听、宪皆为节度使。

㊸《唐书》：“元和四年，诏以晟配飨德宗庙廷，其家编附属籍。”义山本宗室，故云“犹群从”。

㊹《旧唐书》：“晟十五子，长子侗，无禄早世。”此云“嫡长”，岂千牛乃侗之子欤？

㊺《诗》：“贻厥孙谋。”

㊻注见前。

㊼《后汉书》:“许劭论乡党人物,每月朔辄更品题,故汝南有月旦评。”

㊽道源注:“《世说》:谢中郎万是王蓝田女婿。”

㊾《后汉书》:“班超封定远侯。”

㊿三尚,未详。或曰即夏尚忠,商尚质,周尚文。

51《淳于髡传》:“此鸟不鸣则已,一鸣惊人。”

52古乐府:“何当大刀头,破镜飞上天。”吴竞《解题》:“大刀头,刀头有环,问夫何时当还也。破(铙)〔镜〕飞上天,言月半缺,当还也。”

53《天文志》:“房为天府,曰天驷,其阴右骖。”《白帖》:“马为房星之精。”

54鲍照赋:“岁峥嵘而催暮。”

55古乐府:“他乡复异县。”回雁,谓雁书。

56《字林》:“鲭,杂肴也。”道源注:“《西京杂记》:娄君卿历游五侯之门。每旦,五侯遗饷之君卿,合为鲭,世传五侯鲭。”

57刺,七迹切。

58古乐府:“大妇织绮罗,中妇织流黄。小妇无所为,挟瑟上高堂。”

59杜甫诗:“银甲弹筝用。”道源注:“唐乐府有《相府莲》,后语讹为《想夫怜》。”《乐苑》曰:“《想夫怜》,羽调曲也。”

60与,去声。

咏怀寄秘阁旧僚二十六韵①

年鬓日堪悲,衡茅益自嗤。
攻文枯若木②,处世钝如鎚③。
敢忘垂堂戒④,宁将暗室欺⑤。
悬头曾苦学⑥,折臂反成医⑦。
仆御嫌夫懦⑧,孩童笑叔痴⑨。
小男方嗜栗⑩,幼女漫忧葵⑪。

遇炙谁先噉[12]，逢齏即便吹[13]。
官衔同画饼[14]，面貌乏凝脂[15]。
典籍将蠡测[16]，文章若管窥[17]。
图形翻类狗[18]，入梦肯非罴[19]。
自哂成书簏[20]，终当咒酒卮[21]。
懒沾襟上血[22]，羞镊镜中丝[23]。
橐钥言方喻[24]，樗蒱齿讵知[25]。
事神徒惕虑，佞佛愧虚辞[26]。
曲艺垂麟角[27]，浮名状虎皮[28]。
乘轩宁见宠[29]，巢幕更逢危[30]。
礼俗拘稽喜[31]，侯王忻戴逵[32]。
途穷方结舌，静胜但揞颐[33]。
粝食空弹剑[34]，亨衢讵置锥[35]。
柏台成口号[36]，芸阁暂肩随[37]。
悔逐迁莺伴，谁观择虱时[38]。
瓮间眠太率[39]，床下隐何卑[40]。
奋迹登弘阁[41]，摧心对董帷[42]。
校雠如有暇，松竹一相思。

①《魏略》："兰台为外台，秘书为内阁。"○义山释褐秘书省校书郎，故有旧僚。

②郭象《庄子注》："与枯木同其不华。"

③《晋书》："祖约谓梅陶、锺雅曰：'君汝颍之士利如椎，我幽冀之士钝如鎚。'"

④忘，去声。○《汉书》："千金之子，坐不垂堂。"

⑤《梁简文帝纪》："不欺暗室，岂况三光？"

⑥《楚国先贤传》："孙敬在太学，编柳为简以写经，睡则悬头于梁。"

⑦《左传》："三折肱知为良医。"《楚词》："九折臂而成医兮，吾今而

知其然。”

⑧懦，乳兖切。○《韵会》：“《汉书》‘公卿选愞’，劣弱也。或作‘懦’。”

⑨《晋书》：“王湛初有隐德，皆以为痴。兄子济轻之，尝诣湛，湛谈《易》，玄理微妙，叹曰：‘家有名士，三十年而不知。’武帝见济，曰：‘卿家痴叔死未？’曰：‘臣叔殊不痴。’”

⑩陶潜《责子》诗：“通子垂九龄，但觅梨与栗。”

⑪《列女传》：“鲁漆室女倚柱而啸，邻妇曰：‘欲嫁乎？’曰：‘我忧鲁君老，太子少也。’妇曰：‘此鲁大夫之忧。’女曰：‘昔晋客舍我家，系马于园，马佚，践我园葵，使我终岁不厌葵味。’”

⑫炙，一作“脔”。○《语林》：“王右军年十一，周顗异之。时绝重牛心炙，座客(来)未啖，先割啖右军，乃知名。”

⑬便，一作“更”。○《楚词》：“惩于羹者吹齑。”王逸注：“言人歠羹而热，中心惩之，见齑即恐而吹也。”

⑭道源注：“《魏志》：‘名士如画地为饼，不可啖食。’”

⑮《世说》：“王右军见杜弘治，叹曰：‘面如凝脂，眼如点漆，此神仙中人。’”

⑯《东方朔传》：“以蠡测海。”张晏曰：“瓠瓢也。”

⑰《王献之传》：“此郎亦管中窥豹，时见一斑。”

⑱《马援传》：“画虎不成，反类狗也。”

⑲《六韬》：“文王将田，卜曰：‘所获非龙、非彲、非虎、非罴，乃伯王之辅。’果遇太公于渭阳。”

⑳《晋书》：“傅迪广读书而不解其义，刘柳惟读《老子》而已。迪每轻柳，柳曰：‘卿读书虽多而无所解，可谓书簏矣。’”《唐书》：“李善淹贯古今，不能属辞，号为书簏。”

㉑《晋书》：“刘伶求酒于妻，妻谏曰：‘非养生之道，宜断之。’伶曰：‘善，当祝鬼神自誓耳。卿可致酒五斗，吾当断之。’妻如其言。伶祝曰：‘天生刘伶，以酒为名。一饮一石，五斗解酲。妇人之言，慎不可听。’于是饮酒

御肉，块然复醉。"《韵会》："祝，或作咒。"

㉒《琴操》："卞和抱玉而哭，昼夜不止，涕尽，继之以血。"

㉓《齐书》："高帝曰：'岂有为人作曾祖而镊白发者乎？'"

㉔《老子》："天地之间，其犹橐籥乎！虚而不屈，动而愈出。"

㉕马融《樗蒱赋》："排五木，散九齿。"《葛洪别传》："洪少好读书，至不知(碁)〔棋〕局几道，不识樗蒱几齿。"

㉖《晋书》："何充与弟凖俱崇信释氏，谢万讥之云：'二何佞佛。'"

㉗《北史·文苑传》："学者如牛毛，成者如麟角。"骆宾王启："业成麟角，引茅茹而弹冠。"

㉘注见前。

㉙《左传》："卫懿公好鹤，鹤有乘轩者。"注："轩，大夫车也。"

㉚《左传》："夫子之在此也，犹燕之巢于幕上。"《西征赋》："危素卵之累壳，甚玄燕之巢幕。"

㉛《晋书》："阮籍见礼俗之士，以白眼对之。嵇喜来吊，籍作白眼，喜不怿而退。"

㉜《晋书》："戴逵字安道，性高洁，以礼度自处，累征为散骑常侍，不至。太元二十年，太子太傅会稽王道子、少傅王雅、詹事王珣上疏曰：'逵执操贞厉，含味独游。年在耆老，清风弥劭。东宫虚德，式延事外。宜加旌命，以参僚侍。'会病卒。"

㉝搘，"支"通。○王维诗："支颐问樵客。"

㉞《孟尝君传》："冯驩蒯缑弹剑而歌曰：'长铗归来乎，食无鱼！'"

㉟《庄子》："尧舜有天下，子孙无置锥之地。"

㊱《三辅黄图》："武帝元鼎二年春，起柏梁台。帝尝置酒于其上，诏群臣二千石能为七言诗者乃得上坐。"

㊲秘阁掌秘书图籍，故称芸阁。《礼记》："五年以长，则肩随之。"

㊳《晋书》："王导在扬州，辟顾和为从事。月旦当朝，未入，停车门外。周顗遇之，和方择虱，夷然不动。"

㊴《晋书》："毕卓为吏部郎，比舍郎酒熟，卓夜至其瓮间盗饮之，醉卧

其下，为掌酒者所缚。”

④⓪道源注：“《唐书》：‘王维私邀孟浩然入内署，俄而玄宗至，浩然匿床下。’”

④①阁，一作“閤”。○公孙弘东閤，见前。

④②《汉书》：“董仲舒为博士，下帷讲诵，弟子转相授业，莫见其面。”

戊辰会静中出贻同志二十韵

大道谅无外，会越自登真。
丹元子何索[1]，在己莫问邻[2]。
蒨璨玉琳华[3]，翱翔九真君[4]。
戏掷万里火[5]，聊召六甲旬[6]。
瑶简被灵诰[7]，持符开七门[8]。
金铃摄群魔[9]，绛节何兟兟[10]。
吟弄东海若[11]，笑倚扶桑春。
三山诚迥视[12]，九州扬一尘[13]。
我本玄元胄[14]，禀华由上津[15]。
中迷鬼道乐[16]，沉为下土民[17]。
托质属太阴，炼形复为人[18]。
誓将覆宫泽[19]，安此真与神[20]。
龟山有慰荐[21]，南真为弥纶[22]。
玉管会玄圃[23]，火枣承天姻[24]。
科车遏故气[25]，侍香传灵氛[26]。
飘飖被青霓[27]，婀娜佩紫纹[28]。
林洞何其微，下仙不与群[29]。
丹泥因未控[30]，万劫犹逡巡。
荆芜既以薙，舟壑永无湮[31]。
相期保妙命[32]，腾景侍帝宸[33]。

①《黄庭经》：“心神丹元字守灵。”

②道源注：“《内景经》：‘真人在己莫问邻。’”

③《黄庭经》：“赤珠灵裙华蒨瓅。”《真诰》：“上元夫人腰垂凤文琳华之绶，执流黄挥精之剑。”

④《太上正法经》：“九真者，九天之阴气凝而成也。”《神仙传》：“得仙者有九品，第一上仙，号九天真王。”

⑤《神仙感遇传》：“玄宗与张果、叶法善棋，召罗公远齿坐。剑南有果初进，名为日熟子。张、叶以术取，每过午必至。其日继夜都不到，相顾曰：‘莫是罗君否？’时天寒围炉，公远笑于火中树一筯，及此除之，遂至。叶诘使者。云：‘欲到京，焰火亘天，无路可过，值火歇方得度。’”道源注：“《度人经》：‘掷火万里，流金八冲。’”

⑥《汉武内传》：“上元夫人授帝六甲左右灵飞之符，可以召山灵，朝地神。”《真诰》：“仙道有素奏丹符，以召六甲。”《西溪丛语》：“古以甲子数日，故谓之旬，如今阴阳家所云甲子旬中、甲午旬中之类。”

⑦瑶简，玉简也。《太上八素经》：“司命著籍，玉简丹书。”沈约《华山馆营功德》诗：“玉简黄金编。”《真诰》：“许长史云：‘钦愿崇荣，欣想灵诰。’”

⑧开，一作“关”。○《黄庭经》：“负甲持符开七门。”注：“谓七窍。”《云笈七签》：“五色焕耀，升入七门。”

⑨《真诰》：“老君佩神虎之符，带流金之铃。”《云笈七签》：“左佩玉瑞，右腰金铃。”

⑩㚔，音精。○绛节，注见中卷。《说文》：“㚔，进也。”○《夫子庙堂碑》：“㚔㚔让席。”

⑪《楚词》：“令海若兮舞冯夷。”

⑫迴，一作“回”。

⑬海外更有九州。扬尘，用麻姑语。

⑭胄，一作“胤”。○《封演见闻记》：“国朝以李氏出自老君，故崇道

教。高宗乾封元年，还自岱岳，过真源，诣老君庙，追尊为玄元皇帝。”

⑮《韵会》：“津，气液也。”曹毘诗：“体炼五灵妙，气含云露津。”

⑯佛经：“六道中有鬼道。”

⑰《汉武内传》：“帝下席叩头曰：‘彻下土浊民。’”

⑱《神仙传》：“仙家有太阴炼形之法，能令日中无影。”《集仙录》：“七魄营侍，三魂守宅者，或三十年、二十年、十年、三年，当血肉再生，复质成形，必胜于未死之容。此名炼形太阴，易貌三官之仙也。“

⑲覆，芳六切。○宫，一作“官”。

⑳道源注：“覆，还也。还元辰本宫之泽，以安此真神也。”

㉑《集仙传》：“西王母者，九灵太妙龟山金母也。天上天下，三界十方女子之登仙者咸隶焉。所居宫阙在龟山春山西那之都。”

㉒《南岳魏夫人传》：“夫人北诣上清宫玉阙之下，诸真君授夫人玉札金文，位为紫虚元君，领上真司命南岳夫人，比秩仙公。陶贞白《真诰》所呼南真，即夫人也。”

㉓《大戴礼》：“舜时西王母献白玉管。”《十洲记》：“昆仑山三角，其一角正西，曰玄圃台。”

㉔《真诰》：“紫微王夫人谓许长史曰：‘交梨火枣，腾飞之药，不比于金丹也。君心中荆棘相杂，是以二树不见。’”《酉阳杂俎》：“祁连山上有仙树，其实如枣，以竹刀剖则苦，以木刀剖则酸，以芦刀剖则辛，以金刀剖则甘。或曰：此即仙经所谓火枣。”

㉕道源注：“《王母传》：‘科车天马，霓旌羽幢，千乘万骑，光耀宫阙。’《云笈七签》：‘存日如鸡子在泥丸中，毕，乃吐出一气，存气为黑色，名之尸气。次吐二气，为日色，名之故气。次吐三气，存气为苍色，名之死气。’《真诰》：‘人卧室宇，当令洁盛，则受灵气，否则受故气。’注：‘谓尘浊不正之气。’”

㉖氛，一作“芬”。○《真诰》：“仙官有侍香之职。”《说文》：“氛，祥气也。”

㉗司马彪诗：“上凌青云霓。”李贺《绿封章事》：“青霓叩额呼宫神。”

㉘《真诰》:“仙道十七条,在灵书紫文中,并琅玕药之所变化也。”紫纹,疑作“文”。

㉙道书有上仙、中仙、下仙。

㉚《抱朴子》:“《李公丹法》:‘用真丹及五石之水各一升,和合如泥。’”《上清经》:“《真丹秘诀》:‘先以黄丹三五斤,渐筑令实,约厚五寸。更下丹轻筑,都大令实,取鼎为度。不计斤数,然后以六一泥泥鼎。’”《丹房须知·药泥十四》(日)〔曰〕:“黄土、蚌粉、石灰、赤石脂、食盐六味各一两,为末,水调用之,名六一泥。”

㉛舟,一作“丹”,误。湮,一作“因”。〇《庄子》:“藏舟于壑,夜半有力者负之而趋。”〇言人心稠浊如荆榛之芜秽,能剪薙之,斯清净可守,永无壑舟之移矣。

㉜《真诰》:“有保命君。”《云笈七签》:“太乙保命,固神定生。”

㉝道源注:“《真诰》:‘侍帝宸有八人,如世之侍中,王子乔、郭世幹皆为之。’”云林右英王夫人诗:“相携侍帝宸。”

和郑愚赠汝阳王孙家筝妓二十韵[1]

冰雾怨何穷[2],秦丝娇未已[3]。
寒空烟霞高,白日一万里。
碧嶂愁不行,浓翠遥相倚。
茜袖捧琼姿,皎日丹霞起[4]。
孤猿耿幽寂,西风吹白芷[5]。
回首苍梧深,女萝闭山鬼[6]。
荒郊白鳞断[7],别浦晴霞委。
长彴压河心[8],白道连地尾[9]。
秦人昔富家[10],绿窗闻妙旨。
鸿惊雁背飞,象床殊故里。
因令五十丝,中道分宫徵[11]。

斗粟配新声[12]，娣侄徒纤指[13]。
风流大堤上[14]，怅望白门里[15]。
蠹粉实雕弦[16]，灯光冷如水。
羌管促蛮柱[17]，从醉吴宫耳。
满内不扫眉，君王对西子[18]。
初花惨朝露，冷臂凄愁髓。
一曲送连钱[19]，远别长于死[20]。
玉砌衔红兰，妆窗结碧绮。
九门十二关，清晨禁桃李[21]。

①《北梦琐言》："郑愚，广州人，擢进士第，敭历清要。"《旧唐书》："咸通三年，充岭南西道节度使。"《唐书》："让皇帝子琎，开元中封汝阳王。"

②冰，一作"水"。

③秦丝，注见前。

④四句言筝妓之丽。

⑤《九歌》："辛夷楣兮药房。"注："药，白芷也"

⑥《九歌·山鬼》："被薜荔兮带女萝。"杜甫诗："山鬼闭门中。"○四句言筝声之哀。

⑦鱼书难寄。

⑧彴，职略切。○《说文》："彴，水上横木，所以渡者。"

⑨地尾，地尽处。○四句言所思之人不可即。

⑩家，一作"责"。

⑪《集韵》："秦人薄义，有父子争瑟者，各入其半，故当时名为筝。古以竹为之。"

⑫《汉书》："淮南王长死，民作歌曰：'一尺布，尚可缝；一斗粟，尚可舂；兄弟二人不相容。'"

⑬《说文》："娣，女弟也。"又："娣姒，妯娌也。""侄，兄之女

也。”〇按，筝本父子争瑟而起，此诗上云“鸿惊雁背飞”，下云“斗粟配新声”，似作兄弟事用，岂所传有不同耶？

⑭《清商曲·襄阳乐》：“朝发襄阳城，莫至大堤宿。大堤诸女儿，花艳惊郎目。”

⑮白门，注见中卷。

⑯《说文》：“蠹，木中虫也。”又，衣书中虫，俗呼蠹鱼，其粉鳞手触则落，碎之如银。《汉书》：“黄帝制十二篇，其雄鸣为六，雌鸣亦六。”〇此句之义未详。

⑰羌管，笛也。马融《长笛赋》：“近世双笛从羌起。”按《晋书》：“桓伊令奴吹笛，伊抚筝而歌怨诗。”促蛮柱，竹与丝合也。

⑱道源注：“西子擅宠，故宫内不复扫眉。言筝妓同之。”

⑲《横吹曲·紫骝马》：“长安美少年，金络饰连钱。”《尔雅》：“青骊驎曰驒。”注：“色斑驳如鱼鳞，今连钱骢也。”

⑳言弹入送远别离之曲，益增惨凄。

㉑道源注：“言筝妓所处华邃，桃李之容不可得窥。”

四年冬以退居蒲之永乐渴然有农夫望岁之志遂作忆雪又作残雪诗各一百言以寄情于游旧

忆 雪

爱景人方乐，同云候稍愆。
徒闻《周雅》什①，愿赋《朔风》篇②。
欲俟千箱庆，须资六出妍③。
咏留飞絮后④，歌唱《落梅》前⑤。
庭树思琼蕊，妆楼认粉绵。
瑞邀盈尺日⑥，丰待两岐年⑦。
预约延枚酒⑧，虚乘访戴船⑨。
映书孤志业⑩，披氅阻神仙⑪。

几向霜阶步，频将月幌褰。
玉京应已足，白屋但颙然。

①《小雅·〔信〕南山》："上天同云，雨雪(其)〔雰〕雰。"

②《卫风》："北风其凉，雨雪其滂。"《雪赋》："咏《南山》于《周雅》，歌《北风》于《卫诗》。"

③《韩诗外传》："草木花多五出，雪花独六出。"

④注见上卷。

⑤梁简文帝《雪朝》诗："落梅飞四注。"

⑥《雪赋》："盈尺则呈瑞于丰年。"

⑦《后汉书》："张堪为渔阳太守，百姓歌曰：'桑无附枝，麦秀两岐。'"《诗传》："丰年之冬，必有积雪。"《氾胜之书》："雪是五谷精。"

⑧用"兔园"事，见前。

⑨《语林》："王子猷雪夜访戴安道，时戴在剡溪，便乘轻船就之。既造门，不前便返。人问其故，曰：'吾本乘兴而行，兴尽而返，何必见戴？'"

⑩《谈薮》："齐太原孙伯翳家贫，常映雪读书。与王亮、范云为莫逆交。"

⑪《晋书》："王恭乘高舆，披鹤氅裘，涉雪而行。孟昶叹曰：'真神仙中人也！'"

残　雪

旭日开晴色，寒空失素尘①。
绕墙全剥粉，傍井渐消银。
刻兽摧盐虎②，为山倒玉人③。
珠还犹照魏④，璧碎尚留秦⑤。
落日惊侵昼，馀光误惜春。
檐冰滴鹅管⑥，屋瓦镂鱼鳞⑦。
岭霁岚光坼，松暄翠粒新⑧。

拥林愁拂尽，着砌恐行频。
焦寝忻无患[9]，梁园去有因[10]。
莫能知帝力，空此荷平均。

①何逊《雪》诗："时逐微风起，谁言非玉尘。"

②《左传》："王使周公阅来聘，享有昌歜、白、黑形盐，辞曰：'国君文足昭也，武可畏也，则有盐虎形以献功。'"

③《世说》："嵇叔夜醉如玉山之将颓。"

④用"照乘珠"事，见上卷。

⑤《史记》："秦王得赵璧，无意偿城，蔺相如前曰：'璧有瑕，请指示王。'因持璧却立，曰：'王必欲急臣，臣头与璧俱碎矣！'"

⑥李贺诗："王子吹笙鹅管长。"

⑦庾信赋："秦王馀石，仍为雁齿之阶；汉后旧陶，即用鱼鳞之瓦。"

⑧顾愔《新罗国记》："松树大连抱有五粒子，形如桃仁而稍小，皮硬，浸酒疗风。"《酉阳杂俎》："松凡言两粒、五粒。粒当言鬣，五粒松皮不鳞。"李贺有《五粒小松歌》。

⑨《高士传》："焦（光）〔先〕野火烧庐，因露寝，遭大雪，（光）〔先〕袒卧不移，人以为死，就视如故。"

⑩雪霁故去。

大卤平后移家到永乐县居书怀十韵寄刘韦二前辈二公尝于此县寄居[1]

驱马绕河干，家山照露寒[2]。
依然五柳在，况值百花残。
昔去惊投笔，今来分挂冠[3]。
不忧悬磬乏[4]，乍喜覆盂安[5]。
甑破宁回顾[6]，舟沉岂暇看[7]。

脱身离虎口[8]，移疾就猪肝[9]。
鬓入新年白，颜无旧日丹。
自悲秋获少，谁惧夏畦难。
逸志忘鸿鹄[10]，清香披蕙兰。
还持一杯酒，坐想二公欢。

①大卤，注见前。《唐书》："会昌四年正月，河东都将杨弁逐节度使李石，据军府应刘稹。三月，李义忠克太原，生擒弁，尽诛乱卒。"

②《上林赋》："过鳷鹊，望露寒。"注："观名，在云阳甘泉宫。"按太原，唐北都，故得用之。

③《汉书》："逢萌解冠挂东都城门。"《梁书》："陶弘景挂冠神武门。"

④《国语》："室如悬磬。"

⑤《东方朔传》："连四海之外以为席，安于覆盂。"

⑥《后汉书》："孟敏荷甑堕地，不顾而去。郭泰问其故，曰：'甑已破矣，视之何益？'"

⑦《豫章记》："聂友夜射白鹿，寻踪不见，乃见箭着一梓树，伐之，取二板为牂牁。后友船行遇风作，皆没，惟友船独全。寻看，乃向梓板夹扶其船。"

⑧《庄子》："料虎头，编虎须，几不免虎口哉！"

⑨《后汉书》："太原闵仲叔征博士不至。客居安邑，老病家贫，不能〔得〕肉，日买猪肝一片。安邑令闻之，敕吏常给。仲叔曰：'岂可以口腹累安邑？'遂去。"

⑩《陈涉传》："燕雀安知鸿鹄之志哉。"

卷三下

河阳诗

黄河摇溶天上来[1]，王楼影近中天台[2]。
龙头泻酒客寿杯[3]，主人浅笑红玫瑰[4]。
梓泽东来七十里[5]，长沟复堑埋云子[6]。
可惜秋眸一脔光[7]，汉陵走马黄尘起。
南浦老鱼腥古涎，真珠密字芙蓉篇[8]。
湘中寄到梦不到，衰容自去抛凉天。
忆得蛟丝裁小卓[9]，蛱蝶飞回木棉薄。
绿绣笙囊不见人，一口红霞夜深嚼。
幽兰泣露新香死，画图浅缥松溪水[10]。
楚丝微觉《竹枝》高[11]，半曲新辞写绵纸。
巴陵夜市红守宫，后房点臂斑斑红[12]。
堤南渴雁自飞久，芦花一夜吹西风。
晓帘串断蜻蜓翼，罗屏但有空青色。
玉湾不钓三千年[13]，莲房暗被蛟龙惜。
湿银注镜井口平[14]，鸾钗映月寒铮铮[15]。
不知桂树在何处[16]，仙人不下双金茎[17]。
百尺相风插重屋[18]，侧近嫣红伴柔绿。
百劳不识对月郎[19]，湘竹千条为一束[20]。

①溶，一作“落”。

②玉楼、中天台，注俱见上卷。

③道源注:“酒器刻作龙形,广州有龙铛。”李贺诗:“龙头泻酒邀酒星。”

④《子虚赋》:“其石则赤玉玫瑰。”晋灼曰:“玫瑰,火齐珠也。”

⑤戴延之《西征记》:“梓泽去洛阳六十里。梓泽,金谷也,中朝贤达所集,赋诗犹存,是石崇居处。”

⑥此云子似谓如云之女子,与杜诗所用不同。

⑦秋眸,注见中卷。

⑧二句暗用双鱼寄书事。

⑨蛟,当作“鲛”。卓,一作“棹”,非。

⑩浅缥,画图之色。

⑪楚丝,犹云楚弄。刘禹锡《竹枝词序》:“建平里中儿联歌《竹枝》,吹短笛、击鼓以赴节,歌者扬袂杂舞,含思宛转,有淇澳之艳音。”

⑫李贺诗:“花房夜捣红守宫。”《汉书》:“守宫,虫名。术家云:以器养之,食以丹砂,满七斤,捣治万杵,以点女人体,终身不灭。若有房室之事,即脱。言可防闲淫逸,故谓之守宫。”道源注:“石龙子,即守宫也。《图经》云:‘长者一尺。今出山南襄州、安州、申州,以三月、四月、八月采,去腹中物,火干之。’”按诗云“巴陵”,巴陵正属山南道也。

⑬玉湾,犹云玉川、玉溪。

⑭镜如井口之平。

⑮道源注:“《杜阳杂编》:‘唐同昌公主有九鸾之钗。’”

⑯谓月中桂树。

⑰金茎,见上卷。

⑱相风,注见前。

⑲《尔雅》:“鵙,伯劳也。”《通卦验》:“伯劳性好单栖。”

⑳言泪痕之多。

自桂林奉使江陵途中感怀寄献尚书[①]

下客依莲幕,明公念竹林[②]。

纵然膺使命，何以奉徽音。
投刺虽伤晚，酬恩岂在今。
迎来新琐闼[3]，从到碧瑶岑。
水势初知海[4]，天文始识参[5]。
固惭非贾谊，惟恐后陈琳[6]。
前席惊虚辱，华樽许细斟。
尚怜秦痔苦[7]，不遣楚醪沉[8]。
既载从戎笔，仍披选胜襟。
泷通伏波柱[9]，帘对有虞琴[10]。
宅与严城接，门藏别岫深。
阁凉松冉冉，堂静桂森森。
社内容周续[11]，乡中保展禽[12]。
白衣居士访[13]，乌帽逸人寻[14]。
佞佛将成传，耽书或类淫[15]。
长怀五羖赎[16]，终著《九州箴》[17]。
良讯封鸳绮[18]，馀光借玳簪[19]。
张衡愁浩浩[20]，沈约瘦愔愔[21]。
芦白疑粘鬓，枫丹欲照心。
归期无雁报，旅抱有猿侵。
短日安能驻，低云只有阴。
乱鸦冲曒网[22]，寒女簇遥砧。
东道违宁久[23]，西园望不禁[24]。
江生魂黯黯[25]，泉客泪涔涔[26]。
逸翰应藏法，高辞肯浪吟。
数须传庾翼[27]，莫独与卢谌[28]。
假寐凭书簏，哀吟叩剑镡[29]。
未尝贪偃息，那复议登临。
彼美回清镜，其谁受曲针[30]。

人皆向燕路，无乃费黄金。

①时义山为桂府观察判官。此诗乃寄郑亚者，但二史俱不云亚兼尚书，疑有误。

②原注："公与江陵相国韶叙叔侄。"按《唐书·宰相表》无名韶者，此注疑亦误。○竹林七贤，阮籍、阮咸为叔侄。

③范云诗："摄官青琐闼。"

④桂林郡滨海。

⑤杜甫诗："天横醉后参。"

⑥陈琳为曹操管记室。

⑦《庄子》："秦王召医，破痈溃痤者得车一乘，舐痔者得车五乘。所治愈下，得车愈多。"

⑧张协《七命》："箪醪投川，可使三军告捷。"注："楚与晋战，或进王一箪酒，王欲与军士共之，则少而不遍，乃倾酒于水，令众迎流而饮之，士卒皆感惠尽力，遂大捷。"

⑨泷水，注见中卷。《后汉书》："马援为伏波将军，征交阯，立铜柱，为汉之极界。"《投荒杂录》："爱州九真郡有铜柱，马援以表封疆。"

⑩《礼记》："舜弹五弦之琴，以歌《南风》之诗。"

⑪《释氏通鉴》："惠远居庐山三十年，社众数千，著者十八人。"《高僧传》："彭城刘遗民豫、章雷次宗、雁门周续之、新蔡毕颖之、南阳宗炳、张莱民、张季硕等，并弃世遗荣，依远居止。"

⑫《家语》："鲁人有独处室者，邻之嫠妇室坏，趋而托焉。鲁人闭户不纳，妇曰：'子何不如柳下惠然？妪不逮门之女。'鲁人曰：'柳下惠则可，我固不可。'"

⑬佛书："维摩诘世号白衣居士。"

⑭陈周弘正有《谢敕赉乌纱帽启》。《唐书》："隋贵臣多服乌纱帽，后渐废，贵贱通服折上巾。"

⑮《南史》："刘峻苦所见不博，闻有异书必往祈借。清河崔慰祖谓之

书淫。”

⑯《史记》：“百里奚亡秦走宛，楚鄙人执之。缪公闻其贤，以五羖羊皮赎之。”

⑰《左传》：“《虞人之箴》曰：‘芒芒禹迹，画为九州。’”《扬雄传》：“箴莫善于《虞箴》，作《州箴》。”

⑱注见上卷。

⑲《史记》：“赵平原君使人于楚，欲夸楚，为玳瑁簪。”王筠诗：“徒歌鹿卢剑，空贻玳瑁簪。”

⑳《四愁诗序》：“张衡出为河间相，时天下渐弊，郁郁不得志，为《四愁》诗。”

㉑注见中卷。

㉒曬，俗“晒”字。

㉓《左传》：“若舍郑以为东道主。”

㉔西园，见中卷。

㉕生，一作“山”，误。〇江淹《别赋》：“黯然销魂者，惟别而已矣。”

㉖《述异记》：“鲛人，即泉先也，又名泉客。”《吴都赋》：“泉室潜织而卷绡，渊客慷慨而泣珠。”

㉗数，音朔。〇《晋书》：“王羲之书初不胜庾翼、郗愔，及暮年方妙。尝以草书答庾亮，而翼深叹服，因与羲之书云：‘吾昔有伯英章草十纸，过江狼狈，遂乃亡失。忽见足下答家兄书，焕若神明，顿还旧观。’”

㉘《晋书》：“刘琨为段匹磾所拘，为五言诗赠其别驾卢谌。琨诗托意非常，摅畅幽愤，远想张、陈，感鸿门、白登之事，用以激谌。谌以常词酬和，殊乖琨心。重以诗赠之。”

㉙镡，音寻。〇《说文》：“镡，剑鼻也。”《汉书》注：“剑口旁横出者。”

㉚虞翻《与客书》：“琥珀不取腐芥，磁石不受曲针。”

送从翁从东川弘农尚书幕[1]

大镇初更帅，嘉宾素见邀。
使车无远近，归路更烟霄[2]。
稳放骅骝步，高安翡翠巢[3]。
御风知有在[4]，去国肯无聊。
早忝诸孙末，俱从小隐招。
心悬紫云阁[5]，梦断赤城标[6]。
素女悲清瑟[7]，秦娥弄玉箫[8]。
山连玄圃近，水接绛河遥[9]。
岂意闻周铎，翻然慕舜《韶》。
皆辞乔木去，远逐断蓬飘。
薄俗谁其激，斯民已甚恌。
鸾皇期一举，燕雀不相饶。
敢共颓波远[10]，因之内火烧[11]。
是非过别梦，时节惨惊飙。
末至谁能赋[12]，中干欲病痟[13]。
屡曾纡锦绣[14]，勉欲报琼瑶。
我恐霜侵鬓，君先绶挂腰。
甘心与陈阮[15]，挥手谢松乔[16]。
锦里差邻接[17]，云台闭寂寥[18]。
一川虚月魄，万崦自芝苗。
瘴雨泷间急[19]，离魂峡外销。
非关无烛夜，其奈落花朝。
几处逢鸣佩，何筵不翠翘。
蛮童骑象舞，江市卖鲛绡。
南诏知非敌[20]，西山亦屡骄[21]。
勿贪佳丽地，不为圣明朝。

少减东城饮，时看北斗杓[22]。
莫因乖别久，遂逐岁寒凋。
盛幕开高宴，将军问故僚。
为言公玉季，早日弃渔樵[23]。

①《旧唐书》：“开成元年，杨汝士转兵部侍郎。其年十二月，检校礼部尚书、梓州刺史、剑南东川节度使。四年，入为吏部侍郎。”

②更，一作“便”。

③杜甫诗：“江上小堂巢翡翠。”

④御，一作“愈”。《庄子》：“列子御风而行。”

⑤《秋兴赋序》：“高阁连云，阳景罕曜。”

⑥《会稽记》：“天台赤城山土色皆赤，岩岫连沓，状若云霞。”《天台赋》：“赤城霞起而建标。”

⑦《汉书》：“黄帝使素女鼓五十弦瑟，悲，帝禁不止，故破为二十五弦。”

⑧玉，一作“碧”。○用弄玉事。

⑨《白帖》：“天河谓之银河，亦曰绛河。”

⑩《庄子》：“因以为弟靡，因以为波流。”弟，即“颓”也。郭注：“变化颓靡，世事波流。”李白诗：“扬马激颓波。”

⑪白居易诗：“悲火烧心曲。”孟郊诗：“悔至心自烧。”

⑫《雪赋》：“相如末至，居客之右。”

⑬《左传》：“外强中干。”《韵会》：“痟，渴疾。”相如痟渴，通作“消”。

⑭谓赠诗。

⑮陈琳、阮瑀。

⑯赤松子、王子乔。《西京赋》：“美往昔之松乔。”

⑰《益州记》：“张仪筑益州城，城故锦涧也，号锦里。”

⑱蔡质《汉〔官典〕仪》：尚书郎入直云台。时从翁必以郎官参幕府，故云。

⑲《说文》：“泷，奔湍也。”俗谓水湍峻者为泷。

⑳《唐书》:“南诏本哀牢夷后,乌蛮别种也。居永昌、姚州之间,铁桥之南,西北与吐蕃接。天宝后臣吐蕃。”

㉑西山即岷山。李宗谔《图经》:“岷山巉绝崛立,实捍阻羌夷,全蜀倚为巨屏。唐自肃、代后,西山三城屡陷吐蕃。”

㉒《三辅黄图》:“惠帝更筑长安城。城南为南斗形,城北为北斗形。至今人称汉旧京为斗城。”杜甫诗:“秦城近斗杓。”

㉓末二语,义山自谓也。公玉季,未详。

李肱所遗画松诗书两纸得四十韵[1]

万草已凉露,开图披古松。
青山遍沧海[2],此树生何峰。
孤根邈无倚,直立撑鸿濛[3]。
端如君子身,挺若壮士胸。
樛枝势夭矫,忽欲蟠拏空。
又如惊螭走,默与奔云逢。
孙枝擢细叶,旖旎狐裘茸[4]。
邹颠蓐发软[5],丽姬眉黛浓[6]。
视久眩目睛,倏忽变辉容。
竦削正稠直,婀娜旋敷峰[7]。
又如洞房冷,翠被张穹笼。
亦若暨罗女[8],平旦妆颜容。
细疑袭气母[9],猛若争神功。
燕雀固寂寂,雾露常冲冲。
香兰愧伤暮[10],碧竹惭空中。
可集呈瑞凤[11],堪藏行雨龙[12]。
淮山桂偃蹇[13],蜀郡桑重童[14]。
枝条亮眇脆[15],灵气何由同。

昔闻咸阳帝[16]，近说嵇山侬[17]。
或着仙人号[18]，或以大夫封[19]。
终南与清都[20]，烟雨遥相通。
安知夜夜意，不起西南风。
美人昔清兴，重之犹月钟[21]。
宝笥十八九，香缇千万重[22]。
一旦鬼瞰室，稠叠张罬罿[23]。
赤羽中要害[24]，是非皆匆匆。
生如碧海月，死践霜郊蓬。
平生握中玩，散失随奴童。
我闻照妖镜[25]，及与神剑锋[26]。
寓身会有地，不为凡物蒙。
伊人秉兹图，顾盼择所从。
而我何为者，开颜捧灵踪[27]。
报以漆鸣琴[28]，悬之真珠栊[29]。
是时方暑夏，座内若严冬。
忆昔谢四骑[30]，学仙玉阳东[31]。
千株尽若此，路入琼瑶宫。
口咏《玄云歌》[32]，手把金芙蓉[33]。
浓蔼深霓袖，色映琅玕中[34]。
悲哉堕世网，去之若遗弓[35]。
形魄天坛上，海日高曈曈[36]。
终骑紫鸾归，持寄扶桑翁[37]。

①《云溪友议》："开成元年秋，高锴司贡籍，李肱榜元及第。"肱乃宗室，官止于岳、齐二牧。

②遍沧，一作"遍苍"。

③《庄子》："云将东游，适遭鸿蒙。"注："鸿蒙，气也。"

④《楚词》："纷旖旎乎都房。"《左传》："狐裘庞茸。"

⑤《说文》："颠，顶也。""荐，陈草复生。又荐也。"○此句难解，疑有讹。

⑥丽，如字。○《庄子》："毛嫱、丽姬，人之所美也。"

⑦敷，一作"数"。

⑧道源注："暨罗女，西子也。《方舆胜览》：'苎罗山在诸暨县南五里。'"

⑨《庄子》："伏戏氏得之，以袭气母。"

⑩香，一作"重"。

⑪谢朓《高松赋》："集五凤之光景。"

⑫《酉阳杂俎》："不空三藏塔前多老松，岁旱时官伐其枝为龙骨以祈雨。盖三藏役龙，以其树必有灵也。"

⑬注见前。

⑭《蜀志》："先主舍东南角篱上有桑树，高五丈馀，遥望童童如小车盖。"

⑮条，一作"修"。

⑯谓秦始皇。

⑰未详。道源注："晋法潜隐会稽剡山，或问其胜友为谁，指松曰：'此苍髯叟也。'"

⑱仙，一作"佳"。○似指赤松子。

⑲注见上卷。

⑳清，一作"青"。

㉑《集仙录》："女仙鲁妙典居山，有钟一口，形如偃月，神人所送。"

㉒《韵会》："缇，帛丹黄色。"

㉓罻罿，音鸾童。○《韵会》："罻，毚网也。""罿，捕鸟网也。"

㉔《家语》："赤羽若日。"

㉕照妖镜，一作"照妖鉴"。○《博物志》："身毒国镜如八铢钱，旧传此镜照见妖魅，佩之为天神所福。"

㉖《水经注》："刘曜隐居管涔山，夜中忽有二童子入，跪曰：'管涔王献剑一口。背有铭曰"神剑服御除众毒"。'曜遂服之，剑随时变为五色。"

㉗"美人"至此，言画松初见重于贵室，及身名败后，流落奴童，然此如宝镜神剑，终非凡物，乃今遂以遗我，能无兴亡之感乎？按《旧唐书·王涯传》："涯家法书名画，皆厚为垣，窍藏之复壁。既诛，人破垣取之。或剔取函奁金宝之饰与其玉轴而弃之。"观此诗云云，岂画松即涯所藏者欤？

㉘鲍令晖诗："客从远方来，赠我漆鸣琴。"

㉙《说文》："栊，房室之疏。"徐曰："窗也。"

㉚按《通典》："唐武德七年改上大都督为骁骑尉，大都督为飞骑尉，帅都督为云骑尉，都督为武骑尉。"后置节度使，即都督之任。义山尝为节度巡官，此云"谢四骑"，言辞去使府耳。

㉛张籍《送胡炼师归王屋山》诗："玉阳峰下学长生。"《通志》："东玉阳山在怀庆府济源县西三十里，唐睿宗女玉真公主修道于此。有西玉阳山，亦其栖息之所。"

㉜道源注："《汉武内传》：'西王母命侍女安法婴歌《玄云之曲》。'"

㉝《杜阳杂编》："沧州有金莲花，研之如泥，以间彩绘，光辉焕烂，与真金无异。"

㉞《尔雅》："昆仑之墟，有璆琳琅玕焉。"

㉟《吕氏春秋》："楚人亡乌号之弓，左右请求之，王曰：'楚人亡之，楚人得之，何求也？'"

㊱《一统志》："天坛山在济源县西一百二十里王屋山(兆)〔北〕。其东曰日精，西曰月华，绝顶有石坛，名清虚小有洞天。"

㊲《十洲记》："扶桑在碧海中，太真东王君所治处。"〇言此松终当假翼鸾鸟，为仙家之玩。

戏题枢言草阁三十二韵

君家在河北，我家在山西[①]。

百岁本无业，阴阴仙李枝[②]。
尚书文与武，战罢幕府开[③]。
君从渭南至，我自仙游来[④]。
平昔苦南北，动成云雨乖[⑤]。
逮今两携手，对若床下鞵[⑥]。
夜归碣石馆[⑦]，朝上黄金台[⑧]。
我有苦寒调[⑨]，君抱阳春才[⑩]。
年颜各少壮，发绿齿尚齐。
我虽不能饮，君时醉如泥。
政静筹划简，退食多相携。
扫掠走马路，整顿射雉翳[⑪]。
春风二三月，柳密莺正啼。
清河在门外，上与浮云齐。
攲冠调玉琴，弹作《松风》哀[⑫]。
又弹《明君怨》[⑬]，一去怨不回。
感激坐者泣，起视雁行低。
翻忧龙山雪[⑭]，却杂胡沙飞。
仲容铜琵琶，项直声凄凄[⑮]。
上贴金捍拨[⑯]，画为承露鸡[⑰]。
君时卧振触[⑱]，劝客白玉杯。
苦云年光疾，不饮将安归。
我赏此言是，因循未能谐。
君言中圣人[⑲]，坐卧莫我违。
榆荚乱不整，杨花飞相随。
上有白日照，下有东风吹。
青楼有美人，颜色如玫瑰。
歌声入青云，所痛无良媒。
少年苦不久，顾慕良难哉。

徒令真珠肶[20]，裛入珊瑚腮[21]。
君今且少安，听我苦吟诗。
古诗何人作，老大徒伤悲。

①义山尝寄居太原。

②《神仙传》："老子生而能言，指李树为姓。"杜甫诗："仙李蟠根大。"

③尚书谓王茂元。《旧唐书》："太和中，茂元检校工部尚书，镇岭南。会昌中，为河阳节度使。河北诸军讨刘稹，茂元亦以本军屯天井。"

④《唐书》："渭南县属京兆府，在华州西五十里。仙游县属清源郡。"又《长安志》："盩厔县有仙游泽，复有仙游宫。"《图经》云："隋文帝避暑处。"

⑤颜延之诗："朋好云雨乖。"

⑥鞵，一作"鞋"。

⑦《史记》："邹衍如燕，昭王筑碣石宫，身往师之。"《正义》："宫在幽州蓟县西三十里。"

⑧注见中卷。○言其在幕府。

⑨魏文帝乐府有《苦寒行》。

⑩梁元帝《纂要》："《白雪》、《阳春》皆古歌曲名。"

⑪《射雉赋》："尔乃擎扬拄翳。"注："翳者，所以隐射也。"

⑫道源注："《乐府·河间新弄》二十一章有《风入松》。"

⑬《琴操》："昭君在匈奴，恨帝始不见遇，作怨思之歌，后人名为《昭君怨》。"

⑭注见上卷。

⑮《晋书》："阮咸字仲容。"《国史纂异》："元行冲为太常少卿，时有于古墓中得铜物似琵琶，而身正圆，莫有识者。元视之，曰：'阮咸所造乐也。'命匠人改以木，其声清雅，今呼为阮咸是也。"

⑯金捍拨，注见上卷一。

⑰承，一作"水"，误。○《江表传》："南郡献长鸣承露鸡。"

⑱《广韵》："振，触也。南人以触物为振。"谢惠连《祭古冢文》："以物振拨之。"

⑲《魏略》："徐邈为尚书郎，时禁酒，邈私饮沉醉，赵达问以曹事，曰：'中圣人。'"

⑳肶，音皮。一作"膍"，皮上声。○《说文》："膍，牛百叶也。"《韵会》："一曰五脏总名。"《集韵》："或作肶，通作脾。"

㉑腮，俗"顋"字。○江总诗："盈盈扇掩珊瑚唇。"

偶成转韵七十二句赠四同舍

沛国东风吹大泽[1]，蒲青柳碧春一色。
我来不见隆准人[2]，沥酒空馀庙中客[3]。
征东同舍鸳与鸾，酒酣劝我悬征鞍。
蓝山宝肆不可入[4]，玉中仍是青琅玕[5]。
武威将军使中侠[6]，少年箭道惊杨叶[7]。
战功高后数文章，怜我秋斋梦蝴蝶[8]。
诘旦九门传奏章，高车大马来煌煌。
路逢邹枚不暇揖，腊月大雪过大梁[9]。
忆昔公为会昌宰[10]，我时入谒虚怀待。
众中赏我赋《高唐》[11]，回看屈宋由年辈[12]。
公事武皇为铁冠[13]，历厅请我相所难。
我时憔悴在书阁，卧枕芸香春夜阑[14]。
明年赴辟下昭桂[15]，东郊恸哭辞兄弟。
韩公堆上跋马时[16]，回望秦川树如荠[17]。
依稀南指阳台云[18]，鲤鱼食钩猿失群[19]。
湘妃庙下已春尽[20]，虞帝城前初日曛[21]。
谢游桥上澄江馆[22]，下望山城如一弹。
鹧鸪声苦晓惊眠，朱槿花娇晚相伴[23]。

顷之失职辞南风，破帆坏桨荆江中[24]。
斩蛟断璧不无意[25]，平生自许非匆匆。
归来寂寞灵台下[26]，着破蓝衫出无马。
天官补吏府中趋[27]，玉骨瘦来无一把。
手封狴牢屯制囚，直厅印锁黄昏愁。
平明赤帖使修表[28]，上贺嫖姚收贼州[29]。
旧山万仞青霞外，望见扶桑出东海。
爱君忧国去未能，白道青松了然在。
此时闻有燕昭台，挺身东望心眼开。
且吟王粲《从军乐》，不赋渊明《归去来》[30]。
彭门十万皆雄勇，首戴公恩若山重[31]。
廷评日下握灵蛇[32]，书记眠时吞彩凤[33]。
之子夫君郑与裴，何甥谢舅当世才[34]。
青袍白简风流极，碧沼红莲倾倒开。
我生粗疏不足数，《梁父》哀吟《鸲鹆舞》[35]。
横行阔视倚公怜，狂来笔力如牛弩[36]。
借酒祝公千万年，吾徒礼分常周旋。
收旗卧鼓相天子，相门出相光青史[37]。

①《后汉书》:“沛国，故秦泗水郡，高帝改沛郡。”

②《汉书》:“高祖为人隆准而龙颜。”

③沛郡有高祖庙。

④蓝田山，注见首卷。

⑤中，一作“山”。○《本草》:“琅玕一名青珠。《蜀都赋》所云‘青珠黄环’也。”苏恭曰:“琅玕有数种，以青者为胜，火齐宝也。出嶲州以西乌白蛮中及于阗国。”

⑥谓王茂元。《旧唐书》本传:“茂元虽读书为儒，本将家子。”

⑦《战国策》:“养由基去杨叶百步，射之，百发百中。”

⑧本传："茂元爱其才，以女妻之。"

⑨《汉书》："陈留郡浚仪县，故大梁。"

⑩《唐书》："天宝二载，分新丰、万年置会昌县；七载，省新丰，改会昌为昭应县。"○据此语，卢弘正尝为会昌令，二史俱失书。

⑪《高唐诗》，见上卷。

⑫由，犹通。

⑬《通典》："侍御史一名柱后史，谓冠以铁为柱。"《唐书》："卢弘正初佐刘悟府，累擢监察御史。沈传师表为江西团练副使，入为侍御史。"

⑭本集《樊南甲集序》："两为秘省房中官，恣展古籍。"

⑮《唐书》："昭州平乐郡、桂州始安郡，俱属岭南道。"郑亚观察桂管，辟义山为判官。

⑯道源注："《长安志》：'韩公堆，驿名，在蓝田县南二十五里。又有桓公堆，亦曰韩公堆也。'"

⑰梁戴暠诗："长安树如荠。"

⑱阳台，注见上卷。

⑲鲤，一作"红"。

⑳下，一作"中"。已春，一作"春江"。○《方舆胜览》："黄陵庙在湘阴县北四十里。"

㉑虞舜庙在长沙。

㉒按《谢朓集》有《忝役湘州与吏民别》诗，谢游桥、澄江馆必亦在长沙也。

㉓朱槿，注见上卷。

㉔义山自桂林奉使至江陵，因归朝。

㉕断，一作"破"。○《博物志》："澹台子羽济河，赍千金之璧。阳侯波起，两蛟夹船。子羽左操璧，右操剑，击蛟皆死。既渡，以璧投于河，河伯跃而归之。子羽毁璧而去。"

㉖《通志》："灵台在鄠县东。"《三辅决录》："第五颉，伦之小子，洛阳无故人，乡里无田宅。寄止灵台中，或十日不炊。"崔峒诗："灵台暮宿意多违。"

㉗古乐府："冉冉府中趋。"义山归朝，选盩厔尉。

㉘本传："京兆尹卢弘正奏署掾曹，令典章奏。"按，《弘正传》不言尝为京兆尹，必史误。辨详《诗谱》。

㉙《旧唐书》："大中三年正月，吐蕃宰相论恐热以秦、原、安乐三州及石门等七关军民归国，诏灵武节度使朱叔明、邠宁节度使张景绪等各出兵应接。十二月，以河、湟收复，追册顺宗、宪宗庙号。"

㉚《通鉴》："大中三年五月，宁武军乱，逐其节度李廓，诏以弘正代之。"时义山从为掌书记。

㉛《旧唐书》："徐方自王智兴之后，军士骄怠，有银刀都尤甚，前后屡逐主帅。弘正在镇期年，去其首恶，喻之忠义，讫于受代，军旅无哗。"

㉜曹植书："人人自谓握灵蛇之珠。"傅玄《灵蛇铭》："嘉兹灵蛇，断而能续。飞不须翼，行不假足。进此明珠，预身龙族。"

㉝廷评、书记皆幕府官。

㉞甥，一作"生"。

㉟道源注："《晋书》：'王导补谢尚为掾，导谓之曰："闻君能作《鸲鹆舞》，一座倾想。"尚更着衣帻而舞，令座下击节为应，旁若无人。'"

㊱《志林》云："锺繇弟子宋翼每作一戈，如千钧弩。"又汉军有八牛弩。

㊲《汉书》："相门出相，将门出将。"

义山生平游历略见于此篇。

五言述德抒情诗一首四十韵献上杜七兄仆射相公①

帝作黄金阙②，仙开白玉京③。
有人扶太极，惟岳降元精④。
耿贾官勋大⑤，荀陈地望清⑥。
旗常悬祖德⑦，甲令著嘉声⑧。
经出宣尼壁⑨，书留晏子楹⑩。

武乡传阵法[11]，践土主文盟[12]。
自昔流王泽，由来仗国桢。
九河分合沓[13]，一柱忽峥嵘[14]。
得主劳三顾，惊人肯再鸣。
碧虚天共转，黄道日同行[15]。
后饮曹参酒[16]，先和傅说羹[17]。
即时贤路辟，此夜泰阶平。
愿保无疆福，将图不朽名。
率身期济世，叩额虑兴兵。
感念殽尸露[18]，咨嗟赵卒坑[19]。
傥令安隐忍，何以赞贞明。
恶草虽当路，寒松实挺生。
人言真可畏，公意本无争[20]。
故事留台阁[21]，前驱且旆旌。
芙蓉王俭府，杨柳亚夫营[22]。
清啸频疏俗，高谈屡析酲[23]。
过庭多令子[24]，乞墅有名甥[25]。
南诏应闻命，西山莫敢惊。
寄辞收的博[26]，端坐扫欃枪[27]。
雅宴初无倦，长歌底有情。
槛危春水暖，楼迥雪峰晴。
移席牵缃蔓[28]，回桡扑绛英。
谁知杜武库[29]，只见谢宣城[30]。
有客趋高义[31]，于今滞下卿。
登门惭后至，置驿恐虚迎。
自是依刘表[32]，安能比老彭。
雕龙心已切[33]，画虎意何成。
岂有曾黔突[34]，徒劳不倚衡。

乘时乖巧宦，占象合艰贞[35]。
废忘淹中学[36]，迟回谷口耕[37]。
悼伤潘岳重[38]，树立马迁轻[39]。
陇鸟悲丹觜[40]，湘兰怨紫茎[41]。
归期过旧岁，旅梦绕残更。
弱植叨华族，衰门倚外兄[42]。
欲陈劳者曲[43]，未唱泪先横。

①《旧唐书》："杜悰字永裕，式方子，尚宪宗女岐阳公主。会昌四年七月，拜中书侍郎同中书门下平章事，寻加左仆射。"

②《汉·郊祀志》："三神山在海中，黄金银为宫阙。"《神异经》："西北荒中有二金阙，高百丈，中有金阶，西北入两阙中，名天门。"

③注见上卷。

④《汉·郎闿传》："元精所生，王之佐臣。"

⑤《后汉书》："耿弇封好畤侯，贾复封胶东侯，并图像南宫云台。"

⑥《后汉书》："荀淑为朗陵相，陈寔为太丘长，皆以德行称。"《世说》："正始中，人士比论，以五荀方五陈。"

⑦《唐书》："悰祖佑，相德、顺、宪三宗，拜司徒，封岐国公。"

⑧《汉纪注》："令有先后，故有令甲、令乙、令丙。"

⑨注见前。

⑩道源注："《晏子春秋》：晏子将死，凿楹纳书，谓妻曰：'子壮而视之。'及子壮，发书，书曰：'布帛不可穷，穷不可服；事不可穷，穷不可壮。'"

⑪《蜀志》："建兴三年，封诸葛亮为武乡侯。亮推演兵法，作《八阵图》。"

⑫《通志》："荣泽县故城西北有践土台，即晋文公盟诸侯处。"

⑬《书传》："河水分为九道，在兖州界平原以北是。"

⑭一柱，砥柱也。

⑮《汉书》："日有中道。中道者，黄道，一曰光道。"《晋书》："黄道，日之所行也。半在赤道外，半在赤道内。"

⑯《曹参传》:“来者皆欲有言,参辄饮以醇酒。”

⑰见《说命》。

⑱见《左传》。

⑲注见前。

⑳钱龙惕笺:《旧唐书》:“大中三年九月,西川节度使杜悰收复维州。维州,古西戎地,南界江阳,岷山连岭而西,不知其极。北望陇山,积雪如玉,东望成都,如在井底。其州在岷山之孤峰,三面临江。天宝后,河陇继陷,惟此州在焉。吐蕃利其险要,二十年间,设计得之,遂据其城,号曰‘无忧城’。先是,李德裕镇西川,吐蕃首领悉怛谋以城来降,德裕奏之。执政者与德裕不协,遽勒还其城,至是收复之,亦不因兵刃,乃人情所归也。”按维州之争,事在太和五年。会昌中,德裕复相,尝追论之,悉怛谋已赠官矣。大中继立,僧孺党白敏中、令狐绹等共排德裕,逐之,时悰有收复维州之功,当非执政所喜,故诗云“恶草虽当路,寒松实挺生。人言真可畏,公意本无争”。恶草指敏中诸人也。悉怛谋之勒归也,吐蕃戮之汉界之上,三百馀人冤叫呼天。掷其婴孩,承以枪槊,此实以僧孺钩党杀降,故诗云“感激殽尸露,咨嗟赵卒坑。倘令安隐忍,何以赞贞明”也。

㉑《蜀志》:“陈寿与荀勖等定故蜀丞相诸葛亮故事二十四篇以进。”

㉒注俱见上卷。

㉓《风赋》:“清清泠泠,愈病析酲。”

㉔《唐书》:“悰子裔休、述休、儒休。”

㉕乞,音气。○《晋书》:“谢安与玄围棋赌别墅,玄惧不胜,安顾甥羊昙曰:‘以乞汝。’”《广韵》:“乞,与人物也。”

㉖《唐书》:“韦皋命将出西山、灵关,(被)〔破〕峨和、通鹤、定廉城,逾的博岭,遂围维州。”杜甫诗:“已收的博云间戍。”

㉗钱龙惕笺:李卫公奏维州事曰:“此地内附,可减八处镇兵,坐收千里旧地。臣见莫大之利,乃为恢复之基。况臣未尝用兵攻取,自感化来降。”悰之收维州,可比卫公也。

㉘缃,一作“湘”。

㉙王隐《晋书》："杜预为尚书，损益万几，不可胜数，号曰杜武库，言其无所不有。"

㉚《齐书》："谢朓转中书郎，出为宣城太守。"

㉛以下自序。

㉜注见中卷。

㉝《史记》："谈天衍，雕龙奭。"注："驺奭修衍之文，饰若雕镂龙文，故曰雕龙。"魏刘勰撰《文心雕龙》。

㉞有，一作"省"。○《韩子》："墨突不得黔。"突灶，突囱也。黔，黑也。

㉟占象，言占易象。

㊱忘，去声。○《昭明集序》："淹中稷下之生，金马石渠之士。"

㊲《扬子法言》："谷口郑子真耕于岩石之下，名震京师。"《雍录》："谷口在云阳县西四十里。"

㊳岳有《悼亡》诗。

㊴《司马迁传》："特以为智穷罪极，不能自免，卒就死耳。何则？素所自树立使然也。人固有一死，或重于太山，或轻于鸿毛。"

㊵祢衡《鹦鹉赋》："命虞人于陇坻。"又曰："绀趾丹觜，绿衣翠衿。"

㊶《楚词》："秋兰兮青青，绿叶兮紫茎。"

㊷《白帖》："舅之子为内兄弟，姑之子为外兄弟。"

㊸谢混诗："信此劳者歌。"善曰："《韩诗〔序〕》：'《伐木》废，朋友之道缺。劳者歌其事，诗人伐木，自苦其事，故以为文。'"

此诗乃杜悰再镇西川，义山居东川幕府所上，言外有觊其荐达之意。

今月二日不自量度辄以诗一首四十韵干渎尊严伏蒙仁恩俯赐披览奖逾其实情溢于辞顾惟疏芜曷用酬戴辄复五言四十韵诗献上亦诗人咏叹不足之义也

家擅无双誉[①]，朝居第一功[②]。

四时当首夏[3]，八节应条风[4]。
涤濯临清济，巉岩倚碧嵩。
鲍壶冰皎洁[5]，王佩玉丁东[6]。
处剧张京兆[7]，通经戴侍中[8]。
将星临迥夜[9]，卿月丽层穹[10]。
下令销秦盗[11]，高谈破宋聋[12]。
含霜太山竹[13]，拂雾峄阳桐[14]。
乐道乾知退，当官蹇匪躬[15]。
服箱青海马[16]，入兆渭川熊[17]。
固是符真宰[18]，徒劳让化工。
凤池春潋滟[19]，鸡树晓曈昽[20]。
愿守三章约，还期九译通[21]。
熏琴调大舜，宝瑟和神农[22]。
慷慨资元老，周旋值狡童[23]。
仲尼羞问阵，魏绛喜和戎[24]。
欻欻将除蠹，孜孜欲达聪。
所求因渭浊，安肯与雷同[25]。
物议将调鼎，君恩忽赐弓。
开吴相上下，全蜀占西东[26]。
锐卒鱼悬饵[27]，豪胥鸟在笼[28]。
疲民呼杜母[29]，邻国仰羊公[30]。
置驿推东道，安禅合北宗[31]。
嘉宾增重价，上士悟真空[32]。
扇举遮王导[33]，樽开见孔融[34]。
烟飞愁舞罢，尘定惜歌终[35]。
岸柳兼池绿，园花映烛红。
未曾周顗醉[36]，转觉季心恭[37]。
系滞喧人望，便蕃属圣衷。

天书何日降，庭燎几时烘[38]。
早岁乖投刺[39]，今晨幸发蒙。
远途哀跛鳖[40]，薄艺奖雕虫[41]。
故事曾尊隗[42]，前修有荐雄[43]。
终须烦刻画，聊拟更磨礲。
蛮岭晴留雪，巴江晚带枫[44]。
营巢怜越燕，裂帛待燕鸿[45]。
自苦诚先檗，长飘不后蓬。
容华虽少健，思绪即悲翁。
感激淮山馆[46]，优游碣石宫[47]。
待公三入相，丕祚始无穷[48]。

①《后汉·黄香传》："天下无双，江夏黄童。"

②《萧何传》："君位为相国，功第一，不可复加。"

③陶潜诗："首夏犹清和。"

④《易纬》："立春，条风至，东北风也。"

⑤鲍照诗："清如玉壶冰。"

⑥原注："挚虞《决录要注》曰：'汉末绝无玉佩。侍中王粲识旧佩，始复作之。今玉佩受法于粲也。'"○《韵府》："丁当，佩声。或谓丁东。"

⑦《汉书》："张敞拜胶东相，自谓治剧郡，非赏罚无以劝善惩恶。后守京兆尹，枹鼓希鸣，市无偷盗。"

⑧《后汉书》："戴凭举明经，征试博士，后拜侍中。正旦朝贺，帝令群臣能说经者更相诘难，不通，辄夺其席以益通者。凭重坐五十馀席。京师语曰：'解经不穷戴侍中。'"

⑨《汉书》："五帝坐后聚十五星，曰哀乌郎位，旁一大星，将位也。"

⑩《洪范》："卿士惟月。"杜甫诗："卿月升金掌。"

⑪《左传》："士会为将军，于是晋盗奔秦。"

⑫《左传》："申舟以孟诸之役恶宋，曰：'郑昭宋聋。'"注："昭，明

也；聋，暗也。”〇《旧唐书》：“太和六年，悰为京兆尹。七年，出为凤翔陇右节度使。八年，授忠武军节度使、陈许蔡观察等使。”京兆、凤翔，秦地也；陈、许，宋地也。

⑬《竹谱》：“鲁郡邹山有筱，形色不殊，质特坚润，宜为笙管，诸方莫及。”

⑭《禹贡》：“峄阳孤桐。”注：“峄山在邹县北。桐以向日孤生为良。”

⑮乾、蹇，见《易》。

⑯《说文》：“大车两较之内谓之箱。”青海马，注见上卷。

⑰注见前。

⑱《老子》：“有真宰足以制万物。”

⑲《晋书》：“荀勖从中书监迁尚书令，人贺之，曰：‘夺我凤皇池，何贺耶！’”

⑳鸡栖树，注见前。〇《唐书》：“会昌四年，悰拜同中书门下平章事。”

㉑还期，一作“期尝”。

㉒补《史记·三皇本纪》：“神农氏作五弦之瑟。”按，五弦、十五弦，小瑟也；二十五弦，中瑟也；五十弦，大瑟也。

㉓值，一作“直”。

㉔见《左传》。

㉕“周旋值狡童”，言在朝周旋，值有刘稹之叛。悰之罢相，二史不详其故。《通鉴》云：“悰以馈运不继，请赦郭谊，帝俯首不言。”“仲尼羞问阵，魏绛喜和戎”，盖微言罢相之由也。时李德裕力赞用兵，此云“安肯与雷同”，意必与德裕不协。

㉖《唐书》：“刘稹平，悰进左仆射兼门下侍郎。未几，以本官罢出为剑南东川节度使，徙西川。”

㉗《黄石公〔三略〕》：“芳饵之下，必有悬鱼。”

㉘杜甫诗：“直作鸟窥笼。”

㉙《后汉书》：“杜诗为南阳太守，时人方于召信臣，故为之语曰：‘前有召父，后有杜母。’”

㉚《晋书》:“羊祜镇襄阳,务修德信,以怀吴人,吴边人皆悦服。”

㉛《传灯录》:“神秀嗣五祖法,住荆州当阳山,号北宗。时曹溪为南宗。”

㉜道源注:“佛号无上士,僧称上士。人法两空曰真空,即般若智也。”

㉝《世说》:“西风尘起,王导举扇自蔽,曰:‘元规尘污人。’”

㉞张璠《汉纪》:“孔融拜大中大夫,每叹曰:‘坐上客尝满,樽中酒不空,吾无忧矣。’”

㉟定,一作“起”。○刘向《别录》:“善讴歌者,鲁人虞公,发声清哀,能动梁尘。”

㊱《世说》:“周伯仁过江积年,大饮酒,尝经三日不醒,时人谓之‘三日仆射’。”

㊲《汉书》:“季布弟季心,气盖关中,遇人恭谨。”《旧唐书》:“悰无他才,常延接寒素。”

㊳庭燎,见《诗》。

㊴以下自叙。

㊵《孙卿子》:“跬步不休,跛鳖千里。”

㊶《扬子》:“或问:‘吾子少好赋?’曰:‘然,童子雕虫篆刻。’俄而曰:‘壮夫不为也。’”

㊷郭隗。

㊸扬雄。

㊹时义山在东川。

㊺用苏武事。

㊻《神仙传》:“淮南王好神仙,有八公诣门,王迎之,登思仙之台。”

㊼注见前。

㊽悰后至咸通初,复入相。

骄儿诗

衮师我骄儿,美秀乃无匹。

文葆未周晬[①]，固已知六七。
四岁知名姓，眼不视梨栗[②]。
交朋颇窥观，谓是丹穴物。
前朝尚器貌[③]，流品方第一。
不然神仙姿，不尔燕鹤骨[④]。
安得此相谓，欲慰衰朽质。
青春妍和月，朋戏浑甥侄[⑤]。
绕堂复穿林，沸若金鼎溢[⑥]。
门有长者来，造次请先出。
客前问所须，含意不吐实。
归来学客面，闒败秉爷笏[⑦]。
或谑张飞胡[⑧]，或笑邓艾吃[⑨]。
豪鹰毛崱岁[⑩]，猛马气佶傈[⑪]。
截得青篔筜[⑫]，骑走恣唐突[⑬]。
忽复学参军，按声唤苍鹘[⑭]。
又复纱灯旁，稽首礼夜佛。
仰鞭罥蛛网，俯首饮花蜜。
欲争蛺蝶轻，未谢柳絮疾。
阶前逢阿姊，六甲颇输失[⑮]。
凝走弄香奁，拔脱金屈戌[⑯]。
抱持多反侧，威怒不可律。
曲躬牵窗网，衉唾拭琴漆。
有时看临书，挺立不动膝。
古锦请裁衣，玉轴亦欲乞。
请爷书春胜，春胜宜春日[⑰]。
芭蕉斜卷笺，辛夷低过笔[⑱]。
爷昔好读书，恳苦自著述。
憔悴欲四十，无肉畏蚤虱。

儿慎勿学爷，读书求甲乙[19]。
穰苴《司马法》[20]，张良黄石术[21]。
便为帝王师，不假更纤悉[22]。
况今西与北，羌戎正狂悖。
诛赦两未成，将养如痼疾。
儿当速成大，探雏入虎穴。
当为万户侯，勿守一经帙[23]。

①晬，祖对切。〇《史记》："公孙杵臼、程婴谋取他人婴儿，负之，衣以文葆。"《韵会》："晬，子生一岁也。"

②陶潜《责子诗》："雍端年十三，不识六与七。通子垂九龄，但觅梨与栗。"

③器，一作"气"。

④燕颔鹤步，皆贵人风骨。

⑤朋，一作"明"，非。

⑥若，一作"石"。

⑦阘，羽委切。〇《说文》："阘，辟门也。"《国语》："阘门而为之言。"道源注："阘败者，败其门而入，秉爷笏以学客面也。"

⑧胡，多髯也。

⑨《世说》："(登)〔邓〕艾口吃，语称艾艾。"

⑩㔚，化力切。屶，良直切。〇杜甫诗："代北有豪鹰。"《鲁灵光殿赋》："㔚屶嵫釐。"

⑪杜甫《朝献太清宫赋》："张猛马，出腾虬。"

⑫《异物志》："篔筜竹生水边，长数丈，围一尺五六寸，一节相去六七尺或一丈，庐陵界有之。"

⑬以竹为马也。杜氏《幽求子》："年五岁有鸠车之乐，七岁有竹马之乐。"

⑭《乐府杂录》："开元中，优人黄旛绰、张野狐弄参军，始自汉馆陶令

石耽。"《西溪丛语》:"《吴史》曰:'徐知训怙威骄淫调谑,尝登楼狎戏,荷衣木简,自号参军。令王鬉髻鹑衣为苍头以从。'《五代史·吴世家》云:'知训为参军,隆演鹑衣鬉髻为苍鹘。'前云'苍头',非也。"《太和正音》云:"副末古谓苍鹘,故可朴靓。靓谓狐也。如鹘之可击狐,故副末执磕瓜以朴靓也。傅粉黑者谓之靓,献笑供谄者也。古为参军,书语称狐为田参军。"

⑮六甲,注见前。

⑯注见中卷。

⑰道源注:"春胜,春旛也。书'春'帖于上以迎新。"

⑱辛夷,一名木笔。注见前。

⑲《海录》:"晋武帝分秘书为甲、乙、丙、丁四部,秘书郎四人,各掌其一。"

⑳《史记》:"齐威王追论古《司马兵法》,附穰苴于其中,号曰《司马穰苴兵法》。"

㉑《张良传》:"黄石公出一编书,乃《太公兵法》。"

㉒假,一作"暇"。

㉓帙,一作"袠"。

行次西郊作一百韵

蛇年建午月①,我自梁还秦②。
南下大散关③,北济渭之滨④。
草木半舒坼,不类冰雪晨。
又若夏苦热,燋卷无芳津。
高田长槲枥⑤,下田长荆榛。
农具弃道旁,饥牛死空墩。
依依过村落,十室无一存。
存者皆面啼,无衣可迎宾。
始若畏人问,及门还具陈。

右辅田畴薄[6]，斯民常苦贫。
伊昔称乐土，所赖牧伯仁。
官清若冰玉，吏善如六亲。
生儿不远征，生女事四邻。
浊酒盈瓦缶，烂谷堆荆囷。
健儿庇旁妇[7]，衰翁舐童孙。
况自贞观后，命官多儒臣。
例以贤牧伯，征入司陶钧。
降及开元中，奸邪挠经纶。
晋公忌此事，多录边将勋。
因令猛毅辈，杂牧升平民[8]。
中原遂多故，除授非至尊。
或出幸臣辈，或由帝戚恩。
中原困屠解[9]，奴隶厌肥豚。
皇子弃不乳[10]，椒房抱羌浑[11]。
重赐竭中国，强兵临北边。
控弦二十万，长臂皆如猿。
皇都三千里，来往同雕鸢。
五里一换马[12]，十里一开筵。
指顾动白日，暖热回苍旻。
公卿辱嘲叱，唾弃如粪丸[13]。
大朝会万方，天子正临轩。
彩旗转初旭，玉座当祥烟。
金障既特设，珠帘亦高褰。
捋须蹇不顾，坐在御榻前[14]。
忤者死艰屦[15]，附之升顶颠。
华侈矜递衒[16]，豪俊相并吞[17]。
因失生惠养，渐见征求频。

奚寇西北来[18]，挥霍如天翻[19]。
是时正忘战，重兵多在边。
列城绕长河，平明插旗旛[20]。
但闻虏骑入，不见汉兵屯。
大妇抱儿哭，小妇攀车轓[21]。
生小太平年，不识夜闭门。
少壮尽点行，疲老守空村。
生分作死誓，挥泪连秋云。
廷臣例麞怯[22]，诸军如羸奔[23]。
为贼扫上阳[24]，捉人送潼关。
玉辇望南斗[25]，未知何日旋。
诚知开辟久，遘此云雷屯[26]。
送者问鼎大，存者要高官。
抢攘互间谍，孰辨枭与鸾。
千马无返辔，万车无还辕。
城空鼠雀死，人去豺狼喧。
南资竭吴越，西费失河源[27]。
因令左藏库[28]，摧毁惟空垣。
如人当一身，有左无右边。
筋体半痿痹，肘腋生臊膻。
列圣蒙此耻，含怀不能宣。
谋臣拱手立，相戒无敢先。
万国困杼轴，内库无金钱。
健儿立霜雪，腹歉衣裳单。
馈饷多过时，高估铜与铅[29]。
山东望河北，爨烟犹相联。
朝廷不暇给，辛苦无半年。
行人榷行资，居者税屋椽[30]。

中间遂作梗，狼籍用戈鋋[31]。
临门送节制[32]，以锡通天班。
破者以族灭，存者尚迁延。
礼数异君父，羁縻如羌零[33]。
直求输赤诚，所望大体全。
巍巍政事堂，宰相厌八珍。
敢问下执事，今谁掌其权。
疮疽几十载，不敢扶其根。
国蹙赋更重，人稀役弥繁。
近年牛医儿[34]，城社更扳援。
盲目把大旆，处此京西藩。
乐祸忘怨敌，树党多狂狷。
生为人所惮，死非人所怜。
快刀断其头，列若猪羊悬[35]。
凤翔三百里，兵马如黄巾[36]。
夜半军牒来，屯兵万五千。
乡里骇供亿，老少相扳牵。
儿孙生未孩，弃之无惨颜。
不复议所适，但求死山间。
尔来又三岁，甘泽不及春。
盗贼亭午起，问谁多穷民。
节使杀亭吏，捕之恐无因。
咫尺不相见，旱久多黄尘[37]。
官健腰佩弓[38]，自言为官巡。
常恐值荒迥，此辈还射人。
愧客问本末，愿客无因循。
郿坞抵陈仓[39]，此地忌黄昏。
我听此言罢，冤愤如相焚。

昔闻举一会[40]，群盗为之奔。
又闻理与乱，在人不在天[41]。
我愿为此事，君前剖心肝。
叩头出鲜血，滂沱污紫宸。
九重黯已隔，涕泗空沾唇。
使典作尚书[42]，厮养为将军。
慎勿道此言，此言未忍闻。

①开成二年丁巳。

②梁州汉中郡。

③关，一作“岭”。〇大散关，注见上卷。《地理志》：“大散水源在凤县东界大散岭。”

④《通志》：“渭河在宝鸡县治南。”

⑤檞，佳买切。〇《玉篇》：“檞，松樠木也。”《韵会》：“枥檞，木名。”

⑥凤翔府，汉扶风郡地，为右辅。

⑦《汉书》：“元后父禁，好酒色，多娶旁妻。”

⑧《唐书》：“开元二十五年，上以几致刑措，推功大臣，封李林甫为晋国公。林甫疾儒臣以战功进，尊宠间己，乃请上专用蕃将，因以安思顺代己领节度，而擢安禄山、高仙芝等为大将。林甫利其虏也，无入相之资，故禄山得专三道劲兵，处十四年不徙。”

⑨言视民如牛狗，屠之解之。

⑩林甫谗杀太子瑛、鄂王瑶、光王琚。

⑪《安禄山事迹》：“禄山生日后三日，玄宗召禄山入内。贵妃以锦绣绷缚禄山，令内人以彩舆舁之，玄宗就观，大悦，因赐贵妃三日洗儿金银钱。自是宫中皆呼禄山为禄儿，不禁出入。”按，羌浑趁韵。禄山实西北种落，非羌浑种也。

⑫《唐书》：“禄山晚益肥，每驰驿入朝，半道必易马，号大夫换马台，不尔马辄仆。”

⑬《格物总论》："蜣螂暾粪，能以土包粪，转成丸。"

⑭《唐书》："帝登勤政楼，幄坐之，左张金鸡大障，前置特榻，诏禄山坐，褰其幄，以示尊宠。太子谏曰：'陛下宠禄山太过，必骄。'帝曰：'胡有异相，吾欲厌之。'"道源注："蹇不顾，言禄山于御座前捋须偃蹇，无所顾忌也。"

⑮艰屦，未详。或曰：《释名》："艰，根也，如物根也。"艰屦，言脚根下之屦。

⑯《唐书》："帝为禄山起第京师，服御华僭，以金银为簩筐笊篱。"

⑰禄山得阿布思众，兵雄天下。又夺张文俨马牧。

⑱西，当作"东"。

⑲《安禄山事迹》："禄山养同罗、奚、契丹八千馀，名曳落河；又畜单于护真大马习战斗者数万匹。天宝十四载十一月九日，起兵反。"

⑳《旧唐书》："禄山以诸蕃马步十五万，夜半行，平明食，日行六十里。十二月渡河。"

㉑《汉书》注："轓，车蔽也。"

㉒《韵会》："麞性善惊，故从章。章者，慞惶也。"

㉓《说文系传》："六畜多瘦，惟羊则羸。"

㉔《唐书》："东都上阳宫在禁苑之东，东接皇城之西南隅。上元中置。高宗之季，常居以听政。"

㉕玄宗幸蜀。

㉖屯，音谆。

㉗《唐书》："禄山反，胡虏蚕食，凤翔以西、邠州以北皆为左衽。至广德间，吐蕃尽取河西、陇右之地。"

㉘左，一作"右"。〇道源注："《晋书》：'有左、右藏。右纳左给。'"《通鉴》："玄宗出延秋门，细民争入宫禁，焚左藏大盈库。"

㉙《唐书》："德宗时，江淮多铅锡钱，以铜荡外，不盈斤两。销千钱，为铜六斤。"

㉚《唐书》："德宗建中三年，搜括富商钱，增两税盐榷钱。又于诸道津

要置吏税商货，每贯税二十文，竹木茶漆皆什税一。四年，税间架钱。每屋两架为间，上者税钱二千，中税千，下税五百。"

㉛谓河北诸镇朱滔、田悦、王武俊以及朱泚、李怀光、李纳、李希烈等相继叛乱。

㉜节，旌节；制，制书也。

㉝零，音怜。一作"连"。○羌戎，西戎也。先零，西羌名。《赵充国传》："先零首为畔逆。"

㉞儿，一作"师"。

㉟《旧唐书》："郑注始以药术游长安。本姓鱼，兼冒郑氏，时号鱼郑。两目不能远视。自言有金丹之术，可去痿弱重膇。元和末，依李愬，为愬煮黄金饵之得效。王守澄总枢密，荐于文宗，深宠异之。注天资狂妄，日聚京师轻薄子弟、方镇将吏，以招权利。生平恩仇，丝毫必报。心所恶者，目为李宗闵、李德裕之党。朝士相继斥逐，班列为空。太和九年，与李训谋诛宦官，训出注为凤翔节度使，欲中外合势。事败，注自凤翔率亲兵五百馀人赴阙，监军使张仲清诱而斩之，传首京师，家属屠灭，靡有孑遗。"《新书》："枭注首光宅坊，三日瘗之。"

㊱《后汉书》："张角聚人三十六(万)〔方〕，皆着黄巾，谓之黄巾贼。"

㊲《唐书》："开成二年四月乙卯，以旱避正殿。"《旧书》："七月乙亥，以久旱徙市闭坊门。"

㊳弓，一作"刀"。

㊴《通志》："董卓郿坞在郿县东北一十六里。"陈仓，注见上卷。

㊵士会也。

㊶在，一作"系"，下同。

㊷使，一云"史"。○《唐书》："都督府州各有史、有典狱。"

井泥四十韵

皇都依仁里[1]，西北有高斋。

昨日主人氏，治井堂西陲。
工人三五辈，辇出土与泥[2]。
到水不数尺，积共庭树齐。
他日井甃毕[3]，用土益作堤。
曲随林掩映，缭以池周回。
下去冥窦穴[4]，上承雨露滋。
寄辞别地脉，因言谢泉扉[5]。
升腾不自意，畴昔忽已乖[6]。
伊余掉行鞅，行行来自西。
一日下马到，此时芳草萋。
四面多好树，旦暮云霞姿。
晚落花满地，幽鸟鸣何枝。
萝幄既已荐[7]，山樽亦可开。
待得孤月上，如与佳人来。
因兹感物理，恻怆平生怀。
茫茫此群品，不定轮与蹄。
喜得舜可禅，不以瞽瞍疑。
禹竟代舜立，其父吁咈哉。
嬴氏并六合，所来因不韦。
汉祖把左契[8]，自言一布衣。
当涂佩国玺[9]，本乃黄门携[10]。
长戟乱中原，何妨起戎氐[11]。
不独帝王耳，臣下亦如斯。
伊尹佐兴王，不藉汉父资[12]。
磻溪老钓叟，坐为周之师[13]。
屠狗与贩缯[14]，突起定倾危。
长沙启封土，岂是出程姬[15]。
帝问主人翁，有自卖珠儿[16]。

武昌昔男子，老苦为人妻[17]。
蜀王有遗魄，今在林中啼[18]。
淮南鸡舐药，翻向云中飞[19]。
大钧运群有[20]，难以一理推。
顾于冥冥内[21]，为问秉者谁。
我恐更万世，此事愈云为。
猛虎与双翅，更以角副之[22]。
凤凰不五色，联翼上鸡栖[23]。
我欲秉钧者，朅来与我偕。
浮云不相顾，寥沉谁为梯[24]。
悒怏夜将半[25]，但歌井中泥。

①在东都。《白氏长庆集》有《宿崔十八依仁新亭》诗。

②干曰土，湿曰泥。

③甃，修井也。

④冥，一作“寂”。

⑤因，一作“固”。

⑥乖，一作“垂”。

⑦杜甫诗：“高萝成帷幄。”

⑧《老子》：“圣人执左契而不责于人。”注：“契，劵也。”

⑨《魏志》：“白马令李云上言：‘许昌气见于当涂高。当涂高者当昌于许。’当涂高，魏也；象魏两观阙是也。”“文帝受禅，汉献帝遣使者送玺绶。”

⑩陈琳《为袁绍檄》：“司空曹操，祖父中常侍腾，父嵩乞丐携养，因赃假位。”《魏志》注：“《曹瞒传》、郭颁《世语》并云：‘嵩，夏侯氏之子。’”

⑪晋十六国前秦为氐。

⑫汉父，未详。

⑬《尚书大传》：“文王至磻溪，见吕望，拜之，答曰：‘望钓得玉璜，刻

曰:“周受命,吕佐之。”’”《十道志》:“栎阳有钓璜浦。”

⑭屠狗,樊哙;贩缯,灌婴。

⑮《汉书》:“长沙定王发母唐姬,故程姬侍者。帝召程姬,程姬有所避,饰侍者唐儿,使夜进。上醉不知,以为程姬而幸之,遂有身。”

⑯卖,一作“复”。○《汉书》:“窦太主寡居,年五十馀矣,近幸董偃。始,偃与母以卖珠为事,年十三,随母出入主家,左右言其佼好,主召见,曰:‘吾为母养之。’年十八而冠,出则执辔,入则侍内。主请上幸山林,坐未定,上曰:‘愿谒主人翁。’主自引董君叩头谢。时董君见尊,不名,称为主人翁。”

⑰道源注:“《搜神记》:‘哀帝时,豫章有男子化为女子,嫁为人妇。’武昌则未详。”

⑱杜宇,注见中卷。

⑲《神仙传》:“八公与安白日升天,馀药器置在中庭,鸡犬舐啄之,尽得升天,故鸡鸣天上,犬吠云中也。”

⑳《鹏赋》:“大钧播物。”

㉑顾,一作“愿”。

㉒虎翅,犹云虎翼。《扬子》:“或问酷吏,扬子曰:‘虎哉虎哉!角而翼者也。’”

㉓《诗》:“鸡栖于埘。”《后汉书》:“谚曰:‘车如鸡栖马如狗。’”

㉔《广韵》:“寥泬,空貌。”

㉕将,一作“参”。

《易》云:“井泥不食。”故此诗以井泥起兴,深刺世之沉洿下才而幸居高位者。舜禹以下,杂言古今升沉变态,难以理断。猛虎角翼,小人乘权,凤皇鸡栖,君子失位,所以三叹于浮云之不可梯也。此诗与前诗“使典作尚书,厮养为将军”同意,必有所指。

新添集外诗

夜 思

银箭耿寒漏，金釭凝夜光。
彩鸾空自舞，别雁不相将。
寄恨一尺素，含情双玉珰。
会前犹月在，去后始宵长。
往事经春物，前期托报章。
永令虚粲枕[1]，长不掩兰房[2]。
觉动迎猜影，疑来浪认香。
鹤应闻露警，蜂亦为花忙。
古有阳台梦，今多下蔡倡[3]。
何为薄冰雪，消瘦滞非乡。

①《诗》:“角枕粲兮。”

②阮籍诗:“萱草树兰房。”

③下蔡,注见上卷。

思贤顿[1]

内殿张弦管，中原绝鼓鼙。
舞成青海马[2]，斗杀汝南鸡[3]。
不见华胥梦[4]，空闻下蔡迷。
宸襟他日泪，薄暮望贤西。

①即望贤宫也。《旧唐书》："天宝十五载六月乙未，上至咸阳望贤驿，置顿，官吏骇散，无复储供。上憩于宫门之树下。"《津阳门诗》注："望贤宫在咸阳东数里。"

②《唐书·乐志》："玄宗尝以马百匹，盛饰分左右，施三重榻，舞《倾杯乐》数十曲。每千秋节，舞于勤政楼下。"

③《汉旧仪》："汝南出长鸣鸡。"古《鸡鸣歌》："东方欲明星烂烂，汝南晨鸡登坛唤。"陈鸿祖《东城父老传》："玄宗乐民间清明斗鸡戏，立鸡坊于两宫间。索长安雄鸡金毫铁距、高冠昂尾千数，养于鸡坊。选六军小儿五百人，使驯扰教饲之。"

④《列子》："黄帝昼寝而梦游华胥。华胥国人入水不濡，入火不热，乘空如履实，寝虚如处林。帝既寤，怡然自得。又二十八年，天下大治，几如华胥国矣。"

无 题①

万里风波一叶舟，忆归初罢更夷犹②。
碧江地没元相引，黄鹤沙边亦少留。
益德冤魂终报主③，阿童高义镇横秋④。
人生岂得长无谓，怀古思乡共白头。

①按，诗中"益德"、"阿童"皆用巴阆事，恐是在东川时作。

②《楚词》："君不行兮夷犹。"注："犹豫也。"

③《蜀志》："张飞字益德，先主伐吴，飞当率兵万人自阆中会江州。临发，其帐下将张达、范强杀飞，持其首顺流而奔孙权。"

④《晋·五行志》："孙皓天纪中童谣曰：'阿童复阿童，衔刀游渡江。不畏岸上虎，但畏水中龙。'武帝闻之，加王濬龙骧将军。及征吴，江西众军无过者，而濬先定秣陵。濬小字阿童，故帝因谣言用之。"《王濬传》："濬除巴郡太守，巴人生子皆不举。濬严其科条，宽其徭役，所活数千人。及后伐

吴，所活者皆堪供军。其父母戒之曰：‘王府君生尔，尔必死之。’”

有怀在蒙飞卿

薄宦频移疾，当年久索居。
哀同庾开府，瘦极沈尚书。
城绿新阴远，江清返照虚。
所思惟翰墨，从古待双鱼。

春深脱衣

睥睨江鸦集①，堂皇海燕过②。
减衣怜蕙若③，展帐动烟波。
日烈忧花甚，风长奈柳何。
陈遵容易学，身世醉时多④。

①《释名》：“城上垣谓之睥睨。”

②《汉·胡广传》：“列坐堂皇上。”注：“堂无四壁曰皇。”

③《本草》：“杜若一名杜蘅，香草也。”

④《汉书》：“陈遵字孟公，嗜酒，每大饮，宾客满堂，辄取客车辖投井中，虽有急，终不得去。”

怀求古翁

何时粉署仙，傲兀逐戎旃①。
关塞犹传箭，江湖莫系船。
欲收棋子醉，竟把钓车眠②。
谢朓真堪忆，多才不忌前。

①陶潜诗："兀傲差若颖。"谢朓《辞隋王笺》："契阔戎旃。"

②元结诗："醉里长歌挥钓车。"

五月十五夜忆往岁秋与彻师同宿①

紫阁相逢处②，丹岩议宿时。
堕蝉翻败叶，栖鸟定寒枝。
万里飘流远，三年问讯迟③。
炎方忆初地，频梦碧琉璃④。

①按，彻师乃知玄法师弟子僧彻，见《高僧传》，非越州灵彻也。

②紫阁，注见中卷。

③《法华经》："诸佛皆遣侍者问讯释迦牟尼佛。"《楞严经》："於大菩提，善得通达，觉通如来，尽佛境界，名欢喜地，即初地也。"

④《观经》："下有金刚七宝金幢，擎琉璃地，琉璃地上以黄金绳杂厕间错。"道源注："临济曰：'龙生金凤子，冲破碧琉璃。'"

城 上

有客虚投笔，无憀独上城。
沙禽失侣远，江树着阴轻。
边遽稽天讨①，军须竭地征。
贾生游刃极，作赋又论兵②。

①遽，一作"伐"，必非。○《说文》："遽，传也。"徐曰："传，驿车。"《左传》："子产乘遽而至。"

②《贾谊传》："屠牛坦一朝解十二牛，而芒刃不顿，所排击剥割皆中理解也。"谊作《吊屈原赋》、《鹏赋》，又欲施五饵三表以系单于，是"论兵"也。

如 有

如有瑶台客①，相难复索归。
芭蕉开绿扇，菡萏荐红衣。
浦外传光远，烟中结响微。
良宵一寸焰②，回首是重帏。

①瑶台，注见上卷。

②焰，一作“艳”。

朱槿花二首

莲后红何患，梅先白莫夸。
才飞建章火①，又落赤城霞②。
不卷锦步障③，未登油壁车④。
日西相对罢，休澣向天涯。

①《汉书》：“太初元年，柏梁殿灾，越巫勇之曰：‘越俗，有火灾，复起屋，必以大，用胜服之。’于是作建章宫。”《西京赋》：“柏梁既灾，越巫陈方。建章是经，用厌火祥。”

②赤城霞，注见前。

③注见上卷。

④乐府《苏小小歌》：“妾乘油壁车，郎骑青骢马。”

西北朝天路，登临思上才。
城闲烟草遍，村暗雨云回。
人岂无端别，猿应有意哀。
征南予更远，吟断望乡台①。

①《成都记》："望乡台，隋蜀王秀所筑。"《寰宇记》："《益州记》云：'升仙亭夹路有二台，一名望乡台，在成都县北九里。'"

寓怀

彩鸾餐颢气[①]，威凤入卿云[②]。
长养三清境[③]，追随五帝君[④]。
烟波遗汲汲，矰缴任云云[⑤]。
下界围黄道，前程合紫氛[⑥]。
《金书》惟是见[⑦]，玉管不胜闻[⑧]。
草为回生种[⑨]，香缘却死熏[⑩]。
海明三岛见，天迥九江分。
褰树无劳援[⑪]，神禾岂用耘[⑫]。
斗龙风结阵，恼鹤露成文。
汉岭霜何早[⑬]，秦宫日易曛。
星机抛密绪[⑭]，月杵散灵氛[⑮]。
阳乌西南下[⑯]，相思不及群。

①《西都赋》："鲜颢气之清英。"

②《汉书》注："威凤，凤之有威仪者。"

③三清，注见上卷。

④《汉·郊祀志》："秦襄公作西畤祠白帝，宣公作密畤祠青帝，灵公作上畤祠黄帝，下畤祠炎帝。高祖问：'天有五帝，而四，何也？'莫知其说。高祖曰：'是待我而具五也。'乃立黑帝祠，名曰北畤。"

⑤《增韵》："云云，众语也。"《汲黯传》："我欲云云。"注："犹言如此如此也。"

⑥刘桢诗："奋翅凌紫氛。"

⑦《集仙传》："大茅君南至句曲山，天帝赐以黄金，刻书九锡之文。"

⑧玉管，注见前。

⑨道源注："《博物志》：'禹戮房风，房风二臣恐，以刃自贯其心而死。禹哀之，乃拔其刃，疗以不死之草。'"《述异记》："汉武时，日支国献活人草三茎。有人死者，将草覆面，即活之矣。"

⑩《述异记》："聚窟洲有返魂树，伐其根心，于玉釜中煮取汁，又熬之令可丸，名曰惊精香，又名震灵丸，或名返生香，或名却死香。尸在地，闻气即活。"

⑪褰，当作"骞"。○道源注："《云笈七签》：'月中树名骞树，一名药王，凡有八树，在月中也。'《空洞灵章经》：'紫薇焕七台，骞树秀玉霞。'"

⑫《真诰》："酆都山稻名重思，米如石榴子，粒异大，色味如菱，亦以上献，仙官杜琼作《重思赋》曰：'神禾郁乎浩京，巨穗横我玄台。'"

⑬岭，一作"殿"。

⑭道源注："张衡《周天大象赋》：'畴遂睇于汉阳，乃攸窥于织女。引宝毓囿，摇机弄杼。'"

⑮重押。一作"氲"。或云：当作"芬"。○傅玄《拟天问》："月中何有？白兔捣药。"月杵，捣药杵也。冯衍《显志赋》："扬屈原之灵芬。"

⑯《禹贡》注："阳鸟，随阳之鸟，鸿雁属。"

木　兰

三月二十二，木兰开坼初。
初当新病酒，复自久离居。
愁绝更倾国，惊新闻远书。
紫丝何日障①，油壁几时车②。
弄粉知伤重，调红或有馀。
波痕空映袜③，烟态不胜裾④。
桂岭含芳远，莲塘属意疏。
瑶姬与神女⑤，长短定何如⑥。

①《晋书》："王恺作紫丝布步障四十里。"

②注见前。

③《洛神赋》："凌波微步，罗袜生尘。"

④《洛神赋》："曳雾绡之轻裾。"

⑤《山海经》："姑瑶之山，帝女死焉，化为瑶草，服者媚于人。"《集仙传》："灵华夫人名瑶姬，王母第二十三女，尝游东海，过巫山，授禹上清宝文理水之策。"

⑥《神女赋》："秾不短，纤不长。"《登徒子好色赋》："臣东家之女，增之一分则太长，减之一分则太短。"

细雨成咏献尚书河东公

洒砌听来响，卷帘看已迷。
江间风暂定，云外日应西。
稍稍落蝶粉，班班融燕泥。
飐萍初过沼，重柳更缘堤。
必拟和残漏，宁无晦暝鼙。
半将花漠漠，全共草萋萋。
猿别方长啸，乌惊始独栖。
府公能八咏[①]，聊且续新题。

①《金华志》："齐隆昌元年，沈约出为东阳太守，作八诗题于玄畅楼，后人更为八咏楼。"

病中闻河东公乐营置酒口占寄上

闻驻行春旆[①]，中途赏物华。
缘忧武昌柳[②]，遂忆洛阳花[③]。

嵇鹤元无对[④]，荀龙不在夸[⑤]。
只将沧海月，长压赤城霞。
兴欲倾燕馆[⑥]，欢终到习家[⑦]。
风长应侧帽[⑧]，路隘岂容车[⑨]。
楼迥波窥锦，窗虚日弄纱。
锁门金了鸟[⑩]，展障玉鸦叉[⑪]。
舞妙从兼楚[⑫]，歌能莫杂《巴》[⑬]。
必投潘岳果[⑭]，谁掺祢衡挝[⑮]。
刻烛当时忝[⑯]，传杯此夕赊。
可怜漳浦卧，愁绪乱如麻。

①《后汉书》："谢夷吾为巨鹿太守，行春，乘柴车，从两吏。"

②《晋书》："陶侃领江州刺史，镇武昌，尝课诸营种柳。都尉夏施夜盗，拔郡西门柳为己所种。侃驻车施门，诘之，施怖谢罪。"

③何逊诗："洛阳城东西，却作经年别。昔去雪如花，今来花似雪。"

④《晋书》："嵇绍始入洛，或谓王戎曰：'昨于稠人中见嵇绍，昂昂然如野鹤之在鸡群。'"

⑤《后汉书》："荀淑子八人，并有才名，时谓八龙。"《世说》："陈太丘诣荀朗陵，既至，荀使叔慈应门，慈明行酒，馀六龙下食。"按，此以况柳仲郢诸子也。仲郢子珪、璧、玭，《旧唐书》皆有传。

⑥燕馆，即碣石宫。

⑦终，一作"于"。○《襄阳记》："岘山南习郁有大鱼池，山简镇襄阳，每临此池，辄大醉而归。"

⑧用独孤信事，见上卷。

⑨原注："《乐府》：'相逢狭路间，路隘不容车。'"

⑩金了鸟，未详。

⑪障，屏障也。玉鸦叉，谓画叉。

⑫《汉书》："高祖令戚夫人楚舞，自为楚歌。"

⑬注见前。

⑭《晋书》："潘岳美姿仪，少时出洛阳道，妇人遇之者，投之以果，满车而归。"

⑮掺，七勘切。○注见上卷。

⑯《南史》："萧文琰、丘令楷、江拱并以文称，竟陵王夜集赋诗，为四韵，刻烛一寸。"

回中牡丹为雨所败二首[①]

下苑他年未可追[②]，西州今日忽相期[③]。
水亭暮雨寒犹在，罗荐春香暖不知。
舞蝶殷勤收落蕊，佳人惆怅卧遥帷[④]。
章台街里芳菲伴，且问宫腰损几枝。

①《汉书》："元封四年，行幸雍，通回中道，遂出萧关。"应劭曰："回中在安定平高，有险阻。其中有宫。"《元和郡(国)〔县〕志》："秦回中宫在凤翔府天兴县西。"《一统志》："在陇州西北一百十里。"

②下苑，注见中卷。

③安定谓之西州。《后汉书》："皇甫规，安定人，自以西州豪杰，耻不与党人之数。"

④佳，一作"有"，非。

浪笑榴花不及春[①]，先期零落更愁人。
玉盘迸泪伤心数[②]，锦瑟惊弦破梦频。
万里重阴非旧圃，一年生意属流尘。
《前溪》舞罢君回顾[③]，并觉今朝粉态新。

①道源注："《旧唐书》：'孔绍安仕隋，高祖受禅，自洛阳间行来奔，

拜内史舍人。时夏侯端先绍安归朝，受秘书监。绍安因侍宴，应制咏石榴云：“可惜庭中树，移根逐汉臣。只为来朝晚，开花不及春。”’”

②数，色角切。

③前溪，注见上卷。

拟 意

帐望逢张女①，迟回送阿侯②。
空看小垂手③，忍问大刀头④。
妙选茱萸帐⑤，平居翡翠楼⑥。
云屏不取暖⑦，月扇未遮羞⑧。
上掌真何有⑨，倾城岂自由。
楚妃交荐枕⑩，汉后共藏阄⑪。
夫向羊车觅⑫，男从凤穴求⑬。
书成《祓禊帖》⑭，唱杀《畔牢愁》⑮。
夜杵鸣江练⑯，春刀解若榴⑰。
象床穿幰网⑱，犀帖钉窗油⑲。
仁寿遗明镜⑳，陈仓拂彩球㉑。
真防舞如意㉒，佯盖卧箜篌㉓。
濯锦桃花水㉔，溅裙杜若洲㉕。
鱼儿悬宝剑㉖，燕子合金瓯㉗。
银箭催摇落，华筵惨去留。
几时销薄怒㉘，从此抱离忧。
帆落啼猿峡，樽开画鹢舟。
急弦肠对断㉙，翦蜡泪争流㉚。
璧马谁能带㉛，金虫不复收㉜。
银河扑醉眼，珠串咽歌喉㉝。
去梦随川后㉞，来风贮石邮㉟。

兰丛衔露重，榆荚点星稠[36]。
解佩无遗迹[37]，凌波有旧游[38]。
曾来《十九首》，私谶咏牵牛[39]。

①潘岳《笙赋》："辍张女之哀弹。"吴均诗："掩抑摧藏张女弹。"

②阿侯，注见上卷。

③垂手，注见上卷。吴均诗："且复小垂手。"

④乐府："何当大刀头。"吴竞《解题》："刀头有环。环，还也。"

⑤梁简文帝《烛赋》："茱萸幔里铺锦筵。"张正见《艳歌》："并卷茱萸帐，争移翡翠床。"

⑥崔湜诗："草绿鸳鸯殿，花明翡翠楼。"

⑦屏，一作"衣"。〇《语林》："满奋体羸畏风，侍坐武帝，屡顾云母幌，帝笑之，奋曰：'北窗琉璃屏风，似密实疏。'"

⑧月扇，注见上卷。

⑨上掌，用飞燕事。又《南史》："羊侃舞人张静婉，腰围一尺六寸，能掌上舞。"

⑩《乐府杂录》："张永《元嘉技录》有吟叹四曲，一曰《楚妃叹》。"《高唐赋》："闻君游高唐，愿荐枕席。"

⑪阄，一作"钩"。〇《辛氏三秦记》："昭帝母钩弋夫人手拳而有国色，武帝宠之，世人藏钩之戏法此也。"

⑫羊车，注见中卷。

⑬杜甫诗："二毛生凤穴。"

⑭即右军《兰亭帖》，注见上卷。

⑮《汉书》："扬雄作《广骚》。又旁《惜诵》至《怀沙》一卷，名曰《畔牢愁》。"注："畔，离也；牢，聊也。与君相离，愁而无聊也。"

⑯夜杵，捣衣杵也。

⑰若，一作"石"。〇《广雅》："若榴，石榴也。"

⑱幮网，言床幔为网户纹。

⑲道源注："《集韵》：'帖，床前帷也。'以薄犀为帖，钉于窗栊。"

⑳道源注："陆机《与弟云书》：'洛阳仁寿殿前有大方镜，高五尺馀，广三尺二寸，暗着庭中，向之，便写人形体。'"

㉑武平一诗："令节重遨游，分镳戏彩球。"按，打球即蹴鞠，本寒食事。又唐时清明有斗鸡之戏。陈仓乃暗用宝鸡事也。

㉒《拾遗记》："孙和悦邓夫人，尝着膝上。和月下舞水精如意，误伤夫人颊。"

㉓道源注："《洛阳伽蓝记》：'魏高阳王雍美人徐月华，能弹卧箜篌，为《明妃出塞》之曲。后为将军原士康侧室，徐鼓箜篌而歌，其声入云，行者俄而成市。'"

㉔张正见诗："影间莲花出，光涵濯锦流。漾色随桃水，飘香入桂舟。"

㉕溅裙，注见前。《楚词》："采芳洲兮杜若，将以遗兮下女。"

㉖《唐书·车服志》："一品至六品以玉金饰剑，给随身鱼。"

㉗《西京杂记》："汉元后在家，尝有白燕衔石，大如指，堕后绩筐中。后取之，石自剖为二，其中有文曰：'母天后地。'乃合之，遂复还合。及为后，尝置玺笥中。"

㉘《神女赋》："頩薄怒以自持兮。"

㉙道源注："李季兰诗：'弹得相思曲，弦肠一时断。'"

㉚蜡泪，注见上卷。

㉛《甘泉赋》："璧马犀之瞵㻞。"注："作马及犀牛为璧饰也。"

㉜吴均《古意》："莲花衔青雀，宝粟钿金虫。"李贺诗："坡陀簪碧凤，腰袅带金虫。"或曰："金虫，簪饰也。"

㉝白居易诗："何郎小妓歌喉好，严老呼为一串珠。"自注："严尚书《与于驸马》诗云：'莫损歌喉一串珠。'"

㉞《洛神赋》："于是屏翳收风，川后静波。"注："川后，河伯也。"

㉟《乐府·丁都护歌》："愿作石尤风，四面断行旅。"《容斋随笔》："石邮，打头逆风也。唐人诗多用之。""邮"与"尤"同。《诗》："不知其邮。"

㊱注见上卷。

㊲《列仙传》："江妃二女出游汉江湄，逢郑交甫，挑之，不知其神人也。女遂解佩与之，交甫悦，受佩而去。数十步，空怀无佩，女亦不见。"

㊳《洛神赋》："凌波微步。"

㊴道源注："《古诗十九首》其九首云：'迢迢牵牛星，皎皎河汉女。'《洛神赋》：'咏牵牛之独处。'"

谢往桂林至彤庭窃咏①

辰象森罗正，勾陈翊卫宽②。
鱼龙排百戏③，剑佩俨千官。
城禁将开晚，宫深欲曙难。
月轮移枍诣④，仙路下栏干。
共贺高禖应⑤，将陈寿酒欢。
金星压芒角⑥，银汉转波澜。
王母来空阔⑦，羲和上屈盘⑧。
凤皇传诏旨⑨，獬廌冠朝端⑩。
造化中台座，威风上将坛。
甘泉犹望幸，早晚冠呼韩⑪。

①《西都赋》："玉阶彤庭。"注："帝居也。"

②勾陈，注见中卷。

③汉武帝为鱼龙曼延之戏，详上卷。

④枍，乌诣切。〇《关中记》："建章宫中有駁娑、骀荡、枍诣、承光四殿。"《三辅黄图》："枍诣，木名，宫中美木茂盛也。"

⑤《月令》："仲春玄鸟至日，天子以太牢祠于高禖。"注："求子之祭。"

⑥《天官占》："太白者，西方金之精，白帝之子。径一百里，角摇则兵

起。”《史记》注：“角，芒角也。”

⑦王母降汉宫，详上卷。

⑧李贺诗：“金窠篆字红屈盘。”

⑨用木凤衔书事。

⑩鷹，俗作“豸”。○《唐书》：“法冠者，御史大夫中丞御史之服也，一名獬鷹冠。”

⑪《汉书·宣帝纪》：“行幸甘泉。郊泰畤，匈奴呼韩邪单于稽侯狦来朝，赞谒称藩臣而不名。”《匈奴传》：“单于朝天子于甘泉宫，汉宠以殊礼，位在诸侯王上。”

烧香曲

钿云蟠蟠牙比鱼，孔雀翅尾蛟龙须①。
漳宫旧様博山炉②，楚娇捧笑开芙蕖。
八蚕茧绵分小炷③，兽焰微红隔云母④。
白天月泽寒未冰，金虎含秋向东吐⑤。
玉佩呵光铜照昏⑥，帘波日暮冲斜门⑦。
西来欲上茂陵树，柏梁已失栽桃魂⑧。
露庭月井大红气⑨，轻衫薄细当君意。
蜀殿琼人伴夜深⑩，金銮不问残灯事⑪。
何当巧吹君怀度，襟灰为土填清露。

①王琰《冥祥记》：“费崇先尝以雀尾香炉置膝前。”齐刘绘《咏博山炉》诗：“下刻蟠龙势，矫首半衔莲。”

②道源注：“《西京杂记》：‘丁谖作九层博山香炉，镂以奇禽怪兽，自然能动。’”《邺中记》：“石季龙冬月为复帐，四角安纯金银凿镂香炉。”

③《吴都赋》：“乡贡八蚕之绵。”善曰：“刘欣期《交州记》：‘蚕一岁八育，出日南。’”汉俞益期笺：“日南蚕八熟，茧软而薄。”又《永嘉记》：

“永嘉有八辈蚕：蚖珍蚕，三月绩；柘蚕，四月初绩；蚖蚕，四月末绩；爱珍，五月绩；爱蚕，六月末绩；寒珍，七月末绩；四出蚕，九月初绩；寒蚕，十月绩。凡蚕再熟者谓之珍。”道源注：“以八蚕绵绳分炷炉火，取其易然也。”

④《晋朝杂记》：“洛下少炭，羊琇捣小炭为屑，以物和之，作兽形，用以温酒。”

⑤陆机诗：“望舒离金虎。”善曰：“《汉书》：西方，金也。《尚书考灵曜》：‘西方秋虎。’《孔传》：‘昴，白虎中星。’然西方七宿毕、昴之属俱白虎也。”〇言炉烟之暖，金虎亦回其秋令。

⑥铜照，谓镜也。

⑦冲，一作“依”。〇道源注：“《西京杂记》：‘汉陵寝皆以竹为帘，帘皆水文及龙凤之像。’帘波，水文也。或曰：香烟拂帘如波。斜门，宫中角门也。”

⑧《王母传》：“帝食桃，辄收其核。母问帝，帝曰：‘欲种之。’母曰：‘中夏地薄，种之不生。’帝乃止。”

⑨道源注：“殿前广庭曰露庭。四周有屋，中空曰月井。”

⑩《拾遗记》：“蜀先主甘后玉质柔肌，先主置于白绡帐中，如月下聚雪。河南献玉人，置后侧，昼则讲说军谋，夕则拥后而玩玉人。后与玉人洁白齐润，宠者非惟妒后，亦妒玉人也。”

⑪銮，一作“鸾”。

送从翁东川弘农尚书幕[①]

昔帝回冲眷，维皇恻上仁。
三灵迷赤气[②]，万汇叫苍旻[③]。
刊木方隆禹[④]，升陑始创殷[⑤]。
夏台曾圮闭[⑥]，汜水敢逡巡[⑦]。
拯溺休规步[⑧]，防虞要徙薪[⑨]。
蒸黎今得请，宇宙昨还淳。

缵祖功宜急，贻孙计甚勤。
降灾虽代有，稔恶不无因。
宫掖方为蛊[10]，边隅忽遘迍。
献书秦逐客，间谍汉名臣[11]。
北伐将谁使，南征决此辰[12]。
中原重板荡，玄象失钩陈。
诘旦违清道，衔枚别紫宸。
兹行殊厌胜[13]，故老遂分新[14]。
去异封于巩[15]，来宁避处豳。
永嘉几失坠[16]，宣政遽酸辛[17]。
元子当传启，皇孙合授询[18]。
时非三揖让，表请再陶钧[19]。
旧好盟还在[20]，中枢策屡遵[21]。
苍黄传国玺，违远属车尘。
雏虎如凭怒[22]，漦龙性漫驯[23]。
封崇自何等，流落乃斯民。
逗挠官军乱，优容败将频。
早朝披草莽，夜缒达丝纶[24]。
忘战追无及，长驱气益振。
妇言终未易[25]，庙算况非神。
日驭难淹蜀，星旄要定秦[26]。
人心诚未去，天道亦无亲。
锦水湔云浪[27]，黄山扫地春[28]。
斯文虚梦鸟[29]，吾道欲悲麟。
断续殊乡泪，存亡满席珍[30]。
魂销季羔窦[31]，衣化子张绅。
建议庸何所，通班昔滥臻。
浮生见开泰，独得咏汀蘋[32]。

①按，此题重见。又全诗都咏禄山乱后事，与题无干，必有脱误。○诗内有“锦水淯云浪”之句，当是作于成都。

②《皇览》：“蚩尤冢在东郡寿张县阚乡城中，高七丈。民尝十月祀之，有赤气出，如一匹绛，名为蚩尤旗。”

③《尔雅》：“春为苍天，秋为旻天。”

④《禹贡》：“随山刊木。”

⑤《书序》：“伊尹相汤，伐桀，升自陑，遂与桀战于鸣条。”注：“陑在河南之曲。”

⑥《史记》：“桀囚汤于夏台。”

⑦《汉书》：“汉王即皇帝位于氾水之阳。”张晏曰：“在济阴界。”

⑧《文选注》：“苏子曰：‘行务应规，步虑投矩。’”

⑨《汉书》：“曲突徙薪无恩泽。”

⑩以下言玄宗幸蜀本末。

⑪谓陈平也。○二语未详何指。

⑫谓玄宗幸蜀。

⑬《汉·匈奴传》：“上以太岁厌胜所在。”

⑭《唐书》：“上将发马嵬，父老遮道请留。上按辔久之，命太子于后宣慰父老。父老因曰：‘至尊既不肯留，某等愿率子弟从殿下东破贼，取长安。’”

⑮《史记》：“周考王封其弟桓公于河南。至孙惠公，封少子于巩，号东周惠公。”

⑯《晋书》：“怀帝永嘉五年为汉刘聪所执。”

⑰《春明退朝录》：“唐制，日御宣政殿。”《五代史》：“宣政，前殿也，谓之衙，衙有仗。紫宸，便殿也，谓之閤。”

⑱《汉书》：“宣帝，武帝曾孙，名病已，霍光与诸大臣迎立之，后更名询。”○元子谓肃宗，皇孙谓代宗也。

⑲肃宗迎上皇归京师，再表始允。

⑳谓修好回纥，借兵讨贼。

㉑唐自李辅国以后，宦官多典兵，为枢密使。○以下又似杂言肃代时事。

㉒《左传》："今君奋焉，震电凭怒。"

㉓《史记》："昔夏后氏之衰，有二神龙止于帝庭而言曰：'余，褒之二君也。'夏帝卜杀与去之与止之，莫吉。卜请其漦而藏之，乃吉。于是龙亡而漦在。自夏至殷至周，莫敢发。至厉王发之，漦流于庭。后宫童妾遭之而孕，生子，弃之。有卖檿弧箕服者逃于道，见而收之，奔于褒，是为褒姒。"

㉔缒，直类切。○夜缒，缒城而出也。

㉕似指肃宗张皇后。

㉖《甘泉赋》："流星旄而电烛。"

㉗《华阳国志》："锦江织锦濯其中则鲜明，他江则不好。"

㉘黄山，注见前。

㉙道源注："《幽明录》：桂阳罗君章不属意学问，常昼寝，梦得一鸟，五色杂耀，不似人间物。梦中因取吞之，遂勤学读九经，以清才称。"○以下自序。

㉚《礼记》："儒有席上之珍以待聘。"

㉛《家语》："蒯聩之乱，季羔逃之。走郭门，门者谓曰：'彼有缺。'羔曰：'君子不逾。'又曰：'彼有窦。'羔曰：'君子不窦。'"

㉜柳恽诗："汀洲采白蘋。"

晋昌晚归马上赠

勇多侵路去，恨有碍灯还。
嗅自微微白①，看成沓沓殷②。
坐来疑物外③，归去有帘间。
君问伤春句，千辞不可删。

①《楞严经》："观鼻中气，出入如烟，烟相渐销，鼻息成白。"

②殷，乌闲切。

③来疑，一作“疑忘”。

哭虔州杨侍郎虞卿①

汉网疏仍漏②，齐民困未苏。
如何大丞相，翻作弛刑徒③。
中宪方外易④，尹京终就拘⑤。
本矜能弭谤，先议取非辜⑥。
巧有凝脂密⑦，功无一柱扶。
深知狱吏贵⑧，几迫季冬诛⑨。
叫帝青天阔⑩，辞家白日晡。
流亡诚不吊⑪，神理若为诬。
在昔恩知忝，诸生礼秩殊。
入韩非剑客⑫，过赵受钳奴⑬。
楚水招魂远，邙山卜宅孤⑭。
甘心亲垤蚁⑮，旋踵戮城狐⑯。
阴骘今如此，天灾未可无。
莫凭牲玉请⑰，便望救焦枯⑱。

①《唐书》：“杨虞卿字师皋。太和中，牛僧孺、李宗闵辅政，引为给事中。七年，宗闵罢，李德裕知政事，出为常州刺史。八年，宗闵复入相，召为工部侍郎。九年，拜京兆尹。其年六月，京师讹言郑注为上合金丹，须小儿心肝，民间相告语，扃锁小儿甚密，街肆汹汹。上闻之不悦。注颇不自安，而雅与虞卿有怨，因约李训奏曰：‘语出虞卿家。’御史大夫李固言素嫉虞卿朋比，因传左端倪。上大怒，收虞卿下狱。于是子弟八人皆自系，挝鼓诉冤。诏虞卿还私第。翌日，贬虔州司马，再贬司户，卒于贬所。”

②《老子》：“天网恢恢，疏而不漏。”

③《汉书》：“西羌反，发三辅、中都官徒弛刑。”注：“弛，释也。若今

徒解钳釱赭衣，置任输作也。”○二语谓宗闵。

④《史记》：“商鞅多左建外易。”《索隐》：“左建，谓左道建立威权也；外易，在外革易君命。”○此语谓固言。

⑤谓虞卿。

⑥二语谓郑注。

⑦《盐铁论》：“昔秦法繁于秋荼，而密于凝脂。”

⑧《周勃传》：“吾常将百万军，安知狱吏之贵也。”

⑨司马迁书：“今少卿抱不测之罪，涉旬月，迫季冬。”注：“迫季冬，言将刑也。”

⑩《甘泉赋》：“选巫咸兮叫帝阍。”

⑪《左传》：“哀公诔孔子曰：‘旻天不吊，不慭遗一老。’”

⑫《史记》：“严仲子与韩相侠累有郄，告聂政。政仗剑至韩，直入上阶，刺杀侠累。”

⑬《史记》：“豫让事智伯，甚尊宠之。赵襄子灭智伯，让乃变姓名，为刑人，入宫涂厕中，欲刺襄子。”钳奴，刑人也。《汉书》：“季布匿濮阳周氏，周氏乃髡钳布置广柳车中。”○言念其恩知，欲报以聂政、豫让之事。

⑭《十道志》：“邙山在洛阳北十里。”杨佺期《洛城记》：“邙山，古今东洛九原之地也。”

⑮《说文》：“垤，蚁封也。”《岭南异物志》：“蚁封者，蚁子聚土为台也。”

⑯原注：“是冬，舒、李伏易。”○《晋·谢鲲传》：“刘隗诚始祸，然城狐社鼠。”《通鉴》：“秋七月，李训召舒元舆为右司郎中兼侍御史知杂，鞫杨虞卿狱。九月，元舆、训并同平章事。十月，有甘露之变，元舆训俱族诛。”

⑰《诗》：“靡神不举，靡爱斯牲。圭璧既卒，宁莫我听。”

⑱《唐书》：“开成二年旱，自四月至七月不雨。”

寄太原卢司空三十韵①

隋舰临淮甸②，唐旗出井陉③。

断鳌措四柱[4]，卓马济三灵[5]。
祖业隆盘古，孙谋复大庭[6]。
从来师俊杰，可以焕丹青[7]。
旧族开东岳[8]，雄图奋北溟[9]。
邪同獬廌触[10]，乐伴凤凰听[11]。
酣战仍挥日[12]，降妖亦斗霆[13]。
将军功不伐，叔舅德惟馨[14]。
鸡塞谁生事[15]，狼烟不暂停[16]。
拟填沧海鸟[17]，敢竞太阳萤[18]。
内草才传诏，前茅已勒铭[19]。
那劳《出师表》，尽入《大荒经》[20]。
德水萦长带[21]，阴山绕画屏[22]。
只忧非綮肯，未觉有膻腥。
保佐资冲漠，扶持在杳冥。
乃心防暗室，华发称明廷[23]。
按甲神初静，挥戈思欲醒。
羲之当妙选[24]，孝若近归宁[25]。
月色来侵幌，诗成有转棂[26]。
罗含黄菊宅，柳恽白蘋汀[27]。
神物龟酬孔[28]，仙才鹤姓丁[29]。
西山童子药[30]，南极老人星[31]。
自顷徒窥管[32]，于今愧挈瓶[33]。
何由叨末席，还得叩玄扃。
庄叟虚悲雁[34]，终童漫识鼮[35]。
幕中虽策画，剑外且伶俜[36]。
俣俣行忘止[37]，鳏鳏卧不瞑。
身应瘠于鲁[38]，泪欲溢为荥[39]。
禹贡思金鼎[40]，尧图忆土铏[41]。

公乎来入相，王欲驾云亭[42]。

①《唐书》："卢钧字子和，系出范阳，徙京兆蓝田。举进士第。太和中，累迁给事中。开成元年冬，擢岭南节度使，时称廉洁。会昌初，迁山南东道节度使。四年，诛刘稹，以钧领昭义节度使，检校兵部尚书。宣宗即位，改吏部尚书，授宣武节度使，加检校司空。四年，入为太子太师。六年，充太原尹、北都留守、河东节度使。九年，召为左仆射。十一年九月，拜同平章事，充山南西道节度使。懿宗初，以太保致仕，卒年八十七。"

②《隋书》："大业二年八月，帝幸江都，舳舻相接二百里。"

③《唐书》："井陉县属镇州。"又："获鹿县有故井陉关，一名土门关。"《括地志》："井陉故关在并州石艾县。陉东十八里即井陉口也。"柳芳《唐历》："大业十三年，高祖为太原留守，起义兵。明年四月，受隋禅。"

④《列子》："断鳌足以立四极。"

⑤道源注："卓马，犹云立马也。《真诰》：'卓灵虚之骏。'"

⑥《庄子》："昔容成氏、大庭氏结绳而用之。若此时，则至治也。"《古史考》："大庭氏，姜姓，以火德王，号曰炎帝。"

⑦《汉·苏武传》："竹帛所载，丹青所画，何以过子卿？"

⑧《唐书·世系表》："卢氏出自姜姓，食采于卢，济北卢县是也，其后因以为氏。"

⑨《庄子》："北溟有鱼，其名为鲲。"

⑩《唐书》："钧迁监察御史，争宋申锡知名。"

⑪《汉·律历志》："黄帝取竹嶰谷，制十二篇以听凤鸣，其雄鸣为六，雌鸣亦六。"

⑫《淮南子》："鲁阳公与韩酣战，日暮，援戈麾之，日反三舍。"

⑬《北齐书》："神武尝阅马于北牧，道逢暴雨，大雷电震地。前有浮图一所，神武令薛孤延视之，孤延乃驰马按稍直前。未至三十步，震烧浮图。孤延唱杀，绕浮图走，火遂灭。孤延还，眉须及马鬃尾皆焦。神武叹其勇决，曰：'薛孤延乃能与霹雳斗！'"

⑭《礼记》："天子同姓谓之叔父，异姓谓之叔舅。"《白帖》："长曰伯舅，少曰叔舅。"

⑮《后汉书》："窦宪将万骑出朔方鸡鹿塞。"

⑯《酉阳杂俎》："狼粪烟直上，烽火用之。"

⑰用精卫事，见上卷。

⑱道源注："《易略例》：'萤磷争耀于太阳。'"

⑲《左传》："前茅虑无。"注："军行前有斥堠蹹伏，备虑有无。茅，明也。或曰：时楚以茅为旌识。"勒铭，用班固事。

⑳《山海经》有《大荒东》、《西》、《南》、《北》、《中经》。

㉑《汉·郊祀志》："秦文公获黑龙，此水德之瑞。于是更名河曰德水。"《功臣表》："黄河如带。"

㉒《秦本纪》："西北斥逐匈奴，自榆中并河以东属之阴山。"徐广曰："阴山在五原北。"《通典》："阴山唐为安北都护府。"

㉓《唐书》："钧宿齿，数外迁，而后来者多至宰相。"

㉔原注："小弟羲叟早蒙眷以嘉姻。"

㉕原注："三十五丈明府高科来归膝下。"〇《晋书》："夏侯湛字孝若，官散骑常侍，卒。潘岳称其文非徒温雅，乃别是孝弟之性。"

㉖棂，窗棂也。

㉗注俱见上卷。

㉘《会稽后贤传》："孔愉字敬康，尝至吴兴县馀不亭，见人笼龟于路，愉求买，放之溪中。龟行至水，反顾愉。及封此亭侯，铸印，龟首回屈，三铸不正，有似昔龟之顾。愉悟，乃取而佩焉。"《唐书》："太和四年，钧封范阳郡开国公。"

㉙丁令威事，见上卷。《尚书故实》："卢元公钧奉道，暇日，与宾友话言，必及神仙之事。"

㉚魏文帝诗："西山一何高，高高殊无极。上有两仙童，不饮亦不食。与我一丸药，光曜有五色。服药四五日，身轻生羽翼。"道源注："《拾遗记》：相州栖霞谷，昔有桥、顺二子于此得仙，服飞龙一丸，十年不饥，故魏文帝诗

云云。”[1]

㉛《隋·天文志》:“老人一星在弧南,一曰南极,常以秋分之旦见于丙,春分之夕没于丁。见则治平,主寿昌。”

㉜注见前。

㉝《左传》:“虽有挈瓶之智,守不假器。”注:“挈瓶汲者喻小智。”

㉞《庄子》:“庄子舍于故人之家,故人喜,令竖子杀一雁而烹之。竖子曰:‘其一能鸣,其一不能鸣,请奚杀?’主人曰:‘杀不能鸣者。’”

㉟注见前。

㊱俜,一作“聘”。

㊲《诗》:“硕人俣俣。”

㊳道源注:“《左传》:‘何必瘠鲁以肥杞。’”

㊴《禹贡》:“导沇水,东流为济,入于河,溢为荥。”

㊵《左传》:“夏之方有德也,贡金九牧,铸鼎象物。”

㊶《史记》:“尧舜饭土簋,啜土硎。”注:“瓦器也。”

㊷《史记》:“黄帝封太山,禅亭亭;颛顼封太山,禅云云。”

钱龙惕笺:钧为北都留守,义山时在东川,作此寄之。“隋舰临淮甸”以下,因太原为高祖兴王之地,故特述之,美其功著丹青而承家世之盛也。“酣战仍挥日”以下,序其为镇将之功也。武宗讨刘稹,以钧宽厚得众,诏节度昭义军。令乘驿往。钧次高平,稹将白惟信献款。俄而遣潞卒戍代北,卒饮醉为乱,钧选牙兵尽斩之于太平驿。及镇河东,奏韦宙为副使,禁唐民侵掠虏境,杂虏遂安。“那劳《出师表》,尽入《大荒经》”,盖以诸葛比之也。“羲之当妙选”以下,叙姻娅之谊,以及寄诗之情也。钧别墅在城南,晚岁被召,谢病遨游,故有“黄菊”、“白蘋”之句。其再为司空,年逾大耋,故有“西山”、“南极”之祝也。钧累朝耆硕,公望所归,故终愿其入相而告成功于封禅也。

[1]按,道源注引,今《拾遗记》未见,见《述异记》。

安平公诗[①]

丈人博陵王名家[②]，怜我总角称才华。
华州留语晓至暮[③]，高声喝吏放两衙。
明朝骑马出城外，送我习业南山阿。
仲子延岳年十六[④]，面如白玉欹乌纱。
其弟炳章犹两丱[⑤]，瑶林琼树含奇花。
陈留阮家诸侄秀[⑥]，逦迤出拜何骈罗。
府中从事杜与李[⑦]，麟角虎翅相过摩[⑧]。
清词孤韵有歌响，击触钟磬鸣环珂。
三月石堤冻销释，东风开花满阳坡[⑨]。
时禽得伴戏新木，其声尖咽如鸣梭。
公时载酒领从事，踊跃鞍马来相过。
仰看楼殿撮清汉，坐视世界如恒沙[⑩]。
面热脚掉互登陟，青云表柱白云崖。
一百八句在贝叶[⑪]，三十三天长雨花[⑫]。
长者子来辄献盖[⑬]，辟支佛去空留靴[⑭]。
公时受诏镇东鲁[⑮]，遣我草诏随车牙[⑯]。
顾我下笔即千字，疑我读书倾五车[⑰]。
呜嘑大贤苦不寿[⑱]，时世方士无灵砂[⑲]。
五月至止六月病，遽颓泰山惊逝波[⑳]。
明年徒步吊京国，宅破子毁哀如何[㉑]。
西风冲户卷素帐，隙光斜照旧燕窠。
古人常叹知己少，况我沦贱艰虞多。
如公之德世一二，岂得无泪如黄河[㉒]。
沥胆咒愿天有眼[㉓]，君子之泽方滂沱。

①原注："故赠尚书讳氏。"〇崔戎也。注见中卷。

②《旧唐书》："戎高伯祖玄暐，神龙初有大功，封博陵郡王。"

③戎拜给事中，驳奏为当时所称。太和七年七月，改华州刺史。

④延，一作"廷"。○延岳，或云崔雍也。按《唐书》，雍字顺中。

⑤炳章，崔衮也。

⑥一作"璠玙并列诸姓秀"。○《晋书》："阮籍，陈留尉氏人也。父瑀，魏丞相掾，子浑、侄咸、咸子瞻、瞻弟孚、咸从子修、孚族弟放、放弟裕皆知名。"《唐书·世系表》："戎侄有庾、序、福、裕、(原)〔厚〕、朗诸人。"

⑦杜胜、李潘，见中卷。

⑧麟角、虎翅，注俱见前。

⑨阳坡，坡之向日者。杜甫诗："阳坡可种瓜。"

⑩《水经注》："康泰《扶南传》曰：恒水之源，出昆仑山中，有五大源，诸水分流皆由此。枝扈大江出山西北，流东南，注大海。枝扈黎即恒水也。故《西域志》有恒曲之目。"《楞严经》："恒河从阿耨达池师子口流出，周围四十里，其中沙细如麵，亦云金沙河也。"《维摩经》："取三千大千世界如陶家轮着右掌中，掷过恒沙世界之外。"

⑪道源注："《楞伽经》有不生句生句等一百八句。佛言大慧是百八句。先佛所说，汝及诸菩萨摩诃萨应当修学。"贝叶，注见上卷。

⑫道源注："三十三天，欲天也。天主曰忉利，居须弥山顶。四方各八，独帝释忉利居中。《楞严经》：'世尊座天雨百宝莲花，青黄赤白，间杂纷糅。'"

⑬道源注："《维摩经》：'毘耶离城有长者子，名曰宝积。与五百长者子俱持七宝盖来诣佛所。佛之威力，令诸宝盖合成一盖，遍覆三千大千世界，而此世界广长之相悉于中现。'"

⑭道源注："《释氏要览》：'辟支，梵云辟勒支底迦，唐言独行，此有二，谓部行，麟喻也。'《水经注》：'于阗国城一十五里有利刹寺，中有石靴，石上有足迹，彼俗言是辟支佛迹。'《酉阳杂俎》：'于阗国赞摩寺有辟支佛靴，非皮非彩，岁久不烂。'"

⑮《旧唐书》："太和八年三月丙子，戎迁兖海沂密都团练观察等使。华

民恋惜遮道，至有解靴断镫者。”

⑯诏，疑作“奏”。〇道源注：“建牙旗于车前，故曰车牙。”

⑰《庄子》：“惠子多方，其书五车。”

⑱嘑，“呼”同。

⑲《本草》有太清服炼灵砂法。

⑳《旧唐书》：“戎理兖一年，太和八年五月卒。”《新书》：“年五十五。”按《旧纪》“戎以八年六月卒”，与此诗合，本传误。

㉑子毁是哀毁之毁。有谓戎子雍赐死宣州者，非也。雍赐死在咸通九年。

㉒《世说》：“顾长康哭桓宣武，声如震雷破山，泪如倾河注海。”

㉓《楞严经》：“时心怀欢喜，谓得天眼。”

赤　壁[①]

折戟沉沙铁未销，自将磨洗认前朝。
东风不与周郎便，铜雀春深锁二乔。

①此诗见《杜牧集》。〇以下四首一本阙。

垂　柳

垂柳碧鬅茸[①]，楼昏雨带容。
思量成夜梦，束久废春慵。
梳洗凭张敞[②]，乘骑笑稚恭[③]。
碧虚随辅笠，红烛近高舂[④]。
怨目明秋水[⑤]，愁眉淡远峰[⑥]。
小阑花尽蝶，静院醉醒蛩[⑦]。
旧作琴台凤[⑧]，今为药店龙[⑨]。

宝奁抛掷久，一任景阳钟[10]。

①鬅，一作“髩”。

②注见上卷。

③《晋书》：“庾翼字稚恭。”《世说》：“庾小征西尝出未还，妇母阮与女上安陵城楼。俄顷翼归，阮语女：‘闻庾郎能骑，我何由得见？’妇告翼，翼便于道盘马，始两转，坠马堕地，意气自若。”

④《淮南子》：“日至于虞渊，是谓高舂；至于连石，是谓下舂。”

⑤即秋眸也。见中卷。

⑥《西京杂记》：“文君姣好，眉色如望远山，脸际常若芙蓉。”

⑦醒，疑作“闻”。

⑧《益部耆旧传》：“相如宅在少城中笮桥下，百许步有琴台在焉。”相如《琴歌》：“凤兮凤兮归故乡，遨游四海求其皇。”

⑨《乐府·（独）〔读〕曲歌》：“自从别郎后，卧宿头不举。飞龙落药店，骨出则为汝。”李贺诗：“骨出似飞龙。”

⑩注见上卷。

清夜怨

含泪坐春宵，闻君欲度辽。
绿池荷叶嫩，红砌杏花娇。
曙月当窗满，征云出塞遥。
画楼终日闭，清管为谁调。

定　子[1]

檀槽一抹《广陵春》[2]，定子初开睡脸新。
却笑吃虚隋炀帝[3]，破家亡国为何人。

①此诗亦见《杜牧外集》，题作《隋苑》，注一云："定子，牛相小青。"

②《谭宾录》："开元中，有中官使蜀回，得琵琶以献，其槽逻皆桫檀为之，温润如玉，光耀可鉴。杨妃每抱是奏于梨园，音韵凄清，飘如云外。虢国以下竞为贵妃琵琶弟子。每受曲毕，皆广有进献。"

③去声。《韵会》收漾韵。〇《西溪丛语》："《北里志》：刘泰娘门有樗树，赠诗云：'寻常凡木最轻樗，今日寻樗桂不如。汉高新破咸阳后，莫使奔波遂吃虚。'"

附 录

四库全书总目提要

国朝朱鹤龄注。鹤龄字长孺，吴江人。李商隐诗旧无注本，故元好问《论诗绝句》有“诗家总爱西昆好，只恨无人作郑笺”之语。明末释道源始为作注，王士禛《论诗绝句》所谓“獭祭曾惊博奥殚，一篇《锦瑟》解人难。千秋毛郑功臣在，尚有弥天释道安”者，即为道源是注作也。然其书征引虽繁，实冗杂寡要，多不得古人之意。鹤龄删取其什一，补辑其什九，以成此注，一扫诸家穿凿附会之说，繁简颇为得当，故后来注商隐集者，如程梦星、姚培谦诸家，大抵以鹤龄为蓝本。惟商隐以婚于王茂元之故，为令狐绹所挤，沦落终身，特文士轻于去就，苟且目前之常态。鹤龄必以为茂元党李德裕，绹父子党牛僧孺，商隐之从茂元，为择木之智，涣丘之公。然则令狐楚方盛之时，何以从之受学？令狐绹见雠之后，何以又屡启陈情？新、旧《唐书》班班具在，鹤龄所论未免为回护之词。至谓其诗寄托深微，多寓忠愤，不同于温庭筠、段成式绮靡香艳之词，则所见特深，为从来论者所未及。所作《年谱》，排比时事，与其诗互相参证，亦颇有条理。惟于乙卯年《有感》二首，咏文宗甘露之变者，引钱龙惕笺，以李训、郑注为奉天讨，死国难，则触于明末党祸，有激而言，与诗中“如何本初辈，自取屈氂诛”、“临危对卢植，始悔用庞萌”诸句，显相背触，殊失商隐之本旨。又《重有感》一首所谓“窦融表已来关右，陶侃军宜次石头”者，竟以称兵犯阙望刘从谏，所见至为乖刺。鹤龄又引龙惕之语附和其说，不加驳正，亦未免昧于事理。然如据《房中曲》定《锦瑟》为悼亡，于《无题》诸作注家所呶呶而争者，亦阙所不知，不主曲说，其摧陷廓清之功，固超出诸家之上矣。

《国学典藏》从书已出书目

周易［明］来知德 集注
诗经［宋］朱熹 集传
尚书 曾运乾 注
周礼［清］方苞 集注
仪礼［汉］郑玄 注［清］张尔岐 句读
礼记［元］陈澔 注
论语·大学·中庸［宋］朱熹 集注
孟子［宋］朱熹 集注
左传［战国］左丘明 著［晋］杜预 注
孝经［唐］李隆基 注［宋］邢昺 疏
尔雅［晋］郭璞 注
说文解字［汉］许慎 撰

战国策［汉］刘向 辑录
［宋］鲍彪 注［元］吴师道 校注
国语［战国］左丘明 著
［三国吴］韦昭 注
史记菁华录［汉］司马迁 著
［清］姚苎田 节评
徐霞客游记［明］徐弘祖 著

孔子家语［三国魏］王肃 注
（日）太宰纯 增注
荀子［战国］荀况 著［唐］杨倞 注
近思录［宋］朱熹 吕祖谦 编
［宋］叶采［清］茅星来等 注
传习录［明］王阳明 撰
（日）佐藤一斋 注评
老子［汉］河上公 注［汉］严遵 指归
［三国魏］王弼 注
庄子［清］王先谦 集解
列子［晋］张湛 注［唐］卢重玄 解
［唐］殷敬顺［宋］陈景元 释文
孙子［春秋］孙武 著［汉］曹操 等注
墨子［清］毕沅 校注
韩非子［清］王先慎 集解
吕氏春秋［汉］高诱 注［清］毕沅 校
管子［唐］房玄龄 注［明］刘绩 补注
淮南子［汉］刘安 著［汉］许慎 注
金刚经［后秦］鸠摩罗什 译 丁福保 笺注
维摩诘经［后秦］僧肇等 注
楞伽经［南朝宋］求那跋陀罗 译
［宋］释正受 集注
坛经［唐］惠能 著 丁福保 笺注
世说新语［南朝宋］刘义庆 著
［南朝梁］刘孝标 注
山海经［晋］郭璞 注［清］郝懿行 笺疏
颜氏家训［北齐］颜之推 著
［清］赵曦明 注［清］卢文弨 补注
三字经·百家姓·千字文
［宋］王应麟等 著
龙文鞭影［明］萧良有等 编撰
幼学故事琼林［明］程登吉 原编
［清］邹圣脉 增补
梦溪笔谈［宋］沈括 著
容斋随笔［宋］洪迈 著
困学纪闻［宋］王应麟 著
［清］阎若璩 等注

楚辞［汉］刘向 辑
［汉］王逸 注［宋］洪兴祖 补注
曹植集［三国魏］曹植 著
［清］朱绪曾 考异［清］丁晏 铨评
陶渊明全集［晋］陶渊明 著
［清］陶澍 集注
王维诗集［唐］王维 著［清］赵殿成 笺注
杜甫诗集［唐］杜甫 著［清］钱谦益 笺注
李贺诗集［唐］李贺 著［清］王琦等 评注

李商隐诗集［唐］李商隐 著
［清］朱鹤龄 笺注
杜牧诗集［唐］杜牧 著［清］冯集梧 注
李煜词集（附李璟词集、冯延巳词集）
［南唐］李煜 著
柳永词集［宋］柳永 著
晏殊词集·晏幾道词集
［宋］晏殊 晏幾道 著
苏轼词集［宋］苏轼 著［宋］傅幹 注
黄庭坚词集·秦观词集
［宋］黄庭坚 著［宋］秦观 著
李清照诗词集［宋］李清照 著
辛弃疾词集［宋］辛弃疾 著
纳兰性德词集［清］纳兰性德 著
六朝文絜［清］许梿 评选
［清］黎经诰 笺注
古文辞类纂［清］姚鼐 纂集
乐府诗集［宋］郭茂倩 编撰
玉台新咏［南朝陈］徐陵 编
［清］吴兆宜 注［清］程琰 删补
古诗源 ［清］沈德潜 选评
千家诗 ［宋］谢枋得 编
［清］王相 注 ［清］黎恂 注
瀛奎律髓［元］方回 选评
花间集 ［后蜀］赵崇祚 集
［明］汤显祖 评
绝妙好词［宋］周密 选辑
［清］项絪 笺 ［清］查为仁 厉鹗 笺

词综［清］朱彝尊 汪森 编
花庵词选［宋］黄昇 选编
阳春白雪［元］杨朝英 选编
唐宋八大家文钞［清］张伯行 选编
宋诗精华录［清］陈衍 评选
古文观止［清］吴楚材 吴调侯 选注
唐诗三百首［清］蘅塘退士 编选
［清］陈婉俊 补注
宋词三百首［清］朱祖谋 编选
文心雕龙［南朝梁］刘勰 著
［清］黄叔琳 注 纪昀 评
李详 补注 刘咸炘 阐说
诗品［南朝梁］钟嵘 著
古直 笺 许文雨 讲疏
人间词话·王国维词集 王国维 著

戏曲系列

西厢记［元］王实甫 著
［清］金圣叹 评点
牡丹亭［明］汤显祖 著
［清］陈同 谈则 钱宜 合评
长生殿［清］洪昇 著 ［清］吴人 评点
桃花扇［清］孔尚任 著
［清］云亭山人 评点

小说系列

封神演义［明］许仲琳 编 ［明］锺惺 评
儒林外史［清］吴敬梓 著
［清］卧闲草堂等 评

部分将出书目

公羊传	水经注	古诗笺	清诗别裁集
穀梁传	史通	李白全集	博物志
史记	日知录	孟浩然诗集	温庭筠诗集
汉书	文史通义	白居易诗集	聊斋志异
后汉书	心经	唐诗别裁集	
三国志	文选	明诗别裁集	